10
18

12, AVENUE D'ITALIE. PARIS XIIIᵉ

Sur l'auteur

Née en Ontario, Emily Schultz vit aujourd'hui à Brooklyn. Très active sur la scène littéraire et artistique émergente, elle a fondé le magazine littéraire en ligne *Joyland*. *Les Blondes* est son troisième roman.

EMILY SCHULTZ

LES BLONDES

Traduit de l'anglais (Canada)
par Éric Fontaine

**10
18**

ASPHALTE

Cette playlist accompagne et prolonge votre lecture. Les morceaux ont été sélectionnés par Emily Schultz elle-même.

Christina Aguilera
The Beautiful People

INXS
Suicide Blonde

Ladytron
Destroy Everything You Touch

Mudhoney
Touch Me I'm Sick

The Cramps
Fever

Amy Winehouse
Back to Black

India Arie
I Am Not My Hair

The National
Pink Rabbits

Goldfrapp
Yellow Halo

Claudine Longet
End of the World

Belle & Sebastian
Fox in the Snow

Kate Bush
Breathing

L'édition originale de cet ouvrage est parue chez Doubleday Canada en 2012, sous le titre :
The Blondes.

Pour Henry

« *And Beauty draws us with a single hair.* »
Alexander Pope, *The Rape of the Lock*

PREMIÈRE PARTIE

UN

Les femmes ont des rêves stupides. Nous ne nous faisons des compliments que pour mieux nous démolir. Nous ne sommes pas comme les hommes ; les hommes se serrent tout le temps la main, la haine au cœur, et se livrent à des engueulades publiques dont l'enjeu est évidemment le pouvoir et le désir d'avoir le dessus. Ils veulent tous sortir vainqueurs, si ce n'est pour l'argent, c'est pour l'accouplement. Ils le savent tous, du premier au dernier. Mais les femmes sont des animaux civilisés. Nous avons quelque chose à prouver, nous aussi, mais nous touillons notre colère au fond de nos verres à cocktail à l'aide d'une paille et aspirons le liquide amer en y laissant des traces de rouge à lèvres. Nous faisons des commentaires sur vos cheveux ou votre robe dans le seul but de vous infliger un compliment hypocrite, pour que vous vous sentiez pauvre et idiote, trop grosse ou trop maigre, trop jeune ou trop vieille, inculte, incompétente, indésirable. Pour les femmes, le pouvoir s'acquiert discrètement, par degrés. Je pourrais écrire une thèse sur de telles femmes, et je l'ai presque fait.

Comprends-moi bien. J'en suis une, moi aussi. J'ai eu des rêves stupides. Tu en es d'ailleurs le résultat.

Toi : cet étrange autre de trois kilos.

Te voici, sous ma main, nageant dans le sang, à peu près de la taille d'une tortue. Je sais que ma voix doit te sembler lointaine, étouffée, comme si je parlais sous l'eau. Peut-être que c'est débile de bavarder de la sorte, de converser avec toi alors que tu n'as pas encore vu la lumière du jour et que tu ne fais que culbuter dans le grand nuage de mon abdomen. Tu ne peux tout simplement pas comprendre… Mais c'est là où j'en suis. Un chalet perdu dans la forêt et la neige, où je suis coincée, en fait, parce que Grace a pris la voiture qui avait encore de l'essence et m'a laissée avec celle dont le réservoir est à sec, et quelle distance pourrais-je parcourir à pied dans cet état ? À vrai dire, il n'y a rien d'autre à faire. Alors je parle.

Laisse-moi te raconter par quoi nous sommes passées ces derniers mois, mon bébé. Tu ne comprendras jamais, mais laisse-moi te le raconter tout de même.

En ce moment, j'observe les voisins par la fenêtre et à travers les arbres. Depuis trois mois, je n'ai vu personne d'autre, à part Grace, mais toujours à distance et seulement de manière sporadique. Peut-être qu'ils ne restent pas tout le temps à la maison ou ne sortent pas plus que moi. Ils ne sont que deux. Je vois le manteau rouge de madame et le manteau bleu de monsieur. Je ne les distingue que par leur taille. Je sens l'odeur de la fumée qui monte au ciel, l'âcreté d'une matière roussie. Même à travers la porte fermée et les vitres, je la sens. Comme le soufre. Je l'ai sentie à mon arrivée, mais je vivais un tel tourbillon à ce moment-là que je n'ai pas cherché à savoir ce que c'était, et Grace ne m'aurait probablement pas répondu de toute façon. Elle avait ses propres soucis. Et moi… je n'avais que Karl en tête.

À présent, je sais que c'est l'odeur des cheveux. Des cheveux qui brûlent. Ça s'embrase, d'un feu vif et brillant, puis ça s'envole en un panache de fumée noire. Avant son départ, Grace rasait les siens et faisait disparaître tous ces petits poils en tirant la chasse ; mais où finissaient-ils, si ce n'est dans la fosse septique ? Les voisins sont encore plus prudents que Grace. S'ils avaient vu ce que j'ai vu, ils ne s'inquiéteraient plus. Ils sauraient que la maladie vous frappe ou pas, et que si elle vous frappe, il n'y a rien à faire pour l'en empêcher.

Tout comme je ne peux pas t'empêcher de croître à l'intérieur de moi, mon petit bébé, ni la peau de mon ventre de se distendre autour de toi de semaine en semaine. Impossible de m'y opposer, il ne me reste qu'à observer et à attendre. Je suis certaine que Grace m'a laissée ici toute seule exprès, que c'est une nouvelle démonstration de force dans la triste histoire des contrecoups de ma liaison avec son mari. Elle m'a laissée ici, dans leur chalet, parmi toutes leurs affaires, et moi je suis toujours aussi démunie. Elle doit savoir qu'il est encore plus dangereux pour moi d'être seule ici à cette étape de ma grossesse que n'importe où ailleurs.

Il me semble que j'étais encore à New York il n'y a pas si longtemps. Je me souviens du jour où j'ai appris ton existence : j'ai descendu quatre étages au Dunn Inn en traînant derrière moi une lourde valise. Il n'y avait aucun autre moyen de déménager d'une chambre à l'autre. J'avais donc emballé mes affaires et les avais trimballées jusqu'à la réception afin de régler la note et de m'inscrire de nouveau. J'aurais à soulever une fois de plus cette grosse valise jusqu'en haut des marches lorsqu'on m'assignerait une nouvelle chambre. Raide, étroit et tortueux, l'escalier était surmonté d'une rampe en bois recouverte d'une épaisse couche de peinture verte maintes fois retouchée. En descendant les marches, j'ai été saisie de crampes aux mollets. Une valise de vingt kilos en remorque, la main moite de sueur sur la poignée, j'ai ajusté la sacoche d'ordinateur sur mon épaule. Elle ne me quittait jamais à l'époque, comme une excroissance, une part encombrante mais essentielle de ma personne. Plus bas, toujours plus bas, je descendais. Les roues de ma valise adhéraient au tapis ignifuge. Ayant perdu une chaussure sur le palier, j'ai dû me tortiller le pied pour l'enfiler de nouveau avant que la valise ne me pousse en bas de la prochaine marche.

Pour des raisons légales que je ne comprenais pas, l'hôtel ne me permettait pas de conserver la même chambre pendant plus de quatorze jours. Je n'étais pas à Manhattan depuis assez longtemps pour connaître l'existence du droit des squatteurs : si on m'avait laissée plus longtemps dans la même chambre, j'aurais été en droit de la considérer comme ma résidence permanente. J'avais vécu seulement deux fois quatorze jours à New York et déjà je déménageais pour la troisième fois.

Au début, j'habitais un appartement – une chambre, en fait, dans un de ces vieux logements typiquement new-yorkais, longs et étroits –, mais il était infesté de cafards et de colocataires. Les insectes montaient le long du tuyau de douche dans la baignoire le matin, et on les chassait à grands jets d'eau avant d'y entrer. L'une des filles était étudiante et l'autre stripteaseuse (quoiqu'on n'en parlât pas). Comment elles s'étaient connues, si vraiment elles se connaissaient auparavant,

14

je n'en avais aucune idée. J'avais trouvé l'endroit en ligne, sans le visiter, une mauvaise idée. Les pièces étaient en enfilade, avec la mienne au centre, sans fenêtre. Je n'ai pas dormi les deux premières nuits ; il faisait plus de trente degrés et l'air dans la chambre était incroyablement lourd. Bien sûr, l'étudiante était celle qui jouissait du moins d'intimité : son espace de vie se résumait à un lit de camp et un bureau dans le coin-repas que seul un paravent séparait du reste de la pièce mais que la stripteaseuse et moi traversions pour accéder à nos chambres. Le troisième matin, j'ai vu par la fenêtre deux rats se faufiler d'un tas de détritus à l'autre. Alors j'ai trouvé le Dunn Inn dans Chelsea. Trop cher pour ce que c'était, mais propre. Voilà pourquoi je passais d'une chambre à l'autre comme si je jouais aux chaises musicales à une fête d'anniversaire. J'ai toujours détesté les fêtes d'anniversaire.

Mais l'hôtel était tranquille et je n'avais pas besoin de signer de bail, alors je suis restée. Ce n'était pas loin de NYU, et la nuit je pouvais quitter l'hôtel et y revenir à ma guise. Je dois avouer que vivre en plein cœur de Manhattan était grisant, même si j'avais peu d'endroits où aller. La cour intérieure sur laquelle donnaient mes chambres – au pluriel – était un îlot de calme, comme si elle ne faisait pas partie de la ville. L'endroit se prêtait à la méditation et je me suis mise tout naturellement à penser à ma thèse, le prétexte de ma venue ici.

Je me souviens que la proprio m'avait demandé : « Tu travailles sur quoi, au juste ? »

En fait, c'était la réceptionniste, mais je préférais la considérer comme ma « proprio », ruse destinée à me convaincre peut-être que j'habitais non pas un hôtel mais un appartement. Au fond, ne s'agissait-il pas d'une sorte de centre d'hébergement plutôt que d'un vrai hôtel ? Je n'étais pas la seule occupante, mais il flottait dans ces couloirs une aura de lieu de passage. Quelques touristes, quelques étudiants.

Penchée sur son bureau à la recherche de ma nouvelle clef, la proprio n'attendait pas vraiment de réponse. Je m'apprêtais à définir l'« étude du regard », aussi connue sous le nom d'« esthétologie », lorsque mon attention a été attirée par le dessus de sa tête : des cheveux permanentés teints en châtain-roux. Les roux forment un groupe tout à fait fascinant, que je connais très bien. La société nous a étiquetés comme froids mais compétents. Dans une étude qui date de 1978, quatre-vingts pour cent des répondants ont admis qu'ils éprouvaient de l'antipathie pour les roux ; le même groupe témoin a qualifié le teint des roux comme étant le moins désirable parmi huit nuances. Bien sûr, 1978, c'était il y a longtemps – je n'étais pas encore née –, mais il était tout de même étonnant que ma proprio choisisse cette couleur de son plein gré. Un brun-roux, en fait. Comme le pelage d'un écureuil. Les cheveux de sa sœur, qui s'occupait de l'hôtel avec elle, étaient plus foncés, et j'étais convaincue que ma proprio était naturellement brune. Elle s'agitait autour d'un ordinateur vétuste qui servait à prendre les réservations. À côté d'elle, il y avait une pile de cartes de visite qui se doublaient de bons d'achat pour le petit déjeuner au café voisin.

« J'écris sur l'apparence des femmes et la manière dont on les perçoit. » L'*esthétologie*, ou l'étude du regard, est née lorsque l'École d'anthropologie de Harvard a créé un diplôme d'études supérieures en partenariat avec les instituts de beauté Empire dans l'espoir d'encourager plus de femmes à poursuivre des études en sciences. Un sujet encore brûlant l'année dernière, que j'ai choisi dans le but exprès d'attirer l'attention d'un directeur bien précis. Connu sous le nom de professeur Karl Mann. Et aussi connu comme ton père. Ou comme le mari de Grace.

La proprio a enfin trouvé les clefs. « La 305. Oublie pas que celle-ci, c'est pour la serrure du haut », a-t-elle dit en indiquant l'une des deux. Elle avait un accent de Brooklyn à couper au couteau, même si nous étions sur la Dix-septième Rue. À mon arrivée, ma difficulté à le décoder avait donné lieu à un curieux échange au cours duquel je disais *Quoi ?*, *Hein ?* et *Pardon ?* et elle se répétait sans cesse jusqu'à ce que le déclic se fasse dans mon cerveau.

Elle m'a tendu les clefs au-dessus de la cloison qui nous séparait. Je me souviens de mon soulagement en apprenant que je ne serais plus au quatrième étage. Il n'y avait pas d'ascenseur, et la montée quotidienne était rude et longue. J'avais même soupçonné les gens de l'hôtel de m'avoir assigné cette chambre dans le seul but de me faire faire de l'exercice. Malgré tout, je n'avais pas perdu de poids depuis mon arrivée. Chaque fois que je parvenais en haut de l'escalier, ma poitrine se soulevait comme une vieille soufflerie.

« Sur l'apparence ? a demandé la réceptionniste, une pointe de méfiance dans la voix. Comme dans les pubs ?

— Ouais, ai-je dit avec une certaine résignation. Comme dans les pubs.

— Des publicités, c'est ça que tu fais ?

— Non. C'est compliqué. Je ne fais que les regarder.

— Ah bon ? On donne un diplôme pour ça ? »

J'ai fait signe que oui. « Doctorat en communication. »

Elle m'a informée qu'il y avait quelqu'un dans la chambre 306, qu'il faudrait que je partage la salle de bains, accessible à partir du couloir entre les deux chambres. « C'est juste pour une nuit. L'autre fille part demain. »

Je lui ai répondu que ça me convenait et elle m'a tendu un formulaire. J'ai écrit mon nom en lettres d'imprimerie, puis j'ai signé : *Hazel Hayes.*

Un sourire s'est dessiné sur ses lèvres lorsque je lui ai rendu le document, et elle m'a dit, sans ironie et comme si elle venait à peine d'y penser : « Peut-être que moi aussi, je devrais retourner à l'école. »

Elle avait une dizaine d'années de plus que moi. Je pensais que son prénom était Natalie, mais je ne l'aurais pas juré. Je ne le sais pas plus aujourd'hui. Disons qu'elle s'appelait comme ça. J'ai esquissé un sourire, comme si c'était la première fois que le sujet de ma thèse provoquait une telle réaction. « Peut-être ! »

Ça vaut la peine d'être poli. Surtout envers quelqu'un qui vous apporte des serviettes propres.

C'est surprenant ce que retient le cerveau et ce qu'il écarte.

Ma nouvelle chambre avait des rideaux de velours de couleur pêche. La lumière qui les traversait donnait à la blancheur de la pièce une douce lueur feutrée. On aurait dit un refuge, et je l'ai aimée tout de suite. Le lit était identique à celui de ma vieille chambre, un lit double avec un vieux cadre doré et un couvre-lit piqué. Juste à côté, il y avait la même table ronde, qui deviendrait mon bureau. J'avais acheté ma valise dans le Chinatown de Toronto pour vingt-deux dollars avant de partir pour New York, et maintenant, je la vidais une fois de plus et plaçais mes affaires dans la commode. Les tiroirs n'étaient pas profonds, mais ça ne faisait rien, car je n'avais pas beaucoup de vêtements. Quand j'ai eu terminé, il ne restait plus rien dans la valise à part un petit sac qui portait le logo d'une pharmacie. Je dois avouer que je ne l'ai pas sorti. Pas à ce moment-là.

J'ai plutôt fermé la valise et ouvert la fermeture Éclair du compartiment latéral, là où j'avais caché mes livres et mes photos. J'avais un étui à CD en toile rempli de DVD que des gens m'avaient offerts ou que j'avais téléchargés au fil des ans. Des films nuls et des films de répertoire se pressaient les uns contre les autres dans des pochettes en plastique. J'aimerais les avoir encore en ma possession, mais le gouvernement les a confisqués. Ils ont disparu, avec tout le reste.

J'avais également des journaux scientifiques. Ils contenaient des articles qui portaient des titres comme « L'empire moral de la beauté : une approche heuristique de l'aspect de la peau en publicité », « Le plan secret de Barbie pour dominer le monde » et « La métaphore en bas-de-casse », texte qui examinait l'évolution métonymique des ingrédients dans les produits de beauté, c'est-à-dire la recherche d'expressions racoleuses pour expliquer qu'un produit « contient du placenta » ou qu'il est « exactement comme la Préparation H, mais pour le visage ». Des trucs que je voulais citer dans ma thèse. C'est étonnant à quel point, à peine quelques mois plus tard, tout ça a l'air désespérément futile.

Dans le compartiment latéral, il y avait deux photos. Je ne les avais pas sorties dans ma dernière chambre. La première, je l'avais apportée par pur hasard, du moins sans l'avoir fait exprès. Larissa, ma meilleure amie, me l'avait présentée lorsqu'elle m'avait accompagnée à l'aéroport à Toronto. Je dis bien *présenter*, car la manière dont s'y prenait Larissa pour offrir un cadeau donnait toujours l'impression qu'il avait une plus grande valeur et qu'il était plus grandiose qu'en réalité. Cette photo avait été insérée dans un cadre acheté dans un bazar, mais enveloppée dans du ruineux papier japonais.

« Au cas où tu souhaiterais voir autre chose à New York que le mur de brique de l'immeuble d'en face », a-t-elle dit – un présage, il faut l'avouer, qui s'est révélé assez juste.

J'ai déchiré le papier d'emballage pour découvrir une photo de nous deux. Souriant à pleines dents, nous étions assises sur la même banquette d'un *diner* chic de Toronto appelé le Swann. Mes yeux étaient légèrement rouges sous l'effet du flash. Les siens étaient très bleus. Ses cheveux, attachés en une queue de cheval lisse, déversaient des mèches dorées sur ses épaules, et son visage était légèrement tourné vers moi. C'était l'été passé… Oh mon Dieu, juste l'été passé… Je le savais parce que mes cheveux étaient encore à dix centimètres de mes épaules. Vêtue d'un débardeur blanc de coton indien flottant, Larissa était pâle et délicate. Avec ma chemise à carreaux rouge, j'avais l'air d'une petite grosse éblouie par des phares. Malgré mes cheveux passe-partout couleur de boue séchée, pur produit d'une fréquentation obsessive des salons de beauté, je n'ai jamais été capable de porter du rouge. Je ne sais même pas pourquoi je m'entête à essayer.

Je me suis toujours demandé pourquoi les gens qui vous aiment vous offrent des photos sur lesquelles ils sont superbes et vous pas tant que ça.

Je l'ai remerciée et lui ai rappelé que mon appart aurait vraisemblablement le wifi : j'aurais le loisir de regarder ses photos en ligne quand je voudrais. Elle m'a serré tendrement la main et m'a collé une bise sur la joue. « Je sais, mais quand même. » Et je l'ai remerciée encore une fois avant de fourrer la photo dans ma valise pour ne la sortir que vingt-huit jours plus tard. Ce n'était pas parce que nous n'étions pas de bonnes amies, car elle était bel et bien ma meilleure copine, mais parce qu'elle n'avait aucune idée de la vie que je menais et parce que je ne savais pas comment lui en parler. On s'était éloignées l'une de l'autre. Elle avait un mari et un fils qui commençait tout juste à marcher, et moi j'avais…

Comme j'aimerais avoir cette photo à présent ! Témoin d'une époque plus heureuse.

La seconde photo ne s'y trouvait pas par hasard. C'était un portrait de Karl. Rien que Karl. Il va falloir que je te renseigne sur lui, mais qu'est-ce que je peux bien te dire ? J'avais pris cette photo avec mon portable et m'étais donné la peine de l'imprimer, comme pour me convaincre qu'il existait vraiment, que c'était un être tangible, doté d'une réelle présence physique. Ça me fait mal de savoir que cette image est perdue quelque part et que je ne pourrai jamais la récupérer. J'imagine le visage de Karl dans un dossier ou une boîte qui porte mon nom et mon matricule, ou encore enfoui dans une benne de recyclage qui n'a pas été vidée depuis des mois.

La photo de Karl n'avait pas de cadre, et je me souviens de l'avoir déposée sur la photo encadrée de Larissa et moi, où elle avait l'air tout à fait à sa place. J'ai marché de long en large dans la chambre, tenant le cliché dans une main tandis que de l'autre je tirais d'un coup sec les épais rideaux couleur pêche pour laisser pénétrer la lumière du jour. Sur ce portrait, Karl est dans son bureau et fixe les bibliothèques, qui regorgent de livres, plutôt que moi. Il savait que je le prenais en photo, mais à la dernière seconde il a tourné la tête vers le plafond, comme si quelque chose de terriblement important venait d'attirer son attention.

Je me suis allongée sur le lit à côté de Karl, et juste en dessous, il y avait la photo de Larissa et moi. Sur ce cliché, son visage était parfaitement éclairé, d'où ma décision de la faire imprimer. Il y a de nombreux portraits de Karl dans le chalet de Grace, mais ce n'est pas mon Karl à moi ; plutôt un Karl que je ne connais pas vraiment, le Karl d'une autre. Sur ma photo, il avait le cou étiré et l'air plus mince que d'habitude, plus jeune, les cheveux moins grisonnants et le menton plus pointu. D'habitude, il portait des lunettes, mais pas sur cette photo. Une chemise blanche, rentrée dans le pantalon, cachait un corps que je reconnaissais à l'odeur, au toucher et au goût, un corps recouvert de petits poils bruns frisottés, marqué de petites cicatrices d'acné, qui fleurait la transpiration et le sperme. Je ne devrais pas te dire ceci, mais même à New York, si loin de lui, je flairais une odeur musquée aux accents d'abandon et de ruine. Je pouvais presque la sentir du seul fait d'en parler, et… Pourquoi cette photo provoquait-elle en moi une aussi forte réaction physique ? Je sentais la panique monter en moi comme de la bile, et je l'ai refoulée avant qu'elle se transforme en un mélange bigarré de répulsion et de désir. Karl était complexe. Mes sentiments à son endroit changeaient rapidement à cette époque. En ce moment, eh bien…

J'ai placé la photo de Karl sur ma commode et me suis retournée vers la valise. Je ne pouvais plus dédaigner ce sac de pharmacie. Je l'évitais depuis deux jours.

Serrant le sac en papier dans ma main, j'ai ouvert la porte du couloir. Debout en face de moi, une femme aux cheveux noirs, vêtue d'un imperméable, pestait en se débattant avec la clef de sa chambre, un immense sac à dos juché sur ses frêles épaules. Ma voisine de la chambre 306, celle qu'avait mentionnée la proprio. Je n'ai rien dit. J'ai caché le sac derrière mon dos et suis restée là à cligner des yeux. J'avais croisé très peu de clients durant mes vingt-huit jours à l'hôtel. Quand j'en rencontrais, c'était d'habitude dans la cage d'escalier ou à la réception. Il y avait eu des touristes étrangers qui s'étaient excusés dans un anglais approximatif en me croisant dans les couloirs. Et un couple gay de retour d'une virée en boîte qui avait parlé trop fort, puis étouffé ses rires lorsqu'il avait tourné à l'angle du mur et constaté qu'il n'était pas seul. Cette femme était différente. Nos deux chambres étaient liées par un couloir privé, de la taille d'un placard. Au bout, il y avait la salle de bains que nous devions partager à présent.

« Je ne voulais pas te déranger, c'est juste que je n'arrive pas… » a commencé par dire la femme avant de réussir à tourner la clef dans la serrure du haut. « Oh ! » Elle a ri. Un rire presque musical. Elle s'est penchée à l'intérieur de la chambre pour se débarrasser de son sac. « Laisse-moi juste… » Il y a eu un boum, comme la chute d'un corps. « Voilà.

— Pas de problème », lui ai-je dit. Elle avait le teint doré et de petites taches de rousseur foncées, comme si quelqu'un lui avait aspergé la figure de peinture noire. La générosité de ses traits tranchait avec son corps filiforme : un nez épaté, une grande bouche avec des fossettes aux coins, des lèvres pleines et de grands yeux. Ou peut-être n'était-ce qu'une impression provoquée par la minceur de son cou et la noirceur de ses cheveux bouclés et ébouriffés.

J'ai pointé du doigt la porte ouverte de la salle de bains et me suis excusée en lui disant que je ne savais pas qu'elle était là.

« Mais non, c'est rien ! » Elle a souri. Ça m'a prise au dépourvu, et pas seulement à cause de ce que je m'apprêtais à faire. « Au moins, plus rien ne bloque le passage maintenant. Au fait, je m'appelle Moira. » Elle m'a tendu la main.

J'étais paralysée. Je tenais le test de grossesse dans la main droite.

Soit elle a senti l'urgence qui m'habitait, soit elle m'a prise pour une folle, mais elle s'est retirée dans sa chambre en marmonnant : « Désolée, désolée, c'est rien, c'est rien. »

J'ai esquissé un sourire, mais trop tard. Je fais ça souvent, tu le sauras assez vite lorsque tu feras ma connaissance : ne pas suivre le rythme et réagir trop tard. Je ne suis pas maladroite, je te jure. Ça me prend juste une seconde de plus, c'est tout. J'espère que ce n'est pas un trait dont tu hériteras.

Moira n'a rien vu de mon sourire. Elle s'était penchée pour ramasser l'énorme sac à dos à ses pieds.

« Je m'appelle Hazel, ai-je dit en me faufilant dans la salle de bains.

— Hazel, Hazel, a-t-elle répété de l'intérieur de sa chambre, comme si elle mettait le prénom de côté pour un usage futur. Salut, Hazel. »

Je suis entrée dans la salle de bains et j'ai verrouillé la porte. Le test de grossesse annonçait une minute d'attente pour le résultat, mais le mien est arrivé après une quinzaine de secondes. Une petite croix rose annonçait la fin de ma vie telle que je la connaissais.

Jamais le rose ne m'avait autant dérangée. Je suis désolée. Tellement désolée. C'est la couleur des cocktails de fille et des dégueulis de cocktails de fille, la couleur d'un coup de soleil qui pèle et d'une salle de bains de mémé. Le test de grossesse s'appelait Première Réaction, comme si la boîte rose renfermait une catastrophe en puissance. De petits pompiers roses avec des échelles roses, qui se préparaient à m'escalader.

La fenêtre oblongue contenait le signe plus. Mon urine était entrée en contact avec la bandelette et avait dévoilé ce qui semblait être un code secret. Jusque-là, je n'avais pas l'impression d'être enceinte, même si, bien sûr, c'était le cas. Épuisée, le souffle court, je m'endormais tôt et me levais tard. Ma peau devenait de plus en plus grasse et je m'empiffrais de bagels new-yorkais et de parts de pizza à chaque coin de rue. Mes symptômes, je les avais attribués au voyage, à mon nouveau milieu et peut-être, comme dirait Larissa, à une « légère dépression », expression plus réconfortante que l'étiquette d'une âme en peine. J'ai alors pourtant compris quelle était ma véritable étiquette : entièrement et indéniablement enceinte.

Comment te dire ça ? Et néanmoins je te le dis : l'idée qu'il y avait en moi un fœtus s'est accrochée à mon esprit comme une sangsue brune et ondulante, dont tu avais alors à peu près les mêmes dimensions. Je pensais à mon corps qui s'ouvrirait et se briserait, et à une chose hurlante et sanguinolente de la taille d'un ballon de football qui en émergerait, et je suis tombée à genoux – oui, à genoux – et j'ai vomi dans la cuvette. Je venais de faire pipi, et l'odeur d'urine, combinée à celle des régurgitations de mon petit déjeuner, m'a de nouveau levé le cœur, mais cette fois rien n'est sorti. J'ai tiré la chasse pour tout faire disparaître.

Assise à côté de la cuvette, je ne sentais rien, n'entendais rien et ne voyais rien, parce que j'étais en train de pleurer. Je n'en ai pris conscience qu'en entendant un coup discret à la porte.

« H-Hannah… ? »

C'était ma nouvelle voisine.

« Est-ce que ça va là-dedans ? »

Je me suis levée tant bien que mal et me suis essuyé le visage du revers de la manche, puis j'ai regardé ma montre sans pouvoir distinguer les chiffres. Mes lunettes. Je les ai trouvées et replacées sur mon nez. Combien de temps étais-je restée dans la salle de bains ? Cinq ? Dix minutes ?

On a frappé de nouveau à la porte.

« Hazel », ai-je dit en reprenant ma voisine de l'autre côté de la porte. Je n'avais qu'un filet de voix. « Une minute. »

De toute urgence, j'ai ouvert l'eau, reléguant de nouveau mes lunettes au rebord du lavabo, et me suis aspergé le visage, puis j'ai arraché la serviette d'une blancheur immaculée de son support. J'étais une vraie loque. *Il se peut même que jamais je ne fasse plus mauvaise impression*, ai-je pensé, ce qui, avec le recul, est hilarant, avant que, bon sang… Je me suis mise à rire. Mais, tu sais, ça ressemblait plus à un hoquet, et j'ai vomi de nouveau, en plein dans le lavabo. Ce n'est pas beau, des vomissures de bagel.

26

Quand je suis sortie, Moira se balançait dans l'étroit couloir, un air confus dessiné sur son large visage. Elle s'était débarrassée de son imperméable et portait un pull à manches courtes de la couleur d'une vieille balle de tennis, l'air élimé. J'ai compris plus tard que je ne devais cette impression qu'au fait d'avoir encore oublié mes lunettes sur le lavabo.

« Ça... ça ne me regarde pas, a-t-elle bégayé. Je veux dire, je te connais même pas, mais est-ce que ça va ? Est-ce que je peux faire quelque chose pour toi ? »

J'ai secoué la tête. Je sentais bien que je devais ne ressembler à rien. Mes yeux brûlaient. « Ça va. Je suis juste enceinte », ai-je dit nonchalamment en repoussant mes cheveux vers l'arrière.

Elle a lorgné la salle de bains du coin de l'œil. « Je vais aller chercher quelqu'un en bas.

— Je suis désolée pour le bruit. Je ne voulais pas te déranger. » Son regard s'est soudain arrêté sur quelque chose derrière moi.

En me retournant, j'ai reconnu la forme oblongue sur le meuble. J'avais oublié le bâtonnet.

« Oh ! » a-t-elle laissé échapper d'une voix tout à coup très aiguë. C'est à ce moment-là que j'ai compris qu'elle était peut-être plus jeune que moi. « Oh ! Hann... Hazel. Hazel, pourquoi tu ne viens pas t'asseoir un moment ? » Elle m'a fait signe d'entrer dans sa chambre et même si, bizarrement, j'avais oublié son nom, j'ai enjambé son sac à dos et pénétré dans la chambre 306.

Les voisins ont fini de brûler leurs cheveux. Je peux encore sentir l'odeur suspendue dans l'air comme un épais nuage. Si le brun a une odeur, c'est celle-là. La fumée disparaît rapidement, mais l'odeur persiste. Je n'aperçois plus ni l'homme ni la femme, même depuis la fenêtre de la cuisine, d'où on voit au-delà de la colline et des rangées de conifères. Ils sont retournés à l'intérieur.

Quand est-ce que l'odorat se développe ? Il me semble que Larissa m'a dit que les bébés apprennent à respirer avant même de quitter le ventre de leur mère. À l'échographie de la vingtième semaine, le fils de Larissa commençait déjà à sucer son pouce, petit appendice transparent qu'il tenait à côté de sa bouche. Larissa en avait une photo noir et blanc, qu'elle avait collée sur son frigo. Mais va savoir s'il y a une relation entre la respiration et l'odorat, dans le ventre de la mère.

Sais-tu ce que je vais faire ? Demain, si Grace ne revient pas, j'irai au chalet voisin et j'expliquerai au couple ma situation. Une femme enceinte seule dans cet endroit perdu ? En quoi représenterais-je une menace pour qui que ce soit ? Il va falloir qu'ils m'aident. Je suis déjà allée cogner à leur porte, une fois, mais c'était la nuit et ils n'ont pas répondu. Je vais essayer de jour, quand ils me verront par la fenêtre. Ils doivent bien avoir une voiture. S'ils en ont une, ils ne pourront refuser de m'emmener à l'hôpital quand je serai sur le point d'accoucher. D'ordinaire, n'importe qui ferait ça, pas vrai ?

DEUX

Où en étais-je ? Ah oui, je te parlais du jour où j'ai appris ton existence, qui était aussi celui de la première attaque.

Je te racontais tout ça il y a quelques heures, mais il fait nuit maintenant et je me sens si seule ici. Un peu plus tôt, tu t'agitais et te tortillais sous ma peau, tu tambourinais contre ma main, mais à présent tu ne remues plus, on dirait que tu dors. Quand tu bouges, je me sens moins seule, comme si tu existais réellement. Ces jours-ci, même si je n'ai pas encore fait ta connaissance, tu me sembles d'une plus grande réalité que bien des gens que j'ai connus. Plus que Karl. Parce que je peux sentir tes mouvements, parce que je sens ta présence.

Je ne savais pas à quel point Grace m'était devenue indispensable. Je ne savais pas à quel point la nuit me rendait vulnérable. Ça aide, de continuer à parler.

Moira n'était pas de New York elle non plus. Après m'avoir invitée dans sa chambre et aidée à m'allonger, elle a disparu. Ce n'est qu'au bout de cinq minutes que j'ai songé à m'extraire de son lit, dont l'édredon était en tissu piqué, comme le mien, et à retourner dans ma chambre, mais ma tête oscillait comme un lest en plomb suspendu au bout d'un fil de pêche, et j'ai compris qu'il valait mieux rester là. J'ai fermé les yeux. J'ai senti monter en moi un vague sentiment de vertige. Ou peut-être s'agissait-il d'une crise de panique. Je n'en avais jamais eu auparavant. J'ai ouvert les yeux et me suis retrouvée à fixer le sac à dos de Moira. Je le vois encore. J'éprouvais une certaine satisfaction, un réconfort même, à le regarder affaissé dans le coin, avec son armature métallique apparente, ses boucles, ses fermetures Éclair et ses poches qui faisaient gonfler les côtés. Il était de couleur kaki, une teinte apaisante dans la pénombre. Tout ce que je savais de la propriétaire du sac tenait dans les quelque quinze phrases qu'elle avait égrenées au cours d'une dizaine de minutes et, malgré cela, Moira m'avait laissée, moi, une inconnue, seule avec tout ce qu'elle possédait.

Elle s'était précipitée au rez-de-chaussée pour avertir quelqu'un du dégât dans la salle de bains et pour nous acheter au café du coin de la tisane à la menthe qui, m'avait-elle assurée, calmerait mon estomac. Elle allait payer la tisane de sa poche tandis que moi, je restais seule avec tous ses effets réunis dans un sac à dos. La confiance qu'elle m'accordait me stupéfiait. Mes yeux se sont embués et, à son retour, je pleurais encore. La masse gris-vert et imprécise du sac à dos flottait dans mon champ de vision.

Moira a déposé deux gobelets en carton sur la table de chevet avant de disparaître de nouveau. « Tiens », a-t-elle dit en s'éclipsant, comme si elle me présentait autre chose alors qu'elle quittait la pièce. Quand elle est revenue quelques secondes plus tard, elle m'a tendu un rouleau de papier de toilette sans dire un mot. Je distinguais à peine mes lunettes, qu'elle tenait délicatement dans l'autre main. J'ai essuyé mes yeux avec quelques carrés de papier et me suis mouchée plus bruyamment que je ne l'aurais souhaité. J'ai attrapé mes lunettes *vintage* à monture en écaille de tortue et senti leur poids contre mes joues brûlantes. La gêne s'était installée.

« Bois ! » a dit Moira.

J'ai pris la boisson chaude à deux mains.

La femme de chambre a ouvert la porte de notre alcôve afin d'accéder à la salle de bains. Petite Allemande parlant à peine anglais, elle se frappait la poitrine en déclarant « Mon travail, ça ! » et en faisant valser à force de courbettes ses cheveux blond cendré coupés au bol chaque fois que je m'excusais pour l'eau qui stagnait dans la baignoire de la chambre du quatrième. Moira a fermé la porte et nous sommes restées seules.

« Je l'ai jeté », a-t-elle dit brusquement. Au début, je ne savais pas de quoi elle parlait. Elle a ajouté : « Le test.

— Mais le résultat était positif, non ? » J'ai cherché la confirmation dans son regard. Je n'en revenais pas que cette inconnue ait manipulé un truc sur lequel j'avais fait pipi. Elle se tenait encore debout devant la porte, comme si elle hésitait à s'asseoir, même si, avant d'aller chercher la tisane, elle avait déjà pris place à côté de moi, sa hanche pressée contre la mienne, et m'avait caressé le dos en cercles lents en me répétant que tout irait bien.

Moira a secoué vigoureusement la tête plusieurs fois en se mordant les lèvres comme si elle craignait que je veuille assassiner la messagère. Elle tenait la tisane devant son visage, mais ne buvait pas. On aurait dit qu'elle en recueillait la chaleur même s'il faisait déjà très chaud dans la pièce. Elle a relevé ses épais sourcils foncés. « As-tu un petit ami ? »

Je lui ai dit que non. À quarante-six ans, Karl était trop vieux pour être le petit ami de qui que ce soit. « Enfin… dans un certain sens, si », ai-je ensuite rectifié. Je n'en avais pas raconté autant à Larissa.

« Il est où ? a demandé Moira, ce qui, avec du recul, était une question tout à fait logique vu qu'on était dans un hôtel, mais à ce moment-là, sa perspicacité m'a donné des frissons.

— À Toronto, au Canada.

— Alors, c'est là que tu dois aller. »

Elle est venue s'asseoir près de moi. Grande et élancée, elle occupait moins d'espace qu'un chat qui aurait atterri d'un bond sur le matelas, une fois installée sur le lit. Elle m'a dit que je devrais appeler le père, que je n'avais certainement pas envie de vivre ça toute seule.

J'ai haussé les épaules. « C'est un peu… » J'ai pris une gorgée de tisane. Le poids que j'avais senti dans ma tête était descendu dans mon ventre. J'ai compris que ce n'était pas de l'anxiété, mais de la culpabilité. « … compliqué. Là-bas, je vivrais ma grossesse toute seule aussi. Il est… »

Les yeux rivés sur la porte de la chambre de cette inconnue, je luttais contre le mot « marié », qui restait coincé dans ma gorge. Je ne voulais pas non plus dire que Karl avait une « liaison ». Ça évoquait pour moi une composition chimique. Une puissante solution à base de chlore. Et dire qu'il avait des « contraintes » aurait fait croire qu'il était sous le coup d'une condamnation. J'aurais pu employer des termes plus neutres comme « partenaire », « épouse », mais dans mon esprit, ils renvoyaient tous à une forme d'asservissement. En fin de compte, je n'ai pas terminé ma phrase et Moira ne s'en est pas formalisée.

Elle a fini par me renvoyer. Non, « renvoyer » n'est pas le mot juste. Moira a été super sympa et m'a dit gentiment : « Peut-être que tu devrais l'appeler. »

J'ai compris que c'était un message codé pour : « Fous le camp d'ici. »

Elle m'a accompagnée jusqu'à la porte de ma chambre, qui n'était bien sûr qu'à quelques pas de la sienne, a posé sa main sur mon bras et m'a dit tout simplement : « Ça ira. » Je me souviens de ces deux mots parce qu'ils étaient aussi solides que des cailloux que j'aurais serrés dans chaque main : Ça et *ira*. Elle s'est retournée et a disparu dans la chambre 306. Une seconde plus tard, je l'ai entendue soulever le sac à dos et le déposer sur le lit, vraisemblablement pour le vider.

J'ai fermé la porte et me suis assise sur le lit.

Je voulais appeler Karl. Il faut que je te le dise, mon bébé, j'allais le faire. Je veux au moins que tu saches que j'y ai songé. Pourtant, deux heures plus tard, j'étais toujours au même endroit. Je suis restée assise sans bouger jusqu'à ce que l'émotion s'empare de moi et que je comprenne qu'il fallait quitter cette chambre.

Il y a une carte de New York dans ma tête. Les rues sont en blanc, les immeubles en jaune et les ponts que traversent les lignes de métro s'étendent en rouge au-dessus de l'Hudson, représenté en bleu. Mais j'ai également un souvenir tridimensionnel de la ville. Il y a les immeubles en pierre avec des visages sculptés au-dessus des portes d'entrée, et puis la manière dont les édifices obscurcissent le jour jusqu'au sixième étage. Il y a la dentelle noire des escaliers de secours, la symphonie de klaxons, et la manière dont les fleuristes et les épiciers de quartier attachent les bouquets d'œillets et de lys avec des rubans et les placent sur des socles, comme si chaque jour ouvrable était couronné d'un bal. Il y a les enfants de l'école primaire d'à côté, habillés et coiffés comme s'ils aspiraient à jouer dans un groupe de rock indie. Il y a cette fille maigre en débardeur, penchée à sa fenêtre, qui fume une cigarette pour l'éternité. Quand l'ai-je vue ? Je ne me rappelle pas, mais l'image est toujours là, logée dans ma cervelle. Lorsqu'on visite une ville qui n'est pas la nôtre, on a l'impression que tous les gens qu'on croise ressemblent à des connaissances, et pourtant c'est impossible. Un sentiment d'étrangeté se mêle à celui de déjà vu. Et puis il y avait ces gens debout aux coins des rues, des écouteurs branchés à un téléphone qui brillait dans leur main, l'air à la fois déconcertés et déterminés, comme s'ils attendaient des directives d'un vaisseau spatial afin de savoir où aller et quoi faire. Et après le travail, les rues se remplissaient des femmes les plus maigres et les plus incroyablement belles que j'aie jamais vues qui s'avançaient en vacillant, comme si elles allaient éclater en sanglots, comme si aucune bouchée de nourriture n'avait franchi leurs lèvres depuis vingt-quatre heures, aussi pâles et tristes que Shirley MacLaine dans *La Garçonnière*, de Billy Wilder, un film des années 1960. Et à vrai dire, sans l'épidémie et les événements qui ont suivi, j'aurais quitté New York avec un souvenir évanescent inspiré du cinéma à jamais gravé dans ma mémoire.

Le jour où j'ai appris ton existence, je suis descendue dans ces rues-là. Je me suis arrêtée un temps à

Union Square, qui dans mon esprit a toujours beaucoup plus ressemblé à un cercle qu'à un carré. Il me plaisait davantage le samedi et le dimanche, quand il y avait des étals de fruits et légumes. Les jours de semaine, c'était un parc comme les autres. Des gens assis tout autour du square piquaient dans des contenants en polystyrène à l'aide de fourchettes en plastique, des pigeons picoraient chaque petite graine sur le trottoir, quelqu'un distribuait des tracts annonçant l'imminence de l'apocalypse, des *skaters* se jetaient sur les marches sans le moindre égard pour les touristes. D'habitude, je prenais un plaisir pervers à regarder l'horloge de la dette publique calculer silencieusement et à une vitesse ahurissante le déficit budgétaire américain, mais ce jour-là je ne voyais plus rien.

La discussion du couple assis sur le banc d'à côté venait de dégénérer en dispute. Le gars était noir et portait un chapeau de pêcheur. Je me souviens que le rebord était retourné et que le gars avait du style. Replié sur lui-même, il serrait ses genoux, les mains pendantes, ses baskets blanches appuyées contre le banc. Quand je ferme les yeux, j'arrive à voir ce genre de scènes, de brefs instants, clairs et immobiles comme des photos. Sa copine, qui était blanche aux cheveux d'un noir profond, un peu grassouillette, portait un rouge à lèvres très vif et peut-être, si je me souviens bien, des jambières rayées par-dessus ses Converse, malgré la chaleur. J'ai fait défiler les numéros du menu de mon téléphone et me suis arrêtée à celui de Larissa, puis à celui de ma mère et enfin au numéro de Karl, avant de revenir au menu. J'avais eu l'intention d'acheter un portable new-yorkais, mais je connaissais si peu de gens que j'avais remis la dépense à plus tard. Quand j'appelais quelqu'un à New York, le signal passait d'abord par le Canada. Trois minutes en frais de réseau suffiraient à me payer un repas au resto, m'étais-je dit.

« Qu'est-ce tu veux, au juste ? » a demandé le garçon à la fille. Il a répété sa question plusieurs fois, mais elle refusait de le regarder ou de lui répondre, les bras croisés sur son corps potelé. « Je t'ai demandé : qu'est-ce tu veux, au juste ?

— J'veux rien du tout », a rétorqué la fille. Elle s'est levée et a fait tout un cirque pour ajuster son sac à main avant de s'en aller. Un écusson à tête de mort cousu sur le sac rebondissait sur sa hanche. Le garçon m'a regardée, et moi, je lui ai retourné son regard en guise d'excuse pour la gent féminine du monde entier. Il a esquissé un sourire ironique comme pour dire qu'il avait connu des jours meilleurs. À la vue des petits boutons d'acné qu'il avait sur les joues, j'ai compris que ni lui ni sa copine n'avaient plus de dix-neuf ans. Il s'est levé et a suivi la fille, comme s'il n'était pas du tout pressé de la rejoindre, mais finirait par le faire.

« Appelle-moi, ai-je murmuré à mon téléphone. Appelle-moi. Appelle-moi. » J'ai fusillé ce foutu portable du regard de la même façon que je fixais intensément les objets, l'été de mes onze ans, quand j'ai cru être douée de pouvoirs de télékinésie. Il n'a émis ni pépiements, ni gargouillis, ni vibrations, ni sonnerie. Sans surprise, cet objet noir et impersonnel, inerte dans ma paume, laissait défiler les minutes. Je l'ai glissé dans la pochette de mon sac et je suis partie d'un pas déterminé dans la même direction que le jeune couple. À chaque pas, je me demandais où le fœtus était accroché dans mon ventre. Ballottait-il vers la droite ou vers la gauche ? Ou bien tanguait-il entre mes hanches comme un bouchon sur les flots ? De quelle taille était-il ? Juste un petit têtard ?

Je me sentais incroyablement naïve, si peu féminine, si peu femme, du fait de ne pas connaître spontanément les réponses à ces questions. Une bouffée de chaleur m'a envahie. Je me souvenais vaguement d'une série d'illustrations en rose tirées d'un de mes manuels scolaires, j'imaginais une forme qui rappelait un hippocampe ou un dinosaure, avec des yeux d'extraterrestre, à peu près de la taille d'une noix de cajou. Je me suis assise de nouveau avant de quitter le parc pour éponger la sueur de mon front avec le revers de ma manche. Comme tu le sauras bien un jour, je surchauffe quand je suis en état de crise. J'ai ajouté une autre teinte de rose à ma liste noire : le rose des fascicules d'éducation sexuelle.

J'ai fini par me lever de mon banc et reprendre ma route. Au bout d'un certain temps, j'ai atterri dans un salon de coiffure de Midtown. À ce moment-là, j'avais décidé que je ne voulais pas te garder. Comment t'expliquer ça ? Surtout si tu m'entends. Si tu me comprends. Mais tu ne *peux pas* comprendre, n'est-ce pas ? Je ne suis qu'une voix. Un murmure.

C'était une conclusion rationnelle. Je m'explique. Je ne voulais pas être mère célibataire. Je n'avais pas de revenus. D'accord, j'avais un master en culture et communication, mais qu'est-ce que ça valait ? J'étais une doctorante qui vivait grâce à une bourse dont l'échéance approchait. J'aurais sans doute pu trouver un emploi à Toronto, quelque chose d'ennuyeux, mais pour lequel j'étais qualifiée. Un boulot dans les médias ou les arts, de la correction d'épreuves, ou peut-être un poste à la Canadian Broadcasting Corporation. Dieu qu'on voulait tous travailler pour la CBC ! C'était presque de l'assistance sociale pour classe moyenne supérieure. J'aurais pu enseigner, mais même les charges de cours trimestrielles se faisaient rares. Ou encore trouver un boulot dans le marketing, ou tout simplement dans le secrétariat. Mais la seule idée d'élever l'enfant de Karl sans être certaine de mes sentiments pour lui me remplissait de honte, autant pour la femme que pour l'être humain que j'étais. La seule idée d'élever *n'importe quel* enfant me mettait dans un état second.

Va savoir comment j'en suis venue à décider de ton sort cet après-midi-là. À chacun de mes pas, une pensée chassait l'autre et, lorsque je me suis enfin assise dans le fauteuil pivotant d'une coiffeuse qui ne parlait pas très bien l'anglais, le doute s'était envolé.

« Arrangez-moi ça, ai-je dit en montrant ma repousse.

— Qu'est-ce vous voulez ? » a demandé la coiffeuse en me jetant un regard interrogateur. Ses paroles faisaient un curieux écho à celles de l'adolescent du parc.

Qu'est-ce que je voulais, en effet ?

Entre deux âges, la coiffeuse avait les cheveux noirs et lustrés, lissés et dégradés, coiffés en faux carré, sans le moindre fil d'argent. Elle soulevait mes mèches, puis les laissait retomber. Elle a répété son geste en me regardant dans le miroir. Mes cheveux étaient ternes, m'a-t-elle dit. Ça m'a surprise parce que l'eau de New York est plus douce que celle de Toronto. Il me semblait au contraire que mes cheveux avaient une apparence plus saine que d'habitude. Mais la coiffeuse m'examinait comme si elle me connaissait depuis toujours et que la manière dont je prenais soin de mes cheveux était une profonde source de déception pour elle. « Si ternes. »

J'avais envie de pleurer.

Au fil des ans, j'avais reçu toutes sortes de conseils de la part de ma mère pour le soin de mes cheveux. Je n'en avais suivi aucun.

- « Profite de ton temps libre pour prendre soin de tes cheveux ! »
- « Avant de te laver les cheveux, il faut les brosser. Tu ne pourras pas les rincer convenablement s'ils forment un nid d'oiseau inextricable. »
- « Pour combattre les cheveux secs, il faut les rincer à la bière. »
- « Tes cheveux sont une source de fierté pour ta famille. Alors investis dans un bon revitalisant. »
- « Enduis tes cheveux d'huile de vison pour raviver leur éclat. »
- « Une touche d'huile d'olive éliminera les pellicules. »
- « Le massage de la tête stimule la circulation, améliore la santé du cuir chevelu et contribue à une chevelure saine. Une peau sèche signifie généralement que tu es épuisée ou tendue. »
- « Pour bien te laver les cheveux, rince-les à l'eau tiède. Rince et rince encore. Quand tu es certaine d'avoir éliminé tout le savon, rince-les encore. Rince-les jusqu'à ce que tes cheveux crissent sous tes doigts. »
- « Si tu manques d'eau chaude pour tous ces rinçages, sois courageuse : un dernier rinçage à l'eau glacée apportera une touche de brillance. »

Comment une fille écolo pouvait-elle agir ainsi en toute conscience ? Et, à en juger par mon cuir chevelu, il semble que je suis éternellement épuisée et tendue.

« Refaites la couleur », ai-je hoqueté. J'ai enlevé mes lunettes et les ai posées sur mes genoux. Du revers de la main, je me suis essuyé un œil, ce qui a laissé des traces de mascara sur mes jointures. J'ai essuyé ma main sur mon jean. J'ai remis mes lunettes. « Refaites la couleur », ai-je répété, mais avec un peu plus de conviction. J'ai levé le menton comme pour mettre la coiffeuse au défi de s'y opposer.

« OK », a-t-elle lâché, comme elle aurait dit : *Tu l'auras voulu, ma vieille.*

J'ai toujours eu les cheveux en broussaille, rugueux et friables au toucher, et c'était à ça, bien plus qu'à la couleur, qu'elle réagissait. Les cheveux des Blancs sont censés être fins comme de la soie de maïs. J'avais les cheveux de mes ancêtres paternels, que je n'ai jamais connus, mais qui étaient apparemment aussi écossais que des border collies. On aurait dit le pelage épais d'un chien de berger.

La coiffeuse est allée chercher dans une armoire ce nuancier qu'on trouve dans tous les salons et qui contient des boucles de toutes les couleurs : noir velours, ébène, brun sablé, terre d'ombre, chocolat, noyer, marron, acajou. J'adorais jouer avec les échantillons dans le salon de ma mère quand j'étais petite. La coiffeuse a rapidement parcouru les bruns. Puis sont venus l'auburn, le rouge orangé, le gingembre, le cuivré, le rouge radieux, le rouge feu, l'écarlate, le merlot, l'orchidée pourpre, le violet, le prune, l'indigo, l'azur et même le rose flamant. Ont suivi les blonds. Bien que je n'aie jamais été blonde, je connaissais leurs noms par cœur : blond Sahara, ocre du désert, blond foncé, gerbe d'or, blond lumineux, miel, camomille, chardonnay, blond argenté, or blanc et, enfin, platine. La coiffeuse a retourné le carnet dans tous les sens.

« Brun, lui ai-je dit, embarrassée. Juste un brun moyen. Cette couleur-ci. » Je lui ai montré les pointes de mes cheveux. À la racine, par contre, la repousse était de la couleur d'un plat de spaghetti alla marinara.

Je n'avais jamais vu une femme de plus de quarante ans plisser le nez comme ça, mais c'est précisément ce qu'a fait celle-là en me dévisageant dans le miroir. Je l'ai regardée soulever le nuancier et sélectionner une mèche de couleur rouille, qu'elle a placée à côté de ma repousse. « Cette couleur-là », a-t-elle dit en hochant la tête.

J'ai tendu le cou pour la regarder dans les yeux. « Brun », ai-je insisté, mais j'ai moi-même senti de l'hésitation dans ma voix.

La coiffeuse voisine s'est tournée vers nous. Elle était plus jeune. Elle a dit quelque chose en coréen. Puis elle m'a considérée d'un œil critique et a déclaré : « Revenez à votre couleur naturelle. C'est ce qui vous ira le mieux. »

Je n'ai plus rien dit. Les coiffeuses avaient gagné.

L'aînée s'est retournée vivement et s'est mise à mélanger la couleur sur le comptoir. Elle a jeté un tablier en vinyle autour de moi sans même me regarder.

Il lui fallait tout d'abord enlever la couleur que j'avais appliquée. Au moins pendant que le décolorant me brûlerait les yeux j'aurais tout loisir de pleurer en public si j'en avais envie. Les raisons ne manquaient pas : Karl Mann ne quitterait jamais sa femme. Nous n'avions couché ensemble que cinq fois. Combien de fois Karl et sa femme avaient-ils fait l'amour ? Cinquante-cinq fois, trois cent cinq fois, mille cinq, dix mille cinq ? Je les imaginais en train de forniquer jusqu'à l'infini. Je les voyais flottant nus dans le sas que formait leur chambre blanche et immaculée, comme des astronautes libérés des contraintes de la gravité, leurs membres ballottant et ondoyant librement comme des rubans, la tête en bas, abandonnés à de complexes acrobaties amoureuses.

C'était juste avant le week-end de la fête du Travail. La plus jeune des coiffeuses avait glissé une cale sous la porte pour qu'elle reste ouverte. Une mouche est entrée et a atterri sur ma jambe, puis une autre l'a suivie. J'ai secoué mes genoux et elles ont décollé et tournoyé dans le salon avant de revenir se poser sur moi comme par bravade.

Karl et moi avons en fait couché ensemble six fois, si je compte le soir où dans sa Mini Cooper il m'a suppliée de me masturber pour lui, rien que cette fois-là, puis de le faire jouir avec mes mains, rien de plus. Ensuite, il s'est mis à pleurer pendant que je fouillais dans mon sac à la recherche d'un Kleenex pour nettoyer tout ça. En général, je ne comptais pas cette fois-là. J'avais déjà vu des hommes pleurer. Mon père, quand j'étais très jeune. Mais voir Karl pleurer, c'était tout autre chose. Il était trop grand pour cette voiture, et l'espace trop restreint, de toute façon. C'était un homme marié, il n'était pas à moi. Je ne savais pas pourquoi *moi*, j'avais droit au Karl larmoyant, tandis qu'*elle* profitait du Karl stoïque. Il ne s'était pas contenté de verser des larmes en cachant ses yeux derrière ses mains, comme mon père. Non, quand Karl a pleuré, il a chialé comme un bébé de soixante-quinze kilos. Je n'avais jamais rien vu de tel. Tout son front était plissé. Il y avait plus de plis que j'en avais jamais vus en un seul endroit. On aurait dit que l'émotion de Karl traversait son corps de bas en haut et que cette cacophonie, ainsi que son âme, allait jaillir de son crâne en provoquant un dégât pas possible. Une éruption volcanique. C'était comme voir quelqu'un atteindre l'orgasme, mais en plus laid. Notre liaison était laide. Et maintenant, les mouches étaient de retour, au nombre de quatre, de grosses mouches noires.

« Allez, ouste ! ai-je dit. Ouste ! » J'ai secoué les genoux et elles ont pris leur envol pour revenir à peine une minute plus tard. Dans le miroir, je voyais mes cheveux tout blancs et frisottés sous l'effet du décolorant. J'avais retiré mes lunettes et les avais posées sur leurs branches près du lavabo. La coiffeuse est venue pour vérifier que tout allait bien. Elle m'a tendu une revue pour chasser les mouches, qui revenaient sans cesse.

S'il fallait que je devine le moment précis où c'est arrivé, cette chose, cette chose si étrange, ta conception, je dirais que c'était la quatrième fois. C'est à ça que je pensais, dans ce salon de beauté, tandis que la sueur ruisselait sous mon tablier. Aujourd'hui encore, je pense que c'était la quatrième fois.

Karl s'était pointé chez moi sans prévenir. Il était presque onze heures du soir, un vendredi, quand soudain il est apparu de l'autre côté de la fenêtre, le visage aviné, devant la porte qui donne sur la ruelle, debout dans l'escalier de secours. J'étais occupée à égoutter des macaronis instantanés pour un repas tardif. J'ai laissé tomber la passoire et la casserole dans l'évier et fait un bond jusqu'au milieu de la pièce tellement j'étais surprise. J'ai reçu des gouttes d'eau bouillantes sur les poignets, mais je n'ai rien dit et me suis essuyé les mains sur mon short. Je ne sais pas si recevoir un choc mène nécessairement à de bons rapports sexuels, mais cela a été le cas ce soir-là. Le seul fait qu'il soit venu jusqu'à moi me donnait des frissons. Le regarder traverser mon espace de vie, toucher mes affaires, était plus désinhibant que l'alcool ou l'herbe qu'on ne partageait jamais avec moi.

Ce soir-là, je sentais que j'habitais pleinement mon corps pour la première fois, qu'il aurait été impossible d'être plus présente. La seule fois où je m'étais sentie un tant soit peu comme ça auparavant, c'était dans un cours optionnel d'histoire des femmes, en deuxième année. J'étais assise derrière une fille qui s'appelait Catherine Lee. Je ne connaissais son nom que parce qu'elle levait souvent la main et que le professeur lui accordait la parole. Chaque fois, le col de son haut bâillait, me laissant contempler la ligne parfaite de son dos et les bretelles noires de son soutien-gorge. Je ne sais pas pourquoi elle me faisait cet effet, mais chaque fois, surtout si elle se penchait en avant pour attirer l'attention du professeur, il me semblait que j'allais exploser. Peut-être parce qu'elle se foutait éperdument qu'on voie son soutien-gorge et qu'elle était animée par une sexualité bien à elle, comme je n'en avais jamais eu moi-même. Même les quelques hommes avec lesquels je m'étais amusée avant Karl ont servi bien plus à des expériences tactiles et mécaniques qu'à me procurer un contact physique plein et satisfaisant. Et jusqu'à ce soir-là dans mon appartement, Karl aussi n'était guère plus qu'une expérience.

Je me suis jetée sur lui et l'ai embrassé dans le couloir. Il s'apprêtait à aller aux toilettes, mais j'ai réussi à le plaquer contre le cadre de la porte et, malgré son inconfort, nous avons entamé les préliminaires séance tenante, debout. Je me souviens que j'ai éprouvé presque tout de suite une incroyable sensation, *cette* sensation-là. Se sentir à la fois morte et traversée d'une poussée d'adrénaline. Un film en noir et blanc défile soudain dans notre tête et on entend le déferlement des vagues de la mer à mille lieues, le grésillement d'une radio et des bribes de chansons qui jouent à tue-tête. Et les mots manquent pour décrire cette émotion-là. Il n'y avait pas de quatuor à cordes, mais… je n'avais jamais rien senti de tel avant avec Karl. Peut-être l'a-t-il senti aussi, parce qu'il est devenu nerveux et s'est figé.

« On ne devrait pas. »

Mais après on s'est dirigés vers ma chambre. Le professeur Karl Mann dans *ma* chambre. Respirant l'air de *ma* chambre. Ses mains, ses cheveux et son odeur dans *mes* draps ; les cellules de sa peau, qu'il laissait derrière lui ; son doigt, qu'il promenait sur *mes* livres en faisant un commentaire anodin. De la commode, j'ai tiré un préservatif, le seul en ma possession, que je m'étais procuré deux ans plus tôt au Centre universitaire des femmes en même temps qu'une trousse de prévention des maladies sexuellement transmissibles. Je le lui ai enfilé vite fait et nous avons terminé ce que nous avions commencé. Mais comme je n'avais pas eu tout mon soûl et que j'aurais pu continuer indéfiniment, parce que j'étais en train d'avoir mon premier orgasme avec lui, il est resté en moi avec le préservatif longtemps après avoir terminé. C'est sans doute à ce moment-là que c'est arrivé.

Dans ce salon de coiffure de Midtown, j'ai continué de chasser les mouches.

Karl avait toujours paru délicat. Il était grand et mince, beaucoup plus mince que moi. Il avait un visage long et étroit, des doigts longs et étroits et un pénis long et étroit, que je n'aimais pas, mais qui ne me dérangeait pas non plus. J'ai fait beaucoup de bruit ce soir-là, plus que jamais auparavant. Parce que nous ne nous étions jamais trouvés dans un endroit où j'en avais la possibilité. Sauf cette unique fois au chalet. *Ce chalet-ci.*

Dans mon appartement, c'était différent. C'était chez moi et je me sentais à l'aise. Je ne savais pas s'il aimait ça, que je sois bruyante, ou si ça le dérangeait. Pour lui, avoir un orgasme, c'était « jouir », expression que je trouvais aliénante et impersonnelle : *As-tu joui ?* Je me suis sentie un peu honteuse et je me souviens avoir arpenté ma chambre en faisant du rangement afin d'éviter son regard.

Un peu plus tard, nous avons assaisonné les macaronis instantanés et les avons mangés froids. « C'est absolument horrible », a-t-il dit en riant. J'espérais qu'il faisait allusion aux macaronis. C'est ce que je pensais, mais je savais qu'il s'en voulait d'être venu, d'être resté aussi longtemps, même si sa visite n'avait duré qu'environ une heure. Il a dit qu'il allait partir. Non, qu'il le *fallait*. Il fallait qu'il parte.

Il m'a embrassée en haut de l'escalier de secours. Sa clavicule s'est pressée contre ma tête quand il m'a prise dans ses bras. C'était la deuxième semaine de juillet. Pendant que nous nous disions au revoir, debout dans l'air du soir, le smog de la ville s'est déposé sur nos épaules comme une couverture. Puis Karl a emprunté l'escalier tortueux. Ses pieds étaient trop longs pour les marches étroites. Je l'ai regardé descendre précautionneusement depuis le deuxième étage. Je voulais qu'il se retourne et, arrivé en bas, c'est ce qu'il a fait. Il m'a souri à pleines dents, à la manière d'un grand adolescent, malgré les rides de son visage, comme s'il venait de remporter une petite victoire. Les lunettes dans la poche, il avait l'air plus jeune sous le reflet du réverbère qui illuminait son visage. Par la porte de la ruelle, le Magic Thai vomissait son fumet dans la chaleur du soir. J'avais l'impression de vivre un moment parfait, fou, où je flottais, et je me suis dit : *Souviens-toi de cet instant.*

Souviens-toi. Nous y voilà, et je n'ai pas oublié.

Puis il a tout gâché. « J'aurais aimé que tu sois ma copine », a-t-il lancé d'en bas, le sourire aux lèvres, comme s'il venait de dire quelque chose de profond ou de beau. Comme s'il venait de dire « Je t'aime ». Il s'est retourné. J'ai attendu que sa chemise bleue rentrée dans son pantalon disparaisse dans l'obscurité. Une grosse boule en bois obstruait ma gorge.

C'est donc cette fois-là, à ce moment précis, que tu as fait ton entrée en scène. J'ai été punie pour avoir donné libre cours à mon désir. La cinquième fois, bien que ce soit la dernière, a manqué de lustre et ne s'est pas gravée dans ma mémoire.

Dans le salon de coiffure, six mouches s'étaient agglutinées sur mon jean. Je me sentais comme un paria, semblable au poussiéreux Pig Pen dans les *Peanuts* de Charles M. Schulz. La coiffeuse est revenue et les mouches se sont envolées ; elles n'en voulaient qu'à moi. De l'ammoniaque plein les narines, j'en goûtais l'odeur avec chaque respiration tellement elle était astringente. Mes yeux brûlaient toujours et j'avais encore envie de pleurer. Je l'aurais fait si je n'avais pas déjà versé toutes les larmes de mon corps. Karl était vieux, pitoyable et triste, et j'avais été attirée par tous ces traits de sa personnalité. J'en « jouissais ». Je me suis débattue contre cette tristesse.

Je me souviens des mains de la coiffeuse qui tiraient sur mes cheveux afin d'en vérifier la couleur. Elle les séparait mèche par mèche et les frottait avec ses doigts recouverts de latex. Enfin, elle en avait terminé avec moi. D'un geste, elle m'a dirigée vers le fauteuil à shampooing, sur lequel je me suis installée afin qu'elle rince ce qui restait de ma couleur désintégrée. Ensuite, elle a appliqué presque tendrement ma teinture à l'aide d'un pinceau en me souriant et en conversant en coréen avec l'autre coiffeuse. Mon ventre me faisait mal, mais je ne savais pas si c'était la nausée ou la faim. Avec du recul, dans mon état, je n'aurais sans doute pas dû me trouver à proximité de tous ces produits chimiques.

Quand la coiffeuse a eu fini d'appliquer la couleur, de rincer, sécher et coiffer mes cheveux, et que tout a été terminé, je ressemblais à une autre moi-même, que je n'avais pas vue depuis longtemps. Contre la volonté de ma mère, je me teignais les cheveux depuis l'âge de quatorze ans. La coiffeuse avait coupé à peu près deux centimètres et mes cheveux étaient coiffés en un carré assez souple. Ils tombaient juste en bas de mon cou et avaient la couleur très vive du lys orangé. Je ne savais pas quoi en penser.

« Joli », a décrété la coiffeuse. Elle m'a placé les cheveux autour du visage pour évaluer le résultat.

J'étais entrée avec hésitation dans le salon le plus miteux que j'avais croisé mais, bien sûr, je n'avais pas assez d'argent sur moi pour payer cette coiffure dont je n'avais pas voulu. Enfin, j'avais bien passé le temps. J'ai payé avec ma carte de crédit.

Il était passé trois heures de l'après-midi et je m'en retournais *chez moi*, notion toute relative, quand s'est produit le premier incident.

Sur le trottoir, des hommes et des femmes d'affaires me distançaient à grandes enjambées en se faufilant à toute vitesse à travers la foule, un tourbillon de collants, de cuir verni et de fines rayures. J'avais l'impression de briller comme une décoration de Noël avec mes nouveaux cheveux, qui étaient en fait mes anciens cheveux. Le Dunn Inn n'était pas loin, mais j'avais assez marché. J'allais me laisser transporter jusque chez moi et faire ce qu'il y avait de plus logique : appeler Karl. L'universitaire féministe en moi vivait une défaite : dévastée par toutes les transformations biologiques que je vivais, j'avais changé de look pour me consoler. Tandis que je descendais dans les corridors au carrelage blanc d'une station de la ligne F, le gluten et le fromage d'une part de pizza se sont bousculés dans mon ventre et je me suis demandé, trop tard, si je n'aurais pas dû opter pour quelque chose d'un tantinet moins lourd.

Je me souviens avoir observé la forme des ombres que dessinaient mes pieds sur les marches. J'ai agrippé la rampe pour ne pas être emportée par la foule pressée derrière moi, une bande d'adolescents qui hurlaient à tue-tête. Je m'apprêtais à m'asseoir à la dernière place libre des bancs de la station quand j'ai senti un haut-le-cœur.

J'ai tendu la main pour m'appuyer contre une colonne. J'ai pris une courte inspiration – *retiens-toi, retiens-toi* – et levé les yeux au plafond en suivant le tracé des tuyaux. De la moisissure et des écailles de peinture blanche. L'étouffante station était sombre et sentait l'urine et la transpiration, ce qui n'a fait qu'accentuer ma sensation de confinement. J'ai avalé ma salive et me suis avancée péniblement jusqu'à la poubelle en manœuvrant entre les attroupements de passagers en attente. Ça me semblait l'endroit le plus logique pour ce qui allait arriver, du moins le croyais-je, ou plutôt le craignais-je. J'ai posé une main sur le bord de la poubelle. Là où normalement je n'aurais jamais mis les mains, j'ai pris appui. Si quelqu'un m'a remarquée, personne ne s'en est soucié. À cette heure-là, presque tous les passagers étaient jeunes et inconscients. À quelques pas de moi, des lycéennes en jupe plissée et baskets se bousculaient en riant. En haut de l'escalier, une musicienne ambulante chantait au karaoké dans un micro en y mettant tout son cœur. The Supremes : *Baby Love*. Légèrement hors tempo, sa voix grêle déboulait l'escalier, les mots nous parvenaient à peine. Les yeux pleins d'eau, j'ai encore dégluti. Mes cheveux nouvellement colorés sont retombés pour former un rideau entre moi et tout ce qui m'entourait. Au travers de ma tignasse, j'ai aperçu une femme.

Quelque chose dans sa démarche a attiré mon regard. Sans se presser, elle longeait la bande jaune de l'autre quai. Je l'ai suivie du regard sous les néons et à travers la muraille de colonnes noires qui sépare les deux voies. Comme mon visage était penché, tout avait l'air déformé, mais je ne pouvais m'empêcher de la scruter. Elle boitait légèrement, comme si une partie de son corps était plus lourde que l'autre. On aurait dit qu'elle traînait la jambe gauche. Elle portait un ensemble tailleur-pantalon rouge, du type qu'affectionnaient les femmes d'affaires ambitieuses dans les années 1980, et des chaussures de course, des Nike bouffies, d'un blanc éclatant. Ses cheveux blonds Barbie tombaient sur les épaules rembourrées de son tailleur. On aurait dit qu'elle avait la mâchoire finement ciselée de la femme d'un certain âge qui est passée sous le bistouri, bien que, à vrai dire, elle était trop loin de moi pour que je fasse une telle observation. Peut-être que j'ai à l'esprit les photos que j'ai vues plus tard, quand la nouvelle a éclaté. Elle avait un ruban blanc noué autour du cou. Là encore, je ne l'ai peut-être pas remarqué tout de suite. Ce que j'ai immédiatement noté, par contre, ce sont ses mouvements, qui ne correspondaient pas du tout à ceux d'une personne en pleine possession de ses moyens. Elle faisait de longues enjambées traînantes, comme si ses pieds refusaient de la suivre. Peut-être avais-je cru à ce moment-là qu'elle marchait étrangement parce qu'elle avait porté des talons hauts toute la journée, mais elle n'en avait pas dans les mains et ne portait même pas de sac. Puis j'ai compris ce qui se passait. Je connaissais bien les aliénés chez moi à Toronto, une ville dont le plan d'action pour la réinsertion sociale composait avec l'embourgeoisement des quartiers du centre. De grands immeubles en copropriété ont été construits pratiquement au-dessus de ce qu'on appelait autrefois l'asile, à quelques rues à peine de mon ancien appart. J'y ai appris à repérer les fous furieux de très loin. C'est drôle, mais j'étais presque reconnaissante à cette femme étrange de me faire penser à autre chose qu'à moi-même ; je pouvais ainsi me concentrer sur elle et réprimer une seconde vague de nausée. Elle avait presque atteint le bout du quai quand c'est arrivé, rapidement et, j'ose à peine le dire, avec une certaine grâce.

De l'autre côté des voies, branchée sur son iPod, une jeune fille à peu près du même âge que les collégiennes à côté de moi portait un gros sac à dos. Elle s'était tournée pour guetter l'approche du métro au bout du tunnel. Trop près du bord. La femme blonde s'est jetée sur elle, l'a attrapée par les épaules et a enfoui son visage dans ses cheveux avec tant d'aisance et de naturel qu'on aurait cru à la rencontre de deux bonnes amies. La jeune fille a lâché un cri. Ma tête s'est dressée sur mes épaules et mon cœur s'est mis à battre la chamade. La blonde la retenait au bord du quai. On aurait dit que le corps de la petite était suspendu au-dessus du vide. Ses cheveux foncés et son sac à dos d'une teinte sombre flottaient au-dessus des rails noirs. Puis la femme d'affaires blonde a reculé, le ruban blanc de son chemisier soudain maculé de sang. En se cabrant, elle a brutalement lâché la jeune fille, qui est tombée sur les rails et a frappé le métal dans un grand bruit sourd. Ses cris ont cessé. Aussi sec. Le sac a atterri de tout son poids sur sa tête.

À l'étage, près des tourniquets, totalement inconsciente des événements, la chanteuse de karaoké continuait à s'égosiller pour gagner quelques sous en s'accompagnant d'une trame musicale anémique. Un vieux succès de Broadway, peut-être *Happy Talk*, tiré de la comédie musicale *South Pacific*, si je ne me trompe.

Sur l'autre quai, des gens ont quitté la scène à toute vitesse comme un troupeau qui fuit le danger, animé d'une même volonté.

Sur le nôtre, une femme a crié pour qu'on fasse venir quelqu'un. Mais tous les yeux étaient tournés vers la fille et, contrairement à ce qui se passait en face, notre petite foule semblait figée. Du moins, c'était mon sentiment. Quant à moi, je restais là, le cœur battant.

Puis les téléphones sont apparus dans les mains et les gens se sont mis à pianoter, certains de mauvaise grâce, d'autres avec frénésie. Ce manège s'est poursuivi pendant ce qui m'a semblé une éternité, mais personne n'a porté son appareil à l'oreille. Manque de réseau. Quelques élèves ne se sont même pas donné la peine d'essayer, préférant tendre calmement leur appareil à bout de bras et filmer la scène.

De notre quai, un homme en complet, d'un certain âge, s'est penché vers la jeune fille sur la voie, la main tendue. « Par ici, par ici ! » a-t-il crié. La petite s'était appuyée sur ses mains et tentait péniblement de se remettre sur pied. Mais elle n'a pas regardé dans sa direction. Son iPod. Elle avait encore les oreilles bouchées par la musique. Derrière elle, la blonde riait, une sorte de gloussement qui a réveillé mon corps et m'a propulsée vers les voies. Je me suis retrouvée à genoux à côté de l'homme en complet. Tous les deux, nous avons tendu la main à la jeune fille. Un autre homme s'est joint à nous. Je sentais les bosses de type LEGO de la bande de sécurité s'enfoncer dans mes genoux.

« Qu'elles s'arrangent entre elles ! a dit une voix derrière nous. Elles se connaissent sans doute. »

Bon sang, je n'en croyais pas mes oreilles ! Un peu plus loin sur le quai, quoique je n'en sois pas tout à fait sûre, j'ai cru entendre quelqu'un dire : « Cool, une bagarre de filles ! » Les gens derrière moi marmonnaient et tentaient de trouver une justification à la scène. Je me suis retournée et – je ne l'oublierai jamais, même si ça n'a duré qu'une seconde – j'ai vu un gars de mon âge, costaud, s'enfiler un gigantesque sandwich deux fois trop grand pour sa bouche. Ce type suivait l'échauffourée en mastiquant comme si c'était l'événement sportif de la soirée. Des lunettes de soleil à verres miroir étaient accrochées au col de son T-shirt, sur lequel était écrit en lettres si grandes qu'elles ont attiré mon œil malgré moi : *Just Pretend*

I'm Not Here. Il continuait à mastiquer comme si de rien n'était. J'en frémis encore. Je me suis retournée rapidement, la chaleur me traversait le corps.

À ce moment-là, la jeune claudiquait sur les rails. Le sang était passé à travers ses chaussettes blanches, toutes salies. Parce que j'étais à genoux, presque à son niveau, c'est ma main qu'elle a cherché à attraper. Au moment où je me suis penchée en avant, j'ai senti les bras de l'un des hommes entourer ma taille pour me donner de l'appui et assurer mon équilibre. L'homme en complet a tendu le bras pour prendre l'autre main de la petite. Ses mains étaient menues. Ses yeux, noirs et emplis de frayeur. J'ai senti son souffle, qui la traversait par saccades, et l'odeur métallique de sa salive. Puis, elle a, comment dire… elle a placé son pied contre le mur pour se donner de l'élan, mais ses doigts moites ont glissé entre les miens et elle est tombée.

On a entendu un bruit sourd : la blonde venait de sauter sur la voie. Avec ses grosses baskets blanches, elle n'a pas mis longtemps à traverser les rails. La jeune fille n'a pas attendu, elle non plus. Elle a agrippé le rebord du quai d'une main et attrapé la poigne de l'homme en complet de l'autre. Elle a essayé de grimper sur le quai, mais sa chaussure a frôlé la bande de sécurité jaune avant de retomber. La blonde l'a attrapée par la ceinture de sa jupe, et la petite nous a échappé, nous a glissé entre les doigts. Nous étions impuissants. Tous sur le quai observaient la scène. Les deux femmes ont trébuché, la grande et la petite, la blonde et la brune, la vieille et la jeune, se débattant sur la première voie, puis sur la seconde. La petite se défendait et a même réussi à envoyer son poing dans la gorge de la blonde, qui l'a malheureusement attrapée par les cheveux, je te le jure, à pleines mains, et s'est mise à la traîner, une expression démente sur le visage.

Puis, au bout du tunnel est apparue une lumière, qui s'approchait de notre côté.

L'un des hommes m'entourait encore la taille de son bras, ce dont je ne m'étais pas rendu compte avant qu'il me tire violemment vers l'arrière et que nous atterrissions tous les deux sur le cul. La foule de notre quai a poussé un long cri, j'ignorais pourquoi, mis à part que le métro était entré dans la station. Le gars et moi sommes restés là à cligner des yeux. Il avait gardé le bras autour de moi tout ce temps-là et pourtant je ne l'avais même pas regardé. Il était petit, râblé, et portait une casquette des Mets.

« Qu'est-ce qui s'est passé ? ai-je demandé.

— Je... je n'en sais rien... »

Si je ferme les yeux, j'entends encore sa voix et je vois son visage. Il avait les yeux brun clair et les cheveux en brosse, avec un peu de gel sur le devant, sous la visière. Il portait un T-shirt blanc et une petite croix en or au bout d'une chaîne.

À peine les portes du métro ouvertes, les passagers se sont bousculés pour descendre. Nous étions entre leurs jambes. Ils ne comprenaient pas pourquoi et n'ont ni ralenti ni arrêté. C'était un sacré bordel. Quelqu'un m'a marché sur la main et ça m'a fait mal. J'ai dû me déplacer à reculons à la manière d'un crabe. C'est à ce moment-là qu'on a entendu quelque chose. J'ai vu ça dans les yeux du gars, à l'instant même où moi aussi, j'ai perçu un grondement.

Quelque part derrière notre rame, là où on ne voyait rien, un métro arrivait dans la direction opposée.

Le gars à côté de moi a juré en espagnol. Tous les deux, on a regardé vers les voies. On voyait des vitres à travers d'autres vitres, le second métro à travers le nôtre. Des gens qui prenaient le train comme si de rien n'était. Chemises rouges, manteaux bleus, peau blanche, peau noire, nuques, mains agrippées à des barres.

« Je l'avais, a dit l'homme âgé en complet, qui se relevait en s'appuyant contre une colonne. Elle était juste là. » Il a tendu la main et la regardait d'un air ébahi. On aurait dit n'importe quel homme d'affaires. Les poils sur ses phalanges étaient argentés et il portait une lourde bague en or, sertie d'un œil-de-tigre ou d'une topaze. « Je l'avais », a-t-il dit encore, et il a continué à répéter ça en regardant sa main.

Le jeune a encore marmonné en espagnol, puis a balayé la station des yeux. « Mon sac… » Il était pris de panique. Il devait bien l'avoir posé quelque part. Le sac avait disparu, complètement disparu. On aurait pu croire qu'il s'en ficherait au point où nous en étions, mais il s'est levé et s'est mis à parcourir le quai au pas de course, se faufilant parmi les gens, dévisageant tous ceux qu'il croisait comme s'il allait récupérer son sac sur-le-champ. Mais la foule, notre foule du début, s'était fondue parmi les passagers qui sortaient du métro. Quelques-uns étaient toujours sur le quai, j'imagine, en état de choc, alors que d'autres étaient montés dans la rame. Je sentais encore autour de ma taille le bras du gars qui m'avait agrippée pour m'aider, et pourtant le voilà qui s'enfuyait en montant l'escalier quatre à quatre.

Notre métro s'est mis en branle. Il a laissé derrière lui la rame sur la voie opposée. Au début, je n'ai rien vu ; je pense bien que je cherchais du sang. Enfin, j'ai aperçu une mince cordelette blanche, juste un bout d'environ trente centimètres. C'était le câble de l'iPod, qui reposait presque directement sous le châssis argenté du train. Je n'y pouvais rien. Mes yeux se sont arrêtés sur un écouteur, pas plus grand qu'une pièce d'un cent, et sur l'autre bout sectionné. C'est à ce moment-là que j'ai vomi.

Il est possible que l'âcre odeur de vomi ait eu plus d'effet que la violence, parce que le quai s'est vidé rapidement. À ce moment-là, deux policiers ont atterri en bas de l'escalier. À côté de moi, l'homme âgé en complet répétait : « Je l'avais, je l'avais... »

Il leur faisait un récit qui dans son esprit avait déjà pris toutes les proportions d'un grand événement. Des badauds s'agglutinaient sur le quai pour témoigner tour à tour et continuer ainsi à faire partie de la scène. Des vautours. J'ai constaté que les lycéennes s'étaient envolées, même si elles portaient un uniforme semblable à celui de la jeune fille qui avait disparu sur les rails. Mais le gars à l'énorme sandwich n'avait pas bougé, bien que, on s'en doute, le sandwich se soit volatilisé.

Une policière hurlait : « Si v'zavez été témoin d'la scène et v'zavez que'qu'chose à signaler, restez où vous êtes ! Sinon, circulez ! »

De nouveaux passagers dévalaient les marches, sans rien savoir de l'incident, impatients d'arriver à destination, mais curieux de savoir ce qui s'était passé. *Un exhibitionniste ?* Ils jetaient des regards obliques en se dirigeant furtivement vers le côté du quai qui n'avait pas subi l'outrage des vomissures.

Une idée horrible m'a traversé l'esprit : à un certain moment, le train, ce train-là, devant moi, va bouger. Et même très bientôt. Je ne voulais pas voir ça. Chaque partie de mon corps disait *Va-t'en*. Je portais encore mon sac à main à l'épaule, la bandoulière entre les seins. Avant même que les policiers ne se tournent vers moi, j'ai emprunté péniblement l'escalier pour rejoindre la clarté du jour en disant : « J'ai besoin d'air. Désolée. Pardonnez-moi. Excusez-moi. »

Quelqu'un a crié « Mam'zelle ! » derrière moi, peut-être la policière, mais j'ai poursuivi mon chemin comme si la voix ne s'adressait pas à moi.

Je me souviens avoir marché si vite que je courais presque, devant les magasins à un dollar qui vendaient des cartes postales du Chrysler Building, les cafés ornés de photos de la statue de la Liberté. J'ai traversé les intersections à l'heure de pointe comme une pro parmi les taxis et les limousines qui jaillissaient des rues à sens unique en klaxonnant. J'ai parcouru ma rue à toute allure, comme une enfant que l'on poursuit jusque chez elle après les classes, puis j'ai gravi l'escalier jusqu'au quatrième étage, avant de me rappeler qu'on m'avait donné une chambre au troisième et, enfin, j'ai réussi à introduire ma clef dans la serrure et j'ai atterri face la première sur mon lit. Entre les rideaux de velours couleur pêche entrouverts, le soir naissant laissait s'écouler une douce lumière. J'ai dû rester immobile pendant plus d'une heure. Puis je me suis recroquevillée sur le côté et j'ai ouvert grands les yeux sur le ciel au-dessus de la cour intérieure jusqu'à ce qu'il vire au gris et que le sommeil m'emporte.

TROIS

On peut naître dans de pires conditions, ma petite pilleuse de temple. C'est ce que je me dis. Tu ne seras pas une enfant de la guerre, par exemple, seulement une enfant de la peste. Tu seras le *poupon de la peste*, comme un personnage dans un vieux film d'horreur, à l'instar des Démons du maïs ou de *Chucky 3*. Tu vois ? J'ai encore le sens de l'humour. Si je pense trop à la pandémie, j'ai la trouille et j'ai peur que tu sentes ma frayeur, qu'elle se mette à couler dans mes veines. Voilà pourquoi je garderai mon sens de l'humour, pourquoi je continuerai à parler et à arpenter cette pièce exiguë. Jusqu'au retour de Grace, si jamais elle revient – et je ne lui en voudrais pas si ce n'était pas le cas –, j'ai tout mon temps et rien d'autre à faire.

Pendant un moment, après avoir appris ton existence, je dressais des listes de prénoms, même si je ne crois pas que tu auras un jour un extrait de naissance en bonne et due forme. Même si je n'imagine pas que tu vivras assez longtemps pour apprendre ton prénom. Mais ces listes m'offraient une occasion de me distraire. Un temps, j'ai caressé l'idée de t'appeler Carlotta, en référence à Karl, mais après, j'ai pensé que tu méritais un prénom bien à toi. Quand je t'appellerai, je veux que tu ne ressentes rien d'autre que de l'amour, aucune tension. Aucun souvenir de morts ou de blessés ne devra planer au-dessus de ta tête.

Chaque fois que je tombe sur un prénom qui me plaît, on dirait qu'à bien y penser il convient mieux à un chien ou à un chat. Ou à une belle du Sud. Ou bien c'est un prénom écossais, mais vais-je vraiment t'enfermer dans mes origines, alors que je ne connais même pas mon propre père ? Il est hors de question de t'accoler un prénom de hippie, parce que tu ne voudras certainement pas t'appeler Océane, Saphir ou Harmonie après l'âge de vingt ans, si par quelque miracle nous vivons aussi longtemps. Avec un prénom comme ça, tu pourrais tout aussi bien devenir strip-teaseuse. Les prénoms épicènes sont également rayés de la liste, parce que je n'en trouve aucun qui sonne bien.

Si tu survis, le monde dans lequel tu grandiras aura connu l'épouvante et la méfiance maladive, la violence et même l'hystérie, un mot lourd de sens. Je ne crois pas que je l'aurais employé il y a un an. Mais maintenant, avec cette maladie qui n'affecte que les femmes et les jeunes filles ? *Hystérie*, ça tape dans le mille.

Malgré le caractère outrancier des bulletins d'informations et des solutions et propositions des commentateurs, la télé me manque. On a perdu le signal satellite la quatrième semaine après mon arrivée ici, au chalet. Grace venait de se maquiller et s'était enfoncée dans le fauteuil de Karl. Je me souviens que je me dirigeais vers la salle de bains quand elle a crié : « Saloperie de merde ! Qu'est-ce que c'est que cette connerie ! Me fais pas ça, saleté de merde ! »

Je suis ressortie aussitôt pour voir ce qui se passait. Grace, qui appuyait rageusement sur la télécommande, s'est levée et a joué avec les boutons de la télé, en vain. L'écran est resté noir et l'est toujours.

Grace est tellement paranoïaque. Avant qu'on perde le signal, elle avait déjà fait suspendre la distribution du courrier et ses abonnements à diverses revues, parce que même si la boîte aux lettres se trouve à proximité de la route, donc à une bonne distance de la maison, elle a remarqué un jour une femme au volant du camion de livraison. Ça l'a fait flipper. « Et si cette femme devenait contagieuse ? Si un jour elle vient à notre porte pour une signature ? » C'est pourquoi Grace a pris le téléphone mural et appelé le bureau de poste du village.

Les nouvelles du monde extérieur ont donc cessé d'affluer et Grace a remplacé la télé par l'alcool. Elle avait une caisse de vin et quelques bouteilles de whisky cachées çà et là dans le chalet, comme si elle savait qu'un jour une telle situation se présenterait. Il en reste encore, et des fois, je dois te l'avouer, j'ai drôlement envie de me laisser tenter. Mais je ne le ferai pas. Je me retiendrai pour toi. Je lui ai proposé d'aller au village pour acheter le journal ou demander à quelqu'un des nouvelles du monde extérieur, ou encore acheter du vrai lait, ce qui changerait du lait condensé, nous procurer du pain frais, plutôt que du pain congelé, refaire le plein d'œufs… Mais Grace a tout simplement secoué la tête. « Et tu prendrais ma voiture ? » a-t-elle demandé avec condescendance comme si elle cherchait la dispute.

Elle m'a suggéré de me servir de ses vitamines, dans la pharmacie, « pour le bien de l'enfant ». Je conviens, tout compte fait, que c'était un geste magnanime. Il faut que j'en prenne deux par jour pour que tu reçoives tout ce dont tu as besoin, mais ça, je ne l'ai pas dit à Grace. Ses vitamines ne contiennent pas la quantité d'acide folique nécessaire, d'après les fascicules que m'a donnés Ben, l'infirmier, il y a de cela des siècles. Pour mettre toutes les chances de ton côté, j'en avale une chaque matin avec mes céréales et une autre au dîner, qui, ce soir, sera constitué de haricots verts en boîte et peut-être d'une saucisse à hot-dog surgelée. Je suis à l'étape de ma grossesse où je souffre de brûlures d'estomac, mais tu as besoin de protéines.

Tu veux sortir, ma petite excroissance ? Jeter un coup d'œil sur cette antenne parabolique ? Si on pouvait rétablir le signal télé, je me sentirais tellement mieux, peut-être même que je cesserais de paniquer. Ou que quelqu'un sur cet écran dirait quelque chose d'intelligent pour une fois, sur ce qui cause la Furie blonde et ce qu'on est en train de faire pour enrayer l'épidémie. Comme ça, tout irait pour le mieux.

Trop haut. Mais je crois qu'il y a une échelle dans la remise.

Un vieux truc branlant. Ce serait génial, vraiment génial, si je tombais de cette échelle dans la neige et me fracassais le crâne. Ce serait une façon idiote de mourir après tout ce que nous avons vécu.

Je n'aurais pas dû faire ça. L'antenne parabolique était couverte d'une épaisse couche de glace. J'ai essayé de la briser petit à petit avec un vieux manche à balai, mais je n'ai pas réfléchi au danger qu'il y a à se jucher sur une échelle et à travailler à bout de bras tout en transportant une bouilloire géante d'une dizaine de kilos. Oui, c'est de toi que je parle.

Ma petite Cocotte-Minute. Bon sang, c'est pas vrai ! Toujours aucun signal.

Eh bien, j'ai l'impression qu'il n'y a rien d'autre à faire que de continuer à te raconter mon histoire. Notre histoire. C'est ton jour de chance.

Tous les quotidiens new-yorkais parlaient de l'attaque du métro. On pouvait lire la nouvelle sur leurs sites à peine quelques heures après l'incident. Dans certains cas, l'histoire faisait même la une. Ça n'aurait pas dû me surprendre, et à vrai dire je n'étais pas surprise, mais tout de même. J'étais assommée.

Les journaux racontaient que, lorsque la police était arrivée sur les lieux, le mal était déjà fait. Une attaque apparemment injustifiée avait entraîné la mort d'Eugenia Gilongos, âgée de dix-sept ans. Eugenia. C'était son prénom. Un très joli prénom. Mais pour les raisons que j'ai déjà évoquées, ce ne sera pas le tien.

La photo d'Eugenia jaillissait de l'écran de mon ordinateur, dont elle occupait une bonne moitié. Ce portrait en deux dimensions me semblait sinistre, parce que j'avais vu la vraie fille et l'avait attrapée par la main. Elle était plus jeune sur la photo et ses cheveux étaient différents, bouclés. Elle portait un bandeau au-dessus de sa frange. Elle était vêtue d'un chemisier en oxford, peut-être du même genre que celui qu'elle portait ce jour-là, son uniforme d'école. À son cou, il y avait un petit pendentif en forme de cœur ou de croix, ou quelque chose du genre. Elle esquissait un sourire timide. J'imaginais déjà la page commémorative dans son album de fin d'année. J'ai fait défiler l'image vers le haut pour ne plus la voir.

On n'avait pas encore établi l'identité de la femme qui avait attaqué Eugenia, mais les articles montraient sa photo. C'est curieux à quel point un cliché se grave dans la mémoire. Sontag a dit : « Les images paralysent. Les images anesthésient. » L'esthétologie serait on ne peut plus d'accord. Comme pour en témoigner, on pouvait voir la granuleuse image de surveillance de l'assaillante : une traînée de pixels, une mâchoire crispée, de longs cheveux ondulés. La police encourageait le public à transmettre tout renseignement à son sujet.

Le premier reportage que j'ai lu a confirmé qu'Eugenia et son assaillante avaient péri sous les roues de la rame. La police a dit que la fille était morte sur le coup. On avait qualifié ceux parmi nous qui avaient cherché à l'aider d'« inconnus » : « Des inconnus ont tenté de secourir la jeune fille. »

On citait le type que j'avais pris pour un homme d'affaires. Un avocat dans la cinquantaine, il s'appelait… Hoagland, oui, c'est ça. Il a dit plus ou moins la même chose que sur le quai : « Je l'avais. Elle a attrapé ma main, puis elle a glissé entre mes doigts. Je l'ai saisie de nouveau, puis elle a disparu, tout bêtement. Je peux encore la sentir. »

L'article enfilait les phrases courtes et concises. Un exposé des faits.

Les parents d'Eugenia, M. et Mme Gilongos, étaient philippins. C'était leur seule fille. Elle était allée faire un tour avec ses amis dans le Fashion District après l'école. Selon la presse, elle avait quitté ses camarades peu avant l'attaque. C'était la première de sa classe. Catholique et très engagée dans son église. Elle jouait au volley-ball pour son école et adorait la danse. Son petit frère évoquait sa croyance en Dieu ; elle était auprès de Lui à présent.

Les témoins ont donné des informations contradictoires quant à savoir si la victime et l'agresseuse se connaissaient, mais la police en doutait, compte tenu des différences d'âge et de culture. Que puis-je te dire de plus ? Apparemment, certains témoins ont affirmé que la femme avait d'abord serré l'adolescente contre elle avant de la pousser sur les rails. Le détective chargé de l'enquête a qualifié l'incident d'« étrange ». Je me souviens qu'il a déclaré que l'agresseuse souffrait peut-être d'instabilité mentale ou émotionnelle ; il n'y avait pas moyen d'en savoir plus à ce stade. Le ton de ces reportages était à la fois réservé et indigné, comme le sont toujours les articles de ce genre. Il y en avait qui déploraient que les jeunes ne soient pas en sécurité à quatre heures de l'après-midi. La Metropolitan Transportation Authority a conseillé aux passagers de se tenir éloignés des voies, de demeurer conscients du danger, en état d'alerte, et d'éteindre leurs appareils audio pendant leurs déplacements. La plupart des articles ont conclu que l'attaque allait provoquer un débat sur l'utilisation de barrières de sécurité par la MTA.

Il ne faut pas oublier que tout cela s'est passé avant qu'on sache qu'il ne s'agissait pas d'un incident isolé.

Un autre article soutenait que les deux femmes se trouvaient là ensemble, que la plus âgée avait « aidé Gilongos à descendre sur les voies », puis l'avait « rejointe » et que la police n'avait pas encore éliminé la possibilité qu'il y ait un lien entre elles. Un autre avançait la thèse du double suicide. Gilongos aurait été « enlacée, puis projetée vers l'avant », « basculée dans le vide », « lancée comme un colis », « frappée »,

« contrainte à suivre son agresseuse » et, selon un reportage qui s'est révélé fort exact, « mordue et balancée sur les rails ».

Tard dans la nuit, je nageais encore dans les faits et les détails, sans pourtant y voir plus clair. Eugenia m'échappait. Elle aimait les chats et sa matière préférée était les maths. Je me suis demandé : *Est-ce que c'est ainsi que se résume une vie humaine ? À des hypothèses gratuites et à une liste de passe-temps ?*

C'est à ce moment que Moira a reparu. J'ai entendu le grincement de la porte de l'alcôve, suivi d'un bruit de pas. J'ai senti le poids de son hésitation devant ma porte avant d'entendre un discret toc toc.

« J'ai vu de la lumière », a expliqué Moira quand j'ai ouvert. Elle trimballait un étui d'instrument de musique. Elle avait l'air fatiguée et dégageait une légère odeur de genièvre, sans doute le contrecoup de la consommation de plusieurs gin tonics.

« Entre », l'ai-je priée.

Elle a fait quelques pas mais s'est immobilisée dans l'encadrement de la porte et n'a pas déposé son étui. Elle portait une robe longue et des sandales à lanières. Les lumières de ma chambre brillaient de mille feux et je me suis rendu compte que Moira était noire ou, plus vraisemblablement, métisse. Jusque-là, j'avais été trop préoccupée par ma petite personne pour le remarquer.

Moira voulait juste voir si j'allais bien.

« Je pense que je suis en état de choc. »

Elle a hoché la tête en disant que c'était tout à fait normal. Ensuite elle m'a demandé si je l'avais appelé, et j'ai compris qu'elle parlait de Karl. Nous faisions référence à deux choses complètement différentes. J'ai tendu le bras et rabattu l'écran de mon portable d'un coup sec. Je ne voulais pas qu'elle voie ça. Je l'avais déjà assez importunée.

« Qu'est-ce que c'est ? ai-je demandé en pointant du doigt l'étui.

— Un glockenspiel.

— Tu me le montres ? »

Moira a soulevé l'étui et tiré sur les côtés pour déployer les pattes pliantes. L'étui, une fois ouvert, est devenu une sorte de support. Deux rangées de minces lames métalliques brillaient à l'intérieur. Je lui ai avoué que je n'avais aucune idée de la différence entre le xylophone et le glockenspiel. Je croyais que le glockenspiel était muni de tubes en métal suspendus. Il était sans doute inapproprié de bavarder de la sorte après tout ce qui s'était passé ce jour-là, mais je ne ressentais aucune culpabilité.

« Ah, tu penses au marimba. Le xylophone, lui, est en bois. Le glockenspiel a des lames métalliques. Le marimba a des tuyaux de résonance. Il est davantage utilisé dans les œuvres pour orchestre. » Elle m'a dit qu'elle en avait un à la maison, mais pas un instrument de qualité, car les bons coûtaient aussi cher qu'un piano.

Je lui ai demandé d'où elle venait.

Buffalo et Richmond, m'a-t-elle répondu. Ses parents s'étaient séparés et elle vivait avec sa mère, mais il arrivait qu'elle passe l'été chez son père, en Virginie. Moira a pas mal bourlingué. Une douce dérive, disait-elle. Je me souviens avoir ressenti une pointe d'excitation : je venais de faire la connaissance d'une personne au cours de mes pérégrinations, ce qui voulait dire que j'étais moi aussi une grande voyageuse. Moira avait étudié la musique à l'école et joué au sein de nombreux groupes et ensembles expérimentaux, surtout dans les galeries d'art. J'avais du mal à croire qu'elle se promenait partout dans le pays, toute seule. Quand elle était à Buffalo, elle travaillait dans un bar, ce qui lui permettait d'avoir des horaires flexibles et de s'absenter plusieurs jours d'affilée. Jusqu'à présent, elle n'avait joué qu'une seule fois à New York. « Et c'était plutôt payant », a-t-elle précisé. Je me souviens qu'elle a haussé les grosses chenilles poilues et expressives qui lui servaient de sourcils, comme pour souligner son étonnement. Elle a expliqué qu'elle reviendrait jouer en ville quelques semaines plus tard.

Je lui ai dit que j'aurais aimé assister à son spectacle et l'ai priée de me jouer un morceau.

« Le son du glockenspiel est assez perçant », a-t-elle expliqué avec une moue inquiète. C'était un jeudi soir, passé une heure du matin. Mais elle se tenait debout derrière son instrument depuis que je lui avais posé ma première question, comme si elle s'apprêtait à en jouer. « Est-ce qu'on ne risque pas de déranger les autres clients ? » a-t-elle ajouté d'une voix hésitante.

Je n'ai rien dit quand Moira s'est retournée pour fermer la porte de ma chambre. Elle a saisi les maillets. La concentration se lisait sur son visage.

Lorsqu'elle a frappé la première mesure, on aurait dit qu'une cloche résonnait dans la pièce exiguë. Au fil des notes cristallines et des tintements qui se succédaient, je croyais entendre une berceuse. Moira promenait ses maillets avec une étonnante rapidité en soutirant aux lames résonantes un timbre qui me rappelait l'eau vive. Bleu-vert, c'est la seule façon de décrire ce son-là. Je me suis allongée sur mon lit et j'ai fermé les yeux. Quelques instants plus tard, le morceau a gagné en force. Le plancher a tremblé sous les coups répétés d'un voisin irrité. L'instrument a hoqueté encore quelques notes, comme si Moira voulait les faire entendre coûte que coûte, puis s'est arrêté.

J'ai ouvert les yeux.

« *Glockenspiel* signifie littéralement "deux corps qui s'entrechoquent". Euh, non, ce n'est pas tout à fait ça, a-t-elle corrigé, d'une voix plus douce, peut-être sous l'effet de la concentration. Ça signifie "jeu de cloches", mais l'idée d'impact est là-dedans aussi. Ah ! ces Allemands ! » Tête baissée, elle lorgnait le rutilant instrument.

« C'était… à couper le souffle. »

Les coins de sa bouche se sont levés pour former un demi-sourire un peu narquois. « Le morceau s'appelle "Plastic". D'habitude, le glockenspiel est amplifié et j'utilise une pédale d'écho. »

Ça m'a pris un instant avant de me rendre compte qu'elle était en train de s'excuser, qu'elle avait l'impression de ne pas avoir offert la pleine mesure de son talent, que d'une certaine façon j'avais été flouée.

Je me suis esclaffée. Le bruit de mon rire m'a surprise. « Tu peux dire ce que tu veux. C'était génial. »

Parfois, m'a dit Moira, il lui arrivait de jouer avec des groupes rock indie. Elle m'a balancé une flopée de noms, mais je n'en connaissais aucun. Alors qu'elle rangeait les maillets, un fil doré a attiré mon œil. Au bout se trouvait un objet de la taille d'une pièce d'un dollar, plat et brillant, mais légèrement plus épais. L'appareil reposait dans un petit creux de l'étui. Ça m'a rappelé l'écouteur d'Eugenia.

« Je pense que je devrais peut-être me faire avorter », ai-je lancé depuis le lit où j'étais encore assise en tailleur. Puis j'ai désigné la corde : « Qu'est-ce que c'est que ça ?

— Ça ? » Elle a soulevé le petit disque d'or en le faisant miroiter. Rien ne semblait la décontenancer et j'ai décidé que j'admirais beaucoup cette assurance chez elle. « C'est un microphone de contact. Il est conçu pour capter les sons directement de la caisse de résonance. » Moira a habilement réinséré le micro. « J'ai une amie à Brooklyn. Elle pourrait peut-être t'aider à trouver une clinique. Elle est ici depuis un moment. À Williamsburg. Je ne sais pas si elle est au courant de ce genre de choses, mais c'est possible. » Elle a fermé l'étui. « C'est quoi ton nom de famille ? Pour qu'elle puisse te joindre.

— Hayes. »

Moira a répété mon prénom. « Hayes. Hazel. H-A-Y-E-S ? »

J'ai fait signe que oui.

J'avais remarqué cette manie chez elle : elle se répétait, ou prononçait parfois les mots dans un ordre aléatoire, comme ce matin lorsqu'elle m'avait dit « Tiens » avant même de m'apporter du papier-toilette pour que je me mouche. Je me suis demandé si ce n'était pas un truc de musicienne, qui relevait du sens du rythme ou du mécanisme de la pensée. Ou peut-être qu'elle était juste fatiguée et un peu soûle.

J'ai réfléchi au fait que Moira ne m'avait pas dit de ne pas me faire avorter. Elle ne m'avait pas conseillée dans un sens ou dans l'autre.

« As-tu… ? ai-je commencé par dire. As-tu jamais… ? » J'ai laissé mes paroles en suspens.

Même si j'avais trouvé les mots à ce moment-là, des cris et des hurlements sous les fenêtres m'auraient interrompue. Des bruits qui s'élevaient de la rue, devant l'entrée du bar gay. Un homme à la voix perçante a crié, faussement sérieux : « Vas-y, connasse. Essaie un peu pour voir, essaie un peu ! » C'était l'heure où les gens qui ont trop bu ou trop fumé se font tirer l'oreille par leurs amis pour rentrer à la maison.

Moira a rejeté ses cheveux derrière la nuque. Elle m'a dévisagée. « Attends... » Elle a fait un vague geste en traçant des cercles avec sa main tendue. « Tu as quelque chose de différent. Les lunettes... non, tu les avais ce matin. » Je la voyais plisser les yeux pour m'examiner dans les moindres détails.

« Mes cheveux.

— Ils étaient comment avant ?

— Bruns.

— Bruns, bruns. Et maintenant t'es rousse. Je peux... » Elle a contourné le glockenspiel et a tendu le bras pour attraper une mèche de mes cheveux. « Ils sont rêches, mais pas autant que les miens. » Elle a laissé la boucle glisser entre ses doigts.

Je lui ai dit que pour les lisser j'avais déjà utilisé de la soude. La première fois, ils étaient devenus raides comme des cheveux de poupée. La seconde fois, ils prenaient un aspect plastique dès que je les mouillais. Les pointes se cassaient quand je passais le peigne. Ma mère avait pleuré en me voyant. J'avais fini par me raser la tête.

« Il faut les laver le moins possible ou se servir de revitalisant à la place du shampooing », m'a conseillé Moira en hochant la tête.

Je ne lui ai pas dit que ma mère gagnait sa vie comme coiffeuse. Je ne lui ai pas non plus parlé des vapeurs soufrées de permanentes, odeurs de mon enfance, ni expliqué que j'avais entendu tous les conseils capillaires du monde, comme si c'était parole d'évangile.

« L'autre truc, c'est de les ramener en une queue de cheval et de ne laver que les cheveux à l'extérieur. »

Puis, comme si l'alcool venait de la rattraper, Moira a tangué et s'est éloignée du lit. Elle a fermé le glockenspiel pour la nuit, comme on recouvre la cage d'un oiseau pour l'endormir. « Je suis désolée, mais je pars très tôt demain matin. » Elle a remis les pattes du support de fortune à leur place, de sorte que le tout est redevenu une sorte de grosse mallette. Elle a tendu le bras et on s'est serré la main. Elle avait de la corne sur les doigts.

Je suppose que si Moira n'était pas venue dans ma chambre ce soir-là, j'aurais peut-être appelé quelqu'un en pleurant, pour parler de ma grossesse et de la jeune fille qui avait été assassinée sous mes yeux. Je me serais peut-être montrée moins fière. Mais Moira m'a calmé les nerfs. Avec le recul, il est facile d'avancer des hypothèses sur le cours que ma vie aurait pu suivre. J'aurais peut-être fait le voyage de retour plus rapidement. Karl et moi aurions peut-être trouvé une solution, dans un sens ou dans l'autre, mais à deux. Qui sait ? Peut-être que si j'avais quitté la ville plus tôt, je me serais retrouvée ailleurs, au mauvais endroit et au mauvais moment. Ou que j'aurais moi-même attrapé le virus. Ou que je me serais retrouvée dans une de ces salles d'hôpital dont Moira m'a parlé plus tard…

Car, on l'a su après, la deuxième attaque s'était déjà produite.

En me réveillant le lendemain matin, j'ai trouvé une carte de visite sur le tapis gris. Elle avait été glissée sous la porte. *Moira Clemmens*, pouvait-on y lire. Il y avait une adresse de site Web et une estampe de glockenspiel à l'encre verte. Au verso, elle avait écrit au stylo bille : *Mon amie à Brooklyn*, et une adresse mail. Elle écrivait en grosses lettres rondes et soignées, comme ces adolescentes qui sont populaires à l'école. J'ai lissé le bord de la carte avec mon pouce avant de la ranger dans mon portefeuille.

J'étais à la New York Public Library quand j'ai appris qu'il y avait eu une deuxième attaque. Je n'arrivais pas à me concentrer sur ma thèse, même si j'étais là pour cette seule raison. Depuis que j'étais à New York, je ne faisais que feuilleter des magazines en m'arrêtant sur les doubles pages de pub pour Gucci ou Bulgari. J'écrivais des phrases au hasard : *La machine infernale du genre*, *La beauté comme langage*, *Splendeurs et misères de la jeunesse*, *Les femmes, le « wet look » et la parfumerie*, *Femmes fortes et foulards à rayures*, et *Androgynéité et publicité à l'ère du VIH*. J'avais couvert une trentaine de pages de ces petites sentences insensées. J'avais beau avoir entamé ma thèse depuis un an déjà, je n'avais rien de plus qu'un ensemble de notes disparates. Je peux te dire que ce que j'écrirais aujourd'hui serait autrement plus cohérent. Les femmes et la vanité ? Comment perçoit-on la femme ? Après les événements des sept derniers mois, chaque être humain restant sur la planète est devenu spécialiste en études des femmes. Nous, membres de la gent féminine, sommes d'une importance primordiale. Le sujet d'un cycle de nouvelles incessant, parce que nous sommes dangereuses.

Ce jour-là, donc, je parcourais les journaux au lieu d'écrire ma thèse. Très rapidement, j'ai trouvé un article de fond sur l'attaque du métro. Grâce à des collègues et associés, on avait établi l'identité de la femme d'affaires blonde. Elle s'appelait Alexis Hoff. Âgée de quarante-huit ans, elle était cadre dans une agence de publicité. Son assistant a déclaré qu'elle avait arraché un tableau blanc de son support et l'avait jeté à la poubelle, avant de sortir comme un ouragan vers quatorze heures trente cet après-midi-là. Son visage était devenu hagard et ses yeux étaient injectés de sang. Rien de particulier n'avait provoqué cet accès de violence. Les témoins de la scène avaient conclu qu'elle avait quelque problème personnel. Son assistant a expliqué que Mme Hoff était arrivée le matin « en tout point pareille à elle-même », mais qu'à midi elle avait demandé des Tylenol pour un mal de crâne et commencé à marmonner des trucs sans queue ni tête. Elle n'avait pas voulu manger, disant qu'elle n'avait pas faim. Elle semblait « énervée et un brin parano », mais l'assistant ne croyait pas que ce soit de son ressort de s'informer de son état. Un collègue a exprimé sa douleur face à, et je cite, « cet incident bizarre qui a entraîné la perte de l'un de nos plus importants éléments ». Dans sa déclaration officielle, l'entreprise a dit que si Mme Hoff pouvait en imposer à ses collègues, elle n'avait jamais usé de violence et que les gestes qu'on lui reprochait, si elle les avait réellement commis, ne correspondaient en rien à sa personnalité. La seule conclusion possible était qu'elle devait nager en plein délire et aurait eu besoin de soins médicaux.

Mme Hoff était diplômée de Harvard et consacrait son temps libre à ses deux braques de Weimar, qui étaient sa joie et sa fierté. Elle était très proche de ses parents, qui n'ont pas voulu faire de commentaires. Sa sœur a déclaré : « Nous sommes en deuil. Il faut que vous sachiez qu'Alex était une femme très bien. » Je me souviens que cette citation avait été mise en exergue en grosses lettres tape-à-l'œil : *Une femme très bien.* « Elle n'aurait jamais fait de mal à personne, a poursuivi sa sœur. Ce n'est pas sa faute. »

Je me sentais minable : je lisais tout sur l'incident de la veille comme une accro aux faits divers. Sous la table, j'ai massé mon ventre pour calmer la nausée.

Le reportage sur la deuxième attaque se trouvait en fin de cahier, c'est pourquoi j'ai mis un certain temps à le découvrir. Intitulé « La furie blonde », l'article n'était guère plus qu'un entrefilet coincé entre fusillades, arrestations, accidents de trains et de voitures et pubs pour la Bourse du diamant de New York. « La furie blonde » n'était pas encore une formule consacrée, du moins, pas que je sache. Je la voyais pour la première fois.

La veille, vers dix-huit heures, dans un salon de coiffure chic de Midtown appelé Humble & Tumble, une cliente s'était violemment jetée sur son coiffeur. À mi-chemin d'une séance de décoloration, le coiffeur avait été aveuglé par sa propre potion chimique. Trois de ses collègues avaient vite accouru pour maîtriser la cliente, qui avait attrapé un fer chaud, l'avait arraché du mur et utilisé pour les frapper. Un violent coup de séchoir en avait laissé un sans connaissance. Les employés et les clients avaient quitté précipitamment les lieux et la police était arrivée. Il avait été facile de repérer l'assaillante à cause de son comportement bizarre et du sarrau violet en vinyle qu'elle avait encore autour du cou. Lors de l'arrestation, l'un des policiers avait subi de légères lacérations. Deux employés avaient été traités pour des brûlures mineures avant d'être renvoyés chez eux, mais la principale victime reposait encore dans un état critique avec des brûlures chimiques au visage et aux yeux.

Désormais, c'était les blondes, au pluriel.

Mes yeux ont couru vers le haut de la page, où était imprimée la date. J'ai quitté la salle des périodiques DeWitt Wallace et, en longeant le couloir, me suis dirigée vers la sortie le plus rapidement possible sans éveiller la méfiance des agents de sécurité. Sur les marches, sous le regard désapprobateur d'un lion de pierre, j'ai fouillé dans mon sac à la recherche de mon portable. J'avais déjà manqué deux appels qui provenaient d'un numéro inconnu.

Le premier message était de la professeure Wanda Kovacs. Nous nous étions donné rendez-vous à plusieurs reprises déjà, mais elle avait toujours annulé à la dernière minute par mail, ce qui avait le don de m'agacer. Femme très occupée, elle était l'un des rares contacts que Karl m'avait fournis quand je lui avais fait part de mon intention de demander une bourse pour étudier à New York. Il s'était limité à dire que c'était « une femme extraordinaire ». Pour en savoir plus, j'avais fait mes propres recherches.

Wanda Kovacs avait une licence en études culturelles de l'université Trent, un master en psychologie de Cornell, un doctorat en sémiotique de Brown et, apparemment, un faible pour Karl et pour les Canadiens en général. Même si j'étais agacée par le nombre de fois où elle avait annulé ou remis à plus tard nos rencontres depuis mon arrivée, je n'avais d'autre choix que d'insister. Le ton de ses mails était toujours indifférent. Elle me rendait service, j'en étais parfaitement consciente. Et à présent, c'était moi qui, perdue dans un épais brouillard, avais complètement raté notre rendez-vous. J'avais cru que c'était pour le lendemain. J'avais perdu une journée, je suppose, quand j'ai appris ton existence. Ou quelque part entre ce moment-là et l'incident dans la station de métro. Ou bien tout ça n'était qu'un blocage psychologique. Avec le recul, je dois me poser la question : comment est-il possible que je sois allée à la bibliothèque pour travailler à ma thèse le jour même où je devais rencontrer la seule personne en ville qui pouvait justement la faire avancer ? Il y a un terme pour ce genre de glissement. J'en suis sûre. Créé par Freud. *Oubli psychopathologique*, ou acte manqué, oui c'est ça. Pour le commun des mortels, c'est tout simplement une gaffe monumentale.

Dans le second message, la professeure Kovacs se disait désolée, mais elle quittait son bureau. Il était près d'une heure de l'après-midi et elle m'avait attendue une heure et demie. J'ai vite composé le numéro qu'elle avait laissé.

« Pro-fes-seure Kovacs », a-t-elle entonné. Les universitaires qui se donnent le qualificatif de « professeur » quand ils ne sont pas en cours me laissent bouche bée. Et cette universitaire-ci a étiré le mot beaucoup plus longtemps que nécessaire, comme pour souligner son appartenance à une caste exceptionnelle.

J'ai offert mes excuses d'une voix haletante. « Professeure Kovacs, je suis… je suis désolée. »

À ma grande surprise, elle a répondu : « Ce n'est pas grave, ma chère. » Je sentais tout l'effort qu'elle mettait pour adoucir sa voix. Le qualificatif

« chère » manquait de naturel, mais n'avait rien de malveillant. « Qu'est-il arrivé ? »

À ma surprise encore plus grande, je me suis rendu compte de la pression qu'exerçait ma cage thoracique sur mes poumons. La professeure Kovacs avait formulé sa question en réponse à mes pleurs.

« Oh ! mon Dieu », ai-je dit, secouée par les sanglots. Ma voix me rappelait celle de ma mère. « L'attentat du métro d'hier, la femme et la fille… Eugenia. Avez-vous lu quelque chose là-dessus ?

— Je l'ai vu aux infos, a-t-elle répondu prudemment.

— J'y étais.

— Ah, je vois. »

Il y a eu une autre pause. Je me souviens avoir pensé que la ligne avait été coupée. Puis je me suis rendu compte que Kovacs mesurait la valeur de mon excuse à l'aune de son énervement. J'ai observé trois taxis jaunes traverser l'intersection toutes voiles dehors pendant que je m'efforçais de retrouver ma respiration normale.

Il faut croire que j'ai réussi le test et atterri dans la catégorie des gens à qui on laisse le bénéfice du doute, parce que Kovacs a fini par dire : « Quelle horreur ! Vous a-t-on obligée à faire une déposition ? » J'ai tourné le dos à la circulation et recouvert mon oreille d'une main. « Oui… oui… ai-je menti. Je sors du bâtiment à l'instant. »

Et c'était vrai que je sortais d'un bâtiment, mais pas d'un poste de police.

« Ah, je vois », a répété Kovacs.

Elle m'a donné rendez-vous dans un café près de NYU.

Communication politique, communication internationale, théories de la communication, études féministes, médias et minorités, fabrication des icônes, médias et militantisme ; tous ces sujets suffisaient à former une boule dans ma gorge et à me donner l'impression de suffoquer. Je pouvais réciter les domaines d'expertise de Wanda Kovacs par cœur, mais je n'avais aucune idée de leur lien avec ma thèse. Elle avait écrit un livre fort bien accueilli sur la façon dont l'idéal de beauté réprimait la brunette : *Louis B. Mayer et la fabrication de l'icône blonde : la répression de l'identité juive dans les débuts de Hollywood.* Maintenant, il fallait que je l'impressionne ; avais-je même pris la peine d'apporter mes notes ? Je les avais préparées deux jours plus tôt, à la main, spécialement pour cette rencontre, mais quand j'ai fouillé dans mon sac, je n'ai pas trouvé mon carnet à spirale. J'avais eu l'intention de les transcrire et de les étoffer la veille. J'avais des tonnes de notes sur mon vieux portable, une cinquantaine de documents Word sur différents sujets, tout aussi incohérents que les phrases que j'avais griffonnées en feuilletant des magazines ; mais je ne pouvais montrer ça à Kovacs. Bien sûr, il existait une version antérieure de mes notes. Je les avais préparées pour l'une de nos rencontres qui n'ont jamais eu lieu. Pourtant, la dernière fois que je les avais relues, les prémisses me semblaient à la fois insipides et décousues. À cet instant, debout dans la pleine lumière du soleil, je me suis dit : *J'ai besoin d'une phrase, quelques phrases au plus, qui résumeront le fond de ma pensée*, en d'autres termes, de quelque chose qui pourrait à la fois étonner et éblouir.

À l'aide de vieux Kleenex chiffonnés sortis de la poche latérale de ma sacoche d'ordinateur, je me suis tamponné les yeux derrière mes lunettes et essuyé le nez. Je n'avais jamais été aussi émotive. J'ai ensuite trouvé *Karl Mann* dans le répertoire de mon téléphone et composé son numéro. J'avais juste besoin qu'on me souffle ma réplique. Quelques mots, une phrase. De quoi parlait ma thèse au juste ? Il était tout à fait logique d'appeler mon directeur de thèse à ce moment-là pour qu'il m'indique *la* direction à suivre.

« Bonjour… » a dit une voix de femme, haute et monocorde. Je me suis figée, interdite. J'avais fait quelque chose que je n'avais jamais fait auparavant : appeler Karl à la maison au lieu de composer le numéro de son portable.

« Grace et Karl ne sont pas là pour l'instant… » a poursuivi la voix, à mon grand soulagement.

J'ai expiré lentement et me suis maudite d'avoir inscrit ce numéro dans mon répertoire téléphonique.

« Si vous avez le numéro de Collingwood, vous pouvez les joindre là-bas. »

Les joindre ? Est-il possible qu'elle ait réellement parlé d'eux à la troisième personne ? Oui, elle a vraiment fait ça. Cette fichue Grace Pargetter. Comme je ne l'avais pas encore rencontrée à l'époque, c'était une tout autre personne dans mon esprit, lointaine et pure. Au seul son de sa voix, je voyais ses cheveux blonds, sa coiffure incisive et son visage anguleux, même si je ne l'avais vue qu'une seule fois, tout au bout du couloir, en face du bureau de Karl, adossée au mur, appuyée sur un seul de ses talons marron. *Son épouse légitime.* En fermant violemment le clapet de mon téléphone, j'ai connu ce qui était peut-être mon heure de gloire à New York. Je me suis avancée jusqu'au bord du trottoir, ai tendu le bras et hélé un taxi jaune en priant pour qu'il ne se retrouve pas coincé dans la circulation et pour que la course n'épuise pas la maigre fortune qui restait dans mon portefeuille.

Heureusement, ça n'a pas été le cas. À l'heure de pointe, ça aurait été une autre histoire, mais tout de même, les taxis coûtent moins cher dans la Grosse Pomme qu'à Toronto. Tu donnes des coups de pied. T'as tout compris. Tu sais qu'il te faudra connaître ces choses un jour. Si jamais nous retournons à la civilisation. Si nous survivons.

Je sais. J'ai promis de ne pas recommencer, mais me revoilà dehors dans le froid. Si seulement je pouvais réussir à faire pivoter cette antenne parabolique, j'ai l'impression que le signal reviendrait. Ça vaut la peine d'essayer. Doucement, et… Bon sang qu'il fait froid ! Si je peux me servir de mon gant… Quel est ce bruit ?

Le camion de la poste. Oh ! Pourquoi il fait de telles embardées, comme si le conducteur était ivre, comme si… Ah, mais c'est l'employée de la poste de l'autre fois ! Merde alors, c'est pas vrai ! Grace avait raison. Ouais, ouais, mon bébé, je sais. Je vais rentrer. Je descends. Lentement, prudemment. Nous allons rentrer vite fait. Cette bonne femme roule comme une malade ! Nom d'un chien ! C'est comme si elle ne regardait même pas devant elle. Elle vient d'écraser la boîte aux lettres du voisin comme si c'était une canette de soda. C'est sans doute ce bruit-là que j'ai entendu. Je suis étonnée qu'elle n'ait pas encore versé dans le fossé. Ne verse pas dans le fossé, s'il te plaît, ne verse pas dans le fossé, je ne veux pas avoir à décider entre lui porter secours et ne rien faire. C'est ça, poursuis ta route. Vas-y. Wow.

Je n'arrive pas à récupérer le signal satellite, mais si ça, ce n'est pas le signal d'autre chose, je n'y comprends plus rien. Mais ne t'inquiète pas, mon bébé, je ne retournerai pas dehors. Pas aujourd'hui, du moins.

QUATRE

Voici ce que tu dois savoir au sujet de la professeure Kovacs avant que je passe au récit de notre rencontre : s'il est vrai qu'elle a réellement essayé de m'aider, il est tout aussi vrai que si je ne l'avais pas rencontrée ce jour-là, je n'aurais pas été aussi en colère contre Karl. Et si je n'avais pas été aussi en colère, notre vie, la mienne et la tienne, aurait peut-être pris une tournure différente. Cela dit, il est facile de se perdre en conjectures ou de réécrire l'histoire, n'est-ce pas, mon petit poussin ?

Assise sur la banquette du restaurant ce jour-là, Kovacs avait l'air de quelqu'un qui avait attendu la moitié de l'après-midi et atteint les limites de sa patience. Je me souviens de la façon dont les coins de sa bouche étaient abaissés, ce qui lui donnait un air légèrement constipé. C'était une femme élancée, avec une mâchoire ciselée qui émergeait d'un élégant carré blond clair, ainsi qu'un fard à paupières blanc et du mascara noir pour souligner des yeux foncés. Un look théâtral, aurait dit ma mère. Ses longs ongles manucurés étaient déployés autour d'un verre de vin rouge largement entamé. Je me suis arrêtée à mi-chemin. Elle ne m'avait pas encore repérée. Sur la photo noir et blanc du site Internet du département, on aurait dit qu'elle avait les cheveux argentés. Je ne m'attendais pas qu'elle soit blonde. Bien que sa chevelure ait certainement bénéficié de soins particuliers pour arriver à de tels niveaux de luminosité, il n'y avait aucun doute que c'était une blonde naturelle. C'est ce qui m'a fait hésiter : je n'étais pas sûre de ce que penserait une blonde de ma thèse. Trouverait-elle que je perpétuais les stéréotypes, même si, au contraire, je tentais de les déboulonner ? (La plupart des mannequins dans les publicités sont blondes… ou l'étaient à l'époque.)

J'avais aussi beaucoup de mal à faire le lien entre cette femme en face de moi et son travail. La thèse de Kovacs portait en grande partie sur les pionniers de Hollywood et sur la manière dont ces hommes, habités par un sentiment d'infériorité lié à leur culture juive, très sensibles à la notion de classe sociale et voulant paraître aristocratiques, avaient troqué les lourdes tresses et les cheveux foncés des beautés féminines de l'époque du cinéma muet contre les starlettes blondes qui domineraient désormais la culture pop. Ils avaient choisi de pâles beautés au petit nez retroussé comme idéal de beauté du grand écran. Toute marque d'originalité avait été excisée, enlevée chirurgicalement ou mise au régime avec le concours de médecins à la solde des studios.

Elle avait notamment traité du cas de Louis B. Mayer, fils d'immigrants russes d'origine juive, qui avait grandi à Saint-Jean, au Nouveau-Brunswick. À l'âge de sept ans, il travaillait déjà comme ferrailleur à temps plein. Il soutenait sa famille en récupérant et en vendant de vieux morceaux de fer. Les descriptions de Kovacs m'avaient grandement impressionnée ; j'imaginais une frêle charpente parcourant les rues pavées et les chemins de terre avec vingt kilos de bric-à-brac sur le dos. Mayer, qui fréquentait rarement l'école, traînait partout des objets pointus et encombrants dans un chariot en métal rouge. Dans mon esprit, il avait l'aspect et la saleté d'un fossoyeur ou d'un chiffonnier londonien du XVIIIe siècle. En dépit de son acharnement au travail, ses professeurs le tournaient en dérision et son père, qui lui reprochait sa trop grande ambition, le battait. Le cinéma muet est arrivé à Saint-Jean en 1897. À douze ans, Mayer est tombé sous le charme. Plus tard, la vente de ferraille lui donnerait les moyens d'acheter sa première salle de cinéma, puis une chaîne de petites salles dans le nord-est des États-Unis. En 1918 – voyons voir, était-ce bien 1918 ? –, à peine vingt et un ans après avoir assisté à la projection d'un film muet pour la première fois, Mayer montait une production mettant en vedette Hedda Hopper et Anita Stewart. Il avait compris qu'il serait plus rentable de tourner des films et de les mettre à l'affiche dans les salles qu'il exploitait que de se les procurer auprès d'un distributeur. Cette même année, il s'installait à Los Angeles, et peu après naissait la société MGM et, avec elle, le star-système.

Dis-moi comment j'arrive à me souvenir de tout ça alors que j'oublie le nom des acteurs que j'ai tant aimés ? C'est la vie d'une doctorante en communication et en études culturelles, ma petite puce. Une série de faits et les aléas de la mémoire. Certains d'entre nous réussissent mieux que d'autres. Ou peut-être n'est-ce qu'une simple démonstration du zèle que j'ai mis à étudier les travaux de Kovacs. Elle racontait avec brio la transition des vedettes du cinéma muet vers le cinéma parlant, ces actrices de premier plan aux cheveux foncés telles que Greta Garbo, Norma

Shearer, Joan Crawford et Hedy Lamarr. Mais dans les années 1930 et 1940, l'industrie du cinéma a écarté tout ce qui avait un aspect « ethnique ». Place aux blondes : Anita Page, Jean Harlow, June Allyson, Lana Turner, Ingrid Bergman, Janet Leigh. Même une femme d'une beauté incontestable comme Ava Gardner était menacée : MGM voulait qu'elle fasse disparaître sa fossette au menton afin qu'elle ait un aspect plus générique, une beauté coulée dans le moule. Elle a refusé.

Il ne faut donc pas s'étonner de ma stupéfaction en découvrant que l'auteure de cet ouvrage incontournable entrait dans cette catégorie qu'elle semblait mépriser. Ou peut-être avais-je tout simplement peur de la beauté. Peut-être que c'est cela que je voulais aborder dans ma thèse et la raison pour laquelle j'étais incapable de mettre en mots mes pensées.

Kovacs a levé les yeux et constaté que j'hésitais à une certaine distance de la banquette. Elle s'est levée à mon approche et m'a tendu la main. La mienne était moite et molle. Je me suis débattue avec mon sac avant de m'asseoir.

« Eh bien, qu'est-ce qu'il m'a envoyé là, ce cher professeur Diclicker ? a-t-elle demandé, songeuse.

— P… Pardon ?

— Désolée. Je veux dire ce cher professeur Mann. » Kovacs a fait un geste de la main. « Diclicker. Diclicker, c'était son nom, il y a très longtemps. Il l'a changé, vous savez, pendant qu'il était en maîtrise. D'après Mann, le romancier allemand…

— Thomas Mann ?

— Non, Heinrich. Il a écrit un roman intitulé *Professeur Unrat* qui, une fois adapté au cinéma en 1930, est devenu *L'Ange bleu*, le premier film parlant de langue allemande. Le premier grand rôle de Marlene Dietrich. Karl a écrit son mémoire de maîtrise là-dessus, avant de passer à... ces salades de cow-boys et d'Indiens pour son doctorat.

La thèse de Karl avait pour titre *Masculinité et autoréflexivité dans le western américain fin-de-siècle*.

« Mais Dietrich, ç'a toujours été *mon* domaine d'expertise, hum. » Elle a marqué une pause. « Je me demande. Pensez-vous que notre Karl était en compétition avec moi ou qu'il essayait de m'impressionner ? Je suppose qu'il ne voulait pas s'appeler le professeur Dic-lick-er, tout simplement. » Elle a détaché chaque syllabe. « On ne peut pas le lui reprocher. »

Je *savais* que Karl avait changé son nom de famille. Mais il ne m'avait jamais dit lequel il portait à l'origine. « À un certain moment de votre vie, avait-il expliqué, vous devez rompre avec le passé pour vous définir en tant qu'individu. » J'ai tourné son nom dans tous les sens, comme si je tentais de résoudre la quadrature du cercle : *Karl Diclicker, Karl Diclicker, Karl Mann.*

J'ai ouvert ma sacoche et placé l'ordi sur la table entre Kovacs et moi. Je me souviens qu'elle a vite écarté son verre de vin, comme si elle craignait que je le renverse par mégarde.

Un serveur s'est approché et je lui ai demandé la carte.

Kovacs m'a sommée de prendre un verre avec elle. « Ça va vous calmer », a-t-elle dit, et l'affaire était réglée. Elle a commandé un autre verre de vin rouge pour elle-même, sans avoir terminé le premier.

« Je ne sais pas si je devrais boire, ai-je protesté, mais le serveur avait déjà fait demi-tour.

— On dirait que vous avez traversé bien des épreuves, ma chère », a répondu Kovacs. Le caractère glacial du mot « chère » m'a de nouveau frappée.

Je me suis dit que c'était la façon dont les femmes accomplies de son âge parlaient, avec hauteur et éclat. Elle avait un léger accent, et je me suis soudain rappelé que Karl m'avait dit qu'elle était d'origine polonaise, qu'elle avait immigré au Canada à l'âge de seize ans. Le fait que Kovacs soit blonde tombait sous le sens.

« Ne commençons pas comme ça. » Kovacs a pointé l'ordinateur du doigt comme s'il s'agissait d'un objet odieux.

J'ai hoché la tête pour la deuxième ou la troisième fois.

Elle a plissé les yeux et m'a demandé mon âge. « Vingt-cinq ans ? » a-t-elle avancé. Elle n'a pas attendu que j'acquiesce ou que je la corrige, et je n'en avais aucunement l'intention. Elle m'a demandé où j'avais fait mes études. Non, attends, je me souviens qu'elle avait déjà tiré ses conclusions, car elle m'a demandé si j'avais fait toutes mes études à Toronto. Elle a prononcé le nom de *Toronto* avec un certain dédain, comme si la seule évocation de cette ville l'indisposait.

« J'ai fait ma licence de communication à Windsor, en Ontario.

— Je sais bien que Windsor est en Ontario. J'ai vécu dans votre pays pendant sept ans, hum. » Elle enfilait les « hum » pour bien souligner son irritation. Tout chez elle était intense, de son eyeliner à son phrasé. « Windsor, de l'autre côté de la frontière, en face de Detroit. Une ville dévastée. »

Le vin est arrivé et elle a éclusé son premier verre, efficacement, mais non sans élégance, avant de le tendre au serveur.

« Windsor, a-t-elle dit en essayant de retrouver le fil de la conversation. Windsor. Et après vous vous êtes installée à Toronto et avez fait la connaissance de notre Karl. »

J'ai fait oui de la tête. Pris une gorgée. Réfléchi au fait que je devrais faire un peu plus d'efforts si je voulais l'impressionner. Ce qui est drôle, au fond, parce que, en fin de compte, ça n'avait aucune espèce d'importance.

J'ai dit à Kovacs que j'avais aimé son livre, que j'admirais ses qualités littéraires, qu'il s'agissait d'un ouvrage incontournable « plein de réflexions fines et judicieuses », expression dont se servait Karl quand un texte suscitait son admiration. Qu'il était « chatoyant et multiforme ». Poursuivant sur ma lancée, j'étais sur le point de lui expliquer comment mes propres recherches allaient s'en inspirer quand son regard m'a coupée net. Elle semblait vaguement offusquée. Elle a penché la tête vers l'avant, ses cheveux ont émis un léger bruissement. Ils étaient si brillants, je m'en souviens. « Lequel ? » a-t-elle demandé.

J'ai immédiatement compris mon erreur, mais ne me suis pas arrêtée pour autant. « La... *La Fabrication de l'icône blonde*.

— Ah, le Mayer. » Et elle a fait un vague geste de la main. « J'ai un nouveau livre qui vient de sortir.

— Je vois. » Pour la petite histoire : ce renseignement ne se trouvait pas sur le site du département.

« Oui, oui, le *New York Times* en a fait une critique la semaine dernière, ma foi, assez favorable. » Elle

a fait une grimace. « Vous lisez le *New York Times*,
j'espère ? »

Je me suis jurée de commencer à acheter ce journal
régulièrement au lieu de le parcourir en diagonale
sur Internet ou à la bibliothèque. Pour préparer cette
réunion, j'avais lu quatre cent cinquante pages sur
Louis B. Mayer et le Hollywood des années 1940, et
cela même si mes champs d'intérêt étaient beaucoup
plus contemporains. Kovacs n'était manifestement pas
impressionnée. J'ai tout de même essayé de lui faire
part de mes conclusions. Je lui ai dit qu'elle avait
« jeté les bases d'une théorie générale de la beauté ».
Je devais penser que si je trouvais les mots justes en
lui montrant que j'avais analysé son livre à fond, elle
finirait par me trouver sympathique. Mais elle m'a
arrêtée de nouveau d'un seul regard. En fait, c'était
en détournant les yeux vers une télé fixée au-dessus
du bar, le son coupé. Je suis restée bouche bée en
voyant ce qu'elle diffusait.

Une image vacillante a rempli l'écran, prise avec
un téléphone portable, de la rue, à travers une vitre.
On voyait une femme dans un salon de beauté, un
tablier violet autour du cou. À l'intérieur, on distinguait une table au-dessus de laquelle était suspendu
un objet ornemental hétéroclite ou un plafonnier. La
femme gesticulait, visiblement agitée, tandis qu'un
homme cherchait à attraper son bras afin de la maîtriser. C'était une assez petite femme. Sa main, partie
comme une flèche, a attrapé le plafonnier high-tech et
l'a fait tomber sur la tête de l'homme, qui s'est effon-
dré sur la table. Puis l'image s'est mise à trembler
comme si le cameraman improvisé avait trébuché.
Je me suis demandé pourquoi il avait pris la peine
de filmer la scène, mais plus tard, quand j'ai revu

la vidéo en ligne, il y avait du son et on entendait hurler la femme du salon. Soudain, la chaussée a jailli sur l'écran, comme si la personne qui enregistrait la scène avait battu en retraite, avant de faire place à une autre image, qui montrait la porte du salon. J'ai compris que la femme avait balancé sur la tête de sa victime un gros séchoir à cheveux suspendu. Pas un de ces vieux séchoirs à main en forme de fusil dont se servait ma mère, de ceux que j'avais imaginés à la lecture du journal ce matin-là, mais quelque chose de beaucoup plus contondant.

On voyait plusieurs personnes, hommes et femmes, quitter le salon au pas de course et sortir du cadre. La femme les a suivies, la moitié de sa tête couverte d'un produit blanc. Un décolorant. Sa bouche était tordue en un étrange rictus, comme sous l'effet de la douleur. Elle était asiatique, thaïlandaise, en fait, mais ça, je ne le savais pas à ce moment-là. L'image s'est mise à vaciller comme si celui qui filmait venait de se rendre compte qu'il serait plus sage de prendre ses jambes à son cou. L'image a été coupée et un journaliste a commencé à nous parler sans émettre un son.

Quand je me suis retournée, Kovacs me dévisageait.

« Vous avez été très affectée par cet incident, n'est-ce pas ? » Elle a tendu le bras et m'a tapoté le dos. « Pourquoi ne me raconteriez-vous pas ce qui s'est passé, car il faut avouer que ça monopolise votre… hum ? » Elle a porté son index et son petit doigt à son lobe temporal.

« Très affectée, oui », ai-je reconnu, comme pour faire écho à ses paroles.

J'ai raconté ce que j'avais vu, et quand j'ai eu fini, je me suis rendu compte que mon verre était vide et que le serveur l'avait remplacé par un second. Je n'aurais pas dû boire, bien sûr, mais tu me pardonneras, pas vrai ? Il est arrivé un tas de choses que je n'ai pas souhaitées.

Kovacs devait en être à son troisième verre et, par contraste avec le reste de sa personne, ses dents avaient pris une teinte grise. « Affreux, affreux… a-t-elle murmuré. C'est terrible. » Puis elle a brusquement changé de cap et a suggéré : « Eh bien, si on s'y mettait ? »

Il m'a fallu un moment pour comprendre qu'elle voulait qu'on parle de ma thèse. J'ai ouvert le fichier que j'avais préparé pour la rencontre qui n'avait jamais eu lieu. Ça suffirait pour aujourd'hui. Je devais foncer tête baissée, même si je n'avais pas assez mangé et que le vin me faisait un peu tourner la tête. J'ai commencé à lire directement à partir de l'écran.

« Écoutez, Hayes, m'a interrompue Kovacs presque immédiatement, si votre thèse existe uniquement sur ordinateur, elle n'existe pas. Racontez-moi les grandes lignes. Oubliez le fichier. Je vous écoute. » Elle a balayé l'air de ses longs doigts.

« D'accord. Ça s'appelle *Les Pantomimes lumineuses : la femme fatale, la fille perdue et la fausse conscience dans la presse féminine.*

— Est-ce vraiment ce sur quoi vous voulez écrire ? » m'a interrompue Kovacs en élevant la voix. Le café se remplissait de gens qui sortaient du boulot et nous parlions maintenant par-dessus le cliquetis des assiettes et le ronronnement de la machine à expresso. « J'ai bien connu les années 1970. Vous pas. La fausseté ne peut-elle pas être une forme de puissance ? »

L'esthétique n'était pas simple question de politique, a poursuivi Kovacs en tapotant son verre avec son ongle. Pourquoi, a-t-elle demandé, pensais-je qu'elle entretenait une telle blondeur à son âge ? Parce que ça lui procurait des avantages : de la flatterie (elle a tapé sur son verre), de l'attention (toc), de la convoitise (toc, toc), du pouvoir (toc), et avec le pouvoir, l'argent (toc). Si on part de loin, pourquoi renoncer à tous ces avantages ? Elle s'est calée dans les épais coussins rouges de la banquette en bois sombre.

J'ai eu la nette impression qu'on ne parlerait plus de moi ni de ma thèse. Kovacs avait l'air fatiguée et un peu plus âgée que lorsque j'étais entrée dans le café. J'ai décidé qu'elle devait avoir quelques années de plus que Karl, qu'il devait être en première année d'université quand elle était en troisième ou quatrième. Mais juste au moment où l'idée m'a traversé l'esprit, un sourire narquois est apparu sur ses lèvres.

« Dites-moi, a-t-elle murmuré en s'enfonçant un peu plus dans les coussins, la queue de Karl porte-t-elle encore à droite ?

— P… pardon ? » ai-je bégayé. J'avais l'impression de faire de l'urticaire. J'étais sans doute aussi rouge qu'une tomate.

« Allez, racontez, a dit Kovacs en sirotant son vin. La question est sincère. Ça m'est venu à l'esprit et je l'ai posée, c'est tout. Très sincèrement, j'aimerais savoir… » Elle a souri, inclinant son verre de manière à faire tourner paresseusement les dernières gouttes de vin dans le fond.

Un silence embarrassant a suivi, puis, sans savoir ce qui allait sortir de ma bouche, je me suis lancée : « Les belles femmes sont habitées par une colère qui leur vient des avantages dont elles jouissent. La duplicité, c'est leur monnaie d'échange. Elles reçoivent plus d'attention que les autres femmes et veulent toujours être le centre du monde. C'est une drogue. Et comme tous les toxicomanes, elles sont manipulatrices et colériques, envahies par le doute et la rage.

— Oh mon Dieu », a dit Kovacs. Je pense qu'elle a même mordillé son verre. « Est-ce que vous croyez vraiment à ça ? Ce… *charabia de psy* ? » Elle a agité son doigt devant mon visage et m'a examinée en plissant ses yeux sombres. « Là, je vous vois venir, Hazel Hayes. Là, je vous vois venir, mademoiselle Hayes. Je vous reconnais. Vous cachiez bien votre jeu. » Elle a posé son verre et nous l'avons toutes les deux contemplé plutôt que de nous regarder. Elle l'a fait glisser çà et là sur la table comme un chat jouant avec une souris. « Ça vous touche personnellement. » Elle a porté sa main à sa tempe, masquant un œil. « Ce mal de tête ! C'est le vin. Pardonnez-moi… »

J'ai tendu le bras pour appeler le serveur. Payer l'addition, c'était la moindre des choses après ce que je venais de dire. Mais Wanda Kovacs ne voulait rien entendre. Sa carte de crédit avait atterri sur la table avant même que la note soit arrivée. Le serveur l'a prise et, en attendant son retour, j'ai éteint mon ordinateur et formulé des excuses un peu confuses.

« Ne vous en faites pas, a dit Kovacs. C'était amusant. » C'est le mot qu'elle a employé. *Amusant.* « Vous n'êtes pas du tout ce à quoi je m'attendais. Vous n'êtes pas le genre de fille que Karl m'envoie d'habitude. »

C'est comme si elle m'avait craché au visage ou dit que j'étais « enveloppée ». J'ai détourné les yeux. Je ne voulais pas qu'elle sache à quel point elle m'avait blessée.

J'ai dirigé mon regard vers le bar. Une jeune femme en robe dos-nu et en talons hauts haranguait notre serveur. L'allure débraillée, elle gesticulait en direction de la sélection de vodkas derrière lui. Des bouteilles d'Absolut Citron, d'Absolut Pears et d'Absolut Kurant brillaient dans une solide bibliothèque en bois, éclairées par en dessous, bouteilles et verres à cocktail ronds et transparents comme des boules à neige. Le serveur faisait comme si elle n'était pas là. Il a imprimé notre addition et nous l'a apportée. La femme a tapé bruyamment sur le comptoir et s'est penchée si loin en arrière sur un talon que je pensais qu'il allait se casser. La note a atterri entre Kovacs et moi, et le serveur s'est hâté vers une autre table. Kovacs a signé le reçu d'un geste un peu théâtral et a attrapé son sac à main.

« Ah ! Ce mal de tête, a-t-elle répété en dessinant un cercle près de sa tempe avec deux doigts. Je sais bien pourtant qu'on n'entame pas un week-end prolongé de la sorte. » Je me suis rappelé que le lundi suivant, ce serait la fête du Travail – c'était il y a presque six mois déjà. « Hayes… Hazel… » Elle s'est levée, s'est dressée de toute sa hauteur et m'a tendu la main. Je l'ai serrée rapidement sans m'attarder. « C'était un vrai plaisir. » Elle semblait sincère.

Kovacs est sortie d'un pas chancelant. Je l'ai laissée partir. Elle a farfouillé dans son sac à la recherche de ses lunettes fumées, qu'elle a mises sur son nez avant de virer à gauche. Sans me presser, j'ai ramassé mes affaires, puis je suis allée m'enfermer dans les toilettes où j'ai ouvert le robinet afin d'asperger mon visage brûlant. *Ça vous touche personnellement.*

Un bruit sec s'est soudain fait entendre depuis l'une des deux cabines. La porte rose a vibré d'un tremblement métallique, comme si quelqu'un venait d'asséner un coup de l'intérieur. Une voix de femme a lâché plusieurs jurons. Je me souviens avoir trouvé ça étrange. Elle savait sans doute que j'étais là parce que j'avais fait couler l'eau. L'esprit lourd et le corps imbibé de vin, j'ai fixé la porte rose dans le miroir. J'ai déchiré bruyamment une serviette en papier pour m'essuyer les mains et me suis préparée à partir. La porte de la cabine s'est ouverte brusquement. La femme, qui avait à peu près mon âge, est sortie en vacillant, juchée sur des sandales à talons hauts. Elle avait une ancre tatouée sur la cheville et portait du rouge à lèvres brillant. Elle avait l'air soûle. C'était la femme qui se tenait au bar un peu plus tôt, lorsque Kovacs et moi discutions.

Quand elle m'a vue, elle s'est figée, comme si elle venait de se faire prendre la main dans le sac. Elle était grande, sa peau était rose et ses cheveux courts et touffus, de la couleur d'une glace à la vanille, comme ces filles qui embrassaient à fond le look rétro des années 1950. Je me souviens avoir pensé brièvement qu'elle s'était trompée de bar ; je me serais attendue à la trouver dans un endroit où les murs étaient tapissés de photos d'Elvis.

Ma mère aurait approuvé ses choix de style. Je me souviens avoir pensé ça aussi. Si une fille insiste pour porter ses cheveux courts, disait-elle, il faut qu'elle se maquille un peu plus pour faire valoir sa féminité. Liza Minnelli, Anne Murray, Mary Lou Retton, Jamie Lee Curtis, Tyne Daly, de l'émission *Cagney & Lacey*, Demi Moore (quand elle a coupé ses cheveux), ce sont là les femmes aux cheveux courts que ma mère admirait. D'après elle, même Annie Lennox, malgré son air de garçon, avait assez de bon sens pour se mettre du fard à joues. Lorsque ma mère faisait à certaines de ses clientes une coupe courte, elle leur séchait les cheveux avec une brosse à brushing pour les dresser au-dessus du front. « Il ne faut pas faire les choses à moitié, c'est ma devise », disait-elle.

Tout à coup, la fille a tendu le bras et donné un coup de poing sur le couvercle de la poubelle, qui s'est mis à pivoter sur sa charnière en grinçant. J'ai reculé et saisi la poignée de porte mais, les yeux fous, la fille m'a bousculée pour passer devant. Je suis tombée et mon coccyx a frappé durement les carreaux. J'ai lâché un cri.

Je suis restée là à pleurer, sans même essayer de me lever. Quelques minutes se sont écoulées avant que le serveur frappe timidement à la porte et passe la tête par l'embrasure.

« Tout va bien », ai-je dit d'une voix étranglée en débarrassant mes vêtements de leur poussière.

Il m'a tout de même offert sa main pour m'aider à me relever en annonçant que l'établissement avait chassé l'étrange fille. On aurait dit qu'il craignait plus que je porte plainte que je ne sois blessée.

Assise dans le chalet de Karl, je regarde par la fenêtre en pensant à la liaison qui a mené à ta conception. Il n'y a rien dehors, hormis la neige, les arbres et ces petits arbustes qui ressemblent à des animaux si on laisse aller son imagination. Mais ce à quoi je pense au sujet de ma relation avec Karl, ou de n'importe quelle liaison clandestine, je suppose, c'est qu'elle est fondée sur une disjonction absolue.

On sait qu'il y a des choses qu'on ne pourra jamais écrire dans un mail parce que quelqu'un d'autre risque de le trouver. On sait aussi qu'il n'est permis d'appeler que certains jours et à certaines heures. Et, malgré ces précautions, le numéro reste gravé, de multiples fois, dans la mémoire du téléphone si quelqu'un prend la peine de vérifier. Plus les amants entrent en communication, plus ils ont de chances de se faire pincer. Il faut mémoriser les horaires d'une personne qu'on ne connaît même pas (la conjointe de l'amant) et qu'on n'aime certainement pas non plus. Dès qu'on touche à l'être aimé, on se demande si ce n'est pas la dernière fois. Chaque geste a quelque chose d'irrévocable. Chaque geste est à la fois le premier et potentiellement le dernier. On donne encore rendez-vous à son amant, mais la graine du doute est semée et on a déjà été éjecté, la disjonction est déjà là. Je le savais la première, la deuxième, la troisième, la quatrième, la cinquième et, pourquoi ne pas inclure la branlette dans la voiture, disons la sixième fois avec Karl.

Mais cette clairvoyance m'excitait aussi.

Si je n'ai jamais personnellement rencontré de femme blessée par sa relation destructrice avec un homme, je pouvais au moins me référer à la surabondance d'exemples qu'offraient la télévision, le cinéma et la littérature, de Hester Prynne et sa lettre écarlate à Lana Turner dans *Le facteur sonne toujours deux fois*. La femme adultère ou l'« autre femme » a-t-elle jamais connu une fin heureuse ? Nina Simone chantait sa solitude et les larmes qu'elle versait en s'endormant le soir. Tess, dans *Tess d'Urberville*, est répudiée non pas pour ses infidélités, mais parce qu'elle avoue qu'elle a été violée avant même de connaître son mari ; dans *Gatsby le Magnifique*, Daisy Buchanan finit prisonnière d'une vie de faste, mais dénuée de sens, après que son amant, Jay Gatsby, a été assassiné pour ses crimes à elle ; dans *Tempête de glace*, Janey Carver perd son fils, tandis qu'on la voit couchée en position fœtale après les batifolages éhontés d'une fête échangiste. Le film *Docteur Jivago* met en vedette Julie Christie dans le rôle de Lara, qui est à la fois attirée et dégoûtée par le même homme, qu'elle finira par tenter d'assassiner. Dans *Une vieille maîtresse* de Catherine Breillat, Asia Argento joue Vellini, une amante exploitée que son amour détruit et rend tout juste bonne à assouvir les appétits d'un seul et même homme. Il ne lui reste plus qu'une chose à faire : baiser avec lui ; sa vie se résume à ça. Sans oublier Catherine Deneuve dans *Belle de jour* de Luis Buñuel, prostituée le jour, mais femme au foyer frigide la nuit. Son mari se fait tirer dessus quand l'amant de la belle, un petit voyou, découvre son adresse. Elle finira par s'occuper d'un infirme pour le reste de ses jours.

Ce ne sont pas des fins qui font rêver.

Mais revenons à Karl : ce qu'il faut comprendre, c'est qu'il avait besoin de moi comme personne d'autre. Il était distrait, acerbe, triste. Oui, il faut que tu le saches. Il est possible que tu hérites de ces traits. Et malgré tout, il avait accompli des tas de choses. J'avais entendu parler de lui au moment où je rédigeais mon mémoire de maîtrise ; les autres étudiants en parlaient comme on évoque un personnage de cinéma, quelqu'un qui les aurait tous marqués de la même façon. La rumeur courait qu'il avait participé à une performance artistique au début des années 1990 pendant laquelle, couché sur le plancher d'une galerie d'art, il se faisait uriner dessus par une femme accroupie sur lui. Addy et Judy m'ont dit qu'elles avaient vu l'enregistrement, même s'il était introuvable en ligne.

Quand j'ai rencontré Karl, j'ai découvert avec surprise qu'il n'avait rien de remarquable. Il était pourtant connu pour ses excentricités, pour ses cheveux relevés au-dessus de son front, comme Jim Jarmusch. Mais quand je l'ai rencontré, il traversait une phase d'universitaire respectable où il s'était attelé au boulot. Il avait troqué ses chemises scintillantes et ses anoraks pour des tenues sans éclat à col boutonné. Il avait postulé pour devenir directeur du département et avait coupé ses cheveux. Même s'il était grand, dans mon esprit, il n'a jamais eu la stature que d'autres lui prêtaient.

Le premier jour, je l'ai trouvé dans son bureau. La porte était entrouverte, le téléphone sonnait et, debout sur une chaise, il tentait de retirer un petit livre très mince coincé sous des boîtes de bobine de film métalliques et des livres empilés dans tous les sens. J'essayais de m'inscrire, en retard, à l'un de ses séminaires.

« Ah ! Pourriez-vous me tenir ça ? » a-t-il demandé quand j'ai passé la tête par l'embrasure de la porte. C'était notre premier échange. La banalité absolue de ces mots me frappe aujourd'hui, à la lumière de la tournure des événements. Il m'a tendu un livre après l'autre, pour que je les porte ; il n'avait nulle part où les déposer. Les bibliothèques qui couraient le long des murs du petit bureau étaient si remplies que les livres étaient entassés en doubles rangées, et il y avait encore plus de livres par terre. J'ai regardé ses doigts noueux et poilus se déplacer d'une rangée à l'autre en effleurant et en faisant claquer les volumes qu'il laissait tomber dans mes mains. *The Little Black and*

White Book of Film Noir, *Simulacres et Simulation*, *La Phénoménologie de l'esprit* de Hegel. Le téléphone sonnait sans cesse. *La Maladie comme métaphore. L'œuvre parle.* La sonnerie s'arrêtait, puis reprenait de plus belle après un bref silence. *S/Z* de Barthes. « Fichu téléphone. Pourriez-vous… ? » a demandé Karl depuis son perchoir en retirant un autre volume, une boîte de bobine de film coincée sous le bras. Une dizaine de livres le séparaient encore de l'ouvrage qu'il convoitait. J'ai posé ma pile de livres sur le plancher et l'ai contournée pour atteindre le téléphone.

« Bureau du professeur Mann.

— Euh… Allô. Est-ce qu'il est là ?

— Euh… oui, ai-je soufflé dans le combiné à une jeune femme qui semblait un peu confuse. Mais il devra vous rappeler. Voulez-vous laisser votre numéro ? »

C'était son assistante. J'ai noté son numéro de poste.

Entre-temps, le professeur Mann – à l'époque, il ne me serait pas venu à l'esprit de le désigner autrement – était descendu de sa chaise. « Qu'est-ce que je vais faire de tout ce bordel ? » Il considérait la pile des livres qu'il m'avait tendus d'un œil critique. C'était comme si une poubelle avait été renversée et son contenu éparpillé sur le plancher. Il a déposé la boîte de bobine de film sur son bureau. Elle s'était entrouverte et laissait échapper des boucles brunes de pellicule.

« C'est quoi, comme livre ?

— Oh… s'est exclamé le professeur Mann en regardant le bouquin d'un air ébahi. Un prêt d'une ancienne étudiante. » Il m'a dit qu'il avait cru qu'il s'agissait d'un cadeau, car quand quelqu'un vous envoie un truc par la poste, vous êtes en droit de croire que vous pouvez le garder, n'est-ce pas ? Il a lancé l'ouvrage, qui a atterri sur le bureau par-dessus la boîte de bobine de film, avant de passer la main dans ses cheveux en brosse. Puis il s'est accroupi, a attrapé la moitié des livres par terre et les a soulevés avec effort pour les aligner contre le mur. Avec le pied, il a poussé l'autre moitié contre la bibliothèque. J'ai remarqué qu'il portait des chaussures brunes et des chaussettes de vieux, même s'il n'était pas, tu sais, si âgé que ça.

« Je suis désolé de vous importuner, mais pourriez-vous... » Il a indiqué une autre pile de livres, qu'il avait sans doute descendue avant que je vienne à la rescousse.

Le livre du haut avait une reliure bleue. Il n'y avait de texte que sur le dos, et mes yeux se sont arrêtés sur les lettres dorées imprimées en relief : *Phénoménologie du cow-boy : masculinité et auto-réflexivité dans le western américain fin-de-siècle.* En l'ouvrant, j'ai vu qu'il était signé *Karl Mann, Ph. D., université du Minnesota.* L'ouvrage n'avait pas tant l'air d'avoir été publié que tout simplement relié, et possiblement par le professeur Mann lui-même. Je me suis demandé ce qui l'avait conduit dans le Minnesota et ce qui l'avait poussé à en revenir.

Karl a tendu la main. J'ai fermé la couverture et lui ai redonné sa thèse. Alors qu'il essayait de trouver de nouveaux emplacements pour les volumes que nous avions retirés des tablettes, il poussait des « hum » et des « ah » du fond de la gorge, comme Kovacs, je ne m'en rends compte que maintenant.

Cinq ou dix minutes plus tard, il a dit d'un air dubitatif : « Eh bien, ce n'est probablement pas l'ultime destination de ces livres, mais j'ai monopolisé suffisamment de votre temps... Je suis certain que vous avez mieux à faire. Quel est votre prénom déjà ? Pouvez-vous… ? » Mann a pointé du doigt le message que j'avais noté.

« Hazel », ai-je répondu en lui tendant le bout de papier pendant qu'il s'affairait à replacer sur une étroite tablette au-dessus de son fauteuil les boîtes de bobine de film qu'on venait de déplacer.

« Je vais les laisser ici pour l'instant, puis j'oublierai de les déplacer de nouveau. Un jour, elles me tomberont sur la tête. C'est à ce moment-là que je m'en souviendrai ! » Il a contemplé ce fouillis avec dédain. Son raisonnement était lucide ; plus tard, j'apprendrais que c'était exactement ce qui s'était produit maintes et maintes fois.

Ce bureau était plein à craquer, on aurait dit un enfant qui porte un chandail deux tailles trop petit. Une pièce sans fenêtres, remplie de dossiers et de trouvailles : livres, DVD, cassettes audio – est-ce possible ? –, VHS, boîtes-classeurs, au moins deux Rolodex, une bouteille de vin, des caisses de lait remplies de vinyles, une poussiéreuse machine à écrire posée sur un étui dont la poignée était brisée, une tablette croulant sous des figurines de cow-boys, de convois de wagons et de cactus. Un veston laqué, fabriqué à partir d'emballages de pain, était suspendu à un valet dans un coin, le mot *Wonder* visible sur les rebords et les poches, le tout relié par une série d'attaches à pain bleues et jaunes : une sculpture que le professeur Mann s'était évidemment procurée sans avoir un endroit adéquat où l'exposer. Un chapeau de cow-boy poussiéreux était accroché par un cordon à un clou planté dans le plâtre. De grands cadres rectangulaires étaient empilés contre le mur ; celui du devant consistait en une feuille de papier kraft sur laquelle étaient imprimés ces mots dans une police de machine à écrire :

is   was

On avait l'impression d'être au milieu d'une installation plutôt que dans un bureau. C'est à ce moment-là que j'aurais dû comprendre la dynamique entre Karl et Grace. Je n'ai jamais vu leur appartement, et Grace ne m'en a jamais parlé, mais j'imagine que ça ne ressemble en rien à cet endroit. Les affaires de Karl avaient sans doute été reléguées à son bureau ou à d'autres lieux lointains.

Le professeur Mann a tendu le bras et attrapé le message téléphonique sans me regarder.

« Je voudrais m'inscrire à votre séminaire et j'ai besoin de votre signature. »

Il a cessé de ranger ses affaires et a levé le doigt pendant qu'il examinait le message. « Je suis *vraiment désolé*. Vous allez croire que je manque de professionnalisme, mais je dois absolument rappeler cette personne. C'est une de ces journées où... »

J'ai fait signe que je comprenais.

Mais, à en juger par ce que j'en ai entendu, l'appel n'avait rien d'urgent. Pendant que le professeur Mann et son assistante parlaient, j'ai retiré une pile de livres de la seule autre chaise du bureau et les ai déposés par terre. Puis je me suis assise en attendant la fin de la conversation. Après avoir raccroché, il a de nouveau parcouru son bureau du regard et m'a dit d'une voix tendue, comme s'il était sur le point de fondre en larmes : « Je ne sais pas si je peux vous aider... »

Son ton embarrassé m'a brutalement rappelée à la réalité et je me suis demandé si je n'aurais pas dû quitter son bureau durant l'appel pour lui laisser un peu d'intimité. Mais je ne pouvais plus reculer. Et je n'avais besoin que de sa signature.

« Venez », a dit le professeur Mann. À présent, il était pâle et sérieux. Il a contourné le bureau et ramassé mon sac, geste qui a rendu mon refus quasi impossible. Il m'a dit qu'à cette heure la queue chez Starbucks était longue et qu'il détestait attendre seul. « Je vous offre un café et vous mettrai au courant de ce que vous avez manqué lors des deux premiers cours. »

Il faut que tu saches que, moins d'une heure plus tôt, il ne connaissait rien de moi, hormis le fait que j'étais entrée dans son bureau sans trop me faire prier. Et maintenant je réarrangeais ses livres, je l'écoutais se plaindre du manque d'assurance de son assistante de recherche – celle-là même qui l'aidait à préparer le séminaire auquel il m'avait inscrite – et je faisais la queue avec lui parce qu'il était incapable d'affronter cette situation seul.

« Vous avez plus ou moins le même âge que mon assistante, et on dirait que vous avez une bonne dose de confiance en vous, a-t-il dit en me détaillant des pieds à la tête. Vous apporterez un élément positif au groupe. »

Pendant que nous attendions, son portable a illuminé la poche de sa chemise. L'espace d'une seconde, la lumière qui transparaissait à travers le mince tissu m'a donné l'impression qu'il avait un cœur électrique bleu. Il a tiré l'appareil de sa poche, a froncé les sourcils, puis l'a éteint.

Plus tard, de retour dans son bureau, Mann a ramassé un coffret de DVD qu'il avait oublié de ranger. « J'aimerais vous offrir ceci, a-t-il dit en le glissant entre mes mains comme s'il s'agissait d'un cadeau. Je pense que vous allez aimer ça. Vous semblez du genre à apprécier le côté Caméscope néo-victorien de la chose. Ça date des années 1960. Je suis curieux de savoir ce que vous en penserez. »

C'était un coffret de trois DVD de la série *Dark Shadows*. Et ce n'était pas un cadeau, j'allais m'en rendre compte plus tard lorsqu'il me demanderait à trois reprises au cours des deux mois suivants si je la connaissais. Il aimait cette série, mais ne savait tout simplement pas où entreposer le coffret.

C'est pourquoi je n'aurais pas dû être étonnée quand Kovacs a laissé entendre que Karl Mann avait couché avec plus d'étudiantes qu'il n'en faut pour remplir un dortoir, puis les lui avait envoyées… et dans quel but ? Un homme qui offrait des cadeaux sans réfléchir et ne supportait pas de faire la queue tout seul… Non, ça n'aurait pas dû m'étonner.

Mais ça m'a étonnée tout de même.

Avais-je honnêtement cru qu'au cours de ses quelque vingt ans d'enseignement j'étais la seule étudiante qui l'avait intéressé parmi toutes celles qui étaient entrées dans son bureau ? La première qui s'était tenue trop près de lui dans cet espace restreint ? La première à l'avoir pris en pitié ? La première à croire que son amour allait le sauver de la cinquantaine et de la médiocrité ?

Pour être honnête, oui, je l'ai cru.

Après ma rencontre avec la professeure Kovacs, j'ai songé à composer de nouveau le numéro de Karl – mais j'entendais sans cesse dans ma tête la voix de Grace qui répétait qu'ils étaient à *leur* chalet. Je suis plutôt retournée à ma chambre et j'ai relu un article intitulé « *Don't It Make Her Brown Eyes Blue* », portant sur la pratique qui consistait à assortir la couleur des yeux des mannequins – qu'elle soit naturelle ou modifiée par traitement numérique – à celle de l'emballage d'un produit. J'ai également écrit de nombreux mails à *notre* Karl.

L'un d'eux, le dixième à peu près, était un copier-coller d'un dialogue de film que je l'avais obligé à regarder, le seul qu'il ait vu à mon insistance. C'était l'histoire d'un homme qui entretient une liaison extra-conjugale, mais avec sa propre femme :

K. –

Une fois, je me suis sentie comme un vieux chiffon. Et toi, tu étais comme un fruit pourri sur le rebord de la fenêtre. Et c'était génial.

H.

J'ai frissonné en relisant un autre de mes mails, ma douzième tentative. J'avais peine à croire à la profondeur de ma rage, et pourtant je me suis sentie cent fois mieux après l'avoir écrit. C'était comme descendre une côte en courant : on ne contrôle plus ses jambes, on avance si rapidement qu'on craint de trébucher et de rouler sur soi-même, mais on poursuit sa course et, une fois en bas, on se retourne pour contempler son point de départ. Le cœur palpite à vouloir sortir de la poitrine, une flamme incroyable brûle à l'intérieur de soi. Je ne me contrôlais plus et la force qui me propulsait en avant puisait sa source en moi et en dehors de moi. J'ai supprimé ce message. La seule existence de ces mots me faisait peur.

Je n'ai envoyé aucun de mes mails, mais je les ai tous conservés (sauf le douzième) dans mon dossier de brouillons, à titre de preuve de ma souffrance au cas où de futurs anthropologues tomberaient par hasard sur mon ordinateur et se découvriraient une passion pour la vie de Hazel Hayes.

C'est à cause de cette colère que je ne l'ai pas appelé. C'est à cause de cette colère que je ne lui ai rien dit de toi. Elle me paralysait. Et au milieu de cette paralysie, j'ai découvert, enfin, la véritable nature de l'attaque dont j'avais été témoin. J'ai découvert la Furie.

Pendant les quelque quarante-huit heures qui ont suivi ma rencontre avec Kovacs, j'ai tout oublié, sauf Karl. J'avais même réussi à repousser dans un recoin sombre de mon cerveau l'incident du métro et le reportage sur la femme du salon de beauté. Je ne m'étais pas connectée aux réseaux sociaux, de crainte d'y écrire quelque chose que j'aurais pu regretter. Mais une fois sortie de ma rage, je me suis reconnectée pour vérifier si, pendant mes deux jours d'absence, j'étais soudain devenue populaire. C'est à ce moment que Larissa m'a envoyé un message instantané.

Je me suis rappelé que je n'avais pas parlé avec elle depuis qu'elle m'avait accompagnée à l'aéroport pour mon vol vers New York, et cela faisait des semaines. T'es là ? a-t-elle écrit.

J'ai répondu : Oui.

Puis : J'ai coupé tous mes cheveux est apparu à l'écran. Horrible…

Je n'ai rien compris. C'était quoi cette histoire ? Elle les avait coupés court avant. J'ai répondu : Comme Sienna Miller dans *Factory Girl* ou Nicole Kidman dans *Birth* ? LOL.

Je me trouvais vachement habile d'avoir trouvé spontanément ces références cinématographiques, mais Larissa n'a pas répondu tout de suite. Lorsqu'elle s'est manifestée, elle a simplement écrit : Épidémie.

Je suis restée là à tourner cette information dans ma tête. J'attendais de voir si Larissa allait en dire plus. D'habitude, au téléphone, elle parlait sans arrêt, ce qui était tout à fait logique, car son seul exutoire, c'était un enfant de deux ans. Mais l'icône à l'écran ne semblait pas bouger.

Épidémie ? ai-je demandé, hésitante.

T'es folle ? C'est partout… Une pause a suivi, pendant laquelle Larissa a fait un retour à la ligne avant de poursuivre. Ici, ils sont tous hystériques. Tous.

Une autre pause, puis :

Toronto 2 attaques, Ottawa 1…

Ses mots ont empli l'écran. Ses ellipses témoignaient de la vitesse à laquelle elle tapait et laissaient présager un flot continu. Je suis restée là à attendre, pas certaine de croire ce qu'elle racontait.

D'autres au Royaume-Uni, en Suisse, en Finlande, en Suède…

On parle d'une pandémie…

Oh ! Et la Lettonie !

Urgences bondées…

Jay m'a dit de couper mes cheveux blonds…

C'est fait…

On sait pas pour Dev.

On dit que les enfants sont prédiposés.

Elle a corrigé sa faute de frappe. Prédisposés !

Il a la peau foncée, mais on est inquiets.

Ils ne savent pas si les gars peuvent être infectés ou seules les filles & les femmes.

J'ai écarquillé les yeux. J'avais l'impression de lire un code indéchiffrable que j'aurais trouvé sur un bout de papier dans la rue.

Dieu merci, t'es à l'abri… en brunette !

T'es là ?

Il est possible qu'elle ait répété sa question plusieurs fois. Je me souviens de la chaleur qui m'a envahie pendant que je contemplais ces messages. **De quoi tu parles ?** ai-je enfin écrit.

Elle a répondu : **Oh ! mon Dieu, Haze, allume ta télé.**

Je ne l'avais pas allumée depuis que j'avais pris la chambre 305. En hibernation, pour fuir la réalité, je n'avais pas eu envie de regarder les nouvelles. Je suis passée d'une chaîne à l'autre jusqu'à ce qu'une présentatrice apparaisse à l'écran. Elle avait les cheveux de Hillary Clinton, mais la moitié de son âge.

« Racontez-nous, Ted, a-t-elle dit en s'adressant à un homme hors champ, ce que disent les experts sur la vulnérabilité des hommes blonds ou peroxydés. »

Le plan suivant montrait un homme en costume-cravate sur le pont de Brooklyn. En arrière-plan, on distinguait les câbles d'acier de la structure et la *skyline* illuminée de Manhattan. « Amanda, êtes-vous là ? » a-t-il demandé. Il avait les yeux bouffis et sérieux.

La présentatrice a répété sa question. L'écran s'est fractionné en deux. Les visages sont apparus côte à côte.

« Aucun homme n'a encore été touché par ce que certains appellent désormais la Furie blonde. D'autres disent Fièvre de l'or, Suicide blond ou Rage californienne. Mais peu importe son nom, cette maladie est très grave. » Derrière lui se trouvait le théâtre de la plus récente attaque. On a eu droit au gros plan ravageur d'un casque de vélo ensanglanté. Quelques heures plus tôt, un cycliste avait été victime d'une attaque brutale après avoir porté assistance à une autre cycliste qui lui était inconnue.

La présentatrice a pressé Ted, le reporter, de livrer d'autres détails, écarquillant les yeux comme si elle souhaitait que son public lui révèle le fin fond de l'histoire.

J'étais assise au bord du lit, une paume moite et humide agrippée à la télécommande.

« Amanda, c'est le geste d'un bon Samaritain qui a viré au cauchemar. La cycliste a *dérapé avant de péter un plomb*. Les témoins affirment qu'elle avançait de manière chancelante, puis, et je cite, "elle a dérapé" en traversant le pont à vélo, ce soir vers sept heures. Un second cycliste, la victime, Owen Worthington, est allé lui porter assistance. C'est alors que la femme s'est jetée sur lui comme une furie. » À un certain moment, Worthington aurait perdu son casque ; la femme l'aurait alors attrapé par la tête et assommé contre le garde-corps. « On n'en sait pas davantage, a poursuivi le journaliste, mais une chose est certaine : comme toutes les autres assaillantes, cette femme était blonde. »

Immobile, j'écoutais les explications d'Amanda : « La Furie blonde affecte les femmes sans distinction de race, qu'elles aient des cheveux blonds naturels, peroxydés ou décolorés par des professionnels. Les scientifiques se penchent sur la question et, s'ils affirment qu'il est trop tôt pour déterminer la cause de la maladie, certains croient que l'absence de mélanine serait à l'origine de la prédisposition de certaines femmes et jeunes filles. »

Amanda et Ted ont évoqué d'autres cas, y compris celui d'Eugenia Gilongos et d'Alexis Hoff dans l'attaque du métro dont j'avais été témoin. Entre-temps, sur l'écran de mon portable, Larissa continuait à m'écrire :

T'as trouvé ? Histoire surréaliste…

5 attaques à NY & 6 à LA…

Je t'appellerais bien, mais Jay est au téléphone…

T'es là ?

Haze ?

Mes cheveux étaient comme du fil barbelé entre mes doigts. Qu'est-ce que le roux si ce n'est une variation du doré ? Du rouge doré. Une flamme incandescente.

Owen Worthington avait été admis dans un état critique au New York Methodist Hospital, où il avait succombé à ses blessures, disait la journaliste Amanda en voix off. « C'est la cinquième victime new-yorkaise, sur une soixantaine partout dans le monde. » La cycliste qui avait attaqué Worthington s'appelait Beth Barrett. Le reporter employait encore l'adjectif « présumée » – l'assaillante *présumée*, la cause *présumée* – même si Barrett avait également succombé à ses blessures. Peu après l'attaque contre Worthington, elle avait été percutée par un semi-remorque. Barrett, Worthington, Hoff, Gilongos et d'autres encore, c'était les célébrités du nouveau fléau, leurs noms finiraient par s'inscrire dans la conscience collective comme ceux des personnages politiques, des musiciens ou des acteurs.

Le journal télé continuait : près de deux cents femmes avaient été infectées par le virus et en étaient mortes, croyait-on, la plus grande concentration se trouvant aux Pays-Bas et la deuxième aux États-Unis. « Scientifiques et médecins travaillent de concert afin de… »

Je suis là, ai-je écrit. J'ai acheté un billet de retour.

Pendant ce temps, la télé conseillait aux femmes blondes, qu'elles soient blanches, noires ou asiatiques, de raser leurs cheveux ou de les teindre en une couleur foncée. Mais rien sur la manière dont le virus affectait les femmes aux cheveux de couleur intermédiaire, telles que moi, ou les hommes.

À l'instant ? a demandé Larissa. Elle croyait sans doute que je venais de me procurer un billet en ligne. C'est du délire à Toronto aussi.

Je l'ai acheté hier... J'arrive lundi...

C'était vrai : entre deux accès de colère, j'avais pris rendez-vous avec mon médecin à Toronto. La secrétaire avait dit qu'il serait encore temps de « discuter des différentes possibilités ». C'était la seule chose un tant soit peu constructive que j'avais accomplie depuis mon rendez-vous avec Kovacs. Ça signifiait que la seule autre personne que cette histoire touchait, mais que je n'avais pas appelée, c'était Karl.

À l'immigration, c'est la folie, la frontière est bouclée, bébé, a expliqué Larissa.

Depuis que Larissa avait épousé Jay deux ans et demi plus tôt, elle avait pris l'habitude de parler à tout le monde comme s'ils étaient ses plus grands et ses plus chers amis, émaillant chacune des phrases qui sortaient de sa bouche de petits surnoms affectueux tels que *ma chérie*, *ma belle* et *bébé*. Je suppose que ce n'était pas si différent de son adolescence, qu'elle a passée à fumer de l'herbe et à ponctuer chacune de ses phrases du mot *mec*. Mais comme *bébé* avait un tout autre sens pour moi à ce moment-là, ça n'avait rien de réconfortant. Je savais que, plus jeune, Larissa avait elle aussi subi une « intervention », mais ça, c'était *avant*. Avant Jay. Avant tout. Il est toujours difficile de demander conseil pour de telles choses à une jeune maman heureuse et comblée en amour, particulièrement au milieu d'une pandémie internationale.

Malgré tout, je rassemblais peu à peu mon courage pour lui parler de toi, mais j'ai eu un moment d'hésitation et mon attention a été de nouveau attirée par les infos. Ted et le pont de Brooklyn semblaient avoir disparu. Amanda la journaliste hochait sa tête d'un blond terne après avoir écouté les propos d'un homme dans le studio, un air grave vissé sur son visage mutin.

Pince-sans-rire, quelqu'un derrière le pupitre à la télé a dit : « Et maintenant, Amanda, songez-vous à vous débarrasser de *vos* boucles d'or ?

— Je vois une coiffeuse qui s'impatiente dans les coulisses en ce moment même. À toutes les femmes qui m'écoutent, rappelez-vous : ce ne sont que des cheveux. Ici Amanda Cristobel, qui vous dit bonsoir », a-t-elle conclu sans grand enthousiasme.

Tu te demandes comment je fais pour réciter tout ça de mémoire, n'est-ce pas ? N'oublie pas, c'est mon dada. Le langage de la télé, c'est mon métier. Ma langue. Et il s'agissait d'un moment unique. Tout a basculé à partir de ce moment. Larissa m'a demandé d'allumer la télé, et plus rien n'est pareil depuis.

La fenêtre du *chat* a fait un bruit de carillon. N'est-ce pas étrange de vivre dans un monde où les objets inanimés nous agressent avec leurs bips et leurs bops, exigeant toute notre attention comme des enfants qui pleurent ? Larissa devait éteindre son ordinateur. Son fils, Devang, venait de lui demander où était sa mère. Elle lui avait répondu que c'était elle, sa mère, et il avait déclaré qu'il la détestait. Il n'aimait que sa mère qui avait des cheveux. Elle a écrit **LOL mais pas vraiment !** Je savais que c'était le genre d'incident qui lui tirerait des larmes plus tard, dans une soirée trop arrosée.

Elle a promis de m'appeler dans quelques jours, et on s'est quittées dans un tourbillon de X et de O. Une fois qu'elle s'est déconnectée, j'ai vérifié ce que mes amis, mes collègues et des quasi-inconnus avaient posté au vu et au su de tout le monde. Si un groupe en particulier qui semblait sincèrement horrifié discutait du fléau et affichait des liens vers des pétitions ou des agences de presse, la plupart des gens continuaient d'échanger sur leurs chats, leurs plats préférés, les nouvelles séries télé, l'alcool, leurs sorties ce soir-là et les gens qui les accompagneraient. Ce crépitement insensé défilait comme la bande d'un téléscripteur.

J'ai sorti ma carte de New York. Les attaques s'étaient multipliées depuis deux jours. L'épidémie, qui n'avait toujours pas de nom officiel, avait été annoncée la veille alors que je me promenais avec mes écouteurs et composais des mails que je n'avais aucune intention d'envoyer.

Désormais, il y avait des images qui ne quittaient plus mon cerveau.

Comme celle de la professeure Kovacs, à sa sortie du bar. Elle avait vacillé avant de bifurquer et de disparaître de ma vue. Le lendemain, je lui avais envoyé des excuses voilées sous prétexte de donner suite à notre stimulante discussion, mais mon mail était resté sans réponse. C'était peut-être pour ça que l'image était restée gravée dans ma mémoire. Mais je l'ai vite chassée de mon esprit : ce n'était que pure paranoïa.

L'autre image était celle d'une femme que j'avais croisée dans Central Park. Après avoir acheté mon billet de retour dans un café disposant du wifi, j'étais allée m'asseoir sur la colline pour regarder passer les joggeuses, ces femmes qui courent avec des poussettes tout-terrain si légères qu'on dirait qu'elles sont en papier, leur poitrine sautillante retenue par des soutiens-gorge de sport et des tankinis. Une femme qui n'était pas habillée pour le jogging est apparue. Je me souviens qu'elle n'avait rien d'extraordinaire, la cinquantaine, un vague air de bonne sœur. Le genre à faire de la marche rapide. Elle portait un chemisier à fleurs, un short safari beige et des sandales de sport avec des chaussettes. Elle a marmonné des paroles indistinctes avant de tituber jusqu'au bord du trottoir. Elle a dit tout haut : « Il faut juste que je sorte ça de mon système. » Peut-être s'adressait-elle à moi ? Elle s'est penchée, son cul en forme de poire pointé vers le ciel, et a essayé de vomir, les doigts glissés dans la gorge, quoique, à ce stade, j'avais déjà détourné le visage. Les sons qui sortaient de sa bouche m'ont soulevé le cœur. Je me suis rapidement déplacée vers un autre coin du parc. Je n'avais pas noté la couleur de ses cheveux.

L'image qui me hantait le plus était celle de la femme dans les toilettes du bar, qui avait frappé de son poing la cabine et la poubelle et m'avait renversée. La crainte qu'elle m'ait infectée a provoqué une sensation de démangeaison sur tout mon corps. En passant à côté de moi, m'avait-elle égratignée avec ses ongles manucurés, décorés de motifs à pois ? J'ai vérifié mes bras et me suis scrutée dans le miroir. Rien qu'une bouffée effroyable de peur.

J'ai étalé la carte sur le lit et marqué d'un X la station de métro où j'avais vu Eugenia se faire traîner sur les rails ; je n'arrivais pas à prononcer le mot *tuer*, parce que, à ce moment-là, je ne supportais pas l'idée de voir mourir un être humain. J'ai aussi marqué l'emplacement du salon où s'était déroulée l'attaque au décolorant. Ces deux incidents avaient eu lieu le même jour, à moins d'une heure d'intervalle et à vingt rues de distance. L'incident du pont de Brooklyn, trois jours plus tard. Larissa avait tort de dire qu'il y avait eu cinq attaques à ce moment-là ; il y en avait eu six. Un petit tour sur Internet m'a permis de débusquer rapidement les autres emplacements : une attaque s'était déroulée dans le quartier de Park Slope, une à l'aéroport LaGuardia et une autre sur la ligne G, à Brooklyn, quelque part entre Lorimer Station et Long Island City.

L'attaque de Park Slope s'était produite quand une agente immobilière avait arraché les placards de cuisine de la maison qu'elle faisait visiter avant de se retourner contre les acheteurs ébahis. Elle avait égratigné l'homme et mordu la femme avant de se jeter par la fenêtre d'une chambre à l'étage et de se rompre le cou. Le couple blessé avait été mis en quarantaine à l'hôpital. L'attaque à l'aéroport était le fait d'une hôtesse de l'air. Elle n'avait visé personne en particulier, mais la femme avait piqué une crise et essayé de renverser une rangée de bancs beaucoup trop lourds pour sa frêle silhouette. Elle avait reçu une décharge de 50 000 volts des agents de sécurité de l'aéroport, qui l'avaient mise en détention avant de la transférer à l'hôpital, où elle se trouvait encore. L'attaque de la ligne G avait un héros, que les médias avaient surnommé le Colosse de Bedford-Stuy. Il était intervenu quand deux femmes s'étaient mises à se crêper le chignon dans un train en mouvement. L'une d'elles, une blonde, avait allumé une cigarette. L'autre avait protesté qu'elle n'avait pas le droit de fumer dans le métro ou, d'après les témoins, lui avait demandé gentiment, mais fermement, d'écraser sa clope. La fumeuse blonde, laissant exploser sa colère, avait arraché les implants capillaires de l'autre passagère et lui avait brûlé la joue avec sa cigarette. Le Colosse de Bedford-Stuy s'était interposé, plaquant l'assaillante au sol jusqu'à l'arrivée de la police et des soins médicaux.

Quatre des femmes étaient blanches, celle du salon de beauté était thaïlandaise et l'hôtesse de l'air de LaGuardia était noire, avec des cheveux couleur bronze. Deux d'entre elles frisaient la cinquantaine, trois étaient dans la trentaine, et la dernière avait à peine vingt-deux ans. Ce qu'elles avaient en commun : le sexe, la couleur des cheveux et la classe sociale. Elles appartenaient toutes à la classe moyenne ou à la classe moyenne supérieure. Et des scientifiques ont commencé à avancer que ces attaques relevaient non pas d'un virus, mais d'un phénomène d'hystérie de masse.

Les médias affirmaient que la Furie avait trait à la mélanine et aux deux chromosomes X de la femme, comme si le solitaire Y qui rendait pourtant les hommes si vulnérables à certaines maladies génétiques, telles que l'hémophilie, agissait dans ce cas comme un bouclier. Des généticiens se sont mis à chercher un allèle rattaché au chromosome Y, qui protégerait les individus mâles et laisserait les femelles vulnérables. Ou peut-être un allèle rattaché au second chromosome X, je n'en étais pas sûre. Après tout, ça faisait un bail que je n'avais pas entendu le mot « allèle ». Je n'avais suivi qu'un cours de biologie pour les nuls afin de satisfaire aux exigences de ma licence de communication, et encore, j'avais été chanceuse de m'en tirer avec une note potable. Le truc le plus intéressant que j'avais appris cette année-là, c'est que le véritable chat « calico », à pelage blanc, noir et orange, ne peut être que femelle, car la caractéristique de la couleur s'attache au chromosome X. Les chattes calico ont le blanc comme couleur de base et deux autres allèles de couleur, le noir et l'orange, qui s'attachent chacun sur l'un des chromosomes X. Le pelage du mâle n'est composé que de la couleur de base, le blanc, et d'une autre couleur, le noir ou l'orange, mais pas les deux, parce que le mâle n'a qu'un seul X auquel peut s'attacher l'allèle.

Alors que tout ça me trottait dans le cerveau, j'ai secoué la tête : c'était ridicule de penser à des chats à un moment pareil. Comme il faisait chaud et que la pièce manquait d'air, j'ai ouvert la fenêtre avec quelque effort. Calme et déserte, la cour intérieure ne donnait aucune indication de la crise qui secouait la ville. C'était surréaliste. J'avais l'impression qu'il aurait dû y avoir un tumulte quelque part, dont je n'aurais pu ignorer l'existence, même avec des écouteurs vissés aux oreilles, même en me promenant dans une brume égocentrique. À une fenêtre, de l'autre côté de la cour, un étage plus haut, il y avait un homme de dos. Immobile, il regardait la télé, ou peut-être discutait-il avec quelqu'un. C'était une soirée comme une autre. J'ai remarqué que des points noirs troublaient ma vision. J'ai retiré mes lunettes et les ai regardées en fronçant les sourcils. Elles étaient constellées de taches de mascara, ce qui était si parfaitement anodin que ça m'a mise sens dessus dessous. Que tout soit comme avant, que de telles choses aient encore de l'importance. J'ai attrapé un pan de ma chemise et m'en suis servi pour essuyer les verres, avant de replacer mes lunettes sur mon nez. Je ne me souviens pas avoir pleuré. Je ne pense pas. Même si les circonstances s'y prêtaient.

Cette épidémie, c'était d'abord et avant tout une question de relation. Quelle relation entre ces six X, ces six femmes à New York, et celles qui n'étaient que de simples statistiques, à Los Angeles, Miami, Atlanta, Toronto, Ottawa, Stockholm, Francfort, Amsterdam, Londres ? Je me posais la question comme si mes efforts avaient une quelconque importance. La vérité, c'est que je n'avais aucune prise sur les événements ni sur ce qui m'attendait.

CINQ

Ce matin, avant même de boire le café instantané qui te rend si turbulente, j'ai suivi la route d'un pas nonchalant pour aller jeter un coup d'œil sur la maison des voisins. Il était environ neuf heures, ce qui me semblait une heure tout à fait raisonnable pour aller frapper à leur porte. Mais leur voiture n'était pas là. Dans la neige, il y avait les traces fraîches d'une voiture qui avait fait marche arrière dans l'allée. Et du sang dans la neige le long de la route. Un animal peut-être ? Ce chien que Grace et moi avons vu il y a quelques semaines, celui qu'elle appelle Alf ? Peut-être que non. La boîte aux lettres que l'employée de la poste a renversée avec son véhicule reposait encore au fond du fossé. Je ne sais pas ce que ça veut dire, je ne veux surtout pas y penser.

Je me suis approchée de la maison jusqu'à voir les fenêtres du salon. Elles étaient placardées de papier journal, ce qui n'était certainement pas le cas auparavant. Je suis montée sur la terrasse et me suis mise à lire les articles de journaux, collés les uns par-dessus les autres avec du ruban adhésif, quelques-uns à moitié cachés. Il y avait le lot habituel d'articles sur les difficultés des entreprises locales, mais les gros titres suffisaient à me donner une idée de l'état de la planète.

Par exemple : un album posthume de la star britannique de R & B Shelbee Brown, morte du virus siphonaptère humain quand j'étais au Centre local d'isolation temporaire, est enfin sorti. Une critique, reprise d'un grand journal, déclarait que « l'âme de Shelbee Brown est toujours aussi torturée, ce qui transparaît dans sa voix de crooneuse et ses arrangements, comme si son essence même nous rejoignait de l'autre berge. Elle ne pouvait anticiper le destin qui l'attendait, mais ces chansons témoignent tout de même des vicissitudes de notre époque. C'est une voix qui nous vient de l'au-delà ».

Plus d'un million d'exemplaires de l'album se sont écoulés la semaine de sa sortie. Rien que de savoir ça m'a rassurée. La vie poursuit son cours. Les gens dépensent et consomment, montent le son en conduisant leur voiture, surfent sur Internet et entrent le numéro de leur carte de crédit afin de mettre la main sur un petit bout de culture. Si j'étais n'importe où ailleurs qu'ici, je me laisserais prendre au jeu, moi aussi.

J'ai commencé à lire un journal local qui traitait de cas récents du virus et soudain, j'ai eu la trouille. Tout était si silencieux autour de moi. Alors je suis retournée au chalet au pas de course, tu t'es réveillée en moi, j'ai mangé toute une boîte de pêches en conserve et une gaufre brûlée par la congélation, puis j'ai bu du Nescafé, noir, afin de me calmer.

Les bonnes nouvelles ? « L'Unité de santé du comté de Simcoe Muskoka ne déplore aucun nouveau cas du virus aujourd'hui. Mercredi dernier, deux cas ont cependant été confirmés dans la région de Barrie. » Ça venait du journal le plus récent placardé sur la fenêtre, celui du 23 février, il y a quelques jours à peine. Et l'employée de la poste ? La question s'imposait à moi. Le cas avait-il été comptabilisé ? Et que dire des futurs cas ? Que dire du sang au bord du chemin, tout près ? Et pourquoi les voisins sont-ils partis aussi précipitamment ?

Pourtant, il n'y a *aucun nouveau cas*, et même si cette nouvelle se révèle fausse, c'est bon signe tout de même. J'ai décidé de voir les choses ainsi.

Je suppose que si je trouvais quelqu'un à qui réclamer de l'argent pour l'essence, je pourrais retourner chez Larissa à Toronto. Mais Larissa a elle aussi ses problèmes, comment pourrais-je lui demander de prendre soin de moi ? Surtout après l'avoir abandonnée de la sorte. Je pourrais vendre sa voiture au lieu de la laisser là où j'ai réussi à la diriger en roulant sur les vapeurs d'essence. Mais presque personne ne passe par ici, alors même si je la déneigeais et que j'écrivais *À vendre* sur la lunette arrière avec un pain de savon, en combien de temps partirait-elle ? Je pourrais quand même essayer. Je *vais* essayer si Grace ne revient pas bientôt. Avec deux ou trois mille dollars, je retournerais à la civilisation et me trouverais un endroit où habiter, du moins jusqu'à ton arrivée.

Contrairement à Grace, je n'ai pas pris le chemin du nord pour fuir le virus. Je suis venue pour Karl. Je n'étais enceinte que de cinq mois à ce moment-là. Je me suis souvent trompée de route et j'ai emprunté des chemins où les maisons n'étaient guère plus que des taches noires, tapies derrière des clôtures et des conifères, cachées sous la neige. J'étais épuisée à force de conduire avec un seul œil ; j'avais perdu un verre et, en cas de contrôle routier par la police, j'aurais été cuite. Je n'avais ni permis ni pièce d'identité. Je portais une demi-paire de lunettes et conduisais une voiture qui appartenait à quelqu'un d'autre.

Pendant tout le trajet, je suis restée sur la voie de droite pour ne pas rouler trop vite, mais aussi m'aligner sur la bande blanche. La voie de gauche était un tourbillon de gris. J'aurais été incapable de dire ce qui s'y passait. À Wasaga Beach, j'ai sillonné les petites routes à vitesse réduite. J'étirais le cou pour mieux voir en me fiant à ma seule mémoire pour refaire le trajet que j'avais emprunté en compagnie de Karl. Les grands sapins étaient mes seuls points de repère. Un camion à hamburgers. Des chevaux portant une couverture, debout dans la neige. Une station-service Esso. Un magasin d'appâts de pêche. La voiture s'est enlisée dans un virage où, incertaine, j'avais ralenti. Pendant que les roues tournaient dans le vide, je croyais que c'en était fait de moi, que c'était la fin de l'histoire. L'aiguille du réservoir à essence était passée dans le rouge depuis au moins dix kilomètres. J'ai appuyé sur l'accélérateur. Puis j'ai tourné le volant juste assez pour que les roues s'agrippent à de nouvelles ornières, et j'étais libre. Projetée vers l'avant, j'ai freiné avant de frapper un banc de neige. Et le chalet était juste là : perdu parmi les arbres, une lumière qui miroitait au-delà des branches.

Mon cœur a fait un bond. Qu'est-ce que j'allais trouver là ? Je ne savais pas qu'il n'y aurait que Grace et moi. Grace et moi pendant deux mois et demi, et après qu'elle disparaîtrait, apparemment sans la moindre préparation, sans rien emporter. Comme bien des femmes, comme tout le monde ces jours-ci. Une brusque lueur, et on n'est plus là.

Grace a pelleté l'entrée avant de partir dans la Mini de Karl. Va savoir comment j'ai fait pour ne pas entendre le bruit de la pelle, mais je suis si fatiguée dernièrement à cause de toi, Hazel Junior.

Si fatiguée que parfois je dors comme si on m'avait recouverte d'une chape de béton.

Chut ! Ne me donne pas de coups de pied. Ne sors pas tes griffes. Chut ! Chut ! Tu crois vouloir tout savoir, mais non, ma petite chérie. Tu ne veux pas entendre parler de tout ce que j'ai vu. Bon, je vais quand même te le dire, ne serait-ce que pour ne pas devenir folle.

Quand j'ai appris l'existence de la Furie blonde, j'ai pensé qu'il valait mieux colorer de nouveau mes cheveux. J'ai acheté de la teinture à la même pharmacie où je m'étais procuré le test de grossesse, mais cette fois les rayons étaient à moitié vides. Une préposée à l'inventaire, aux cheveux couleur cerise noire, debout devant la sélection de teintures, un porte-bloc à la main, avait mis toutes les boîtes de Blondissima et de Super Blonde dans un chariot, vraisemblablement pour qu'on les emporte dans quelque entrepôt perdu, hors de vue de la clientèle. J'ai tendu la main et l'ai fait courir le long des boîtes qui restaient, comme si le fait de les toucher m'aiderait à choisir. Quand tu apprendras à me connaître, tu sauras qu'il faut que je touche aux choses pour m'assurer de leur existence. Je touche à tout. Sauf aux gens. Ton père, c'est l'exception.

Cassonade, caramel, pécan, cèdre, noisette, noyer. Les photos sur les boîtes de coloration en carton et les mèches de cheveux poussiéreuses fixées aux rayons avaient toutes la même teinte.

« J'ai opté pour la plus foncée, a dit l'employée. Moi, je ne courrais pas le risque si j'étais vous. »

Une jeune Japonaise en jean et escarpins a parcouru l'allée au pas de course en poussant de petits cris, suivie d'une amie. Toute sa tête était platine hormis sa frange, qui avait conservé sa couleur noire naturelle, tandis que son amie avait une ou deux mèches blondes qui flottaient parmi ses cheveux foncés. Elle a attrapé la dernière boîte d'ébène en balayant les rayons des yeux comme si une autre marque dans la même teinte allait s'offrir à elle.

L'employée nous a informées qu'en plus des châtains devant lesquels je me trouvais il y avait encore du marron d'Inde. Pour ce qui était du chocolat et du brun foncé, il n'y en avait malheureusement plus. « On en aura vers la fin de la semaine. Désolée. Le distributeur n'arrive pas à satisfaire la demande. »

Les deux jeunes filles songeaient à partager la boîte d'ébène. Quant à moi, j'ai opté pour le marron d'Inde. Le marronnier est-il plus foncé que le cèdre ou le noyer ? Les noms donnés aux différentes colorations n'annonçaient guère une taxinomie rigoureuse. J'ai remarqué que les deux Asiatiques gardaient leurs distances. Il y avait encore des boîtes de teinture grenade et une unique boîte d'auburn en rayon, parce que ces couleurs avoisinaient le brun, j'imagine, mais les teintes plus pâles telles que le cuivré, l'acajou et d'autres teintes de roux qui s'approchaient de ma couleur naturelle reposaient dans le chariot de l'employée.

La caissière dodue avait de longs cheveux mi-jaune paille mi-argentés tirés en arrière, retenus par une barrette sur le haut de la tête et tombant dans son dos. À son avis, toute cette panique était absurde, personne ne savait ce qui causait cette maladie. Elle ne croyait absolument pas à cette histoire de teinte de cheveux. Toute sa vie, elle avait conservé sa couleur naturelle. Les gens nous disent ce qu'on doit manger, ce qu'on ne doit pas manger, ce qu'il faut éviter, ce qui est dangereux. « C'est comme le cancer, a-t-elle dit. On ne sait pas. C'est votre argent après tout. » Ça lui a pris une éternité pour me faire payer. Mon estomac émettait des grognements. Quelques pas derrière moi, les jeunes Japonaises ricanaient en se donnant de petits coups de coude. Mon œil s'est attardé sur les magazines à potins à côté de la caisse. « Une chanteuse se rase à nouveau la tête », proclamait l'une des couvertures. Et : « Cette fois, elle jure que c'est pour ses enfants. »

Quand je suis ressortie, j'ai trouvé les rues étonnamment tranquilles, surtout pour un samedi. Les gens vaquaient à leurs occupations, mais avec une certaine réserve. Les conducteurs klaxonnaient un peu moins. J'ai vu plusieurs blondes en survêt et aussi une hipster blond platine. Je me suis tenue à une bonne distance. Deux d'entre elles m'ont foudroyée du regard, la troisième ne m'a prêté aucune attention. Un petit groupe de gens s'étaient réunis devant une pizzeria. Ils regardaient d'un air ébahi des écrans à cristaux liquides tournés vers la rue. D'habitude, on y voyait des publicités de gens heureux qui se remplissent la bouche de pizza chaude et fondante mais, pour une fois, c'était une chaîne d'information continue qui monopolisait les écrans. Un grand frisson m'a envahie : les propriétaires admettaient donc que les ventes étaient passées au second plan. Ensemble, nous, ces inconnus et moi, avons lu le bandeau qui défilait au bas de l'écran.

Une femme mise en quarantaine manifeste des symptômes de la « Fièvre de l'or ».

« Ils mettent le nom entre guillemets », a dit un homme en complet-veston à un autre. Se connaissaient-ils ou était-ce le port de la cravate qui avait fait naître entre eux un esprit de corps ? « Parce que ça n'a pas encore de nom officiel. Les noms des maladies doivent être enregistrés. Tous les noms dont on entend parler viennent des médias.

— C'est vrai ? » a demandé l'autre homme.

À présent, les autorités sont en mesure de décrire la progression des symptômes, que l'on peut bel et bien assimiler à ceux de la rage. On demande au public de surveiller de près – une liste de symptômes a défilé à l'écran – *les femmes qui haussent la voix, qui font des gestes violents...*

Qui avancent avec difficulté, boitent, manquent d'équilibre...

Qui agitent les bras de manière incontrôlée ou lancent des objets... Qui font des sourires grimaçants, expriment des sentiments négatifs...

« On n'a plus le droit d'exprimer des sentiments négatifs ? a murmuré une fille à côté de moi. Je veux dire... » Elle a haussé la voix, mais c'était toujours à moi qu'elle s'adressait. « Et si on est juste inquiète ? De mauvaise humeur ? En plein syndrome prémenstruel ? »

Plusieurs têtes se sont tournées. Ce qui l'a sans doute rendue nerveuse, parce qu'elle s'est passé la main dans les cheveux. Sa tête était aussi blanche qu'une défense d'éléphant.

« Quoi ? » a-t-elle demandé.

Une odeur de pepperoni flottait dans l'air. Des gens passaient, indifférents aux nouvelles qui défilaient à l'écran, désireux de se remplir la panse.

« T'es encore blonde, a déclaré un gars en short cargo. C'est pas l'idée du siècle. »

La fille a dit qu'elle était mannequin. « Je viens de décrocher un gros contrat. Qu'est-ce que tu ferais à ma place ? »

Le complet-veston lui a jeté un regard compatissant. L'argent, c'était leur langage.

La télé s'est adressée directement à nous : *On demande au public de ne pas prêter assistance aux femmes qui manifestent des signes de crise. Un simple contact peut contribuer à la propagation de la maladie.*

Au-dessus du texte qui défilait, une présentatrice blonde et souriante évoquait un tout autre sujet. Une partie de l'écran signalait un risque d'orage et une autre montrait les embouteillages sur la New Jersey Turnpike.

Le fait de vivre une expérience traumatisante vous fait-il basculer dans la boulimie ? J'ai trouvé un delicatessen où j'ai commandé un sandwich de la taille d'un enjoliveur, mais sans doute plus lourd. J'ai attrapé mon plateau et me suis assise seule à une table pour deux. Il était presque midi et l'endroit bourdonnait de circulation humaine. À côté de moi, deux étudiants s'attardaient sur un banc en bois placé derrière plusieurs petites tables. Ils picoraient dans leur assiette plus qu'ils ne mangeaient, de la même manière qu'ils faisaient sans doute semblant de lire des livres alors qu'ils les parcouraient en diagonale, de boire plus d'alcool qu'ils n'en buvaient en réalité, de baiser plus souvent et de prendre plus de drogues. Je savais qu'ils étaient étudiants parce qu'ils parlaient de leur cours de création littéraire. Beau et basané, le garçon se tortillait sur le banc et se plaignait d'avoir grossi tout en trifouillant dans ses chips. Je me souviens qu'il avait insisté là-dessus, parce que c'était ridicule. Il portait un T-shirt avec le dessin d'une pieuvre serrant de ses longs tentacules un homme d'affaires jusqu'à l'étouffer, les chaussures de cuir verni de la victime suspendues dans le vide. Je n'arrivais pas à décider si la fille était sa petite amie ou bien si elle souhaitait le devenir. Bon chic bon genre, elle avait cet air propret qu'ont tous les étudiants à la rentrée.

« Ça se passerait à Paris dans les années 1950 et ce serait comme un triangle amoureux, parce que, après tout, c'est moi qui l'écris », a dit le garçon.

La jeune fille lui a demandé s'il se sentirait à l'aise de lire quelque chose comme ça à voix haute devant la classe et il a dit que non, que c'était précisément ça, le problème, il ne pourrait *jamais* faire ça. C'est pourquoi il ne l'avait pas écrit.

Yeah, yeah... chantait la radio au-dessus de nos têtes. *Nobody feeds you like mama.* Un blues mélancolique au féminin, revu et corrigé, avec une basse au rythme martelant, signé par la popstar Shelbee Brown, qui était encore de ce monde à ce moment-là.

La jeune fille avait un prétexte pour ne pas avoir trouvé de projet d'écriture : sa mère l'avait appelée, paniquée, au sujet de cette histoire de cheveux blonds. La fille a levé les yeux au ciel. Le garçon a ri en disant que c'était tout de même chouette que sa mère se soucie d'elle. Ses parents à lui ne l'avaient pas appelé.

« Mais t'es un gars. C'est pas comme si tu avais quelque chose à craindre. » La fille mastiquait bruyamment ses chips entre chacune de ses phrases. « Après qu'ils ont annoncé l'épidémie, il y a plein de filles dans ma résidence qui se sont mises à pleurer. Y en a qui ont verrouillé la porte de leur appart. Leurs colocs étaient enfermées dehors. C'était comme si le virus courait déjà dans la résidence ! » Elle a arraché les croûtes de son sandwich avec colère. « Un gros truc est organisé ce soir. Apparemment, les garçons de la résidence jumelée à la nôtre vont venir raser et teindre les cheveux des filles, comme pour alléger l'atmosphère, rendre la chose sexy ou drôle, je sais pas. Comme si c'était de nouveau la soirée d'intégration. C'est nul. Je vais tout de même y aller, j'pense. »

Le garçon a pointé la fille du doigt comme si sa main était une arme et lui a dit qu'il fallait absolument qu'elle y aille. « Des garçons coiffeurs ! J'veux voir ça ! » Ils ont ri tous les deux.

« Est-ce qu'ils sont blonds ? » a demandé la fille en touchant ses cheveux. Le garçon a plissé les yeux comme s'il réfléchissait réellement à la question. J'ai regardé du coin de l'œil. Si je me souviens bien, ses cheveux étaient de la couleur du beurre d'arachide, de la boue mélangée à du miel, de l'huile d'olive dorée, ni bruns ni blonds. Châtain terne, aurait dit ma mère, même si cette riche étudiante d'une université new-yorkaise n'aurait jamais mis les pieds dans son salon lambrissé.

« Assure-toi qu'il soit beau, ton coiffeur », a dit le garçon.

Yeah... a gémi la radio. La fille a fait signe que oui, puis s'est mise à pleurer. À la fin de la chanson, elle s'est essuyé la figure du revers de la main, comme une enfant morte de fatigue. J'ai détourné les yeux.

Alors que je terminais mon sandwich, il m'est venu à l'esprit que tous les sous-titres à la télé étaient adressés aux hommes. Aucune mention de la manière dont les femmes pouvaient détecter elles-mêmes les signes avant-coureurs de la maladie.

« Vous les avez encore changés... » a déclaré Natalie, la réceptionniste du Dunn Inn, en désignant mes cheveux, qui étaient de nouveau d'un brun passe-partout.

Mes valises étaient faites, et je réglais d'avance ce qui restait à payer pour la chambre 305.

Sa couleur était toujours la même, châtain-roux. Elle m'a dit qu'elle préférait mes cheveux avant, quand ils brillaient « comme des capucines ». « Cette sacrée épidémie, hein ! » Elle a hoché la tête. Pendant que la machine traitait mon paiement par carte de crédit, elle a dit : « Savez-vous qui n'a pas besoin de s'inquiéter ? Les Juives. » Elle a attrapé le reçu et l'a déposé sur le comptoir en le tapotant de la main. « Bien sûr, je ne devrais pas dire ça, parce que vous êtes peut-être juive. Mais mes parents sont siciliens, alors on est comme des Juifs. »

Stylo à la main, j'étais hypnotisée par le reçu.

« Les Juives, cette épidémie passe à côté d'elles comme si elle portait des œillères. À part une ou deux blondes en Israël, j'ai lu quelque chose là-dessus. La maladie fait des ravages partout dans le monde. C'est aussi terrible que la grippe porcine.

— Non, je ne suis pas juive. »

J'ai signé le reçu.

« Ah, c'est dommage. Elles ont de la chance, elles sont à peu près à l'abri. Ma sœur me harcèle pour que je teigne mes cheveux en noir, comme elle, mais on se ressemblerait trop. »

J'avais une professeure à Toronto, Mme Jacques, qui disait que la première chose qu'on remarque chez quelqu'un, c'est les cheveux. Qu'on ne voit pas le visage, mais plutôt la manière dont les cheveux encadrent le visage, et c'est de cette façon qu'on reconnaît quelqu'un. C'est pour ça que, quand une personne change de couleur ou transforme radicalement sa coiffure, on prend plus de temps pour la reconnaître. La professeure Jacques avait peut-être raison. Je n'avais pas examiné attentivement les traits des deux sœurs alors qu'elles pulvérisaient du produit sur les fenêtres des portes ou flanquaient les clefs sur le tableau derrière le comptoir, mais maintenant je voyais clairement qu'elles étaient jumelles.

« L'épidémie, vous autres, vous l'avez à To-ron-to aussi ? » Natalie prononçait chaque syllabe, comme je le faisais moi-même en arrivant dans cette ville trois ans plus tôt. Trois ans et demi plus tôt. J'ai vite appris à dire *Tronto* comme tout le monde, comme on parle d'une chose visqueuse sur laquelle on vient de marcher par inadvertance. Comme de la merde de chien.

Je lui ai dit que d'après ce que j'avais entendu, l'épidémie sévissait là-bas aussi, mais que je n'y ferais qu'une courte visite. Je reviendrais dans une semaine ou deux. Je réserverais ma chambre en ligne comme je l'avais fait la première fois. Je ne savais pas si je disais la vérité ou pas.

« Il suffit de vous pointer. On s'occupera de vous. » Natalie a enfoncé l'addition jaune sur une tige de fer. « Ça va pas aider le tourisme, ce microbe-là. »

Enfin, j'ai envoyé un mail, le numéro vingt-neuf, à ton père :

Karl –
Mon avion atterrit à Toronto lundi. Je sais que je débarque sans préavis. Mais il faut que je te voie.
Hazel

Quand je me suis réveillée le lendemain à cinq heures pour prendre mon vol, Karl m'avait répondu.

Il avait envoyé le mail à une heure du matin passée, et j'en ai conclu qu'il avait attendu que Grace se couche. Maintenant je sais qu'elle se couche religieusement tous les soirs à onze heures. Sommeil réparateur, qu'elle dit. Karl ne s'était même pas donné la peine d'utiliser des majuscules. On n'oublie pas de sitôt un mail comme celui-ci, même si on finit par passer l'éponge :

hazel,

ça n'arrête pas ici. lundi et mardi, c'est impossible. c'est la folie à l'université les premières semaines de septembre, c'est connu. mais on verra ce qu'on peut arranger. j'espère que ça s'est bien passé avec wanda et que la thèse avance bien

karl

Ce mail était composé de façon qu'une autre personne puisse le lire sans flairer les exhalaisons de nos sexes réunis ni tout autre lien qui nous unissait. Du moins, c'était mon impression. Ça venait de son compte personnel, pas de son adresse à l'université. La dernière phrase était une déclaration, pas une question, comme s'il n'avait pas du tout envie de savoir comment allait ma thèse.

Je me souviens que je suis allée sous la douche et que j'y suis restée plus longtemps qu'il n'est raisonnable un matin où on prend l'avion. J'ai savonné mes jambes, mais j'ai reposé mon rasoir. Je ne coucherais pas avec lui, même s'il s'arrangeait pour me voir. La mousse a ruisselé comme du lait dans la douche. J'ai vomi deux fois et brossé mes dents deux fois. La possibilité que Karl fréquente déjà quelqu'un d'autre m'a traversé l'esprit, mais le visage de Grace est venu me fendre la cervelle en deux. Karl était-il resté évasif parce qu'il était inquiet ? Ou par fierté ? J'ai envisagé de lui répondre par un « Je suis enceinte » sans équivoque mais, quand ma main a touché le portable, je me suis surprise à l'éteindre. Je regrette de ne pas avoir écrit ces mots. Aujourd'hui encore. Je me demande ce que ça aurait changé. Aurions-nous fini par tirer notre épingle du jeu ?

J'ai fourgué le portable dans mon sac à bandoulière et quitté le Dunn Inn. J'ai tiré ma valise aussi silencieusement que possible jusqu'en bas des marches recouvertes de tapis. Dans le hall, un gros distributeur de désinfectant pour les mains avait été placé sur la table d'appoint. Comme je ne m'y attendais pas, je l'ai presque renversé avec ma valise. Un écriteau portait cette inscription au marqueur :

En raison de la pandémie,
nous vous prions de désinfecter vos mains
avant d'entrer dans l'hôtel – même
si vous pensez que vous n'êtes pas à risque !
Aidez-nous à préserver la salubrité de
l'établissement pendant votre séjour.
Merci l'administration du Dunn Inn.

J'aimais beaucoup qu'à la dernière ligne on était en droit de penser que le Dunn Inn se félicitait lui-même d'avoir affiché cet écriteau.

Je me souviens de la pâle lueur de l'aube et de la silhouette des usines, vues depuis le train de l'aéroport, qui glissait par-dessus des autoroutes bordées d'espaces verts aussi bien entretenus que des terrains de golf, des parkings où des camions reculaient pour déposer leur chargement et, étonnamment, un étang dans lequel trempaient des canards et des cygnes.

Trois hommes en uniforme, des manutentionnaires ou du personnel au sol, se chamaillaient en bavardant et en se racontant des blagues, en route vers le boulot. Ils avaient quelques années de moins que moi et dégageaient avec leur simple tenue bleu marine une provocante désinvolture. Avec de petites modifications, ils avaient réussi à contourner l'homogénéité de l'uniforme. L'un avait un bouton défait, laissant entrevoir un maillot blanc et la chaîne qu'il portait au cou. Un autre avait acheté une ceinture trop longue qu'il avait passée deux fois dans la boucle pour la faire tenir. Je la vois encore, cette ceinture, dont la longueur exagérée avait quelque chose de phallique. Le troisième portait son pantalon un tantinet plus bas que les autres. Leur journée commençait à peine et déjà ils carburaient au sucre et aux hormones. Contrairement à eux, je n'avais pris qu'un seul café et en avais sérieusement besoin d'un second. L'un des gars a sorti sa clef de voiture de sa poche et l'a dirigée vers le parking dans le but de verrouiller et déverrouiller sa voiture depuis le train. Ses amis se sont moqués de lui pour avoir tenté l'expérience à cette distance.

Parfois, on fait des choses rien que pour voir si c'est possible. Je suis bien placée pour le savoir.

Tandis que le train glissait inexorablement sur ses rails et que les portillons s'ouvraient et se fermaient sans bruit à d'autres terminaux que le mien, j'ai pensé à la première fois que Karl et moi nous sommes embrassés dans son bureau. À l'université, nous étions quelques-uns à user parfois de stratagèmes pour le convaincre de venir prendre une bière avec nous au pub après les cours, mais tu sauras qu'il buvait rarement plus qu'un verre. Il faut dire que nous n'étions pas des collégiens qui traînaient avec leur prof ; nous avions tous dans les vingt ou trente ans. Le fait de chercher la compagnie d'un homme qui en avait vingt ans de plus nous donnait l'impression d'enfreindre une règle, mais nous cherchions seulement à l'impressionner et, à l'occasion, à le déstabiliser avec nos références culturelles plus récentes.

Une fois, Karl a insisté pour que nous nous entassions à quatre dans une salle du laboratoire des médias pour regarder *Alien*, que j'étais censée adorer du fait de mon cursus en études culturelles. J'avoue que je l'aurais sûrement aimé davantage si nous avions encore vécu dans les années 1980. Karl débattait avec lui-même la question de savoir si le personnage de Ripley aurait ou n'aurait pas dû apparaître en sous-vêtements à la fin du film.

« À la sortie du film, il y a eu une violente polémique. Était-ce la preuve d'un sexisme tout ce qu'il y a de plus conventionnel de la part de Ridley Scott, qui avait juste eu envie de voir Sigourney Weaver en slip et en soutien-gorge, ou était-ce au contraire une façon d'humaniser l'héroïne en la montrant en sous-vêtements et donc sexiste de présumer automatiquement que c'était sexiste ? » J'avais noté cette manie qu'avait Karl de discourir d'une manière un peu prétentieuse en présence d'étudiants gays. Il avait un besoin maladif d'être accepté.

Le film a été suivi par un épisode de la version américaine de la série *Queer as Folk*, parce qu'elle avait été tournée au Canada et que Karl ne l'avait jamais vue. Jude soutenait que Karl ne pouvait donner adéquatement son séminaire sans l'avoir visionnée, que cette série avait fait tomber bien des barrières et qu'il fallait qu'il prenne conscience de son importance.

Mais ce soir-là, Jude et Addy étaient déjà parties, du moins si elles avaient vraiment été présentes. Le plus souvent, il n'y avait que moi et les garçons. De toute façon, j'avais fini seule avec Karl dans son bureau. Il était environ huit heures et Karl a voulu savoir s'il m'arrivait de « prendre une taffe », ce qui était sa façon de me demander si je fumais de l'herbe. C'était le mois d'octobre, pas le mois d'octobre dernier, celui d'avant. Je ne fumais que rarement et pas depuis longtemps. Nous sommes sortis et avons traversé la cour en partageant le petit cylindre blanc d'un pétard. Il m'avait semblé plus jeune à cette époque, plus branché. Le monde était aussi luxuriant et riche que l'odeur de l'herbe. On aurait dit que l'air tintait, mais sans faire de bruit. J'ai soudain pris conscience de la présence de Karl, de ses vêtements, des boutons marron de sa veste, de ses mains, de ses doigts alors que nous marchions côte à côte. Quand nous sommes retournés à l'intérieur, le bureau avait l'air tout petit et j'avais l'impression d'avoir des plumes dans les poumons. Je me tenais trop près de Karl, que j'appelais toujours professeur Mann, et j'en étais parfaitement consciente.

Il était appuyé contre le bureau et j'étais à environ dix centimètres de lui quand il a dit : « Qu'est-ce que vous attendez ? Une bonne fessée ?

— Oseriez-vous m'adresser des propos déplacés, professeur Mann ? » lui ai-je répondu avec un sourire narquois. Je n'avais pas grand-chose pour moi, mais je savais faire un sourire narquois, oh que oui ! « Allez-y. Donnez-moi la fessée, professeur Mann. » Je l'ai regardé comme si je croyais qu'il n'oserait pas, et c'est ce que je croyais, mais en même temps je me doutais bien qu'il le ferait.

Je me suis rapprochée un peu plus, à deux ou trois centimètres de lui. Il a dit : « Bon, s'il le faut », et m'a attrapée par la taille et attirée vers lui. Disons que je me suis retrouvée sur ses genoux sans offrir beaucoup de résistance. Je portais une robe et des bas qui m'arrivaient aux genoux. J'ai senti sa main remonter le long de mes cuisses.

« Vous n'avez pas été très sage, Hazel. Vous avez du potentiel, mais devez vous appliquer avec un peu plus d'ardeur. » Sa voix était douce, mais avec un petit trémolo.

J'ai laissé mes cheveux retomber sur mon visage et j'ai regardé le plancher, qui était poussiéreux. Un instant, je me suis demandé si j'étais réellement sur ses genoux ou si je ne faisais que l'imaginer à cause de l'herbe. C'est à ce moment que j'ai senti une grande claque atterrir sur ma fesse droite. J'étais soufflée. Nous avons ri tous les deux. J'ai tourné la tête pour le regarder. Ma grosse croupe dessinait un arc au-dessus de ses maigres hanches. J'aimais ce que je voyais. On aurait dit une photo de Jan Saudek. À travers le mince coton noir de ma robe, je pouvais le sentir, lui, dur contre mon ventre. Puis Karl a jeté un œil sur la porte, qui était entrouverte. Peut-être que tout aurait pu finir là, un seul instant de folie, quelques gestes déplacés, mais vite oubliés dès le lendemain, si je ne m'étais levée, dirigée vers la porte du bureau, n'avais jeté un œil de chaque côté du couloir sombre, puis fermé la porte et repris ma place.

C'est ainsi que tout a commencé. La semaine suivante, Karl a accepté de diriger ma thèse.

SIX

Qu'est-ce que je suis bavarde ! Je me demande si Grace est allée jusqu'à Toronto et, dans ce cas-là, si la ville fonctionne normalement ou si, au contraire, c'est l'écroulement général.

Je n'ai aucun mal à imaginer qu'elle soit retournée à l'appartement qu'elle partageait avec Karl. Elle a peut-être quitté cet endroit dans un premier temps parce qu'il était trop marqué de l'empreinte de leur vie commune, mais au moins je n'y suis pas, moi, trimballant cette grosse protubérance que tu formes. Un rappel constant. Je ne lui en voudrais pas si elle ne revenait pas. Quand j'ai pris la voiture pour venir jusqu'ici, je croyais poursuivre un but, tandis que Grace, elle, fuyait le monde entier. Elle a tout abandonné, même son emploi. Elle a tout simplement claqué la porte. Peut-être manque-t-elle de fric à présent… Karl ne s'est jamais soucié de l'argent, ce qui m'a fait croire qu'il en avait plein. Mais qui sait ? Je me figure Grace et Karl en train de gérer leurs comptes respectifs jusqu'à l'inexorable fin. Il m'est difficile d'imaginer qu'ils aient déjà été amoureux, difficile d'imaginer Grace à mon âge, flirteuse et enjouée. Difficile d'imaginer Grace heureuse avec qui que ce soit ou satisfaite de quoi que ce soit, y compris Karl. J'ai du mal à croire qu'ils se sont enfuis ensemble pour aller faire quelque chose d'aussi durable, ou peut-être d'aussi spontané, que de se marier.

Si je me souviens bien de mon cours de philosophie en troisième année, Schopenhauer a dit que « l'ennui n'est que l'envers de la fascination : tous deux supposent que l'on soit placé à l'extérieur plutôt qu'à l'intérieur d'une situation, et l'un mène à l'autre ». Schopenhauer a également écrit, dans son mémoire intitulé *Sur la liberté de la volonté* : « L'homme est certes libre de faire ce qu'il veut, mais il ne peut vouloir ce qu'il veut. » Quoique, si je me souviens bien, on traduise parfois la deuxième occurrence du verbe « vouloir » par « contrôler » ou par « déterminer » : « L'homme est certes libre de faire ce qu'il veut, mais il ne peut déterminer ce qu'il veut. » Oui, c'est cela, et bien que je n'aie jamais entendu Karl prononcer le nom de Schopenhauer, il me semble qu'il y a dans ces deux idées une vérité profonde qui s'applique à Karl.

Il fait nuit à présent, le genre de nuit qui engloutit tout, où le monde cesserait d'exister de l'autre côté de la colline et on n'en saurait rien. Il y a une demi-heure à peine, les branches des arbres retenaient encore la lumière du ciel, comme de l'eau que l'on recueille entre ses paumes et ses doigts réunis. Maintenant, il fait si noir que même le souvenir de la lumière est lointain. On entend le silence. Comme le bruit du sang qui circule dans mes veines.

Je ne sais ce qui me terrifie le plus : la dévastation que le virus a provoquée partout sur la planète ou le simple fait qu'il puisse planer invisiblement au-dessus de nos têtes et nous fondre dessus à volonté.

Parce que mon vol était un lundi matin, le terminal était bondé. J'ai vite compris que les gens faisaient la queue comme s'ils ignoraient le fonctionnement des bornes d'enregistrement libre-service. Je me suis procuré ma carte d'embarquement à une machine abandonnée. J'ai pesé ma valise et l'ai regardée s'éloigner sur le tapis roulant. Je n'étais pas pressée, mais il y avait encore deux files d'attente à franchir avant de pouvoir siroter un café devant la porte d'embarquement. Mécontents et agités, les gens rechignaient, comme cela arrive dans de telles situations. Le bruit montait jusqu'aux poutrelles métalliques du plafond.

Dans la file du contrôle de sécurité, je me suis retrouvée à côté d'une voyageuse d'aspect plutôt *trash*. Elle portait des Doc Martens roses et arborait des badges sur lesquels on pouvait lire *Drink Fight Fuck* et *Know Your Riots*. Ça m'a semblé téméraire de se présenter ainsi à la barrière de sécurité. Lors de notre lente progression, la fille aux Doc Martens et moi avons croisé un sac à dos abandonné.

« C'est à toi ? » ai-je demandé.

Elle a secoué la tête.

J'ai jeté un œil sur les gens dans la queue, qui s'enroulait plusieurs fois sur elle-même, et j'ai envisagé la possibilité d'un colis piégé. Je m'apprêtais à faire signe à un agent de sécurité lorsqu'un grand échalas blanc et barbu est arrivé au pas de course, a attrapé le sac par la poignée et l'a hissé sur son épaule avant de se baisser pour passer en dessous du cordon de sécurité et entrer dans la file. Il s'est excusé auprès de plusieurs personnes avant de rejoindre un ami un peu plus loin.

Après la vérification de nos cartes d'embarquement, nous sommes arrivés devant le point de contrôle de la sûreté. Mascara et baume à lèvres dans des sacs Ziploc. En main, mes mules, enfilées exprès pour l'occasion. Pas de ceinture. Ordi portable sorti de mon sac et placé dans le bac gris. Les agents de la sécurité aéroportuaire nous faisaient signe d'avancer puis de nous arrêter comme s'ils faisaient la circulation à un carrefour du centre-ville. Un écriteau sur un chevalet portait cette inscription : LES BLONDES DOIVENT OBLIGATOIREMENT ATTENDRE DANS CETTE FILE. En dessous de l'anglais, la même phrase en espagnol, en français, en italien, en chinois et en arabe. Une agente parcourait notre queue en priant les blondes de se déplacer vers l'autre zone.

Une femme blonde d'un certain âge qui souhaitait que son collègue reste auprès d'elle a demandé à l'agente si celui-ci pouvait l'accompagner.

L'agente a acquiescé et lui a fait signe de passer.

Je ne voyais pas où aboutissait la file d'attente des blondes. Elle s'éloignait de la nôtre et semblait mener à une autre salle.

J'ai franchi le portique sans anicroche. De l'autre côté, une agente noire a passé le détecteur de métal à main sur mes vêtements. Elle m'a demandé comment je me sentais. Avais-je souffert récemment de malaises ou de maux de tête ? Je lui ai répondu que j'étais en pleine forme et elle m'a souhaité une bonne journée. J'ai ramassé mes effets et enfilé mes mules. Un agent qui portait des gants en latex bleus palpait les ganglions du cou de miss *Drink Fight Fuck*. Elle était immobile et je ne l'ai pas tout de suite reconnue parce qu'elle ne portait plus son manteau kaki et ses Doc ; un ongle d'orteil couvert de vernis rose écaillé pointait à travers un trou dans ses bas résille. Malgré ses gants de latex, l'agent semblait tenir doucement le menton de la fille entre le pouce et les doigts, comme s'il s'apprêtait à l'embrasser. On aurait dit un geste de tendresse.

Dans mon esprit, la suite s'est déroulée comme une mécanique bien huilée. Les détails forment une séquence ordonnée, comme lorsqu'on place un pied devant l'autre. Mais j'ai l'impression que lorsque je tenterai d'en faire le récit à voix haute, ça ne sortira pas comme ça.

Je m'apprêtais à dépenser mes six derniers dollars pour acheter un café. Je venais d'atteindre le comptoir après un moment d'attente quand un bruit nous est parvenu, une faible clameur venue du côté des portes d'embarquement. On s'est tous retournés. Deux agents de sécurité sont passés devant nous en trombe, la main posée sur leur arme à feu.

J'ai essayé de commander mon café, mais quelque chose par-dessus mon épaule avait attiré l'attention de la barista. À cet instant, un sac de gym balancé avec force a renversé un présentoir de livres tout près de nous. Les gens couraient dans notre direction. Instinctivement, ceux qui étaient dans la file avec moi se sont dispersés. Passant sous les cordons, ils se sont dirigés à toute vitesse vers les barrières de sécurité que nous avions tellement hâte de franchir un peu plus tôt. Un homme a laissé échapper le café qu'il venait d'acheter, a attrapé sa femme par la main et l'a tirée de là au plus vite sans lui laisser le temps de récupérer sa tasse sur le comptoir.

Les Blondes. Et c'est de cette façon qu'on les a désignées par la suite, comme si d'un coup leur violence avait fait naître une nouvelle classe sociale.

Elles étaient au nombre de sept ou huit, toutes des hôtesses de l'air. Elles avançaient rapidement. Vêtues de blazers bleu marine, elles parcouraient les grandes allées de l'aéroport en fauchant tout sur leur passage. Une des blondes a attrapé par les épaules un garçon qui n'avait pas plus de douze ans et l'a projeté contre un agent de sécurité. Les deux se sont écroulés, le garçon et l'agent, comme une masse. Et la blonde avançait toujours. Cheveux défaits, épingles en suspens. Ils se déployaient en éventail sur les épaulettes de son uniforme. Je voyais toute la scène, mais je l'ai également ressentie comme dans un brouillard, une confusion, par bribes.

Une voiturette électrique conduite par des agents de sécurité a négocié un virage. Lancée à plein régime, elle a renversé un des poteaux de délimitation du Starbucks.

Vois-tu, je ne raconte pas les choses comme il faut. Ça a l'air comique, tout ça, même pour moi. Une partie de la difficulté vient du fait qu'elles étaient toutes très belles, ces femmes. Mais plus encore, je ne peux que raconter ce qui s'est passé, je ne peux que relater une suite d'événements, alors que la terreur produit un son inimitable, celui de l'être humain qui réagit au danger. Une cacophonie de voix, qui hurlent et murmurent.

Des gens s'étaient plaqués contre les murs, d'autres se réfugiaient dans les magasins. L'employé de la librairie près du café a commencé à baisser sa grille à la manivelle afin de s'isoler derrière. Certains voyageurs, abasourdis, restaient assis sur des bancs comme s'ils attendaient encore l'heure du départ. D'autres ramassaient leurs affaires. Tout est arrivé très vite. C'est seulement lorsqu'on essaie de tout raconter et qu'on ralentit l'action que ça a l'air absurde.

Une des hôtesses blondes a arraché le portable de la main d'un homme et l'a lancé de toutes ses forces. Au bout du couloir, une autre blonde a attrapé une vieille dame par les cheveux. Je la regardais tirer la femme derrière elle par à-coups. Les chevilles de la victime, qui avait perdu ses chaussures, ont traîné sur le sol jusqu'à ce que l'un de ses pieds reste coincé entre les pieds d'une rangée de sièges. La vieille dame en a profité pour tenter de s'agripper. J'ai détourné le regard, certaine de voir céder la cheville ; instinctivement, je savais que cela arriverait. Quand j'ai osé jeter de nouveau un coup d'œil, la blonde avait déjà traîné la femme quelques mètres plus loin avant qu'une chose plus terrible encore ne se produise : des touffes de cheveux et même des morceaux de cuir chevelu se sont retrouvés dans les mains de l'hôtesse de l'air. La blonde a examiné les morceaux spongieux avant de s'en défaire. La vieille dame gisait sanguinolente sur le tapis. Tout autour de moi montait le vacarme de l'ahurissement et de l'horreur.

L'agent de sécurité qui conduisait la voiturette s'est levé et s'est servi d'un Taser. Un arc électrique s'est matérialisé entre lui et la belligérante. Un second agent a sauté de la voiturette et a pris en chasse une autre hôtesse psychotique. Celle-ci avait ramassé un manche télescopique pour vitres, abandonné près d'un chariot de nettoyage, et pivotait sur elle-même en l'agitant comme si tout le monde autour d'elle constituait une menace et qu'elle craignait une attaque par-derrière. L'agent a attrapé le manche, l'a arraché de l'emprise de la blonde et l'a habilement ramené contre sa gorge, l'immobilisant contre le mur. Les cris fusaient de partout.

Comme quelqu'un baissait le panneau de protection du café, je me suis hissée par-dessus le comptoir. Le volet en plexiglas a heurté mon épaule dans sa descente et mon genou a percuté la machine à expresso. Je me suis coupée sur quelque chose de tranchant, mais j'ai à peine senti la blessure. Le liquide brûlant d'une tasse abandonnée sur le comptoir s'est répandu partout. J'ai perdu pied sur la surface glissante et me suis lourdement étalée sur le sol. J'ai atterri sur une bouteille de sirop qui m'avait accompagnée dans ma chute, mais qui par bonheur n'avait pas éclaté. Je me souviens que la barista qui, peu avant, s'apprêtait à me servir criait comme si je constituais moi-même une menace, comme si j'étais l'une d'*elles*.

« Sors d'ici ! Sors-la d'ici ! hurlait-elle à tout vent en reculant de quelques pas.

— On se calme », ai-je dit. Je me suis relevée péniblement. J'ai ajusté mes lunettes, qui s'étaient mises de travers. Elle a cessé de s'affoler assez rapidement. À travers l'épais panneau de plexiglas, nous voyions arriver d'autres voiturettes qui transportaient du personnel de l'aéroport venu diriger la foule hors de la zone. Ces nouveaux agents portaient des masques et des gants chirurgicaux blancs. On avait sans doute exigé qu'ils veillent d'abord à leur propre sécurité.

L'une des blondes s'est lancée dans une course folle pour rattraper une femme qui courait avec une poussette. La petite fille rougeaude qui s'y trouvait s'est mise à crier la bouche grande ouverte. Sprintant dans l'allée, une agente de sécurité en gilet pare-balles a pris l'hôtesse en chasse. On a eu un mouvement de recul quand elle a rattrapé la blonde et que toutes deux ont percuté l'écran transparent qui nous séparait d'elles. Le choc a ébranlé la paroi. L'agresseuse a été propulsée plusieurs fois de suite contre le panneau par l'agente de sécurité. Un air dément s'est dessiné sur le visage de la blonde, écrasé contre le plexiglas, y laissant des traces de rouge à lèvres rose et de fond de teint poudreux. Une de ses dents a heurté la paroi et sa lèvre s'est fendue. Le sang s'est étalé à chacun de ses mouvements, alors que l'agente de sécurité, qui n'était pas plus grande que moi, environ un mètre cinquante-cinq, réussissait sans aucune aide à maîtriser la blonde. Elle a passé des menottes à ses poignets, un genou planté fermement dans son dos.

Fébrile, la blonde nous a regardées droit dans les yeux et tout est devenu flou autour de moi. De ses narines et de sa bouche émanait un souffle qui couvrait le panneau transparent de buée et de postillons. L'agente de sécurité l'a projetée contre la paroi une fois de plus, comme pour la donner en spectacle, ou peut-être tout simplement parce que l'adrénaline courait encore dans ses veines. L'insigne de l'hôtesse de l'air est venu taper contre le plexiglas. *Morgan.*

Un bruit a traversé l'écran : pas un cri, plutôt un gémissement. Une des baristas a agrippé mon épaule comme pour me faire reculer un peu plus, même si nous étions déjà plaquées contre l'évier.

De nombreux agents de sécurité se sont approchés, et ensemble ils ont soulevé la blonde et l'ont emmenée. Ils étaient en nombre suffisant pour l'empêcher de se débattre. « Méfiez-vous. Ça mord ! » a hurlé celle qui avait envoyé la blonde au tapis.

Quelqu'un s'est mis à informer la femme de ses droits, mais un autre officier l'a interpellé : « C'est pas la peine, Burroughs ! Son cerveau est javellisé. Elle n'entend plus rien. »

Ils étaient déjà en train d'inventer un nouveau jargon. Je ne lâchais pas des yeux les taches de sang laissées sur l'écran de protection transparent, profondément éraflé.

Derrière le comptoir, une des baristas s'est mise à hoqueter et à prononcer des mots en coréen. L'autre a pointé du doigt une scène qui se déroulait au loin et a demandé : « Mais pourquoi ? » J'ai suivi son regard et vu que près des portes d'embarquement une autre blonde était en train de secouer un chariot vide, le visage empourpré par l'effort, les sourcils froncés sous l'effet de la colère. Son geste nous semblait insensé. Personne ne s'était approché de cette femme et elle n'avait rien à gagner à y mettre tant d'énergie. Elle a pourtant renversé le chariot sur le côté puis, avec une autre poussée, l'a complètement retourné. J'ai senti une vibration à partir du sol jusque dans mon genou blessé. C'est à ce moment que j'ai baissé les yeux, consciente pour la première fois de mes élancements ; du sang avait filtré à travers mon jean.

« Vous devriez partir avec eux », a suggéré la barista qui avait hurlé quand j'étais passée par-dessus le comptoir. Elle a pointé du doigt une file de passagers que des employés de l'aéroport escortaient, selon toute vraisemblance, vers un lieu sûr.

« Je ne pars pas d'ici. »

Elle a commencé par me baratiner à propos du règlement de Starbucks.

« Vous êtes blessée », l'a interrompue l'autre. Sur son tablier vert était épinglé le nom *Mae*. Les mains tremblantes, elle a tiré sur une trousse de premiers soins qui reposait sur une étagère, à la hauteur de l'ardoise.

J'ai balayé ses craintes du revers de la main en disant que ce n'était rien.

Mae est monté d'un bond sur le comptoir et, à genoux, a réussi à déloger la trousse. Lorsqu'elle l'a ouverte, elle en a tiré des ciseaux et des pansements. Elle a insisté pour que je m'assoie sur un marchepied, puis a roulé le bas de mon pantalon et essuyé mon genou avec un tampon de ouate et du peroxyde. Mes yeux se sont remplis d'eau et je me suis mordu la lèvre. L'autre fille s'est mise à parler avec quelqu'un au téléphone, un gérant peut-être, pour savoir quoi faire. Sa conversation à sens unique m'arrivait par bribes, comme un truc à la radio. Dès que l'écume qui s'était formée au contact du peroxyde s'est dissipée, il est devenu clair que la blessure à mon genou était plus grave que je ne l'avais d'abord cru. Un bon morceau de peau avait été arraché et mon genou enflait à vue d'œil.

Depuis mon marchepied, je ne voyais pas le reste de l'aéroport. Je distinguais à peine ce qui se passait au-delà du comptoir. Un plan de travail vert marbré nous séparait du monde extérieur. Encore aujourd'hui, je suis reconnaissante de la protection qu'il nous offrait. On entendait des cris. Les agents de sécurité se débattaient violemment avec les deux dernières blondes.

« Où alliez-vous ? a demandé Mae, qui versait de la teinture d'iode sur un tampon de ouate.

— Au Canada.

— J'ai bien peur que vous n'y arriviez pas aujourd'hui. Ils vont vous garder ici. Enfin je crois. »

Elle était jeune et avait le regard dur. Ses cheveux noirs étaient tirés en arrière et retenus par une barrette papillon. Je me souviens que ses mains tremblaient encore. Il me vient à l'idée que les soins qu'elle m'a prodigués l'ont calmée, et peut-être le savais-je déjà à ce moment-là, parce que je me suis laissé faire.

L'autre barista était de nouveau au téléphone. Elle parlait en coréen cette fois-ci.

Mae essayait de me dire que j'avais besoin de points de suture, mais cherchait ses mots. « Il vous faut… » a-t-elle expliqué en mimant le geste de quelqu'un qui fait de la couture.

Je lui ai dit que j'allais bien, mais elle a tout de même coupé plusieurs longueurs de ruban adhésif médical, qu'elle a collées à chacun de ses doigts avant de tirer un tampon de gaze de son emballage avec l'autre main. Couleur chair, les longueurs de ruban s'agitaient au bout de ses doigts. Mae essayait de se donner de la contenance, mais n'en tremblait pas moins. Elle m'a qualifiée d'athlète pour avoir enjambé aussi facilement le comptoir.

« Que se passe-t-il à l'extérieur ? » ai-je demandé.

Mae a jeté un coup d'œil par-dessus son épaule. Je voyais de dos les chemises bleues des agents de sécurité qui, tête baissée, formaient un cercle. L'un d'eux parlait dans un walkie-talkie, et je savais que, mortes ou vives, mais sans aucun doute immobilisées par une décharge électrique, les blondes gisaient à leurs pieds.

Mae s'est retournée brusquement et a vomi par-dessus mon épaule dans l'évier.

Quand la zone a été sécurisée, une agente portant un masque protecteur sur la bouche est venue frapper à la vitre. Nous buvions du café, ce qui était tout à fait inapproprié dans les circonstances, comme si nous étions d'heureuses femmes au foyer qui jouaient au bridge et sirotaient leur boisson chaude en avançant des hypothèses sur la suite des événements, tandis que des responsables de la santé publique interdisaient l'accès aux portes d'embarquement et que les services d'urgence emportaient quatre corps recouverts d'un drap et une dizaine de voyageurs blessés. Nous étions sonnées. Mae, l'autre barista, qui s'appelait Kate, et moi avions décidé qu'il nous fallait quelque chose pour nous calmer les nerfs, surtout que nous ignorions quand nous aurions de nouveau l'occasion de déguster un bon café. La détermination et la lucidité de Mae étaient frappantes. Kate, qui grignotait un biscotti, a sursauté quand l'agente de sécurité a tapé contre la vitre. Le biscotti s'est brisé et la moitié est tombée par terre.

« Ne bougez plus », a dit l'agente de sécurité. Ces mots étaient étouffés par le masque.

Mae a pris une autre gorgée.

« Arrêtez ! a ordonné l'autre en lui faisant signe de déposer son café.

— Ils croient que… c'est contaminé », ai-je bredouillé.

Nos yeux se sont posés sur nos tasses.

On nous a fait sortir. Le comptoir à café a tout de suite été mis sous scellés. Les quelques agents de sécurité qui restaient étaient occupés à escorter les derniers employés et passagers. Vêtus de grosses combinaisons jaunes conçues pour la manipulation de matières dangereuses, les employés des services d'urgence ont investi les portes d'embarquement, décrivant des cercles avec leurs bras et pointant çà et là du doigt, comme des astronautes qui exploreraient la Lune pour la première fois. Une fois de l'autre côté des bâches en plastique nouvellement érigées en guise de cloisons, nous voyions encore flotter ces figures fantomatiques. J'ai été obligée d'abandonner mon sac à bandoulière avec tous mes papiers d'identité, mon ordinateur et mon téléphone. Il était par terre, là où je l'avais déposé ou laissé échapper au moment d'enjamber le comptoir. La tache sanglante sur le panneau de plexiglas était visible juste au-dessus.

On nous a dirigées vers une sortie et fait embarquer dans une navette bondée de gens silencieux aux yeux écarquillés par la peur, puis on nous a trimballées avec eux de l'autre côté d'une piste d'atterrissage, où nous avons tous été isolés dans un hangar. Pendant le trajet, je regardais un jeune garçon jouer avec une console portable. Ses petits pouces parcouraient les touches sans bruit. Cette concentration, cette capacité à appliquer son énergie à tout autre chose m'effrayait. À côté de lui, sa mère fixait un point au-dessus de ma tête, la bouche grande ouverte. Je me suis retournée pour voir de quoi il s'agissait, mais il n'y avait qu'un amoncellement de nuages gris.

On nous a accueillis avec des porte-blocs, puis on nous a tendu des questionnaires et des stylos. Étions-nous entrés en contact avec du sang ou de la salive ? À quelle distance nous étions-nous trouvés des personnes infectées ? Avions-nous été touchés par des personnes infectées ? Avions-nous été blessés ? Ressentions-nous des symptômes de la maladie ? Je me suis demandé s'il s'agissait d'un formulaire standard ou s'il avait été rédigé et photocopié aujourd'hui même pour répondre à l'urgence. Il fallait écrire notre nom et notre adresse, notre destination et notre ville de départ, notre date de naissance, notre numéro de sécurité sociale, les noms des membres de notre famille immédiate, les médicaments que nous prenions. On nous a précisé que le bien-être du pays dépendait de notre franchise.

Comme dans tout aéroport, nos bagages se sont pointés une heure et demie plus tard. Plus de dix minutes se sont écoulées avant que les gardiens armés ouvrent les immenses portes ou plutôt se décident à les ouvrir. Nous les entendions discuter de la marche à suivre pendant que quelqu'un récupérait nos formulaires remplis. Enfin, un homme vêtu d'une combinaison protectrice transparente est arrivé au volant d'un chariot-remorque avec nos bagages à la traîne. Il est descendu et s'est mis à décharger nos effets sans la moindre délicatesse. Il en était à la moitié quand quelqu'un s'est approché, lui a touché l'épaule et fait signe de laisser ça là. Il a détaché les derniers chariots de son véhicule, de manière que la moitié des bagages soit réunie en un tas et l'autre soigneusement empilée sur les plateaux, puis il est reparti par où il était arrivé.

Quelqu'un s'est servi d'un porte-voix pour nous informer qu'on nous permettrait de récupérer nos effets personnels. La plupart des bagages de cabine se ressemblaient, gris ou noirs, munis de fermetures Éclair et de roues. Des gens se sont approchés et ont fouillé parmi les sacs en bousculant tout, d'autres sont montés sur les chariots et ont parfois ramassé des valises qui ne leur appartenaient pas. Ils les ouvraient et les refermaient avant de retrouver les bagages avec lesquels ils étaient arrivés à l'aéroport.

J'ai trouvé le sac de mon portable sous une valise à coque rigide orange. Mon portefeuille et mon téléphone y étaient encore, mais quand j'ai allumé l'ordi, l'écran a vacillé avant de virer au gris. Je ne pouvais dire si c'était à cause du mauvais traitement que je lui avais infligé au comptoir du café, de l'homme qui l'avait déchargé ou des recherches désespérées d'un autre voyageur sans le moindre égard pour les biens d'autrui.

Nous n'avions pas tous des téléphones. Près de moi, un couple de personnes âgées vêtues de ces tons pastel qu'affectionnent tant les retraités a demandé à une agente qui portait un masque chirurgical s'ils auraient le droit de passer un appel.

« Les gens que vous cherchez à joindre savent déjà que vous serez en retard, a-t-elle répondu. Ces événements ont fait le tour du monde. »

Quand ils ont insisté en disant que c'était précisément pour cette raison qu'il fallait téléphoner, pour que leur fille sache qu'ils étaient sains et saufs, le visage de l'agente est resté de marbre. Elle leur a expliqué qu'elle ne pouvait rien promettre en ce qui concernait les communications avec le monde extérieur. Après son départ, j'ai tendu mon téléphone au couple et leur ai proposé de s'en servir pourvu que l'appel soit bref. Les deux m'ont remerciée avec effusion, mais ils n'ont pu établir la communication. Quelqu'un non loin de nous a expliqué que trop de gens essayaient d'appeler en même temps. Les réseaux étaient engorgés. Le couple m'a remis mon portable. J'ai tenté de contacter Larissa et ma mère, car toutes deux savaient que je prenais l'avion, mais le téléphone indiquait qu'il était en mode recherche.

La journée a avancé par vagues paresseuses. À notre arrivée, des gens pleuraient ou se berçaient, d'autres recouvraient les épaules de leur voisin avec leur manteau. À mesure que la matinée passait, ces gens-là se sont résignés tandis que d'autres qui jusque-là avaient tenu le coup se sont effondrés. Plusieurs adolescentes dont le mascara avait coulé étaient assises dos à dos par deux afin de s'offrir un appui et de partager leurs écouteurs. Cinq ou six hommes d'affaires japonais en complet-veston de couleur sombre étaient accroupis en cercle, tout leur poids reposant sur la plante de leurs pieds, les mains pendant entre leurs genoux. Ils se faisaient face comme s'il s'agissait d'une réunion de conseil d'administration, mais personne ne parlait. D'autres avaient calé un coussin en forme de fer à cheval sous leur nuque et se reposaient en s'appuyant contre le mur ; de temps en temps, quelqu'un offrait son oreiller à un voyageur qui était sur le point de perdre les pédales et qui avait grand besoin de soutien. Malgré l'inconfort, des gens se sont allongés sur le béton. Quelques agents de sécurité insistaient encore pour essayer de contrôler la foule. Quand un homme a tenté d'uriner dans un coin, ils l'ont empoigné et lui ont expliqué le fond de leur pensée, la poitrine gonflée à bloc. Le message : *Asseyez-vous et retenez-vous.*

D'autres agents de sécurité, parmi lesquels un grand nombre s'étaient retrouvés piégés eux aussi, patientaient à demi étendus à une extrémité du hangar. Comme nous, je suppose qu'ils avaient été exposés au danger. Ils buvaient du café dans des tasses de polystyrène. Ils partageaient une grosse cafetière électrique, et quelques personnes se sont approchées, comme des mouettes à un pique-nique. Quand elles sont revenues s'asseoir sur leur valise ou s'appuyer contre le mur, elles n'avaient rien dans les mains. Ça n'a pas été long avant que les gens se mettent à se plaindre et à se disputer. De petites engueulades ont éclaté ici et là ; les gens demandaient avec force gestes si on les rembourserait. Alors que le niveau de bruit montait sans cesse, une femme a hurlé dans un porte-voix qu'une chaîne de pizzerias avait généreusement offert de nous sustenter. Le tout arriverait dans environ une heure. Il était onze heures du matin et nous étions en quarantaine depuis presque trois heures.

« Mesdames et messieurs, il faut comprendre, nous faisons de notre mieux ! » a brusquement déclaré la femme au porte-voix.

Un bel homme d'origine indienne, qui ressemblait un peu à Jay, le mari de Larissa, s'est approché d'elle. Nous observions leur conversation. L'échange a duré un certain temps avant qu'elle marque son assentiment d'un mouvement de tête et approche de nouveau le porte-voix de sa bouche. Il était probable qu'il y aurait des pizzas végétariennes, a-t-elle déclaré. Elle s'attendait qu'il y ait du lait et du jus de fruits pour les enfants, ainsi que des boissons gazeuses, mais bien sûr elle n'avait aucune idée des quantités. Les enfants seraient servis en premier. Elle a demandé à ceux qui n'avaient aucune restriction alimentaire de laisser les portions végétariennes à ceux qui en avaient. Une autre femme a pris le porte-voix et a offert le même discours en espagnol. Elle s'arrêtait de temps en temps, parce que le bouton du porte-voix lui donnait du fil à retordre. On aurait dit une kermesse de quartier maussade et cérémonieuse.

Encore une fois, nous avons attendu.

Finalement, une femme dotée d'une grosse voix de sergent recruteur a beuglé une liste de noms, parmi lesquels figurait le mien. À regret, j'ai quitté Mae et Kate, accroupies par terre, l'une contre l'autre, main dans la main. Kate avait les yeux fermés. J'avais remarqué que, de temps en temps, des agents circulaient parmi nous, armés de nos formulaires, et emmenaient des gens vers l'autre côté du hangar. C'était maintenant à mon tour d'avancer en compagnie des autres blessés vers une clinique de fortune pour recevoir des soins immédiats. Ça se résumait à un ensemble de sacs de couchage déroulés devant une ambulance et recouverts de grandes feuilles de papier. On m'a placée en bas de l'échelle de priorité. Le genou blessé, j'ai patienté au bout de la file d'attente. Je changeais sans cesse la position de ma sacoche sur mon épaule en regrettant de ne pas l'avoir laissée avec Mae et Kate. C'était évidemment à l'intérieur de l'ambulance qu'on soignait les cas de haute priorité. J'ai attendu longtemps debout avant qu'on me permette d'avancer jusqu'à une place « assise » sur un sac de couchage.

Lorsque mon tour est venu, l'ambulancière a défait le travail de Mae et a nettoyé la plaie à petits coups rapides. Derrière des lunettes protectrices, ses yeux bleus et humides étaient cernés. Comme toutes les femmes que j'ai vues cette semaine-là, son teint ne correspondait en rien à la couleur de ses cheveux. Rouge pompier. Je me suis demandé si sa pharmacie avait manqué de brun.

À travers son masque en papier, elle m'a dit de me préparer. J'aurais droit à six points de suture.

Tout près de moi, une femme se faisait poser une attelle aux doigts. Elle s'était cassé deux jointures en essayant d'empêcher une autre femme d'entrer dans la cabine de toilette où elle s'était réfugiée. Elle ne semblait pas être la proie de remords.

L'ambulancière qui s'occupait de moi a expliqué que de nombreuses blessures avaient été provoquées par la cohue. Selon la dame aux articulations abîmées, le bruit courait que des gens avaient été piétinés. Je lui ai répondu que ça s'était passé sous mes yeux.

Mon ambulancière a secoué la tête avant de s'exclamer : « Une chance que ce n'était pas les soldes chez Macy's ! » Elle a dit cela pour détourner mon attention au moment précis où elle enfonçait son aiguille. Je n'ai pas ri. Je me suis mordu la lèvre. Je regardais le fil vert traverser ma peau comme les marques d'un tatouage.

La femme qui se faisait poser l'attelle a dit : « C'est du bioterrorisme. » Elle a raconté qu'elle avait lu un article là-dessus le matin même dans la limousine qui l'avait amenée à l'aéroport. Elle regardait sa main d'un air absent, tandis que son ambulancier l'enveloppait de gaze.

Derrière son masque, il a dit que chaque fois que quelque chose se passait à l'aéroport, les gens avançaient la thèse du terrorisme. Sa voix était agréable. J'en ai déduit qu'on entraînait les ambulanciers à demeurer enjoués même en situation d'urgence.

« L'aéroport est immense, a-t-il poursuivi. Il s'y passe toutes sortes de choses. Ce n'est pas toujours du terrorisme. » Il a fixé la gaze et dit à la femme qu'il avait terminé. Puis, accroupi, il a regardé mon ambulancière transpercer ma peau pour la quatrième fois en attendant un nouveau patient. La file des blessés se réduisait et j'imagine qu'on s'apprêtait à en former une nouvelle. Je me suis surprise à admirer sa mâchoire taillée au couteau et son beau visage caché derrière le masque, et j'ai dit :

« Je crois que je vais vomir.

— Retenez-vous », m'a-t-il intimé. Toute la douceur qui me plaisait dans sa voix avait disparu.

« Il va falloir patienter encore un peu, je dois faire un nœud », a renchéri mon ambulancière. J'ai senti un coup sec au niveau du genou. Il manquait encore deux points de suture.

L'homme a soutenu ma tête et m'a étendue au sol avec l'aide de sa collègue. « Ressentez-vous de la douleur ? Des étourdissements ? Avez-vous mal à la tête ?

— Non », ai-je soufflé.

Je me suis alors tournée sur le côté pour combattre la nausée. Récemment, j'avais constaté que j'avais mal au cœur chaque fois que je mangeais trop, trop vite ou pas assez.

« Aviez-vous des nausées avant les attaques ? » a demandé l'ambulancière, sans la moindre inflexion dans la voix. Je suppose qu'ils avaient un peu peur de moi. Peur que je les contamine.

Je leur ai dit que j'étais enceinte.

« Eh merde ! a-t-elle juré. On a besoin d'un autocollant vert ici ! » Elle a baissé son masque et hurlé de nouveau sa requête par-dessus son épaule. De l'intérieur de l'ambulance a surgi un homme qui tenait une planche d'étiquettes. Au-dessus de moi, une main en a retiré une et l'a apposée sur mon chemisier. « Vous ne l'avez pas indiqué sur votre formulaire, m'a reproché mon ambulancière en parcourant mon questionnaire, son masque de nouveau en place.

— Je n'en voyais pas l'importance. » La nausée avait fait place à la peur.

Elle s'est levée d'un bond pour aller rejoindre le préposé aux autocollants près de l'ambulance. Je les voyais discuter, gestes à l'appui, avec un autre membre des services d'urgence.

« Je n'en voyais pas… ai-je répété à l'autre ambulancier.

— Évidemment que c'est important. » Il a soulevé mon bras et l'a déposé sur son épaule. Il m'a expliqué que *nous* allions nous relever, à présent, que nous devions me sortir de là. « Il y a un risque d'infection du seul fait de rester ici. »

Il m'a accompagnée jusqu'à l'autre bout du hangar, où se trouvaient les agents de sécurité. Le trajet ne s'est pas fait facilement, car l'ambulancier mesurait plus d'un mètre quatre-vingt-dix et mon genou était enflé. Un des agents m'a cédé l'unique chaise de tout le hangar, à part celle qui se trouvait près de l'ambulance.

« Sheppard prépare votre transfert le plus rapidement possible. » L'ambulancier a tapoté l'autocollant vert au-dessus de mon sein gauche. L'étiquette portait déjà une signature sur une bande blanche et un code-barres. « C'est votre laissez-passer si on vous le demande. Attendez ici. »

Je me sentais comme un produit maraîcher, un melon pour être plus précise.

L'ambulancier est retourné à son poste et un cri de joie a retenti à l'autre bout du hangar. Les pizzas étaient arrivées. Je distinguais des piles de minces boîtes blanches apportées par un homme vêtu d'une combinaison de protection. En même temps, une remorque est arrivée avec des toilettes mobiles, qu'on a installées contre le mur le plus éloigné. Deux, aurait-on dit, pour une foule de trois cents personnes.

Sheppard, les cheveux rouge pompier, est arrivée en courant comme un camion blindé. Elle tenait ma sacoche dans une main et une série de formulaires dans l'autre.

Je me suis dit que je ne verrais plus jamais Mae et Kate.

« Et pour mes amies… » ai-je demandé alors que Sheppard me refilait mes affaires. Puis je me suis rendu compte qu'elles n'étaient pas vraiment mes amies, mais deux jeunes femmes à qui j'avais imposé ma présence. Il est possible qu'en réalité elles n'étaient même pas amies l'une avec l'autre.

« Je sais pas avec qui vous êtes arrivée, ma chérie, a dit Sheppard à travers son masque. Mais si elles cherchent à vous retrouver, j'leur dirai où on vous a envoyée. » Elle est partie rejoindre son poste au pas de course.

Une jeep est venue me récupérer peu après. Le conducteur a klaxonné et les agents m'ont laissée sortir par une porte latérale. Mon conducteur portait un masque, des gants et des lunettes ; ses cheveux étaient recouverts d'un bonnet de chirurgien. J'ai été escortée silencieusement et rapidement de l'autre côté du tarmac, où nous attendait un minibus.

J'ai pris place parmi six ou sept autres femmes, toutes plus avancées dans leur grossesse que moi. Certaines rentraient à peine dans leur siège. J'ai lu quelque part qu'il est interdit de prendre l'avion au-delà du septième mois de grossesse, et maintenant que je suis à ce stade, je peux affirmer que la plupart de ces femmes se trouvaient entre leurs cinquième et septième mois. Mais à ce moment-là, elles m'ont semblé énormes. Il est possible que je n'aie eu cette impression que parce qu'elles jetaient sur moi des regards suspicieux ; je les avais retardées, peut-être même fait revenir des confins de l'aéroport. Le conducteur a démarré et on s'est mis en route. On a traversé le tarmac jusqu'à une route secondaire, puis contourné l'aéroport avant de prendre la sortie en direction du centre-ville.

DEUXIÈME PARTIE

SEPT

Écoute, mon bébé, c'est comme ça, la vie. C'est une chose après l'autre. Des fois, tout se passe bien, et d'autres, rien ne va plus. On croirait entendre ma mère, mais ces jours-ci je me rends compte qu'elle en savait peut-être beaucoup plus long que je ne le croyais. J'ai réussi à me tirer de l'aéroport grâce à ma grossesse ; si je n'avais pas été enceinte, ou ne l'avais révélé à personne, je serais restée en quarantaine trois jours de plus. Il y a des raisons pour lesquelles tu es toujours là, mais ce ne sont pas celles que tu crois. Enfin, je vais trop vite, là.

Je me souviens que le minibus nous a déposées sur le parking d'un long bâtiment en brique pâle peu élevé. Il y avait une agence immobilière de l'autre côté de la rue et un terrain clôturé sur lequel gisaient quelques véhicules et de la ferraille, le genre d'endroit qu'on s'apprête à transformer en chantier de construction. Il y avait une école primaire et une station-service Sunoco, de petites maisons faméliques, toutes identiques, dotées d'antennes paraboliques, un KFC qui soufflait sur nous ses capiteuses odeurs de friture. Et aussi des panneaux de publicité pour des entreprises de téléphonie portable, sur lesquels figuraient d'adorables petits animaux qui vivaient en parfaite harmonie avec les nouvelles technologies. C'était un endroit habité par des gens ordinaires, et nous étions venues répandre la contagion.

Vu l'état peu avancé de ma grossesse, je suis descendue de l'autobus avant les autres poires, qui interprétaient différentes variations de la danse des canards. Sortant du bâtiment, une femme en uniforme rose s'est empressée de venir à notre rencontre. Elle a tendu une main gantée aux autres femmes pour les aider. « Ne vous précipitez pas, a-t-elle dit. Prenez votre temps. Je suis là. » Le conducteur ne bougeait pas. Apparemment, l'assistance aux femmes enceintes ne figurait pas dans son descriptif de poste, ou du moins pas en temps d'épidémie. J'ai regardé descendre les chevilles enflées des autres femmes, leurs chemisiers qui remontaient, leur ventre qui frottait contre le joint d'étanchéité de la portière lorsqu'elles se tournaient de biais pour emprunter la dernière marche en s'agrippant au gant poudré de l'inconnue. J'ai fermé le cortège et nous sommes entrées dans l'immeuble, avant de nous arrêter devant un distributeur de désinfectant pour les mains, comme des enfants s'alignant devant une fontaine.

J'ai constaté que l'une des femmes n'était pas enceinte, mais portait son enfant si serré contre son ventre dans un porte-bébé en écharpe que j'avais cru tout naturellement qu'il faisait partie d'elle. Le porte-bébé était beige et l'une des petites pattes griffues du bambin pressait contre le tissu, comme s'il s'agissait d'une membrane, comme si son petit pied cherchait à transpercer l'étoffe. Je me souviens de la façon dont je regardais la forme que dessinaient ses orteils.

Nous avons rempli de nouveaux formulaires une fois à l'intérieur. La même femme qui avait aidé les baleines à descendre de l'autobus nous a apporté des pommes fraîchement lavées. Nous sommes restées assises à grignoter les fruits, à remplir les cases des formulaires et à regarder sur un écran muet à cristaux liquides un reportage sur la scène que nous venions de quitter. Nous avons appris que les autres voyageurs seraient gardés en quarantaine dans le hangar pendant trois jours. On croyait que la période d'incubation de la maladie était de quarante-huit heures. L'une des femmes s'est mise à pleurer. Sa fille et son mari étaient restés dans le hangar. Elle pleurait et mangeait en même temps, croquant à pleines dents dans le fruit et mastiquant la chair blanche. Une autre femme lui a tendu un mouchoir qu'elle a tiré d'une boîte posée sur une table basse au bout du canapé. La première l'a remerciée, mais s'est servie du mouchoir pour s'essuyer les mains, faisant fi des larmes qui roulaient sur ses joues.

En fait, trois des femmes enceintes avaient des conjoints dans le hangar. Une autre était en voyage d'affaires et la dernière avait assisté à des funérailles et aurait préféré ne pas prendre l'avion à cette étape de sa grossesse. La femme au porte-bébé a libéré son sein pour nourrir son petit paquet avant qu'il ait le temps de pousser plus que quelques couacs plaintifs. Mais même ceux-ci étaient beaucoup trop puissants rapportés à la taille de la créature qui les émettait. Bouche et mamelon roses se sont réunis jusqu'à ce que seul l'orbe blanc du sein de la mère soit visible. Les autres femmes parlaient de dates d'accouchement, de leurs villes d'origine et de leurs destinations, s'enquéraient de prénoms éventuels. Elles se sont félicitées les unes les autres, même quand les prénoms étaient horribles. Elles discutaient de tout et de rien afin d'éviter de parler de ce qui nous préoccupait vraiment : la raison pour laquelle nous étions là. Je n'ai rien demandé à personne et personne ne m'a rien demandé. L'infirmière nous appelait à tour de rôle.

Lorsque je me suis retrouvée dans un petit bureau, je lui ai demandé ce qu'ils comptaient faire de nous.

« Faire de vous ? »

J'ai demandé s'ils nous renverraient à l'aéroport.

« Je ne crois pas. Je veux dire, je n'en sais rien. Mais j'imagine que si vous avez la maladie, ils vont vous isoler, sinon ils vous renverront à la maison. »

Elle a fermé la porte, me laissant seule avec ma transpiration, qui dégoulinait dans mon cou et dans mon dos, ainsi que derrière mes genoux, sous mon jean. Je ne m'étais pas rendu compte qu'il serait aussi facile de savoir si on avait attrapé la maladie ou non. Ne fallait-il pas attendre la fin de la période d'incubation de quarante-huit heures ?

Une médecin est entrée, un sourire gêné aux lèvres. Je ne m'attendais pas à tomber sur quelqu'un d'aussi jeune. Elle s'est mise à parler tout de suite.

« Les anticorps se fixent sur des agents étrangers qu'on appelle les antigènes. Ils s'y accrochent pour neutraliser le virus. Le consumer, en somme », a-t-elle expliqué. C'est ce qu'elle a dit de plus intelligible. Elle a poursuivi son laïus, mais j'avais l'impression que des vagues de grésillements zigzaguaient sans cesse entre mes deux oreilles. Elle a écarté le pouce et l'index, puis les a rapprochés, comme si elle vérifiait la viscosité d'une substance qui se trouvait entre ces deux doigts. J'ai compris qu'un truc devait se coller à un autre truc. Elle voulait mesurer le taux d'anticorps, ce qui, d'une façon ou d'une autre, lui permettrait de savoir si j'avais attrapé le virus, car mon système serait entré ou non dans la phase d'adhésion.

« Alors si ça colle, c'est bon ? » ai-je demandé.

Elle a fait une grimace que je n'ai pas réussi à interpréter et a poursuivi ses explications auxquelles je ne comprenais rien. Apparemment, cette procédure s'appelait le test ELISA, comme le prénom féminin. Elle m'a dit ce que représentait chacune des lettres. Elle parlait sans cesse, mais ses mots me semblaient vides de sens.

« Il existe d'autres tests, mais celui-ci est plus rapide, moins cher et plus objectif.

— C'est donc le meilleur test, ai-je dit, soulagée.

— C'est tout simplement un test plus objectif, a-t-elle répété, comme si elle ne voulait pas se prononcer.

— Je vois. » J'ai demandé si le test me serait facturé. Non, a-t-elle répondu. J'ai signé un formulaire de consentement, ou peut-être ne faisais-je que signaler que je comprenais la nature du test que j'allais subir. Le gouvernement m'avait amenée jusqu'ici et le gouvernement assumait les frais ; peut-être n'avait-il aucunement besoin de mon consentement.

« Il y a autre chose que je voudrais vous demander », ai-je dit ensuite.

La médecin a expliqué qu'elle devait s'absenter un instant, mais qu'elle reviendrait tout de suite. On aurait l'occasion de se parler à ce moment-là. Elle est partie rapidement, mais son retour s'est fait attendre.

Elle est revenue et s'est assise, le même sourire énigmatique aux lèvres qu'au début. Le test était-il aussi rapide ? Connaissait-elle déjà les résultats ? Si oui, elle ne m'a rien dit.

« Ce qu'il y a, avec cette grossesse... » J'ai tambouriné sur le bureau avec mon ongle, le regard fixé sur mon doigt au lieu de ses yeux. « Je n'en veux pas.

— Je vois », a-t-elle dit sur un ton légèrement différent. Elle m'a demandé si je savais où j'étais.

« À une quinzaine de kilomètres de l'aéroport… ?

— Oui, à Jamaica, dans le Queens. »

Mais ce n'était pas de cela qu'elle parlait. Elle m'a dit le nom du centre médical où l'on se trouvait. Puis elle l'a répété en insistant sur le mot « saint ».

Le centre était catholique, une clinique familiale.

« Si ce n'était que moi, je pourrais vous prendre en charge », a dit la médecin comme si nous parlions d'une transaction telle que la location d'une voiture ou l'installation du câble. Elle m'a dit que cette politique ne reflétait pas ses convictions, mais que ça ne relevait pas d'elle. Elle avait le devoir de respecter la politique de son employeur. Elle m'a recommandé une clinique de Midtown et m'a dit qu'elle ne consignerait pas cette conversation dans mon dossier.

Aucun de nos systèmes immunitaires n'était entré dans la phase d'adhésion, ou bien peut-être l'inverse, va savoir. Toujours est-il que l'état de santé de tout le groupe a été jugé satisfaisant et qu'on nous a remises dans l'autobus qui nous avait emmenées jusque-là. Il nous a déposées près d'une station que desservaient la navette de l'aéroport et le métro. Celles parmi nous qui avaient un endroit où aller à New York sont retournées en ville. Celles qui n'en avaient pas ont repris le chemin de JFK afin de quitter la ville par un autre terminal ou de s'enquérir de leur conjoint ou de leur famille.

Je me suis soudain sentie si fatiguée que j'ai cru que j'allais m'effondrer. Je me suis arrêtée à un kiosque dans la station de métro et me suis acheté un gros sachet de noix de cajou et un autre de M&M's.

Je les ai mangés à pleines poignées, ce qui m'a un peu rassérénée. Puis, j'ai pris le métro jusqu'au Dunn Inn, où la sœur de Natalie, dont j'ignorais le prénom, m'a dit qu'elle ne pouvait malheureusement pas me redonner la même chambre. Elle m'a mise dans celle qu'avait occupée Moira, la 306. Mon absence n'avait duré que douze heures.

J'ai traîné les quelques affaires qui étaient encore en ma possession jusqu'en haut de l'escalier. Ma valise enregistrée n'était pas arrivée sur le chariot au hangar, ou alors je ne l'avais pas repérée. Il ne me restait plus qu'un ordinateur cassé et les vêtements que j'avais sur le dos. Je me suis allongée sur le couvre-lit bleu en tissu piqué et, le lourd combiné de la chambre pressé contre l'oreille, j'ai composé le numéro de ma mère. En entendant ma voix, elle s'est mise à pleurer. Elle a dit un tas de trucs idiots, plus ou moins cohérents et vaguement racistes au sujet du terrorisme. Je lui ai dit : « Tout va bien, tout va bien », encore et encore, tandis que les larmes coulaient le long de mon visage avant d'arrêter leur course sur le couvre-lit de Moira.

J'adorais ma mère, même si elle était raciste. J'adorais qu'elle se mette à avoir le hoquet chaque fois qu'elle pleurait. J'adorais qu'elle ait grandi à une époque où les filles se roulaient les cheveux autour de boîtes de conserve au lieu de se servir d'un fer à friser. J'adorais qu'elle ait rencontré mon père dans une discothèque et qu'elle appelle encore ça une discothèque quand tout le monde appelait ça une boîte de nuit. Va savoir où j'avais été conçue. Dans les toilettes de cette même « discothèque », sur la banquette arrière d'une voiture, dans l'appartement de mon père ou dans la maison de mes grands-parents ?

Je n'avais jamais posé la question. J'adorais même que ce soit à Windsor, une ville dont on aurait pu dire qu'elle était la petite sœur pouilleuse de Detroit, une cité ouvrière où des liaisons hasardeuses se consommaient dans les ruelles après la fermeture des bars et où les passants faisaient comme s'ils n'avaient rien vu.

Là, je te parle de tes grands-parents. Et ils se sont rencontrés dans une vraie discothèque, comme celles décrites dans les manuels de français à l'école. *Allez-vous à la discothèque ? Gaston et Gabrielle vont à la discothèque.* Mon père, dont les cheveux rouge flamboyant se dressaient en l'air, portait des chemises à col ouvert ; il ne passait pas inaperçu, a toujours dit ma mère. Hélas, j'ai hérité de la chevelure de mon père et de la (petite) taille de ma mère. Le nom de famille de mon père était Urie, mais ma mère a insisté pour me donner le sien, comme si elle savait depuis le début que ça ne marcherait jamais entre eux. C'est une bonne chose, parce que, à l'oreille, Urie n'est pas loin d'*urine*, et imagine un peu tout ce que j'aurais enduré à l'école. Ils se sont mariés, mais ont divorcé peu de temps après, puis se sont réconciliés et quittés à répétition. Mon père revenait sans cesse pour qu'ils essaient de s'en sortir et de former une véritable famille, mais mon dernier souvenir de lui remonte à l'âge de cinq ans. Je mange de la crème glacée à l'extérieur du Dari Delite sur l'avenue Howard, où la saleté rejetée par les camions donne à mon tourbillon chocolaté une texture granuleuse. Il a disparu peu après, fondu comme neige au soleil. Voilà mon mythe fondateur.

J'ai dit à ma mère que j'avais besoin d'argent, deux ou trois cents dollars. Je ne lui ai pas expliqué ce que j'en ferais, et elle a tenu pour acquis que cette somme servirait à me racheter un billet d'avion pour Toronto afin que je voie mon directeur de thèse. Elle n'avait jamais compris ce que j'étudiais au juste, mais savait à quel point l'université était importante pour moi. Elle a dit qu'elle verrait avec Richard pour les sous, mais que le salon de coiffure roulait à fond la caisse depuis que sévissait la Furie blonde. « Depuis cette histoire de blondes », voilà ses mots exacts. Quand je lui ai demandé de quelle couleur étaient ses cheveux ces jours-ci, j'ai entendu le goulot de sa bouteille de bière venir taper contre le téléphone. « Aussi violets que le cul d'un babouin », a-t-elle toussoté.

Ça m'aurait coûté une fortune de raconter de nouveau ma journée, alors je lui ai demandé d'appeler Larissa et de lui relater l'essentiel. J'ai raccroché. Un instant, j'ai songé à envoyer un mail à Karl. Mais mon ordinateur était cassé et je doutais qu'il s'inquiète déjà pour moi. Je me suis demandé combien de temps il mettrait avant de faire le lien entre mes plans de voyage et le désastre de l'aéroport.

Les sentiments que j'éprouvais pour ma mère, ta grand-mère, que tu ne rencontreras jamais, n'ont pas toujours été aussi tendres. Il fallait bien une catastrophe pour dissiper ma rancune et me soutirer de l'amour pour elle.

Ma mère a beaucoup changé après avoir rencontré son copain Richard. Elle est devenue plus heureuse, plus stable. Quand je suis partie à Toronto pour mes études supérieures, je ne savais pas ce qu'il adviendrait d'elle. Notre routine était bien établie et, sans moi, je craignais qu'il n'y ait plus de routine du tout. Je pensais qu'elle glisserait en bas de la pente. Mais

Richard est arrivé et a pris ma place comme si de rien n'était.

Avant lui, il y a environ cinq ans, il y avait Joe. Ce gros con qui ressemblait à Monsieur Propre emmenait ma mère dans des tavernes de banlieue, mais le jour où ils se sont quittés, elle s'est soûlée plus que jamais auparavant. J'ai compté les bouteilles de bière le lendemain. Elle en avait éclusé dix-huit. Déjà qu'elle se trouvait dans une mauvaise passe. Avant lui, elle s'était tapé un par un une bande de joueurs de football convertis en travailleurs d'usine, des gars qui aimaient boire autant qu'elle. Joe et elle sortaient ensemble depuis environ quatre mois, ce qui était peut-être un record pour elle à l'époque, quand il l'a laissée tomber sans crier gare. C'est vrai que c'était une tête brûlée et qu'il partait au quart de tour. Elle m'a accusée d'avoir eu une liaison avec lui.

Je me souviens que nous étions dans le salon de coiffure Head Start. Dieu seul sait pourquoi ma mère voulait faire le ménage à ce moment-là. Pour asperger le comptoir, elle s'était servie du pulvérisateur avec lequel elle mouillait la tête des enfants. Elle l'a essuyé avec une serviette en papier. Puis elle a dit : « Il n'aimait pas te voir traîner dans le coin. Il a dit que tu étais trop vieille pour habiter ici. Il ne t'aimait pas, tu sais.

— Ouais, je sais. » J'ai retiré des bouteilles de shampooing et de revitalisant d'une étagère qu'elle m'avait demandé d'épousseter.

Elle tenait à peine debout. Elle avait l'intention d'aiguiser ses ciseaux, mais elle les a déposés sur le comptoir près de son verre de vodka, s'étant sans doute rendu compte qu'elle flageolait sur ses jambes, et elle s'est affalée dans son fauteuil de coiffure.

« Tu ne lui as rien dit, j'espère ?

— Je lui parlais le moins possible. »

Elle m'évaluait, la bouche tordue. « Dis-moi que tu l'as pas fait.

— Fait quoi ?

— Coucher avec lui. » Elle s'est penchée en avant dans son fauteuil et a écrasé sa cigarette dans le cendrier. « T'as couché avec lui.

— Voyons !… Je fais pas ça… J'ai jamais couché avec personne, maman.

— C'est pas étonnant. » Son ton et les traits de son visage se sont adoucis. Elle a rangé ses ciseaux dans un tiroir et s'est allumé une cigarette.

Plus tard cette semaine-là, Ruth, associée majoritaire de Head Start, est arrivée des sacs de bigoudis à la main.

« Celle-là est encore vierge, a dit ma mère en me désignant à l'aide de son peigne.

— Eh bien, ça me surprend pas », a répondu Ruth, sans hausser les sourcils.

J'aimais ma mère, mais je n'avais aucune envie d'être comme elle.

J'ai apporté mon ordinateur à une boutique où ils m'ont dit que la réparation prendrait quelques jours, mais qu'ils ne garantissaient pas la récupération de toutes mes données. Alors, pendant un certain temps, j'ai acheté des journaux et j'ai regardé la télé afin de suivre l'évolution de l'épidémie. Trois jours se sont écoulés avant qu'on retrouve ma valise à l'aéroport.

Entre-temps, à la pharmacie, j'ai acheté de petites culottes blanches Hanes Her Way, même si elles me donnaient l'impression d'avoir sept ans, et deux ou trois soutiens-gorge de sport, ainsi que des jupes plissées, des pantalons en velours côtelé et des chemisiers dans une succursale légèrement malodorante de l'Armée du salut. J'ai apporté le tout dans un pressing, qui demandait deux dollars le kilo. Je savais que lorsqu'on me passerait mes vêtements fraîchement nettoyés par-dessus le comptoir, ils seraient suspendus à des cintres enveloppés de papier sur lequel je lirais : *Nous aimons nos clients.* Pendant que le propriétaire récupérait mes vêtements et que sa femme écrivait mon nom sur le reçu, ils m'ont gratifiée d'un large sourire. Je me suis demandé un instant s'ils ne m'aimaient pas un peu, si les échanges commerciaux entre individus n'étaient pas une forme d'amour. À tout le moins, il y avait plus d'honnêteté dans cette transaction que dans ma relation avec Karl.

Le pressing n'était pas loin de mon delicatessen préféré. Les étudiants en création littéraire, le garçon et la fille, étaient encore là, mais se trouvaient cette fois-ci en compagnie d'une amie. Crâne rasé, cette dernière portait un foulard rouge satiné autour de la tête à la manière des vedettes de l'âge d'or de Hollywood. Assis sur des tabourets autour d'une table haute, ils juraient avec le reste de la clientèle, composée d'hommes et de femmes d'affaires. Il y avait tant de monde qu'il m'a fallu me faufiler derrière eux pour manger sur un comptoir étroit. La fille qui autrefois avait des cheveux couleur beurre d'arachide arborait maintenant des tresses noir de jais. On aurait dit Blanche-Neige.

Je me souviens que le garçon maigrichon racontait des blagues qui se terminaient chaque fois par une série de grognements de zombie qu'il émettait en se tordant la bouche et en rejetant un bras en arrière tout en se convulsant sur son tabouret. « Combien de blondes faut-il pour prendre d'assaut un aéroport ?

Anhhhh. Anhhhh. » Il a grogné huit fois avant de déclarer : « Huit ! Que dit une blonde quand elle vous bouscule dans le métro ? Anhhhh. Comment sait-on qu'une blonde a atteint l'orgasme ?

— On est encore des blondes, tu sais, a répliqué la fille à la tête rasée avant que le garçon se mette à grogner de nouveau.

— Blondes dans l'âme », a renchéri Blanche-Neige.

Ensemble, elles se sont jetées sur un sachet de chips, qu'elles ont grignotées sans réserve.

« Anhhhh », a grogné le garçon.

Sur son T-shirt, on voyait un phylactère vide.

J'ai ramassé un journal égaré près de la poubelle. Un des grands titres annonçait que le virus blond avait d'ores et déjà un nom officiel. Les scientifiques s'étaient entendus sur VSH, pour *virus siphonaptère humain*, à cause des puces, que l'on croyait responsables de la transmission du virus aux femmes susceptibles de devenir leurs hôtes. « Pour se nourrir, le parasite pénètre dans le système sanguin de l'hôte. » Le hic, dans ce cas-ci, c'est que ceux qui entraient en contact avec le virus n'en devenaient pas tous porteurs ou ne succombaient pas forcément à la maladie. Certains, comme les hommes ou les femmes au teint foncé, ne montraient ni symptôme ni propension à la transmission, même lorsqu'ils étaient piqués par une puce infectée. Un encadré faisait un survol de certains autres arthropodes vecteurs de maladies. Les moustiques : la dengue, la fièvre jaune, le paludisme humain. Les puces : la peste bubonique, le typhus murin, les cestodes. Les tiques : la maladie de Lyme. La mouche tsé-tsé : la maladie du sommeil. Les triatominae : la maladie de Chagas. Les chauves-souris : les coronavirus tels que le SRAS et la rage.

Il me suffisait de lire ces noms pour avoir envie de me gratter.

Un article complémentaire décrivait une attaque qui avait eu lieu devant une clinique d'avortement du planning familial. « Une chaîne de vie est devenue chaîne de mort cette semaine. Un groupe de militants pro-vie avaient formé une chaîne humaine pour bloquer l'entrée des bureaux de la clinique lorsqu'une des leurs s'est retournée contre eux. La jeune femme, infectée à son insu par le virus, était arrivée avec les membres de son église afin de participer à la manifestation. Au milieu de la chaîne, elle s'est soudain mise à crier, puis à agir violemment, crise qui s'est soldée par des fractures du bras chez deux manifestants et par la mort du pasteur du groupe, le révérend Randall, âgé de quarante-huit ans. Le nom de l'assaillante, âgée de dix-sept ans, n'a pas été divulgué. » J'ai survolé l'article avant de sauter cette section du journal. Le cahier Voyages vantait les mérites d'un séjour à Cuba ou au Mexique. Des publicités pleine page où figuraient des ciels d'un bleu étincelant m'invitaient à dire *si* à Cuba. Pendant ce temps, ai-je noté, la Finlande, le Danemark, la Suède et la Suisse regorgeaient de cas de VSH. Les frontières étaient bouclées.

Les étudiants ne s'étaient pas encore réconciliés au moment où j'ai quitté le delicatessen. Je suis retournée à l'hôtel et j'ai passé quelques appels. Je me suis tapé des messages enregistrés pendant plus d'une heure avant qu'une employée m'explique que j'avais droit à un remboursement, mais que tous les vols internationaux étaient suspendus jusqu'à nouvel ordre. C'était un événement majeur, a-t-elle répété, comme si son entreprise revendiquait le droit de prendre un jour de congé personnel. S'il fallait absolument que je quitte le pays, elle m'a suggéré de prendre un vol jusqu'à Boston ou Pittsburgh, puis de réessayer, à condition qu'aucun autre événement majeur ne survienne. Comme je n'avais pas encore récupéré mon ordinateur et ne pouvais acheter mon billet en ligne, j'ai appelé un bureau du Flight Centre. Une fois calculé le prix des vols, j'ai appris que je ne gagnerais rien avec le remboursement, car je devrais payer de ma poche le vol entre Boston ou Pittsburgh et Toronto. J'ai demandé le prix d'un vol depuis JFK jusqu'à Detroit en me disant que Richard ou ma mère ferait sans problème le trajet d'une demi-heure en passant par la frontière canado-américaine pour venir me chercher. Mais le prix des vols au cours des deux prochains jours, même avec ma remise, s'élevait à quatre cents dollars de plus que le vol original. J'ai dit à l'employée que j'allais y réfléchir.

La question pour moi n'était pas de décider si l'avortement valait quatre cents dollars de plus, mais s'il fallait ou non inclure Karl dans ma décision. Fondamentalement, je pensais qu'il avait le droit de savoir que j'étais enceinte. Mais en même temps, je me disais qu'il n'avait pas son mot à dire sur la suite des événements. Est-ce une contradiction ?

D'une part, je voulais qu'il me jure qu'il quitterait Grace et qu'on vivrait cette grossesse ensemble mais, d'autre part, je ne voulais pas l'entendre prononcer ces mots, parce qu'un homme infidèle reste infidèle. C'est ce qu'on apprend lorsqu'on couche avec ce genre de types. Pire que tout, je savais maintenant que je n'avais aucune envie d'être liée à lui, ne serait-ce qu'une minute. Qu'il ait pu m'envoyer vers Wanda Kovacs avait changé à tout jamais mes sentiments envers lui.

Je me souviens d'une autre fois où mes sentiments envers lui avaient changé à tout jamais. Nous faisions des courses au marché St. Lawrence en vue de notre escapade à son chalet. Il a acheté la même sorte de fromage deux fois, à deux étals différents, parce que, disait-il, le second était meilleur. Quand je lui ai dit qu'il avait pris le même fromage deux fois et que nous aurions pu choisir un bon havarti ou un edam à la place, il m'a expliqué qu'il n'y avait aucune comparaison possible. Je me souviens avoir pensé : *Voilà à qui j'ai affaire.* Je n'allais pas cesser de flirter avec lui à cause d'un bout de fromage, bien sûr, mais l'échange m'a hantée pendant des mois.

De toute façon, j'avais décidé de rester à New York et d'y régler mon dilemme.

Moins d'une semaine plus tard, le *National Geographic* a publié une carte couleur dépliable qui indiquait les endroits où les attaques avaient eu lieu ainsi que les foyers d'infection. Il y avait un cercle rouge autour de l'aéroport JFK à New York. Une ombre rouge recouvrait le littoral de la côte Ouest, à partir de Los Angeles, qui avait le plus grand nombre de cas d'infections et d'incidents, jusqu'à Las Vegas en passant par San Francisco. On aurait dit que la Floride avait pris un coup de soleil, tout comme les principales villes et la majeure partie de la côte Sud-Est. Au Canada, l'épidémie était concentrée dans les villes de Vancouver, Toronto, Ottawa et Halifax, centres d'affaires et villes portuaires. Calgary était une tache de rousseur isolée. De même, tous les États et les villes du Midwest avaient été relativement épargnés : un paysage bigarré de bruns, de bleus et de verts.

Siphonaptère. On dirait un terme pour décrire l'action d'un gigantesque siphon qui aspirerait la surface de la terre, un vampire terrestre. Qu'est-ce que je sais au sujet des puces, hormis le fait qu'elles entrent chez nous sur le dos des chats ou des chiens errants ? Imagine un peu ces créatures minuscules, d'à peine plus d'un millimètre, émergeant d'un cocon, sans ailes, aveugles. Elles fuient le soleil, habitent des lieux sombres comme le sable, les fentes, les crevasses, la literie, bondissent pour atterrir sur les animaux et les humains et se nourrissent exclusivement de sang. Elles s'abreuvent, puis se reproduisent. Semant le désordre. Larissa a toujours eu des chats. Je me souviens lui avoir rendu visite après son départ pour Toronto, quelques années avant le mien. Elle avait quitté la maison immaculée de sa mère pour aller s'installer dans un appartement qu'elle partageait avec d'autres étudiantes dans les rues Huron ou Spadina. Je parcourais le pelage de ces animaux à la recherche de puces, que j'écrasais entre mes doigts.

La première fois que j'ai entendu parler des négationnistes de la puce comme vecteur pathogène, j'étais assise dans un petit restaurant en train de manger un hamburger. On avait monté le volume à fond sur l'écran plat dans un coin. Deux hommes d'à peu près le même âge se disputaient de part et d'autre d'un bureau illuminé. Les cheveux de l'un étaient peignés vers l'arrière, ceux de l'autre vers l'avant.

HOMME PARLANT FORT : Les négationnistes affirment que les décolorants et les teintures ont détruit le système immunitaire des femmes et favorisé la prolifération d'une forme mutante de la rage. Les blondes sont devenues des hôtes idéales, mais aucunement exclusives. Il suffit de regarder les graphiques qui montrent la progression de l'épidémie. On voit des foyers autour de Brentwood, de Grosse Pointe et des Hamptons.

HOMME PARLANT PLUS FORT : Attendez ! Comment pouvez-vous négliger le Centre de recherche en sciences animales de Plumb Island ? À seize kilomètres des Hamptons. À trois heures de route de New York et des premières preuves scientifiques de la Furie blonde. Comme la maladie de Lyme, cette affection est transmise par des puces, mais elle a été fabriquée par le gouvernement.

HOMME PARLANT FORT : Il est facile de voir des complots partout, mais ça n'a rien à voir avec la science. Vous voulez des réponses toutes faites, mais lorsque la science tire trop rapidement des conclusions, il y a des morts.

HOMME PARLANT PLUS FORT : Il y a des morts en ce moment même. Il y a des gens qui se font tuer.

HOMME PARLANT FORT : On a hâté la commercialisation de l'AZT. On ne s'est pas préoccupé de faire des essais cliniques, et ça a fait plus de mal que de bien. La solution immédiate est d'ordre social et non médical. Il faut éduquer et informer le public. Il faut fermer les salons de coiffure.

Pour une raison quelconque, je me suis sentie galvanisée par ce dialogue de sourds. J'ai terminé ma salade de chou et mes cornichons et je suis retournée à la chambre 306 du Dunn Inn, où j'ai appelé les renseignements et demandé le numéro de la clinique dont la médecin que j'avais rencontrée au sortir de l'aéroport m'avait parlé. Une voix informatisée me l'a transmis.

Une fois mise en communication, une femme avec un fort accent du Queens m'a fixé un rendez-vous. Je devais m'attendre à passer de trois à cinq heures dans leurs bureaux, m'a-t-elle expliqué, pour une prise de sang, un test de grossesse, un survol de mes antécédents médicaux, une échographie de datation, une discussion sur les différentes possibilités qui s'offraient à moi, ainsi que sur leurs avantages et leurs inconvénients, et, enfin, l'intervention elle-même si je décidais d'aller de l'avant. Une fois l'intervention terminée, il faudrait que quelqu'un me raccompagne à la maison. J'ai écrit l'adresse et l'heure du rendez-vous tout en haut de la carte sanguinolente de l'Amérique du Nord du *National Geographic*.

Environ une heure avant mon rendez-vous à la clinique, je me suis retrouvée dans une rue de Midtown devant une boutique American Apparel. Une photo translucide de femme en justaucorps, les bras au-dessus de la tête comme si elle s'apprêtait à faire des roulades, avait été fixée dans la vitrine. De l'autre côté de la porte, on voyait la même fille dans une position semblable, mais légèrement de biais. L'affiche surplombait des mannequins sans tête qu'un décorateur de vitrines avait patiemment revêtus de leggings en lamé or. Des silhouettes décapitées portaient des vêtements pourvus de capuches violettes à fermeture Éclair, dont je ne pouvais dire s'il s'agissait de chemises ou de robes. Au mur, à l'intérieur, d'autres torses en plastique, sans tête ni jambes ni bras, étaient suspendus à un grillage métallique pour exposer les nouveautés. J'étais arrivée en avance à mon rendez-vous, pour lequel je devrais franchir les doubles portes à droite du magasin American Apparel, traverser le hall d'entrée et monter dix étages.

Derrière moi, quelqu'un jaugeait mon reflet. Je me suis retournée. C'était Wanda Kovacs. Nous avons toutes les deux poussé un soupir de soulagement.

« C'est bien vous. Parfait, parfait. » Elle a tendu le bras et nous nous sommes serré la main, comme des collègues, tandis que les gens filaient à toute allure autour de nous.

J'avais oublié que la couleur de mes cheveux avait changé depuis notre dernière rencontre. Ceux de Kovacs miroitaient dans la lumière. Ça m'a surprise. Je me souviens que je ne pouvais m'empêcher de les contempler : du sucre caramélisé. Elle était la première blonde que je voyais depuis une semaine. Dans la brise de septembre, ses cheveux étaient parfaitement immobiles, suspendus au-dessus de ses épaules comme un long casque d'or. Un examen plus attentif m'a permis de comprendre qu'il s'agissait d'une perruque, coupée et coiffée avec soin. Elle s'était sans doute rasé la tête, mais la vanité l'avait rattrapée.

« Professeure Kovacs…

— Appelez-moi Wanda. Allez, ce n'est pas le moment de se perdre dans des formules de politesse. »

Je l'ai remerciée d'être venue en lui disant que son geste allait bien au-delà du devoir.

Mais Kovacs ne me regardait pas. Elle clignait des yeux devant la vitrine, concentrée sur le mascara qui recouvrait ses cils. « Je suis désolée », m'a-t-elle dit ensuite. Chassant je ne sais trop quoi d'une chiquenaude, elle a grimacé en direction de la vitrine. Ses vêtements étaient plus décontractés que la dernière fois que nous nous étions rencontrées, mais tout de même des merveilles de luxe : un pull et un jean foncé, avec une écharpe en cachemire, fort probablement de chez Hermès, drapée sur ses épaules, même si nous ressentions encore les chaleurs de l'été. Je me suis demandé s'il existait une collection haute couture dont le thème était « Que porter à l'avortement d'une jeune femme ». Il m'est venu à l'esprit que, pour acheter son pull décontracté, elle avait fort probablement déboursé une somme équivalente à celle que je m'apprêtais à claquer à la clinique.

Je m'émerveillais du fait que les gens de mon âge constituaient le public cible du magasin devant nous. J'ai montré un mannequin vêtu d'une combinaison en chambray avec bustier dont la taille élastique était cintrée. Le genre de truc qui ne vous va bien que si vous mesurez un mètre soixante-dix et pesez cinquante kilos.

« Me verriez-vous porter cela ?

— Non, ce n'est pas pour vous, ma chère. Laissez cela aux jeunes étudiantes. Il faut bien qu'elles aient quelque chose à regretter. » Puis Kovacs m'a demandé si nous avions le temps de prendre un café ou s'il valait mieux monter tout de suite à la salle de succion.

Je n'arrivais pas à décider si elle se voulait drôle ou blessante, ou bien si les deux participaient d'un même élan. Peut-être que nous étions plus semblables que je ne le croyais. Peut-être que Karl fréquentait toujours la même femme, encore et encore. Autour de nous, la circulation matinale déferlait sur un fond de klaxons. Pour me donner une contenance, j'ai imaginé Kovacs en train de chier. C'est ce que je fais quand les gens me rendent nerveuse. C'est mieux que de les imaginer nus, tu sais. J'ai commencé à faire ça au lycée. Quand j'en ai parlé à Larissa pour la première fois, elle m'a dit qu'elle n'avait jamais rien entendu d'aussi dégoûtant. Elle m'a accusée d'être fétichiste, ce qui, soyons clairs, n'est absolument pas vrai. C'est pas mon truc. Je ne sais même pas ce que c'est, mon truc. Larissa s'est servie de ma technique une fois, dans un vernissage où elle avait l'impression que tout le monde était ultra important et avait trois cents ans de plus qu'elle ; elle a avoué que ça avait marché. Ça tient en partie à la posture. La posture qu'adoptent les gens quand ils sont seuls. Certains, on les imagine assis bien droits, mains jointes. D'autres, on les imagine affalés, les mains entre les genoux. La posture secrète de celui qui chie. Nous le faisons tous, non ? À un certain moment, à l'université, j'ai essayé d'imaginer les grimaces que faisaient les gens en baisant, ce qui m'a fait un drôle d'effet. En troisième année, j'ai éprouvé une attirance sexuelle pour un prof que je n'aimais pas du tout, le genre qui répétait constamment : « Que cela nous apprend-il ? » C'était horriblement gênant, mais je n'y pensais pas moins. Alors je suis revenue à mon exercice défécatoire. J'ai décidé que Kovacs était de ceux qui se prennent le menton, comme Le Penseur, et je me suis sentie un peu mieux. Comprends-moi bien, j'étais contente qu'elle soit là. Mais qu'est-ce qu'elle était enquiquineuse ! Le mot est vieillot, je sais, mais il lui va à merveille.

On s'est dirigées vers le café qui était à deux pas de là. Elle a commandé un americano et un biscotti ; moi, j'ai attrapé une bouteille d'eau au cas où il faudrait que je boive quelque chose avant l'échographie, puis j'ai payé le tout. Kovacs n'a pas fait mine de fouiller dans son sac à la recherche de son portefeuille cette fois-ci. Elle était parfaitement consciente du service qu'elle me rendait.

À part les boutiques au rez-de-chaussée, l'immeuble hébergeait plusieurs cabinets de médecin, des cliniques de physiothérapie et de psychothérapie, ainsi que des sociétés de design. Pour plaisanter, j'ai dit que je pensais tomber sur des manifestants. Kovacs m'a rétorqué qu'au contraire il ne fallait pas prendre la situation à la légère, que ce jour-là, nous avions de la chance. Nous n'étions pas au Canada, où même les maniaques sont polis.

Dans l'ascenseur, en route pour le dernier étage, nous étions debout côte à côte, à regarder droit devant nous. Je me souviens que Kovacs buvait son café à grand bruit, ce qui me l'a rendue un peu plus humaine.

Avant que les portes s'ouvrent, je me suis tournée vers elle. « Je suis vraiment très reconnaissante de ce que vous faites… Je n'aime pas m'imposer de la sorte. C'est seulement parce que je ne connais personne d'autre dans cette ville.

— Et moi qui croyais que c'était parce que nous nous entendions comme larrons en foire. » Elle a souri avant de sortir de l'ascenseur.

L'endroit sentait l'alcool à friction et les céréales de petit déjeuner. Pendant que nous avancions vers l'entrée de la clinique, elle m'a priée de cesser de me confondre en excuses et d'être aussi gênée, sinon nous ne nous en sortirions jamais. Si je n'en démordais pas, a-t-elle dit, elle ne pourrait chasser de son esprit qu'elle préférerait être chez elle en train de faire du pilates ou promener Tallulah. Elle s'est immobilisée, les épaules rejetées en arrière.

« Mon braque », a-t-elle précisé, mais ce n'était pas le nom de son chien qui l'avait arrêtée brusquement.

La clinique était fermée. On avait collé un message à la vitre :

L'ÉPIDÉMIE DE VIRUS SIPHONAPTÈRE HUMAIN
(« LA RAGE BLONDE ») NOUS OBLIGE À FERMER
TEMPORAIREMENT NOS BUREAUX.
POUR VOTRE SÉCURITÉ, NOUS NE RECEVRONS
AUCUNE PATIENTE AUJOURD'HUI.
NOUS REGRETTONS CET INCONVÉNIENT.
SOYEZ ASSURÉE QUE NOUS VOUS APPELLERONS
DANS LES PLUS BREFS DÉLAIS AFIN DE CONVENIR
D'UN NOUVEAU RENDEZ-VOUS LORS DE LA
RÉOUVERTURE DE LA CLINIQUE MARDI PROCHAIN.

On avait griffonné un numéro de téléphone à
l'encre bleue au bas de la page, en cas de crise
émotive. Le numéro d'un service d'aide aux enfants.
Une pile de brochures qui faisaient la promotion du
même organisme avait été déposée sans soin sur le
plancher près de la porte.

J'avais compris le sens du message, mais j'étais
incapable de bouger. Je n'étais pas prête à partir.
Peut-être ai-je cru qu'il suffisait que Kovacs et moi
patientions devant la porte de la clinique un peu plus
longtemps pour que s'opère un changement. Je sentais
gonfler mes voies nasales. Je ne voulais surtout pas
me mettre à pleurer devant Kovacs. J'ai dégluti en
disant que je ne pouvais imaginer avoir treize ou
quatorze ans et devoir composer avec une telle situation. J'ai indiqué le numéro du doigt. Je parlais pour
parler. La brûlure s'est estompée.

« Je ne peux pas imaginer avoir treize ou quatorze
ans, point », a dit Kovacs. Ses traits se sont durcis.
On aurait dit qu'elle était plus embêtée que moi par
mon incapacité à accéder à la clinique. Elle a essayé
la poignée de la porte, qui a tourné, mais sans céder.
« Il y a du sang sur le tapis », a-t-elle dit.

C'était vrai. Quelqu'un avait baissé le store, mais celui-ci s'arrêtait à mi-vitre. Sur le tapis bleu gris, il y avait bel et bien une tache de sang de la taille d'une main. Malgré la faiblesse de l'éclairage, la tache sautait aux yeux.

« Voilà pourquoi vous n'avez reçu aucun avis de la clinique. Elle a sans doute fermé précipitamment ses portes, après avoir été la cible d'une attaque. Vérifiez votre téléphone », m'a intimé Kovacs. C'était comme si elle ne pouvait croire à ce qu'elle voyait et exigeait des preuves.

J'ai sorti mon téléphone, mais il n'y avait aucun message.

« C'est affreux, a dit Kovacs. Affreux. »

Elle s'est accroupie et a mis les mains en visière afin de scruter l'intérieur de la clinique. On voyait le fin tracé de ses fesses suspendues au-dessus de ses chaussures à talons carrés. Puis elle s'est levée et m'a demandé si je croyais que l'agression s'était produite la veille. La dureté avait disparu de son regard et elle avait sincèrement l'air perdue. De toute évidence, c'était la première fois qu'elle voyait les preuves tangibles d'une attaque.

Une femme est sortie d'un bureau à quelques portes de nous, puis est partie dans la direction opposée. Je l'ai interpellée et lui ai demandé si elle savait quelque chose.

Elle est revenue vers nous à contrecœur. J'ai remarqué qu'elle maintenait une bonne distance, comme si elle craignait que nous soyons infectées. Elle portait une tenue chirurgicale. Il me semble qu'elle venait de quitter un cabinet de dentiste.

« La police, l'ambulance, c'est arrivé hier vers dix-sept heures. Une chance que ce n'était pas nous.

Mais vous savez, quand il est question de santé féminine, il est normal que le risque soit plus élevé.

— Vous devriez peut-être essayer ailleurs, ma chère, m'a dit Kovacs, qui semblait redevenue elle-même. Ne serait-ce que pour votre propre sécurité. » Elle a tapoté mon épaule, geste à la fois amical et convenu.

« Bonne chance, a dit la dame du cabinet de dentiste en poursuivant sa route.

— Est-ce que ça vous va, mardi ? » ai-je demandé à Kovacs. Une porte s'est ouverte puis refermée au loin. « Mardi ou mercredi ? »

La question est restée en suspens.

Kovacs m'a toisée. Elle a dit que c'était impossible, qu'elle quittait le continent, et pas assez vite à son goût, semblait-il. « C'est cette épidémie. J'ai pris des dispositions pour m'envoler jusqu'à Mumbai à partir de l'aéroport LaGuardia. Mais je vous l'ai dit au téléphone. J'entreprends des *recherches*. » Elle a prononcé le mot *recherches* en mimant des guillemets avec ses doigts, comme si elle se fichait éperdument que je sache qu'elle avait d'autres raisons de partir. Le départ n'était prévu que pour la semaine suivante, mais elle aurait à faire ses valises et serait très prise par les préparatifs du voyage.

Il est vrai que sa décision avait quelque chose de froid et d'intransigeant. C'est ce que je croyais à l'époque, mais aujourd'hui… elle est probablement saine et sauve. Puis-je vraiment lui en vouloir ? Nous avons attendu l'ascenseur, les yeux rivés sur la flèche rouge lumineuse pointée vers le bas. J'avais mal au ventre. J'ai appuyé la paume contre le mur pour me ressaisir. Je me souviens que Kovacs a balancé sa tasse de café dans la poubelle, a lissé son écharpe avec ses mains, puis en a attrapé les extrémités comme si elle soupesait des arguments.

« Je suis désolée, mais il va falloir que vous vous débrouilliez toute seule. »

Nous sommes entrées dans l'ascenseur, qui nous a amenées jusqu'au rez-de-chaussée. J'avais l'impression que le plancher se dérobait sous nos pieds.

Après être sorties de la cabine, nous avons traversé le hall d'entrée jusque dans la rue, où nous avons marqué une pause devant la boutique American Apparel. Nous avions compris qu'il serait plus simple de partir dans des directions opposées. Nous étions devant les images jumelles de ces deux filles vêtues de lycra qui avaient les bras en l'air.

Kovacs a de nouveau posé sa main sur mon bras. « Appelez Karl, a-t-elle dit, le visage voilé par sa frange lustrée et synthétique. Pour lui, l'argent n'est pas un problème. Il sautera dans un avion pour vous accompagner à ce rendez-vous si vous l'exigez.

— Pensez-vous qu'il va quitter Grace ?

— Ne faites pas l'enfant, Hazel. » La voix de Kovacs s'est élevée au-dessus du vacarme de l'heure de pointe. Elle observait la circulation en plissant les yeux. À présent, il faisait trop chaud pour qu'elle garde son écharpe, qu'elle a déroulée et fourrée dans son volumineux sac à main avec ses longs doigts hyperactifs. « Il vit avec cette belle *salope* depuis dix ans. » Le mot *salope* avait émergé de ses lèvres comme si Kovacs éprouvait un réel plaisir à le former avec sa bouche. Elle s'est penchée vers moi et m'a serrée un peu maladroitement dans ses bras, ce qui m'a étonnée. Elle sentait le talc et le café. Elle a embrassé ma joue droite, puis la gauche, mais avant

que je puisse la remercier ou l'embrasser à mon tour,
elle est repartie d'un pas décidé en repassant devant la
boutique de vêtements dont les mannequins n'avaient
ni hanches ni seins ni tête.

Je ne l'ai pas revue depuis.

HUIT

Après la perte du signal satellite, Grace s'est déchaînée. Elle disait qu'une bonne cuite au vin rouge, c'était une vraie saloperie, mais qu'il n'y avait rien d'autre à faire. Elle buvait et parlait de l'épidémie, pérorant comme une personnalité de la télé – mais à vrai dire c'est son métier, ou du moins ça l'était –, et répétant tel un perroquet les choses qu'elle avait lues ou vues comme s'il s'agissait d'opinions personnelles.

Pendant ce temps, je lisais des bouquins que Karl avait laissés ici lors d'une escapade ou une autre, va savoir. Ou peut-être les avait-il transportés au chalet dans des boîtes en carton parce que Grace ne les voulait pas dans leur appartement. Il m'arrivait de me lever pour faire du yoga en adoptant la posture de l'enfant pendant une minute ou deux. Grace disait qu'il s'agissait d'une posture de « relaxation ». Je me suis demandé si c'était une façon polie de dire que ça ne nécessitait pas beaucoup d'efforts, mais après, je me suis dit que Grace n'était pas de celles qui se perdent en politesses. Parfois, j'exécute aussi les postures du chien et du chat, parce qu'il suffit de se mettre à quatre pattes et de creuser ou d'arrondir le dos.

Un des bouquins de Karl que je lisais la semaine dernière s'intitule *Willing Seduction*. Il y est question de Marlene Dietrich, du film *L'Ange bleu* et de la culture de masse. Je suis tombée sur un passage au sujet du personnage du professeur Rath : « Autrefois source de plaisir infini, la voix féminine a non seulement dépouillé Rath de son autorité masculine, mais elle a aussi précipité la crise de cette autorité et arraché Rath à son milieu social. Pas rasé, débraillé et vêtu de loques, égaré dans le monde des cabarets, il n'est plus que l'ombre tragique de lui-même. »

À la lecture de ce passage, j'ai éprouvé un étrange sentiment de déjà-vu. J'ai posé le livre un instant, avant de le reprendre. J'avais déjà entendu ces mots-là dans la bouche de Karl. J'ai fermé les yeux afin de me rappeler dans quel contexte. J'avais vu ce classique du cinéma allemand en compagnie de Karl, ici même, mais en parcourant le chalet des yeux, je savais que ce n'était pas ici qu'il avait prononcé ces mots. Pour le premier séminaire que j'avais suivi avec lui, il était obligatoire d'avoir vu *L'Ange bleu*, mais je ne l'avais pas fait, va savoir pourquoi. Karl n'en revenait pas d'avoir tout de même validé mon semestre et m'a obligée à le regarder avec lui.

Puis le souvenir m'est revenu, comme un instantané parfait : une longue table au milieu du local où avait lieu le séminaire. J'assistais à mon premier cours, les autres en étaient à leur troisième. Le professeur Mann. Je me souviens que j'étais assise là, à le regarder parler. J'avais cru que les phrases qu'il prononçait étaient les siennes. C'était plusieurs mois avant qu'il ne se passe quoi que ce soit entre nous. Il était debout, tandis que nous étions assis. Je me souviens avoir dit *ouais*, dans ma tête, quand il a expliqué que Rath avait été « dépouillé de sa masculinité », ouais, c'était une bonne décision de m'inscrire à ce séminaire. Peut-être que le professeur Mann ferait un excellent directeur de thèse.

Je me souviens que malgré l'exiguïté de la pièce, le professeur Mann semblait exister dans une tout autre sphère que la nôtre. Il fermait les yeux lorsqu'il parlait, comme s'il connaissait parfaitement sa matière, comme s'il écoutait une œuvre musicale qu'il était seul à entendre, mais dont il cherchait le titre. J'enviais cette séparation, cette capacité à s'absorber totalement dans une idée. Son visage était formé d'une série de lignes. Je pourrais en faire le dessin pour toi. Il y avait des guillemets de part et d'autre de ses yeux et d'autres guillemets autour de sa bouche. Un double *t* se dessinait sur son haut front. Des sourcils bruns, courts et épais étaient juchés au-dessus de ses lunettes carrées à monture métallique. Les lignes verticales de ses tendons couraient le long de son cou. Plus tard, il s'est assis avec nous et, sous la table, il faisait rebondir ses pieds sur leur pointe, les lacets de ses chaussures en cuir verni ballottant dans les airs, tandis qu'il poursuivait calmement sa communication. On aurait dit deux personnes distinctes, l'une au-dessus de la table et l'autre en dessous.

« C'est la CIA qui est derrière tout ça. » Grace venait d'interrompre ma rêverie. J'ai posé mon livre, incertaine de ce dont elle parlait.

Je commençais à m'inquiéter. Et si, au moment du déclenchement du travail, j'étais incapable de conduire jusqu'à l'hôpital ? Et si Grace était soûle ? Je craignais que, même à jeun, elle décide de se venger et me laisse me vider de mon sang, ou alors qu'elle m'abandonne dans une flaque écarlate sans vraiment le vouloir, par simple peur panique de l'épidémie. Je veux dire que nous étions conciliantes, et il y avait même parfois entre nous de vrais gestes de bonté, mais Grace était imprévisible, c'est le moins qu'on puisse dire. On peut s'attendre à ça, chez une alcoolique.

J'essaie de ne pas trop y penser, mais nous y voilà quand même, ma petite oursonne. C'est le matin de notre quatrième journée seules ensemble, toi et moi. Je suis coincée avec le véhicule de Larissa, qui ne sert plus à rien, et Grace Pargetter brille par son absence.

Après le rendez-vous manqué à la clinique avec Kovacs, je me suis allongée sur mon lit en essayant de ne pas penser à l'argent qui sommeillait sur mon compte en banque. Le truc avec les premiers mois de grossesse, c'est qu'ils vous réduisent plus ou moins à un état d'invalidité. Tu m'as rendue invalide, t'es comme un vampire. Je n'exagère pas. Je me sentais aussi amorphe que si j'avais perdu beaucoup de sang. La moindre tâche m'épuisait. Je ne sens plus aucune animosité envers toi, mon petit parasite, mais vraiment, je te jure, on aurait dit que ça faisait partie de ta stratégie.

Je me souviens d'une nuit où j'ai rêvé que tu me griffais. Tu te creusais un passage dans mon abdomen et mangeais mes entrailles en chemin. Je me suis retournée sur le ventre afin de me rendormir. Oui, j'ai rêvé ça. Je ne vais pas te mentir. Les gens font semblant de rien, mais la maternité, ça vous fout une de ces trouilles.

Quand mon ordinateur a été prêt, je me suis servie d'une partie de l'argent de Richard et de ma mère pour payer les réparations. En me dirigeant vers un café voisin, où je pourrais m'asseoir et profiter du wifi, j'ai croisé une petite foule. Des gens s'étaient installés sur le trottoir, là où normalement il y avait des vendeurs de lunettes de soleil et d'écharpes. Il y avait un panneau sur lequel on pouvait lire *L'adoration commence à 15 h* juste à côté d'une porte ouverte. J'ai jeté un coup d'œil dans l'escalier, qui menait sans doute à une église, juchée au-dessus des commerces. J'ai enjambé un câble électrique orange qui serpentait entre les baskets des badauds, relié à une tondeuse à cheveux électrique bourdonnante. L'homme qui la maniait avait un visage dur, grêlé et aussi impitoyable que la surface de la Lune. Dans la lumière intense de l'après-midi, il portait un habit noir. Il tenait la tondeuse au-dessus de la tête d'une fille enveloppée dans un sarrau. Je me suis demandé pourquoi elle n'était pas à l'école. Elle n'avait pas l'air d'avoir plus de quatorze ans.

« Cette maladie transmise par voie capillaire… » a crié l'homme. Fascinée, je me suis arrêtée. « Cette maladie transmise par voie capillaire – il s'est emparé d'une mèche de cheveux de la fille, qui étaient couleur graine de lin – nous a été infligée par Dieu. Oui, c'est ainsi, une maladie que Dieu nous inflige pour nous punir de notre vanité. Un châtiment pour notre concupiscence ! Un châtiment pour ceux qui vénèrent de fausses divinités ! Un châtiment parce que nous avons été arrogants et orgueilleux ! » Il s'emballait, trouvant sans cesse de nouvelles raisons pour expliquer la vengeance de Dieu.

Vêtue d'une robe bleu sarcelle, son assistante a soulevé une poignée de cheveux qu'elle a tranchée d'un coup de ciseaux. La fille en sarrau a regardé tomber ses mèches. Pendant un instant, on aurait dit qu'elle allait pleurer. Puis, elle a recomposé son visage afin de se donner une contenance. Des cris et des applaudissements ont fusé de toutes parts.

Un homme qui marmonnait des obscénités a contourné la foule. Se faufilant parmi les badauds, il m'a habilement ouvert le chemin.

Je me suis toujours sentie mal à l'aise avec les religions, à part le catholicisme, qui donne tellement la chair de poule qu'il en est presque admirable. En outre, une bonne dose de catholicisme est essentielle à tout film d'horreur qui se respecte. Quand j'étais petite, la moitié de mes camarades de classe étaient catholiques, mais lorsque j'ai demandé à ma mère quelle était notre religion, elle m'a dit, cigarette au bec, les doigts survolant les cheveux de son amie Ruth, auxquels elle donnait de petits coups de ciseaux : « Une règle, Hazel : ne pas faire à autrui ce que tu ne voudrais pas qu'on te fasse. C'est tout ce qu'il te faut, une règle d'or. » Alors j'ai toujours conçu la religion comme un objet : un anneau, une pièce de monnaie, ou même un plombage en or, quelque chose d'un certain poids et d'une certaine valeur, qui servirait au cas où le mauvais sort s'acharnerait, mais qui était en même temps plus ou moins inutile.

Cette petite assemblée était surréelle. Je ne savais pas de quelle confession étaient ces gens, ni même s'ils en avaient une. En poursuivant ma route, j'ai entendu d'autres applaudissements, ainsi que le vrombissement et le cliquetis de la tondeuse. Lorsque je me suis retournée, l'homme au visage dur fauchait une large bande de cheveux sur le côté de la tête de la malheureuse. Les touffes jonchaient le sol, laissant la tête de la fille hérissée de petits poils. Comme des feuilles mortes, ses mèches s'envolaient jusque dans la rue où les pneus des voitures les écrasaient. À mesure que les deux s'affairaient autour de la jeune fille, donnant des coups de ciseaux par-ci et des coups de tondeuse par-là, les boucles chutaient comme la pluie sur ses épaules et de plus petites mèches partaient au vent. D'une voix tonitruante, le prédicateur a enjoint à la jeune fille de sourire. « Vous avez dit non à la vanité ! Non à la concupiscence ! Et non à l'orgueil ! »

Au café, j'ai vu qu'un mail de l'amie de Moira m'attendait. Je lui avais écrit avant de me rabattre sur Kovacs. Elle s'excusait pour le retard. Elle avait eu une frousse terrible, car elle avait cru un moment que sa mère était atteinte de la maladie. Heureusement, ce n'était qu'une intoxication alimentaire. Elle était restée deux jours à son chevet à l'hôpital et espérait que je m'étais débrouillée pour prendre rendez-vous. Elle m'a demandé si j'avais vu Moira, car elle avait lu sur son site Internet qu'elle était de retour à New York pour un spectacle. Tout comme la dame en tenue chirurgicale du cabinet de dentiste, elle me souhaitait bonne chance, comme si les étoiles décidaient des questions de vie et de mort.

J'ai également trouvé dans ma boîte de réception le bulletin d'information d'une association féministe, auquel je m'étais abonnée tard un soir où, dans la solitude de ma chambre, j'avais eu une soudaine prise de conscience politique. *C'est la maladie qui est en cause et non les femmes !* clamait le gros titre. Le bulletin dénonçait le langage qui avait cours dans les médias et prophétisait les répercussions de la maladie sur les services de santé féminine ainsi que sur les travailleuses.

Il y avait également un mail de Karl, que j'ai gardé pour la fin. Il avait écrit qu'il venait tout juste de se rendre compte que j'avais peut-être été happée par « toute cette folie à l'aéroport ». Il était très émotif et avait terminé son message en écrivant **Affectueusement, Karl**, mais je n'ai pas manqué de noter que le mail avait été envoyé une semaine entière après ma date de retour prévue. J'ai songé un instant à répondre, mais quand j'ai examiné le fond de ma tasse de cappuccino, je n'y ai trouvé que de la mousse.

Je ne savais pas que ce serait notre dernière correspondance : Karl m'avait servi une formule de politesse, et moi, j'avais répondu par le silence.

On a fermé les multiplexes de New York, ce qui explique pourquoi je me suis retrouvée dans un entrepôt reconverti en atelier d'artiste à Williamsburg pour la projection de trois films superposés les uns aux autres, trois versions de *King Kong* projetées simultanément. L'artiste était française, originaire de Paris. Son nom : Camille Henrot. Il s'en est suivi des couches fantomatiques de blondes et de bêtes, de villes et de jungles. Je regardais des voitures traverser de part en part des visages en gros plan. J'ai toujours eu une empathie irrésistible pour la bête : *j'*étais Kong. Ça s'appelait *King Kong Addition.* Ça m'a amenée à concevoir l'art comme une équation, une addition et une soustraction d'empathie, de compréhension, où le spectateur joue un rôle par sa seule présence. Je croyais que l'artiste serait là et voulais l'entendre parler de son intérêt pour les icônes, ainsi que des manifestations de l'épidémie en France et de leur possible incidence sur son travail actuel. Mais elle n'y était pas, ou peut-être avais-je mal compris. Quand j'ai posé la question au couple assis à côté de moi, il m'a dit que ce *King Kong* datait de quelques années et qu'il ne serait présenté qu'une seule fois, en l'absence de la cinéaste.

En regardant ces superbes actrices blondes, Naomi Watts superposée à Jessica Lange, superposée à son tour à Fay Wray, j'ai pensé au visage de Karl. C'était bien le visage d'un homme, mais perdu dans les nuages. Je ne l'avais vu complètement nu que deux fois. Une fois à mon appartement et une autre fois ici au chalet. Ça fait mal si j'y pense trop. Ce que j'aimais le plus, c'était l'endroit où son os iliaque faisait saillie, ainsi que le creux à la base de sa gorge noueuse. Notre relation ne rimait pas à grand-chose, mais elle était à moi. Karl était le genre d'homme qui brave une tempête en se disant qu'il aura le dessus, mais apprend plus tard qu'il n'a fait que contourner une tornade ayant frappé trente kilomètres plus loin et doit s'estimer heureux de s'en être simplement tiré avec une bonne douche. Il vous donnait une violente envie de le protéger. Peut-être est-ce pour cette raison que je ne lui ai rien dit à ton sujet ; peut-être que la colère n'était pas la seule source de mon hésitation. La clinique ne m'a pas appelée ce mardi-là comme promis. Quand j'ai consulté son site Internet, le message sur la page d'accueil disait que les administrateurs étaient désolés, mais que la Ville les avait obligés à fermer leurs portes pour cause de « gynomenace ». J'ai regardé l'écran en plissant les yeux afin de ne voir qu'une seule strate. J'ai réprimé un haut-le-cœur. Je me suis concentrée sur Fay Wray.

Quand j'ai quitté l'atelier d'artiste, j'ai été éblouie par la lumière du soleil. Incapable de décider où aller manger, le couple qui était assis à côté de moi sur les chaises pliantes s'est mis à se disputer au milieu du trottoir. Ils avaient une trentaine d'années et se

203

ressemblaient beaucoup, tant pour ce qui était de leurs manières que pour leurs coupes de cheveux et leurs vêtements. Version masculine et version féminine. L'un ajustait sa veste et l'autre troquait ses lunettes de vue pour des verres fumés. On aurait pu comparer ce couple à une paire de chaussures usées, tournées l'une vers l'autre, éculées et délavées. Je leur enviais leurs choix de vie. La main en visière au-dessus de mes lunettes, j'ai protégé mes yeux larmoyants.

Il était temps que je rentre et que j'affronte Karl. Mon plan, c'était de reprendre un vol à partir de New York, ou du moins de tenter ma chance. Larissa m'a assurée qu'elle viendrait me chercher. « Mais ça ne va pas être facile. »

J'ai cru un moment qu'elle voulait dire que ce serait difficile en raison de la distance à parcourir, de ses horaires ou même de ses nerfs, car elle avait été coincée à l'aéroport de Toronto à m'attendre jusqu'à ce qu'on annonce le désastre de JFK. Je lui ai dit que je prendrais un vol à une heure raisonnable, afin qu'elle puisse passer récupérer Dev à la garderie après son boulot.

Mais elle m'a demandé d'attendre un instant et a couvert le téléphone de sa main. En bruit de fond, j'entendais l'intonation si caractéristique de la voix de Jay.

Larissa a répondu clairement, comme si sa main avait glissé du combiné : « Je ne vais pas lui dire ça. » Un moment plus tard, elle a repris l'appareil : « Hum, Jaichand dit que tu devrais plutôt louer une voiture si tu n'as pas encore acheté ton billet. Ou même si tu l'as déjà acheté. Ne prends pas l'avion.

Il n'est pas certain que tu réussisses à entrer dans le pays. » Elle a dit que l'armée contrôlait l'aéroport à présent. « Jay a lu qu'ils allaient te passer au crible, la totale, le test intégral. » Elle alternait sans cesse entre le vrai nom de Jaichand et son diminutif, Jay.

« Le test intégral ?

— Il paraît qu'au contrôle de sécurité ils obligent les femmes à montrer leurs poils pubiens.

— C'est tellement… injuste.

— Je sais ! Mais les autorités disent qu'elles ont le devoir d'évaluer le degré de risque avant de les laisser entrer dans le pays. »

J'ai entendu un bref clic-clac à l'autre bout.

« T'as pas recommencé à fumer ? »

Larissa a soupiré. « Mon fils ne me reconnaît toujours pas. Il dit que je ne suis pas sa mère. »

En pensant à Kovacs, je lui ai dit d'aller s'acheter une perruque. Elle en trouverait une belle, si elle était prête à y mettre l'argent.

« Ce n'est pas seulement à cause des cheveux, c'est parce que je n'arrête pas de pleurer. Dev est tout petit. Il ne comprend rien aux émotions fortes que peuvent éprouver les adultes. Il n'a pas l'habitude.

— Qu'est-ce qui se passe, Lar ? »

Elle a vidé son sac. Elle a dit qu'on voyait bien que je ne regardais que les infos américaines. Jusque-là, je croyais pourtant avoir suivi avec assiduité la progression de la contagion, mais elle m'a ordonné d'aller consulter les sites de la CBC et de la BBC. « C'est vraiment intense. On prédit une chute de dix pour cent de la population en Europe si l'épidémie se poursuit. Les déplacements à l'étranger sont l'une des façons dont l'épidémie se propage : on est de vrais globe-trotteurs de nos jours. Les scientifiques disent que ça viendrait des puces, peut-être de Californie ou de Floride…

— Je sais ça. Mais je pensais que les Pays-Bas…

— Peu importe, a insisté Larissa en tirant bruyamment sur sa cigarette. L'essentiel, c'est qu'on n'a pas la moindre idée du rôle que joue la mélanine dans tout ça. Je veux dire, quel est le rapport entre les puces et la mélanine ? Moi, je me range du côté des négationnistes. Vraiment, les scientifiques ne savent strictement rien. Ouais, on peut se raser, on peut porter des perruques, mais comprennent-ils ce qui nous arrive ? Non, pas du tout. Ils ont des *théories*, c'est tout. Les cas pullulent à New York. On dit que c'est à cause de sa densité et parce que la ville sert de plaque tournante au reste du pays, pour les voyageurs en transit. Il y a des cas isolés ici à Toronto, mais la municipalité essaie vraiment d'empêcher la propagation de l'épidémie. Aujourd'hui, un des grands titres des journaux était "La Peste blonde".

— C'est terrible.

— Tout est terrible. » La voix de Larissa tremblait.

« Tu n'auras pas à venir me chercher. Je vais voir s'il est possible de louer une voiture en passant par Buffalo », ai-je dit avec conviction. J'ai raccroché et me suis couchée sur le lit en regardant intensément le téléphone que je tenais à la main. Larissa et Jay s'étaient mariés à la mairie pour éviter une grande célébration alors qu'elle était déjà enceinte. C'était la première de mes amies à se marier. Tout à coup, j'avais eu l'impression qu'elle avait dix ans de plus que moi au lieu d'une seule année. Jay et elle habitaient une résidence neuve avec, sur le côté, un panneau publicitaire pour une banque qui vous jurait que vous étiez plus riche que vous ne le croyiez. Leur immeuble était placé stratégiquement aux environs du marché St. Lawrence, avec accès à la voie express et vue sur la tour CN. Ils avaient un beau petit garçon, des vêtements chics et un petit mais superbe appart décoré de délicats objets colorés en verre, en papier et en plastique.

Toute la semaine, pour gagner sa vie, Larissa passait des appels téléphoniques et envoyait des mails à des donateurs internationaux. Elle remplissait des demandes de bourses en expliquant l'importance de la contribution de sa galerie à la culture du pays et la manière dont elle allait à la rencontre des publics. Larissa s'était prise pour une artiste pendant toute sa jeunesse, mais était devenue galeriste. Elle n'avait pas réellement besoin d'un revenu, mais avait tout de même choisi de travailler. Sur les conseils de ses revues de décoration, de voyage et de mode, elle plaçait son argent dans ce qu'elle appelait des « investissements expérientiels » pour elle, Jay et Devang, soit des cours, des spectacles, des sorties au restaurant et des voyages. Il lui arrivait de payer pour moi. Je protestais mollement. Elle tenait un journal intime, divisé en sections réservées à *La santé*, *Les relations interpersonnelles*, *L'inspiration*, *Les passe-temps*, *La spiritualité* et *Mes objectifs*. Elle avait été radieuse dans les tuniques et les pyjamas indiens traditionnels qu'elle avait portés durant sa grossesse. Elle avait appris à cuisiner des plats au cari pour que Jay ne soit pas obligé de préparer ses propres repas. Elle était devenue une excellente cuisinière ; elle réussissait tout ce qu'elle entreprenait.

Chaque jour, Jaichand dirigeait une lampe extensible sur le visage de ses patients et les regardait plisser les yeux et ouvrir la bouche comme des bébés.

Il introduisait un miroir dans leur bouche afin de déceler des trous à peine perceptibles. Parfois, sous anesthésie, les gens divulguaient des choses qu'ils auraient normalement gardées secrètes. Il faisait des traitements de canaux et posait des couronnes à des hommes d'affaires qui lui confiaient qu'ils avaient des piercings et des tatouages à des endroits insoupçonnés, ainsi qu'à des femmes au foyer qui lui avouaient qu'elles entretenaient des relations extra-conjugales virtuelles. Il prenait de la cire entre ses doigts gantés, la plaçait entre leurs molaires et leur disait de mordre.

Jay plaisantait là-dessus dans les soirées. Larissa racontait pour rire qu'elle avait fait une bien meilleure affaire en épousant un dentiste plutôt qu'un médecin. L'un et l'autre prétendaient n'accorder aucune importance à ces remarques ; tous les deux y croyaient.

J'avais rencontré Jay à une soirée comme celles-là. J'étais en train de feuilleter une revue de mode sur la table basse de notre hôte parce que papoter, ça n'a jamais été mon fort. Je m'étais arrêtée sur une pub pleine page pour un shampooing. Ce n'était pas l'image, mais le slogan qui avait capté mon attention : *Personne ne rend vos cheveux plus forts*. C'était bien écrit « personne », et non pas « aucun autre produit ». Comme si le shampooing était notre vieux copain. Voire une puissance supérieure.

« Le mot *shampooing* est indien. C'est du hindi », m'a dit Jaichand. Il m'a expliqué qu'à l'origine ça désignait le massage du cuir chevelu avec des huiles, mais que lorsque la pratique s'était répandue en Grande-Bretagne, le sens du mot avait évolué jusqu'à inclure le lavage des cheveux au moyen d'eau savonnée et d'herbes. Je savais que les premiers shampooings étaient apparus au tournant du XIXe siècle, mais j'ignorais l'origine du mot. Je lui ai demandé comment il était tombé sur cette pépite, et il m'a dit « Quoi, j'ai pas l'air d'un grand sage ? » en se composant le visage le plus sérieux du monde. Jay connaissait un tas de détails futiles qui n'avaient rien à voir avec la chirurgie dentaire.

C'est moi qui l'ai présenté à Larissa lors d'une sortie cinéma entre copains. C'était peu après mon arrivée à Toronto. Larissa et moi essayions de redevenir amies, des amies adultes, dans la même ville, par opposition à des amies du lycée. Nous nous étions perdues de vue durant nos premières années à l'université. Nous étions désormais des connaissances qui ne se racontaient pas leurs aventures sexuelles, qui n'avouaient pas qu'elles étaient déprimées ou avaient l'impression de devenir folles. Au lieu de cela, nous nous appelions pour nous plaindre des transports en commun ; nous brunchions ou allions dîner au restaurant ; nous allions voir des concerts ou des expos. À la fin de la soirée, Larissa et Jay avaient échangé leurs adresses mail. Au début, je croyais qu'elle ne s'intéressait à lui que parce qu'elle croyait que je l'aimais. Et c'est vrai que je l'aimais bien, mais pas de manière romantique, l'idée était absurde. Les hommes comme Jaichand, beaux, accomplis, fortunés, intelligents, drôles, sexy, ne se souciaient pas de moi. J'éprouvais un malaise en pensant à ces deux cas de figure : d'une part l'idée que j'aie pu plaire à Jay et, d'autre part, l'idée que Larissa ne se soit intéressée à lui que pour l'emporter sur moi.

Mais aujourd'hui, je crois que Larissa a tout simplement pris mes présentations pour un cautionnement. Comme une lettre de recommandation : elle l'a connu grâce à moi et attachait une grande valeur à mon opinion. Ce n'était pas le coup de foudre, mais ils allaient bien ensemble. Ils se sont mariés rapidement. Elle est tombée enceinte encore plus rapidement. Certaines personnes auraient pu dire qu'elle avait fait une bonne affaire, mais je ne le voyais pas ainsi. Larissa venait d'une bien meilleure famille que la mienne. Son père travaillait à l'hôtel de ville de Windsor. Elle avait étudié dans un lycée huppé, et elle était brillante ; même quand elle ne foutait rien, elle récoltait les honneurs. Larissa aurait pu avoir n'importe qui. Elle n'avait pas besoin de chercher à faire une bonne affaire.

La première fois que j'ai vu Larissa, elle avait seize ans et était assise sur le pare-chocs d'une voiture, sous un lampadaire, sur un parking près de la rivière de Detroit. Elle portait une robe d'été bleu et blanc, très Shaman Shack, une boutique du centre-ville qui donnait dans le commerce équitable. J'étais souvent passée devant ce magasin mais, à l'âge de quinze ans, je n'avais pas encore osé y pénétrer. Le soleil venait de se coucher, mais il ne faisait pas encore nuit. Le crépuscule. Le week-end prolongé du mois de juillet. Detroit et Windsor s'associaient toujours pour célébrer conjointement et à grands coups de feux d'artifice le jour de l'Indépendance des États-Unis et la fête du Canada.

J'étais de mauvais poil parce que ma mère avait refusé de me laisser aller à vélo au Freedom Festival, dans le centre-ville. Ma mère fréquentait Pete à l'époque. Il a fait une brève apparition entre Gary et Ray, tout cela des années avant Richard. Pete portait tout le temps une chemise de golf à col ouvert, même si les poils de sa poitrine étaient tout gris ; à peine plus âgé que ma mère, quarante-cinq ans environ, il avait pourtant beaucoup de poils gris frisés, qui semblaient lui couvrir tout le corps, comme de la suie.

Ma mère n'aimait rien autant qu'un homme bronzé avec des cheveux gris luisants. Même si sa clientèle habituelle était essentiellement formée des femmes du quartier, elle avait un client qui insistait pour se faire teindre les cheveux. Je me souviens que maman collait une partie de la frange grise de ce client à son front et à ses joues avec du ruban adhésif. Elle teignait le reste brun faucon, puis rabattait les mèches grises pour lui donner un look « naturel ». C'était aussi naturel que de boire du jus d'orange après s'être brossé les dents. Ce gars avait l'air d'être tout droit sorti des années 1970 et de s'être égaré dans les années 1990.

Les cheveux de Pete étaient presque entièrement gris. Pas de teinture pour lui. Maman l'aimait beaucoup. Elle disait qu'il était bien fichu, ce qui était peut-être vrai pour un vieux. Il avait sa propre maison et vendait des tondeuses à gazon près de l'hippodrome. Il ne me faisait ni chaud ni froid. Elle m'avait intimé l'ordre de ne pas aller au festival en vélo – « Tu sais qu'il va y avoir des Américains soûls au volant ce soir » – et j'avais sans doute gratifié ma mère d'une grimace parce que, au moment où je quittais la maison, Pete avait soudain voulu être mon meilleur ami.

« Attends, j'ai que'qu'chose pour toi. »

Il s'est avancé jusqu'à son sac de sport, dont la présence signifiait qu'il passerait la nuit chez nous, et en a extirpé un feu d'artifice. Il me l'a tendu en même temps qu'un briquet noir en plastique sur lequel étaient imprimés les mots *Johnnie Walker* et l'image d'un homme botté en chapeau haut de forme.

J'ai accepté les objets avec une certaine réticence.

« Tu tiens là une pièce de collection », a dit Pete en parlant du briquet. Il a ajouté : « Ne va pas foutre le feu. » Il a ouvert son portefeuille et m'a tendu un billet de dix.

Plus tard, je me promenais le long de la rivière entre les familles assises sur des chaises pliantes et les ados à moitié soûls. Je tenais le feu d'artifice à la main, ne sachant pas trop si j'avais envie de l'allumer ou si j'allais traîner encore plus longtemps.

« Hé, miss Pyrotechnie ! » a crié la fille assise sur le pare-chocs. Elle agitait les bras dans les airs. « Hé, miss Pyrotechnie ! »

Je me suis préparée mentalement à essuyer ses insultes. Elle se trouvait en compagnie de deux gars plus vieux qu'elle. L'un avait une queue de cheval et portait un jean et une chemise à manches longues, même s'il avait fait trente-huit degrés toute la journée. L'autre gars, qui était plus beau, avait des cheveux blonds en épis, un T-shirt blanc qui laissait entrevoir des tatouages aux bras, un pantalon cargo et une chaîne de plomberie à billes nickelée autour de la gorge. Et un de ces regards qui vous troublent l'esprit. Ma mère aurait dit qu'« il était beau comme un dieu et qu'il le savait parfaitement ».

Mais ils ne cherchaient pas à se moquer de moi, ils voulaient quelque chose.

« T'as du feu ? » a lancé la fille, qui avait quitté la voiture et traversait le parking en courant vers moi.

À sa cheville, une chaîne en argent ornée de clochettes tintait à chacun de ses pas. Elle a porté une cigarette à ses lèvres et a tendu la main. Elle avait un T-shirt blanc moulant sous sa robe d'été, ce qui lui donnait un air moitié hippie moitié La Senza. Elle était grande, avec des bras longs et dorés.

« Je ne fume pas, ai-je dit.

— Mais t'as du feu pour ça. » Elle a indiqué le feu d'artifice dans ma main.

À sa demande, j'ai fouillé dans les poches de mon short en jean afin d'extirper le briquet Johnnie Walker.

« Moi, c'est Larissa », a-t-elle dit en allumant sa cigarette comme une pro.

Ses cheveux longs et lisses étaient séparés par une raie, sans frange, et elle les avait rejetés derrière une oreille. Elle est retournée à la voiture, mon briquet à la main. Je l'ai suivie.

« Hé, Molly, a dit le gars aux cheveux blonds peroxydés, la main tendue pour attraper le briquet que Larissa lui refilait, c'est qui, ton amie ?

— Hazel, ai-je répondu, pas assez futée pour comprendre que Larissa n'avait pas donné son vrai nom.

— Joli, a-t-il dit en allumant le briquet. Est-ce que tu bois du Black Label ? »

J'ai dit non en hochant la tête. Il a passé le briquet à son ami.

« De la bière, alors ?

— Ta question est stupide, a déclaré Larissa. Tout le monde boit de la bière. Ça ne rend pas malade. »

L'autre gars m'a remis le briquet en me dévisageant : « Elle a pas l'âge de boire.

— Ça, c'est Rob. Ne l'écoute pas.

— Va chier, Derek. Je m'appelle Robert. Pourquoi t'en as qu'un seul ? »

Il a indiqué le feu d'artifice, puis s'est retourné pour contempler la rivière en expirant la fumée de sa cigarette.

« C'est… c'est tout ce qu'on m'a donné, ai-je bredouillé.

— Au moins, on te l'a vendu », a ajouté Larissa.

Je venais de monter d'un cran dans son estime : elle croyait que je l'avais acheté.

« Tu veux une bière ? » Derek a fait un signe de tête en direction de la banquette arrière. J'ai oublié quelle était la marque, une voiture tout ce qu'il y a de plus ordinaire.

« Pas ici », a dit Robert. Il avait manifestement des réticences du fait que Derek et lui fréquentaient l'université tandis que Larissa et moi étions mineures. Ou bien il avait tout simplement peur de se faire pincer.

Larissa a exécuté une danse légère et sautillante autour la voiture ; un peu plus loin, quelqu'un jouait de la musique. Elle agitait sa cigarette dans les airs. On aurait dit une luciole qui se posait encore et encore sur ses lèvres. Une fois son tour fini, elle m'a envoyé un clin d'œil. Elle était assez forte, comme moi, quoiqu'un peu moins, à peu près une taille quarante-deux. Mais grande, ce qui fait toute la différence entre une silhouette trapue et des formes voluptueuses. Elle avait un visage de feu follet en forme de cœur, saupoudré de taches de son, le genre de visage qui plaît immédiatement aux hommes. Elle a esquissé quelques pas de danse avec ses sandales à courroies, des fleurs en cuir encerclant ses orteils. Elle a ouvert la portière arrière d'un coup sec et s'est engouffrée dans la voiture. Elle avait pris une décision.

« Tu devrais t'asseoir devant avec moi », a dit Derek en passant son bras dans la portière ouverte et en plaçant l'autre main sur le toit. Il la regardait attentivement.

« Non, non, je vais avec ma copine. »

Soudain, je n'étais plus une inconnue, mais une amie. J'allais monter avec eux. Parce que j'avais un briquet. Parce que j'étais une fille et qu'il y avait deux gars.

« À moins que tu me laisses conduire, a chantonné Larissa en penchant la tête de côté, ce qui a fait bouger ses cheveux.

— T'as le permis ? » a demandé Derek. Il a relevé la tête et a jeté un regard oblique vers moi, comme si j'étais de la partie. Ses yeux étaient si bleus que j'ai senti fondre ma résistance. Ses cils étaient plus épais que les miens. Je me suis rendu compte qu'il portait de l'eye-liner. C'était *hot*.

« T'as les papiers d'immatriculation ? a répondu Larissa, cajoleuse.

— Rob-ert, a dit Derek d'une voix traînante, monte devant. »

Larissa a baissé sa vitre pour jeter son mégot. Je n'en revenais pas qu'elle ait fumé dans la voiture sans même demander la permission. Elle avait du culot.

On ne m'avait jamais invitée à prendre une bière auparavant. J'ai pris place à mon tour sur la banquette arrière.

Alors que nous nous éloignions des foules du centre-ville en longeant Riverside Drive, Robert a baissé sa vitre et sorti la tête comme le ferait un chien. Comme s'il n'avait aucune envie de nous parler. Le bruit du vent a rendu impossible la conversation entre les sièges arrière et avant. Je regardais virevolter la queue de cheval de Robert. Il faisait une chaleur épouvantable et la brise me faisait du bien. Je me suis penchée à l'oreille de Larissa pour lui demander si elle les connaissait bien, ces deux gars-là.

« Hmmm, a-t-elle murmuré en esquissant un geste semblable à celui que faisait autrefois ma prof de français lorsqu'elle disait *comme ci, comme ça*. Je les ai déjà vus traîner dans le coin. Mais connaît-on jamais quelqu'un pour de vrai, hein ?

— Il faut que je sois rentrée pour minuit, ai-je dit.

— Ne t'en fais pas. » Elle a haussé les épaules. « On dirait qu'il te trouve à son goût. » Elle a fait un signe en direction de Robert.

Je lui ai dit que je trouvais l'autre gars plus beau.

« Ouais… Mais je pense que je suis amoureuse de lui. »

Je me souviens avoir été impressionnée qu'elle croie à l'amour.

Avant la fin de la soirée, nous avions volé le canot d'une maison plongée dans l'obscurité, près de l'eau, qui appartenait à une vague connaissance des deux gars. Ce n'était sans doute pas l'idée du siècle, mais on a quand même pagayé jusqu'à l'île Peche, un bout de terre inhabité en forme de point d'interrogation tordu qui flotte entre Grosse Pointe et Windsor. Larissa est partie dans les bois avec le beau Derek aux cheveux luisants, me laissant seule avec Robert à l'haleine de bière, qui ne sautait pas de joie à l'idée de rester coincé avec moi. Assis sur un billot de bois de grève enfoncé dans le sable, nous regardions le chapelet de lumières que formait la ligne d'horizon de Windsor.

« Ils font quoi, tu penses ? » J'étais déjà un peu éméchée, mais j'ai pris encore une lampée de bière. Je détestais le goût et l'odeur, qui me rappelaient ma mère, mais j'étais là et ça semblait être la chose à faire.

216

« Eux ? Ils sont sans doute en pleine partie de jambes en l'air. »

Je n'avais jamais entendu cette expression. Ça me faisait penser à quelqu'un qui se débattrait pour se libérer d'un sac de couchage.

Il m'a demandé pourquoi j'étais venue. J'ai dit que je n'en savais rien. Lui aussi ignorait pourquoi il était venu. Puis, il s'est glissé vers moi et, même si on ne m'avait jamais embrassée auparavant, je savais qu'il en avait envie, alors j'ai déposé ma bière dans le sable et humecté mes lèvres. Il m'a regardée dans les yeux et s'est penché vers moi, et puis sa bouche était sur la mienne et ses paupières se sont fermées. Il m'a embrassée une fois, rien qu'un baiser rapide, puis j'ai dit « Oups, mes lunettes », avant de les retirer et de les déposer sur mes cuisses. Ses longs cheveux ont touché mon visage, ce qui était plutôt agréable, et j'entendais sa respiration, puis, sans crier gare, il a écarté mes lèvres avec sa langue et mis la main sur mon sein par-dessus mes vêtements. Soit j'ai cessé de l'embrasser, soit je me suis penchée en arrière juste assez pour qu'il comprenne que j'avais plus ou moins perdu tout intérêt.

« T'as quel âge pour de vrai ? » a-t-il demandé en se dégageant.

Je n'ai pas menti. Derek et lui avaient cinq ou six ans de plus que nous.

« Et Molly a le même âge ?

— Je croyais qu'elle s'appelait Larissa ? » J'ai brandi le feu d'artifice, parce que je croyais qu'il suffisait de détourner l'attention d'un gars pour qu'il cesse de chercher à vous embrasser. « Tu veux l'allumer ? »

Plus tard Larissa m'a raconté tout ce qu'elle et Derek avaient fait ensemble, jusque dans les moindres détails. Elle a décrété qu'il n'en valait vraiment pas la peine. Elle était folle. Elle aurait ri si je lui avais dit qu'un jour elle tiendrait un journal intime. Larissa n'avait pas besoin d'un journal à cette époque. Elle était à la recherche de l'expérience totale, de la vie grandeur nature, et je gardais tous ses secrets pour elle.

Après avoir raccroché, je me suis écrasée contre les oreillers de l'hôtel en me demandant ce que Jay avait soufflé à Larissa. Ça n'a pas été long avant que je le sache, mon bébé.

NEUF

Quand je suis arrivée ici au chalet, je croyais vraiment que tout s'arrangerait. Je me souviens avoir engagé la voiture dans l'allée, qui était recouverte d'une épaisse couche de neige. J'avais cru que Karl était là depuis un certain temps et n'avait pas sorti la pelle. Je ne savais pas que la neige s'accumulait de la sorte en une nuit, soufflée par le vent, entassée dans les ornières. En m'approchant du chalet, j'ai vu la Mini Cooper de Karl sous l'auvent. Une voiture idiote pour le Canada, mais la revoir a allumé une petite flamme dans mon esprit. Mes mains tremblaient lorsque j'ai coupé le contact. Je suis sortie de la voiture et la neige a crissé sous mes pas. J'ai frappé trois fois à la porte couleur cerise. Mes phalanges ont rougi pendant l'attente. J'expirais et j'inspirais. J'ai prononcé le nom de Karl. On aurait dit que le vent l'emportait.

Tu sais, bien sûr, que c'est Grace qui a répondu. Elle a ouvert lentement la porte, après environ une demi-heure, alors que j'avais déjà fait le tour du bâtiment, les jambes enfoncées jusqu'aux genoux dans la neige, qui a trouvé le moyen de s'insinuer sous mon pantalon et dans mes bottes. Debout sur la terrasse arrière, je scrutais l'intérieur du chalet par les grandes portes coulissantes en verre. L'endroit était éclatant de lumière et, parce qu'il n'était pas très vaste, je voyais presque tout de mon poste d'observation. Le dossier de ce canapé, le tourne-disque à l'ancienne et, caché dans l'alcôve, à droite, le grand lit où Karl et moi avions baisé la première fois, qui n'était même pas séparé du reste de la pièce. Seules la cuisine et la salle de bains échappaient à mon regard. J'allais me résigner à ce que, malgré la présence de la voiture, il n'y eût personne, lorsque j'ai vu les bottes. Posées sur une dalle, à gauche du seuil. Quand j'ai refait le tour, j'ai martelé la porte avec mes poings et j'ai crié : « Grace ! Karl ! Karl, c'est moi, Hazel ! Grace, laissez-moi entrer ! »

Je me souviens que Grace a entrebâillé la porte et dit à brûle-pourpoint : « Qu'est-ce que vous voulez ? » Son visage m'épiait de sous un turban. Les ailes étroites de son nez frémissaient. Le turban, une mince écharpe blanche, lui donnait l'air d'avoir la tête recouverte d'un pansement. J'ai pensé qu'elle venait de sortir de la douche, mais elle était maquillée. Ses sourcils avaient été dessinés au crayon.

« Karl est là ? »

Elle a regardé mon ventre. « Qu'est-ce que vous voulez ? » a-t-elle répété.

Cette première nuit avec Grace a été la plus longue de toutes. Elle était très réticente à me laisser entrer, et même lorsqu'elle m'a enfin permis de franchir le seuil pour me réchauffer, elle m'épiait constamment. Chaque fois que mes yeux se posaient sur un objet, elle suivait mon regard, puis me dévisageait de nouveau, comme si elle se croyait capable de déceler ma familiarité avec les choses qui nous entouraient.

Nous ne nous sommes presque pas parlé au début. Elle m'a simplement dit « S'il le faut » en tenant la porte ouverte pour que j'entre. Elle s'est dirigée vers la cuisine et a mis une bouilloire à chauffer sur l'antique poêle à bois. Nous avons attendu l'eau. Lorsque celle-ci s'est mise à bouillir, elle est revenue en jetant un regard furieux à mes bottes mouillées et a posé sur la table basse deux tasses jaunes de tisane à la citronnelle fumante.

Je savais où se trouvait la salle de bains, mais j'ai demandé quand même et Grace me l'a dit brusquement. Quand je suis revenue, elle s'était écrasée dans le fauteuil cow-boy de Karl, un vieux truc coulissant avec des ressorts. Il me restait le canapé. Je me suis assise au milieu, le dos voûté. Je me souviens que j'avais un nerf coincé parce que j'étais restée dehors dans le froid. Mon corps est devenu un lieu inconnu ; j'ai des crampes dans les muscles sans aucune raison.

J'étais trop petite pour que mes pieds touchent le sol, et je me souviens que ce soir-là, en particulier, je me suis sentie comme une enfant maladroite qui essaierait de se tenir à carreau sur le canapé de Grace, les jambes et les orteils ballants. Avec mon gros ventre – avec toi –, j'étais encore plus maladroite.

Elle sirotait sa tisane en regardant le poêle à bois comme si c'était une télé. La vraie télé était grise et vide. Le visage de Grace ne ressemblait pas à celui que j'avais entraperçu dans un couloir à l'université, il y a de ça ce qui me semble une éternité. À l'époque, sa coiffure ne lui allait pas du tout : ses cheveux courts, coiffés en épis, mettaient en relief les angles de son visage plutôt que de les adoucir.

Je me souviens que le visage de Grace était dur ce soir-là, pâle et osseux. Sa bouche était pourtant généreuse et, sous cet éclairage, je voyais que si elle souriait, elle serait superbe. Elle est en effet superbe, même sans ses cheveux, ou peut-être grâce à leur absence. Son front est large, ses pommettes sont saillantes et ses yeux, comme ceux d'un chat. Elle avait beau se montrer distante, elle était parfaitement à l'aise dans le silence, ce qui me rendait encore plus nerveuse. Tout à coup, je n'avais plus aucune idée de la raison pour laquelle son mari avait couché avec moi. On aurait dit une blague aux dépens de la petite grosse. Sans bruit, Grace a pris sept ou huit petites gorgées de tisane de suite. On aurait dit un signal pour que je prenne la parole. Elle était accommodante, mais il était clair qu'elle ne voulait pas de moi.

« Je suis une étudiante de Karl… »

Elle a déposé sa tasse par-dessus la revue sur la table. *American Cowboy: Guns, Guts & Glory.*

« Je sais parfaitement qui vous êtes », a-t-elle répondu, comme si elle me défiait d'en rajouter.

Et j'en ai rajouté. « Où est Karl ? Reviendra-t-il ? » La Mini, bien sûr, appartenait à Grace. Je l'avais compris à l'instant où j'avais vu ses bottes près de la porte. Karl aimait l'emprunter, c'est tout.

Grace a regardé fixement le canapé sur lequel j'étais assise. S'il me fallait le décrire, je dirais qu'il est d'une couleur indistincte à laquelle s'ajoute un motif à carreaux vert. Comme un Noël délavé. Sur la table basse au bout du canapé, il y avait un petit convoi de chariots en céramique. « Vous savez, a dit Grace au bout d'un moment, tous ces trucs de cow-boy… ça va tellement loin dans l'ironie qu'on finit par se demander si ce n'est pas de la vulgarité. J'ai envie d'arracher ce lambris et de tout repeindre en jaune. Quelque chose de joli. Peut-être écru. Écru et canneberge. » Sa tasse a heurté la table en bois au lieu de venir se poser sur le magazine.

« Grace… ai-je demandé, son nom coincé dans ma gorge. Où est Karl ?

— Hazel. » Elle a défait l'écharpe qui ceignait ses tempes et l'a déposée sur le dossier de son fauteuil. Elle m'a regardée de nouveau avec des yeux inquisiteurs, comme si elle attendait que je confirme mon identité.

J'ai hoché la tête et, comme elle, j'ai déposé ma tasse de tisane. Grace s'est penchée en arrière en se berçant. Le fauteuil a émis ce doux chuintement qu'il fait quand je m'y assois pour me bercer et te parler. Tu connais ce bruit-là.

« Hazel, Karl est mort », a-t-elle dit, et le fauteuil a fait *froutch, fschuiii, froutch*.

Grace a refusé de me dire comment c'était arrivé. Il y avait une part de moi qui ne la croyait pas. Il faut que tu me comprennes, je voulais pleurer sur-le-champ. Mais comment pleure-t-on le mari d'une autre femme devant elle ? Surtout quand on n'a pas la moindre idée de ce qui s'est passé. Nous avons laissé planer le silence. Le poêle à bois a émis des craquements et des pétarades, le fauteuil, des chuintements et des sifflements, et Grace, des *flchss* en buvant sa tisane.

« Trop de gens sont morts de cette épidémie, ai-je dit, comme pour justifier à la fois l'expression qui se dessinait sur mon visage et mes yeux pleins d'eau.

— Un membre de votre famille ? Un proche ? » J'ai fait signe que oui.

« C'est vraiment dommage. »

Froutch, fschuiii, froutch, a fait son fauteuil. Karl et moi nous étions embrassés sur ce fauteuil, maladroitement. Au chalet, presque tout avait été maladroit ; ce n'était pas comme lorsque nous planions dans son bureau.

Je me souviens que j'ai redemandé à Grace comment Karl était mort, mais elle ne m'a pas répondu.

Elle a frotté les accoudoirs en bois du fauteuil. « Je pourrais peut-être repeindre ceci en ivoire. » Elle a tapoté les coussins. Soulevant la poussière. La poussière de Karl. Les cellules épidermiques que Karl avait laissées là. « Quand tout ça sera terminé, je songerai à faire recouvrir ces coussins. C'est à ça que je pense en ce moment. Il n'y a pas grand-chose d'autre à faire. » Grace a fait courir sa main sur les repousses de ses cheveux, la même main qui avait soulevé la poussière. Ses yeux étaient comme du verre poli. « Vous avez l'air fatiguée. Vous devriez vous coucher », a-t-elle dit, non sans gentillesse.

Je l'ai remerciée et lui ai dit que si elle n'y voyait pas d'inconvénient, ce serait bien. Elle a pointé le lit du doigt, a enfilé ses bottes et pris mes clefs avant de sortir chercher mon sac dans la voiture. Quand elle est revenue, j'étais allongée sur le couvre-lit, juste là où Karl et moi avions baisé la première fois. Je me sentais très vulnérable. Je n'avais pas le loisir de pleurer sans retenue parce que ce petit chalet est essentiellement une unique pièce avec une cloison de séparation, mais aucune porte. J'entendais Grace aller et venir dans la cuisine, là où un soir Karl m'avait préparé des raviolis à la patate douce et le lendemain du chili style cow-boy. Mes yeux versaient des larmes sur les oreillers de Grace. À un certain moment, j'ai mordu le tissu pour ne pas trop gémir. Je me demandais sans cesse si elle était au courant. Mais bien sûr qu'elle le savait. Je connaissais l'existence de cet endroit et l'avais retrouvé, n'est-ce pas ? Elle avait prononcé mon nom. Et il y avait toi, un élément de preuve tout en rondeurs. J'étais pratiquement une explosion de seins, de fesses et d'hormones, la *Vénus de Willendorf* en comparaison avec Grace, dont le corps était un exosquelette. Elle ne pouvait pas feindre d'ignorer ton existence. Tu ressortais comme l'annexe d'une maison.

Elle a continué à farfouiller bruyamment dans la cuisine. Des objets tranchants – j'étais convaincue qu'ils étaient tranchants – ont atterri dans un tiroir en fer-blanc de la cuisine *vintage*. J'ai écouté très attentivement. Et peu et peu, j'ai cessé complètement de penser à Karl. Je me suis demandé ce que Grace ferait de moi. Isolée dans ce coin perdu, sans papiers d'identité, sans personne qui savait où j'étais et le monde plongé dans le chaos, je pouvais disparaître à jamais. Il y avait des couteaux, une hache à l'extérieur pour fendre le bois d'allumage, sans doute de la mort-aux-rats et des tas d'autres saloperies. Grace travaillait pour la télé. Je me suis rappelé que Karl m'avait expliqué qu'elle avait collaboré à de très bonnes émissions, mais que dernièrement elle réalisait une série dans laquelle des voyants élucidaient des meurtres, parce que c'était bien payé. Je me suis dit qu'elle avait sans doute glané un tas de trucs grâce à cette émission, des renseignements à la fois utiles et sinistres qu'elle avait consignés dans sa tête.

Elle a fini par faire le tour du mur de séparation. « J'ai préparé un truc à nous mettre sous la dent », a-t-elle dit, impassible.

Je me suis débattue pour me lever, et elle m'a examinée de nouveau comme si elle venait de se rappeler mon existence. Tu formais une protubérance sous mon chemisier, qui était très ample six mois auparavant quand je l'avais acheté, mais qui découvrait ma taille quand je me retournais à présent. Je croyais que mon gros ventre était la raison de sa gentillesse, la raison pour laquelle elle m'avait invitée à m'allonger. Mais elle a plissé les yeux avant de se retourner et de disparaître dans la cuisine. Tu m'as donné de petits coups nerveux comme si tu m'envoyais un SOS, mais j'ai suivi Grace quand même.

Nous nous sommes assises à une table de Formica. Elle m'a posé des questions pendant que nous mangions. Il y avait des olives. Elle en a mis quelques-unes, entières, dans sa bouche et les a ressorties sous forme de noyaux, qu'elle a déposés sur le bord de son assiette. J'ai inspecté le sandwich qu'elle m'avait préparé, mais n'ayant rien retenu de mes années passées à regarder des films policiers, j'ai décidé d'en prendre une bouchée. Enceinte, je ne devais pas manger de charcuterie, mais je me suis dit que j'avais moins de chances d'être empoisonnée par cette viande que par Grace.

« Karl a dirigé votre thèse ? »

Je ne prenais aucun risque en acquiesçant.

« Est-ce que vous le connaissiez bien ? »

J'ai fait la sourde oreille, puis j'ai avalé ma première bouchée de sandwich. Je l'avais mastiquée sans arrêt pendant au moins une minute, incapable de la faire descendre.

« C'est très bon, merci. La route a été longue. »

Grace a changé de stratégie. « Ça a dû être atroce de conduire avec un seul verre à vos lunettes. Karl en portait, lui aussi, mais la nuit… Sa vue était à chier. Il détestait conduire la nuit. »

Je le savais. Il m'avait déjà laissée prendre le volant de la Mini précisément pour cette raison.

« Faites voir », a dit Grace, une olive sur sa langue. Elle a continué à la suçoter délicatement pendant que j'ai enlevé mes lunettes et les lui ai tendues, les mains tremblantes. Grace les a attrapées prestement afin de les inspecter. Ces lunettes figuraient parmi mes objets préférés de tous les temps. Je les avais payées soixante dollars dans un magasin rétro et avais fait poser les verres par mon opticien. La monture m'arrivait au-dessus des sourcils et enveloppait mes tempes. Elle était brune, marbrée de rose et surdimensionnée. Elle offrait l'équilibre parfait à mes formes généreuses. Ma mère les appelait mes lunettes de la grande ville, longtemps avant que je parte pour New York. Grace regardait à travers l'unique verre en se tortillant sur sa chaise. La raideur domine tous ses mouvements, tu sais, comme si elle cherchait à contrôler ses efforts.

« Je me demande si… » Grace s'est levée et a quitté la table d'un pas décidé, mes lunettes à la main. Elle est entrée dans la salle de bains. « Je me demande si leur correction est assez semblable à celle des lunettes de Karl pour que vous puissiez les porter… »

J'ai retenu mon souffle.

« Oh, a-t-elle ajouté depuis l'autre pièce. Je ne crois pas. Les siennes sont beaucoup plus fortes. On dirait des culs de bouteille. »

Elle a ri lorsqu'elle est revenue vers moi, la main tendue. Sourire machiavélique en coin, une olive pressée contre sa joue, elle a déposé les lunettes à monture rectangulaire en argent de Karl sur la table entre nous.

Je les ai fixées. Une voiture est passée dans la nuit, plus bas, sur la route, vrombissant comme un avion dans le silence.

« Rangez-les, ai-je couiné. S'il vous plaît. Vous me faites de la peine. »

Elle a craché le noyau d'olive dans sa paume et l'a déposé dans son assiette parmi les restes de son sandwich. Elle avait – et a toujours – cette capacité toute féminine de prendre une bouchée et de ne mastiquer que lorsqu'on ne l'observe pas. Elle s'est essuyé la main sur une serviette couleur de beurre frais. Elle s'était rasé les sourcils à cause du virus, mais elle a froncé les protubérances sur lesquelles ils se trouvaient autrefois. Les fac-similés de poils se sont dressés comme des points d'exclamation.

« Et vous pensez que vous ne me faites pas de la peine, à moi ? »

D'un grand geste de la main, elle a attrapé son assiette, ouvert une poubelle en acier inoxydable et y a vidé les quelques miettes. L'assiette a résonné en atterrissant dans l'évier et elle a commencé à la frotter sous le robinet.

« Vous avez terminé ? » a-t-elle demandé en hochant son visage anguleux en direction de mon sandwich.

Je me souviens avoir été hypnotisée par les minces copeaux de dinde. Je n'avais pris que trois bouchées. Grace a tout fait disparaître dans le vieux frigo rétro.

« Avez-vous… Avez-vous organisé des funérailles pour Karl ? C'était comment ? »

Mes yeux sont tombés de nouveau sur ses lunettes. Elle a placé l'unique assiette debout dans l'égouttoir et s'est retournée.

« Non, bien sûr que non, je l'ai mis au frais ici même, dans la putain de remise. »

Mes yeux se sont gonflés de larmes, qui ont coulé le long de mes joues. Je n'y pouvais rien. Il faut que tu comprennes : jamais je n'aurais pensé tomber sur Grace toute seule. J'imaginais qu'ils pourraient être là ensemble, mais alors Karl aurait amorti le choc. N'était-ce pas à lui de gérer la situation plutôt qu'à moi ? J'avais l'impression de m'être pointée à un enterrement où la seule personne que je connaissais était le défunt.

Grace m'a regardée pleurer. Elle s'est dressée de toute sa hauteur, avec une certaine indignation, comme si le spectacle la dégoûtait, mais elle n'a pas détourné le regard.

Je me suis mise à sangloter. J'ai placé la main sur ma bouche parce que le bruit était si fort dans cet espace qu'il résonnait sur la hotte et le carrelage. J'ai serré les dents, mais je n'arrivais pas à m'arrêter. Mon nez coulait et je l'ai essuyé sur ma manche. Plus Grace me dévisageait, immobile, en planant silencieusement au-dessus de moi et en me fusillant de ses yeux de glace, plus je sanglotais.

« Bien sûr que je l'ai enterré », a-t-elle fini par dire en s'asseyant de nouveau sur la chaise chromée en face de moi. Elle pressait les mains contre son front, comme si je l'avais épuisée. « C'était mon mari. Que pensez-vous de moi pour croire que je ne lui aurais pas offert des putains de funérailles comme il faut ?

— Mais à l'uni… l'universi… » Je n'arrivais pas à prononcer les mots.

« L'université ? Les trous du cul de l'université n'ont pas été mis au courant pour l'instant. Ceux qui devaient savoir savent déjà. C'était une cérémonie privée, a-t-elle précisé, plus doucement. Je voulais... Je veux un peu de discrétion. Un peu de dignité pour lui. »

Elle a refusé de me dire ce qu'elle entendait par là. Tant que nous serions assises, elle refuserait d'en rajouter. Je n'aurais pu dire alors si la mort de Karl avait été particulièrement horrible, si elle voulait garder tout ça pour elle-même, ou les deux à la fois.

Elle a fini par ranger les lunettes de Karl, mais elle ne m'a pas rapporté les miennes. J'ai supposé qu'elles étaient dans la salle de bains, ou peut-être dans le garde-manger, mais quand je les ai cherchées au milieu de la nuit pendant que Grace dormait, je ne les ai pas retrouvées.

Lors des premières semaines de notre cohabitation, elle me jouait souvent de petits tours comme celui-là. Elle disait et faisait des choses qui me déstabilisaient sans cesse. Mais j'ai continué à dormir sur le canapé. Je restais là parce que je n'avais pas d'autre choix.

C'est drôle... J'ai déjà imaginé qu'il existait un lieu sûr, un endroit où m'enfuir.

C'est après avoir eu cette étrange conversation avec Larissa et réservé une voiture de location que Moira est réapparue dans ma vie. À la réception du Dunn Inn, j'attendais de régler ma note au moment où elle arrivait. J'avais envie de lui dire bonjour, de tendre la main et de la toucher, mais deux semaines s'étaient déjà écoulées et je ne savais pas si elle se souviendrait de moi. Elle se tenait très droite, une habitude que j'avais oubliée. Elle remuait la tête d'un côté à l'autre en parlant. Elle s'est penchée pour corriger un détail sur la fiche de l'hôtel. Puis elle s'est retournée et m'a vue.

« Oh… C'est toi ! » Mon nom lui avait échappé après ce court laps de temps. Elle m'a tendu la main puis, se ravisant, a ri et a glissé son bras autour de mon cou et m'a embrassée chaudement, mon ordinateur coincé entre nos ventres. Je crois qu'elle m'a embrassée parce que nous étions toutes les deux des étrangères dans cette ville.

« Hazel, ai-je soufflé.

— Oui ! Hazel Hayes. Je le savais, a dit Moira en faisant un pas en arrière. C'était là quelque part. » Elle s'est tapé la tête avec son portefeuille. « T'es toujours ici.

— Je suis sur le départ, ai-je dit en déposant mes clefs sur le comptoir pour Natalie. Je rentre en voiture aujourd'hui. En passant par Buffalo, en fait.

— C'est dommage. Je joue ce soir. Ça aurait été agréable de voir un visage connu. » Moira avait l'air sincèrement déçue.

Un garçon est entré à ce moment, un jeune homme. Il lui arrivait d'être de service le jour. Il s'est faufilé entre Moira et moi sans la moindre excuse, puis il s'est glissé derrière le comptoir, où Natalie et lui se sont mis à brasser des papiers afin d'assurer la transition.

« Et comment vont les choses… ? » La voix de Moira s'est estompée.

« Les choses sont comme elles sont. »

Nous étions là, à hocher la tête sous le projecteur suspendu au plafond. Puis Moira s'est penchée et a entouré de ses doigts la poignée de son étui avant de le ramasser.

« Dis-moi », ai-je demandé avant qu'elle ne parte. La clef de sa chambre était suspendue à son doigt. « Ça ressemble à quoi, aux douanes ? »

Elle m'a dit qu'elle aurait aimé pouvoir m'en dire quelque chose, mais qu'elle arrivait du sud. « Bonne chance. »

Je me suis retournée, mais ne l'ai pas laissée repartir. « Est-ce que tu rentres chez toi après le spectacle ? »

Elle a dit que oui, le lendemain, et je lui ai demandé comment elle comptait s'y rendre.

« En autobus », a-t-elle répondu comme si elle lâchait un juron. Le garçon qui avait pris la relève au comptoir a glissé un formulaire vers moi et m'a demandé si je voulais payer avec ma carte de crédit ou en espèces. Je me suis rendu compte que mes clefs étaient encore sur le comptoir, là où je les avais posées. Il m'est venu à l'esprit que je ne détesterais pas avoir de la compagnie pour le retour.

J'ai remis l'argent dans mon portefeuille et repris mes clefs. « Je pourrais te conduire », ai-je dit à Moira.

En nous dirigeant vers le lieu où Moira donnait son spectacle, je me souviens que nous sommes passées devant la succursale d'une élégante chaîne de vêtements dont la vitrine proclamait : BELLES EN CES JOURS HEUREUX ; on avait biffé heureux et on l'avait remplacé par DIFFICILES. Puis nous avons contourné une barrière en bois où une autre publicité montrait un homme et une femme, l'air de fort mauvaise humeur, vêtus de noir, qui marchaient d'un pas lourd sur un fond blanc en projetant de courtes ombres derrière eux, voûtées comme des chimpanzés. Sur une autre image, un homme et une femme se cramponnaient l'un à l'autre avec l'énergie du désespoir, les pans du chemisier de la femme remontant sur ses fesses.

Une affiche de téléfilm était placardée sur chaque rangée de téléphones publics. Le titre en était tout simplement *Danger*. Des hommes et des femmes en uniforme, brandissant des téléphones et des walkies-talkies, bouche ouverte, couraient en direction d'une explosion et parfois dans la direction opposée. Des corps jonchaient le sol en arrière-plan. Des flammes comme de la barbe à papa ébouriffaient le ciel en papier.

« A-t-on réellement planifié cette campagne publicitaire des mois à l'avance ? ai-je demandé. Je sais que ces affiches n'ont pas été créées en réponse à l'épidémie, mais… »

Pragmatique, Moira a répondu : « C'est l'automne. » Elle a haussé les épaules. « Tout est nouveau. »

Je me souviens qu'elle portait un jean serré et des talons qui claquaient sur le sol à chacun de ses pas. Il faisait beau, le soleil de fin d'après-midi brillait sur nous.

Elle avait raison, bien sûr. C'était le début d'une nouvelle saison de télé et les pubs faisaient la promotion de la mode automne-hiver, même s'il faisait encore vingt degrés. Alors que nous traversions Washington Square, nous avons contourné un groupe d'étudiants dont on aurait dit qu'ils venaient tout juste de descendre d'un autobus en provenance d'une petite ville, tellement ils étaient propres sur eux et leurs visages respiraient la fraîcheur. Les filles portaient des bermudas à carreaux ou des jupes en jean, ainsi que des T-shirts à peine sortis de leur emballage et de petites laines qui n'étaient pas nécessaires par ce temps. Ils marchaient lentement, comme des touristes, puis ont marqué une pause afin de décider où aller. Certaines des jeunes femmes portaient des perruques.

Nous sommes arrivées à la hauteur d'une fille qui arborait un vieux chapeau mou comme celui qu'aurait porté Petite Fleur, dans la série télé. Une autre était coiffée d'un turban de soie retenu par une broche. On aurait dit que les chapeaux et les écharpes fusaient de partout. J'ai vu une fille qui portait un T-shirt rose pétant dont le lettrage noir formait les mots *Blondes still have more fun.*

Puis j'ai senti les doigts de Moira se refermer sur mon poignet.

De l'autre côté de la place centrale, vêtue d'un élégant ensemble de style adulte, mais en version miniature, une fillette de deux ou trois ans grimpait sur le bord de la fontaine de Washington Square. À quelques pas, près d'une poussette renversée, se tenait la mère, les bras tendus non pas pour accueillir son enfant, mais plutôt comme si elle voulait repousser la fillette blonde. Deux touristes, un homme et une femme, chargés de sacs à dos, s'étaient arrêtés à peu de distance. Insoucieuse et heureuse, la femme tendait à l'homme une bouteille contenant un liquide bleu. Sur le bord de la fontaine, la fillette a commencé à crier.

Moira cherchait à me tirer de là, avec force.

« Elle est *infectée* ! » a-t-elle lancé. Elle s'est jetée par-dessus un banc public en béton, malgré ses talons hauts. J'ai senti une douleur atroce traverser mon genou blessé et engourdi lorsqu'elle m'a entraînée à sa suite.

À une bonne distance, nous nous sommes retournées. Il y a eu un nouveau cri perçant. L'enfant blonde s'était ruée sur l'homme au sac à dos. Nous avons vu ses petits doigts s'agripper aux genoux du touriste et ses dents mordre la cuisse blanche et musclée juste en dessous de l'ourlet de son short. L'homme s'est exclamé dans une langue étrangère et a trébuché en essayant de se défaire de la petite. Sa copine a laissé échapper la boisson bleue ; pendant qu'il se débattait, l'appareil photo accroché à son cou s'est écrasé sur le trottoir.

Nous nous sommes toutes les deux enfuies du parc, moi clopinant à cause de mon genou malade et Moira sprintant sur ses talons hauts, l'étui de son glockenspiel pressé contre sa poitrine.

Quand nous avons ralenti, une ou deux rues plus loin, je l'ai suppliée de faire une pause, car mon cœur battait la chamade. Mais Moira m'a dit : « Allons tout simplement au club. » Elle a laissé l'étui glisser sur sa hanche, la main agrippée à la poignée. De l'autre main, elle s'est épongé le front avec sa délicate écharpe.

« Ta jambe », a-t-elle dit en pointant du doigt mon genou.

Il y avait du sang sur mon jean. J'avais sans doute fait sauter des points de suture.

J'ai demandé à Moira si elle avait été témoin d'autres attaques, mais elle n'a pas répondu. Une voiture de police est passée à vive allure dans la rue étroite, sirène hurlante, en direction du parc. Elle s'est arrêtée brièvement au feu avant de repartir en trombe.

Moira a accepté qu'on prenne une pause, puis nous avons poursuivi notre route, mais lentement.

« C'est ici », a enfin dit Moira. Nous étions au pied d'un escalier en pierre, devant un bâtiment qui ressemblait à s'y méprendre à une habitation. Mais un panneau indiquait que c'était bien l'endroit que nous cherchions. « Il est trop tôt, a dit Moira. J'arrive tout le temps trop tôt pour mes spectacles, ça fait partie de ma préparation. » Elle s'est laissée choir sur une marche. Nous n'étions pas les seules à être assises là, il y avait aussi deux gars, l'un quelques marches plus haut et l'autre plus bas. Le premier fumait, le second lisait. Moira a demandé au lecteur s'il savait à quelle heure ouvrait le bar. Il a fait non de la tête. Je trouvais curieux qu'elle pose la question à celui qui était absorbé par son roman et non pas à celui qui traînait là à ne rien faire. Puis je me suis rendu compte qu'elle avait sans doute choisi de s'adresser au plus beau des deux.

Nous avons attendu une demi-heure. Moira a sorti un poudrier de son sac à main et a retouché son fond de teint. Elle l'a fermé et a dit : « Merde. » Elle regardait fixement l'immeuble de l'autre côté de la rue, mais quand j'y ai dirigé le regard, je n'ai rien vu de remarquable. Je me suis tournée vers Moira.

« Maintenant, j'ai plus envie de jouer. »

Je lui ai redemandé si l'attaque dans le parc était la première dont elle avait été témoin.

Elle a fait non de la tête.

J'ai pensé à l'homme au sac à dos, à son genou blessé, et me suis demandé si les hommes pouvaient être porteurs asymptomatiques. Un des rapports que j'avais lus demeurait très ambigu sur le sujet. J'ai demandé à Moira ce qu'elle en pensait.

Elle a rejeté ses cheveux en arrière. « Les femmes. J'en ai vu une salle d'hôpital pleine au sud. On les avait réunies dans une même pièce, où on les retenait avec des sangles.

— Arrête.

— Non, c'est vrai. Elles font de ces bruits ! On a beau les endormir... » Moira a été saisie de frissons, ce qui a fait ressortir les veines de son cou. « Mon père est administrateur d'un hôpital privé. Il est durement éprouvé. C'est pour ça que je suis allée en Virginie. »

Un groupe d'hommes politiques avaient visité l'hôpital, des législateurs qui voulaient voir le « vrai visage » de la maladie, a-t-elle dit, une note acide dans sa voix d'ordinaire si calme.

Elle a décrit une vaste pièce, avec de nombreux lits alignés de part et d'autre et, au centre, un poteau autour duquel étaient disposés des fauteuils en osier, braqués sur les lits. « Comme s'il était possible de s'y asseoir et de sonder le cœur d'une femme dans une telle situation. Sérieusement, on aurait dit le hall d'entrée d'un grand hôtel, mais il y avait là des femmes, attachées. Des bruits d'animaux écumants de rage d'un côté et, de l'autre, ces fauteuils… Je n'y suis allée qu'une seule fois, mais j'ai pensé à ces fauteuils quand mon père m'a parlé des hommes politiques. Je les imaginais dans leurs beaux habits, assis en train d'observer ces pauvres femmes, un secrétaire rédigeant des notes et un photographe prenant des photos. »

Le fumeur dans l'escalier nous a jeté un regard vaguement méprisant. Il avait écrasé sa clope depuis un bon moment. Il s'est levé et s'en est allé d'un pas décidé.

La plupart des victimes étaient issues des classes supérieures : épouses de vieilles familles fortunées ou jeunes étudiantes qui jouissaient des largesses de leurs parents, a dit Moira. Leur mari ou leur père pleurait dans les couloirs et acceptait de cautionner n'importe quel test que proposaient les médecins.

« Tu n'as pas eu peur de l'attraper ? »

Moira a penché sa tête frisée en arrière et jeté ses bras dans les airs comme pour me mettre au défi.

« Ça ne se transmet pas par voie aérienne, a-t-elle répondu, le regard vide tourné vers l'immeuble de l'autre côté de la rue. Plutôt par le sang et la salive. C'est pourquoi elles deviennent psychotiques, comme des animaux qui ont contracté la rage. Si elles se déchaînent, il y a plus de chances qu'elles mordent ou qu'elles griffent quelqu'un. C'est de cette façon que le virus s'introduit dans le corps d'un nouvel hôte. Elles sont nombreuses à s'autodétruire avant même de transmettre le virus parce qu'elles sont habitées par la colère et ne comprennent pas ce qui leur arrive. J'ai parfois l'impression que c'est une bonne chose... et ça me rend malade. »

Elle m'a expliqué qu'il y avait une loi du silence parmi les riches. Des hommes disaient que leur femme ou leur fille était « partie au spa » plutôt que d'avouer qu'elle courait un grave danger. Je lui ai dit que je n'arrivais pas à y croire. Moira a simplement froncé les sourcils.

Je lui ai dit que je connaissais très peu de riches, que les universitaires étaient tout simplement d'habiles imposteurs. Je lui ai demandé ce qui arrivait à ces femmes. Était-il vrai qu'elles finissaient par mourir ?

« Je ne sais pas. » Elle a posé sa tête sur ses bras croisés de manière à mettre fin à la conversation.

Nous attendions depuis une heure lorsque la nuit est tombée sur les trottoirs. Le lecteur sur les marches au-dessus de nous s'est levé ; son ami était arrivé. Avant de partir, ils ont délibéré sur l'endroit où ils iraient prendre un verre.

Un peu plus loin dans la rue, un homme qui nous tournait le dos criait dans un téléphone public : « Négro, si j'te dis que j'ai rien, rien du tout, ça veut dire rien. Tu peux demander à qui tu veux. Y a rien nulle part. Ça aide pas que la moitié du monde ait fermé boutique. »

« Oh, mon Dieu ! a dit Moira, énervée. Entrons. »

Elle s'est levée, a ramassé ses affaires et a tiré sur la porte d'entrée, qui s'est ouverte sur un centre artistique. Il y avait un bureau et un guichet, mais ils étaient inoccupés. Nous avons fait un tour à l'étage. Une porte de garage coulissante en acier bloquait l'accès au bar où Moira devait se produire. Elle a dit qu'elle avait déjà joué à cet endroit. Elle a déposé le glockenspiel avant de se retourner pour poursuivre son ascension. Je l'ai suivie. Au deuxième, il y avait un espace réservé à la danse et au théâtre, avec un parquet en bois. Dans un coin, deux femmes s'affairaient à suspendre des costumes à des cintres. Elles ont levé la tête quand nous sommes entrées.

« Je joue au bar en bas. Savez-vous à quelle heure il ouvre ?

— Seulement une quinzaine de minutes avant le début du spectacle, a répondu une femme qui tenait une crinoline rose. Le nôtre ne commence que dans une heure. Ils savent que vous venez ?

— Pas sûre. Je suis une pièce rapportée. » La femme a regardé Moira d'un air ébahi.

« Je ne suis pas d'ici, mais mon spectacle est annoncé sur le site Internet.

— Eh bien, bravo », a dit la femme, mais sa réponse n'avait rien d'un compliment. Elle et son amie sont retournées à leurs costumes.

Une fois redescendues au premier étage, nous nous sommes postées devant la porte coulissante en acier, à humer l'effluve de pastilles désodorisantes qui se dégageait des toilettes des hommes. Je me suis excusée pour aller à celles des dames. Lorsque je suis revenue, Moira était en train de jeter un coup d'œil dans un placard rempli de caisses de bière.

« Vides ? » ai-je demandé.

Elle a tiré une bouteille de l'une des caisses et l'a soulevée. Elle était pleine. Elle l'a laissée glisser dans la boîte avec un bruit sourd de carton. « Tu verras, c'est à ce moment précis qu'ils se pointeront », a-t-elle dit en riant. Elle a fermé la porte du placard. « Mais s'ils ne se pointent pas, c'est une autre histoire... »

L'unique chaise était adossée à un grand miroir antique, à côté du cadavre d'un téléphone public dont des fils jaillissaient du combiné. Moira me l'a laissée. Je n'ai pas refusé. J'ai roulé le bas de mon jean afin d'examiner mon genou. Un point de suture avait sauté, et la blessure ressemblait au sourire du chat du Cheshire. Je n'avais que trois points, là où normalement il aurait dû y en avoir six. Il y a une cicatrice à cet endroit maintenant.

Je me souviens que Moira s'est assise par terre en tailleur. Les murs étaient peints en rouge et noir. Le couloir étroit était plongé dans l'obscurité. Nous aurions fait sursauter quiconque serait entré à ce moment-là. Moira a retiré une chaussure et a posé son pied sur son autre cuisse. Ses ongles d'orteils étaient peints en bleu très foncé. Je me souviens de les avoir trouvés jolis, de m'être étonnée que ses pieds ne portent aucune marque malgré ses chaussures si peu adaptées à la marche, d'avoir trouvé sa pédicure impeccable, moi qui ne m'en étais jamais fait faire une seule. Prends cela pour un signe des temps, mon bébé : un homme avait été mis en pièces devant nous par une blondinette qui se comportait comme un chien enragé et moi, je songeais à me faire bichonner les pieds.

L'heure à laquelle Moira devait commencer est passée sans que les propriétaires du bar ni des spectateurs curieux se pointent. La porte coulissante en acier est demeurée fermée.

« Bon, j'en ai assez, a enfin dit Moira en enfilant sa chaussure.

— Tu n'as pas l'impression que ça va ouvrir ?

— Pas pour mon show ni pour celui d'en haut. Ces jours-ci, je ne compte plus sur rien ni personne. »

Elle s'est levée, a glissé sa main dans le placard et en a extrait la bouteille qu'elle m'avait montrée plus tôt. Rien que celle-là. Puis, elle m'a jeté un regard sournois et en a attrapé une autre.

Quand Moira et moi avons quitté New York le lendemain matin dans une voiture de location, on aurait dit que nous quittions le monde connu. Elle m'a guidée pendant que je traversais Manhattan, ce qui, avec les instructions qu'elle me criait, s'est révélé plus facile qu'on aurait pu le croire. Ce qui nous a facilité la tâche, c'était que nous quittions Manhattan alors que tout le monde essayait d'y entrer. Nous venions d'arriver dans le New Jersey, le cœur triomphant, carburant à la caféine, lorsque nous nous sommes rendu compte que nous avions tourné au mauvais endroit et nous étions perdues.

Nous avons fait demi-tour et nous sommes arrêtées à une station-service qui n'avait que deux pompes. J'ai mis de l'essence et Moira est entrée dans la station pour aller aux toilettes et demander notre route.

Quand elle est ressortie, elle m'a tendu une carte routière et a dit : « Allons-y. » Elle est montée dans la voiture et a claqué la portière.

J'ai voulu savoir si elle avait payé.

« Absolument. Allons-y. »

Sa voix respirait l'urgence, alors j'ai obéi sans broncher. Cette fois, elle n'a pas insisté pour me donner des directives. J'ai simplement conduit vers là d'où nous étions venues, en espérant qu'elle dirait quelque chose si je me trompais de chemin. Nous ne roulions que depuis peu quand elle s'est laissée aller contre l'appui-tête et a lâché un cri de frustration.

« Qu'est-ce qui s'est passé là-bas, merde ? ai-je demandé en ralentissant.

— J't'expliquerai, gare-toi ici. » D'un geste, elle a indiqué l'accotement, où je me suis garée en allumant les warnings. Une voiture est passée à notre hauteur, mais autrement il y avait très peu de circulation. Nous étions clairement encore égarées.

« La femme à la caisse. » Moira s'est retournée sur son siège, les bras tendus, les paumes vers moi, comme si elle se préparait à amortir un service au volley-ball. « Je lui demande des indications pour la route et elle me répond : "C'est qui votre amie dans la voiture ? Une vraie blonde ? Elle a l'air d'une blonde." Et elle t'espionnait par la fenêtre. Une femme vraiment désagréable. » Moira a frémi. Ses bras sont retombés.

« Oh, ai-je dit. Eh bien, ce n'est rien, Moira. Ça n'a aucune importance. » Je m'apprêtais à redémarrer, mais elle semblait encore bouleversée.

« C'était tellement grossier. Je lui dis : "J'aimerais savoir comment retourner sur l'autoroute." Je sors mon portefeuille pour lui rappeler que nous sommes là pour acheter de l'essence, et elle enregistre la vente, mais sans jamais cesser de t'épier à travers les rideaux. Elle prend l'argent et je lui demande de nouveau notre route, mais elle répond : "Je vois que vous avez des plaques de New York. Pourquoi vous ne dites pas à votre amie de faire demi-tour et d'y retourner ?" »

J'ai essayé de la calmer, mais Moira restait agitée. « Tu ne comprends pas », a-t-elle insisté. Ses yeux étaient vitreux. Je lui ai dit que ce n'était pas elle que cette femme avait insultée, mais moi, et qu'elle n'avait pas à s'en soucier, qu'il ne fallait pas que cela gâche sa journée. La bonne femme avait peur des blondes, et alors ? Tout le monde avait peur des blondes, ces jours-ci. J'ai dit à la blague que ma peau était aussi blanche qu'une poitrine de poulet.

« C'est pas ça, la question », a insisté Moira, mais elle a tout de même déployé la carte et nous avons retrouvé notre chemin après quelques minutes. Nous nous étions égarées d'une quinzaine de kilomètres.

J'ai cédé le contrôle de l'autoradio à Moira, qui y a branché son iPod. Je lui ai posé des questions sur chacune des chansons, en partie parce qu'il s'agissait de groupes que je ne connaissais pas et en partie parce que, quand elle parlait, on aurait dit qu'elle oubliait l'incident de la station-service.

Nous roulions sur l'autoroute depuis une bonne demi-heure lorsque Moira a enlevé ses chaussures, abaissé son siège et appuyé ses orteils contre la boîte à gants. C'est à cet instant qu'une voiture devant nous a viré brusquement et heurté le séparateur en béton, y laissant une longue traînée de peinture, puis a rebondi et retraversé deux voies.

« Bon sang ! » ai-je crié. J'ai appuyé à fond sur les freins et tourné le volant afin de nous diriger vers la voie que le véhicule venait de libérer.

Moira a été projetée vers l'avant, puis vers l'arrière. Dieu merci, elle portait sa ceinture. À ma droite, l'autre voiture a plongé dans l'herbe du fossé. Je me suis mise sur la voie de droite et j'ai ralenti. J'avais l'impression d'avoir fait cinquante redressements assis tellement mon cœur se débattait dans ma poitrine. Mais j'avais fait ce qu'il fallait et nous étions saines et sauves. Je fixais toujours le compteur de vitesse et le rétroviseur. Je ne voyais plus la voiture qui avait quitté l'autoroute, mais les véhicules derrière nous avaient tous un peu ralenti.

Même si nous étions sorties indemnes de l'accident, Moira cherchait son souffle et je sentais les larmes qui ruisselaient sur mes joues. J'ai mis le clignotant, vérifié le rétroviseur et me suis rangée sur l'accotement.

Les mains tremblantes, Moira a fouillé dans son sac à main et en a retiré un paquet de cigarettes. Elle est sortie de la voiture en laissant la portière grande ouverte. Elle a fait le tour et s'est appuyée contre le coffre, abritant la cigarette d'une main pour l'allumer. Au prix de quelques contorsions, j'ai enjambé le levier de vitesse pour sortir de son côté parce que c'était plus sûr. Quand je me suis appuyée contre le coffre à mon tour, Moira, tête rejetée en arrière, regardait en direction de l'accident en retenant la fumée dans ses poumons.

« Est-ce que ça va ? »

Elle a fait signe que oui et le vent s'est emparé de la fumée.

« Il s'en est fallu de peu. »

Elle a de nouveau fait oui de la tête.

Les voitures passaient en vrombissant, soulevant la poussière et ébouriffant nos cheveux.

Moira a de nouveau fouillé dans son sac et en a sorti son paquet de Salem, qu'elle m'a tendu. Je lui ai plutôt fait signe de me passer sa cigarette. J'en ai tiré une bouffée, puis la lui ai redonnée. Même ce petit rien m'a donné le tournis. Je suis retournée m'asseoir dans la voiture, de son côté, les jambes ballantes. Que veux-tu que je te dise, mon petit syndrome fœtal ? Je suis désolée, mais je ne pensais pas que tu finirais par poindre.

Je regardais Moira de dos. Elle était appuyée à l'angle de la voiture, ses coudes serrés contre sa taille, la cigarette tendue. J'ai baissé les yeux. Mes mains tremblaient entre mes genoux. J'ai vu ses escarpins sur le plancher de la voiture. Elle était sortie nu-pieds. Je lui ai apporté ses chaussures. Elle a balancé son mégot sur le gravier et les a enfilées. Nous sommes montées dans le véhicule sans prononcer une parole.

Après une courte distance, Moira a suggéré de signaler l'accident. Je lui ai dit que quelqu'un l'avait sans doute déjà fait. Nous avions croisé un certain nombre de voitures qui s'étaient rangées sur le côté comme nous.

« Que s'est-il passé ? a demandé Moira.

— Le conducteur a dû perdre le contrôle de son véhicule, ai-je répondu en agrippant le volant de plus belle. Sinon on ne fait pas une embardée comme celle-là.

— C'était une femme.

— Tu l'as vue ?

— Quand tu l'as dépassée. Elle avait la tête rasée, oui, mais c'était bel et bien une femme.

— Penses-tu… » Je n'ai pas terminé ma phrase. « Y avait-il quelqu'un avec elle ? » ai-je demandé à la place.

Moira a fait non de la tête.

Secouées, Moira et moi avons étiré trop longtemps notre pause, à midi, et notre escapade d'une journée s'est transformée en épopée. Il se faisait tard et le balancement de la voiture sur la route montagneuse m'avait engourdie. Les haut-parleurs diffusaient du Satie à partir de l'iPod de Moira. Le dos tourné, elle regardait par la vitre. Le soleil affluait dans l'habitacle et il faisait chaud malgré la ventilation. Comme elle n'avait rien dit depuis un bon moment, je pensais qu'elle avait fermé les yeux.

Nous avons dépassé une Mustang blanche garée sur le côté. Il n'y avait personne dedans et la portière côté passager était ouverte. Dans mon rétroviseur, la courbe lisse mais arrogante de son capot a disparu derrière un tournant de l'autoroute. Sur le coup, je ne me suis pas attardée là-dessus. J'ai supposé que quelqu'un avait eu besoin de faire pipi, était sorti du côté le plus sûr, puis descendu dans le fossé hors de vue pour faire sa petite commission. Mais peu après, nous avons laissé dans notre sillage un homme en jean noir qui s'éloignait de la voiture en courant. Il parlait au téléphone.

« Hazel ? » Moira a levé la tête, une soudaine pointe d'âpreté dans la voix.

J'étais surprise qu'elle soit réveillée et je l'ai observée du coin de l'œil. Elle s'est retournée pour regarder par-dessus son épaule. Puis elle a dit :

« C'était une belle voiture. Pourquoi aurait-il laissé la portière grande ouverte ?

— Peut-être que quelque chose s'est envolé par la fenêtre et qu'il est parti le récupérer. »

Moira m'a demandé de ralentir.

La route était droite et semblait parfaitement dégagée, mais le ton de sa voix m'a poussée à scruter l'horizon.

« Il était très loin de son véhicule pour laisser la portière comme ça », a-t-elle ajouté.

Je ne roulais pas à plus de cent lorsqu'un peu plus loin, nous avons aperçu la femme. Elle se trouvait encore à une bonne distance de nous, rien qu'une tache sur l'accotement, et au début je croyais qu'il s'agissait d'un chevreuil, parce que nous avions vu des panneaux signalant leur présence et parce que ses vêtements étaient bruns. J'ai ralenti à mesure que nous approchions. La femme portait un manteau beige et un chapeau en feutre brun, et elle était à quatre pattes, tête baissée. Le rebord du chapeau cachait son visage. Nous avons entendu une sirène, puis une voiture de la police d'État nous a dépassées à gauche à toute vitesse. Hébétée, je me suis rangée sur l'accotement, à cinquante mètres environ de la femme. La voiture de police a zigzagué jusqu'à elle et nous a obstrué la vue.

Moira a défait sa ceinture et a tendu le buste en avant pour essayer de voir à travers les vitres de la voiture de police. Le policier est sorti. Debout sur la chaussée, il évaluait la situation. Il a essayé de communiquer avec la femme. J'entendais le souffle de Moira et le mien par-dessus Satie, que diffusaient encore les enceintes. Le policier a tendu le bras à l'intérieur de son véhicule, a attrapé sa radio et y a soufflé quelques mots.

« C'est une blonde », a avancé Moira, mais elle ne parlait pas de la couleur des cheveux de la femme. Elle parlait de la maladie.

Je n'ai rien dit.

Le policier a replacé la radio dans sa voiture. Des véhicules passaient encore à vive allure sur la voie de gauche, mais je n'avais aucune intention de redémarrer pour l'instant. Immobile au soleil, le policier toisait la femme. Puis, il s'est penché par la fenêtre de sa voiture et a attrapé une carabine noire, même s'il portait son pistolet dans un étui fixé à la hanche.

Je le regardais quand j'ai entendu Moira murmurer : « Elle est sur la chaussée... », et je me suis rendu compte que la femme avait quitté l'accotement et rampait maintenant sur la voie de droite. Nous la voyions mieux à présent, tout juste devant la voiture de police, à moitié accroupie, à moitié à quatre pattes. Son chapeau mou avait disparu et les petits poils blonds hérissés sur sa tête rasée brillaient au soleil. Le policier s'est avancé tranquillement. Ses bottes étaient noires et ses pas, circonspects. La femme se démenait comme un beau diable pour avancer, une jambe à la traîne. Les klaxons fusaient de toutes parts. Les voitures se déportaient sur la voie de gauche, certaines jusque sur le mince accotement, rasant de près le séparateur en béton. Le policier a continué à avancer calmement vers la femme. Peut-être qu'il lui adressait la parole, mais on n'entendait rien. La femme a vacillé sur ses jambes, pivoté, puis s'est ruée sur le policier. D'un seul mouvement coulant, il a levé la carabine et l'a visée. Le corps de la blonde s'est tordu et a fléchi ; au début je n'avais pas saisi que le policier l'avait atteinte au ventre. On a entendu un cri terrible, et j'ai pensé que ça venait d'elle. Je n'ai pas compris que ça venait de moi, jusqu'à ce que Moira me prenne par les épaules. Projetée sur le dos, la femme tentait péniblement de se relever. Elle a redressé la tête ; elle se maintenait juste au-dessus du sol à l'aide de ses coudes. L'homme a fait un pas en avant, carabine à la main. Il la dominait de toute sa hauteur, mais n'a pas tiré. Lentement, la femme s'est écrasée.

Le policier lui a donné deux ou trois petits coups avec sa botte avant de se retourner et de se diriger vers sa voiture. Sa tête et ses épaules ont disparu à l'intérieur. Quand il a émergé, le fusil avait fait place à la radio.

Moira s'est mise à lâcher des jurons. Puis elle m'a donné un coup de poing sur l'épaule et m'a dit « Bon sang, Hazel, démarre ! » et j'ai vu que le policier s'était avancé jusque sur la voie de droite entre la femme et nous pour diriger la circulation. Il a fait signe de ralentir aux voitures dans la voie de gauche et nous a priées de poursuivre notre route en gesticulant avec un tube lumineux, qu'il avait dû récupérer dans son véhicule. J'ai engagé le levier de vitesse et appuyé sur l'accélérateur. Le moteur s'est emballé et nous nous sommes faufilées comme une flèche dans l'espace qu'il avait libéré pour nous. J'ai regardé dans mon rétroviseur, mais je distinguais à peine la femme étendue sur l'autoroute.

Quelques kilomètres plus loin, Moira m'a demandé de m'arrêter. Je pense même qu'elle m'a crié dessus. J'ai freiné brusquement et me suis rangée sur l'accotement. Elle est sortie, a fait le tour de la voiture et a ouvert violemment ma portière. Va savoir comment, je me suis retrouvée du côté passager et Moira était au volant.

Nous n'étions assurées que pour un conducteur, mais sur le coup, ça ne m'a pas traversé l'esprit. Elle m'avait dit qu'elle n'avait plus de permis, qu'elle ne l'avait pas renouvelé, mais je n'y ai pas plus réfléchi que ça. Elle a sans doute roulé soixante ou soixante-dix kilomètres. Elle nous avait amenées au-delà de Binghamton, dans l'État de New York, et jusqu'à l'autoroute 17. Nous étions arrivées près d'un patelin perdu nommé Endwell lorsque j'ai enfin soulevé le problème des assurances et de son permis. Au début, elle a dit que ça n'avait aucune importance, mais peu après, elle a emprunté une bretelle de sortie.

Le soleil se couchait. Il y avait un hôtel, un Super 8 ou un Red Carpet Inn, et j'ai dit : « Arrêtons-nous. » Moira ne s'y est pas opposée.

DIX

Je vais te dire, mon petit hamster dans sa roue, j'ai bien cru que j'allais devenir folle ce premier matin en compagnie de Grace, quand je suis entrée dans la salle de bains et que j'ai vu Karl. Je pensais vraiment devenir folle.

Je n'avais pas remarqué la photo la veille, parce qu'il faisait noir et que Grace avait piqué mes lunettes. Mais le lendemain, je suis entrée dans la salle de bains, et il était là, accroché au mur, en gros plan : un superbe cliché de lui au naturel, coiffé d'un chapeau de cow-boy brun, peut-être celui qu'il conservait dans son bureau. Il regardait l'objectif, esquissant un sourire mélancolique. Ses yeux dissimulaient mille secrets. Quand viendra le temps de te montrer une photo de ton père, ce sera celle-là.

Quelques jours plus tard, Grace l'a fait disparaître. J'avais commis l'erreur de lui demander si c'était elle qui l'avait prise. Elle l'a décrochée et l'a cachée derrière le meuble télé, sans doute pendant que j'étais allée chercher du bois pour alimenter le poêle. Je l'ai retrouvée plus tard, bien sûr, et maintenant elle trône de nouveau au mur. Grace n'avait aucune envie de partager Karl, ce qui est tout à fait normal. Cela ne l'empêchait pas de répéter qu'elle s'en fichait.

Je n'ai jamais eu de sœur, mais j'imagine que d'une certaine façon nous étions comme deux sœurs qui se disputaient un vêtement.

Je devrais peut-être m'estimer chanceuse que Grace n'ait rien fait de plus que de jouer avec mes nerfs. Je me souviens qu'elle a déposé une assiette d'œufs brouillés devant moi en disant : « Je suis incapable de te regarder dans ces foutues guenilles. »

Elle jurait beaucoup sans réfléchir, sans doute un contrecoup de ses années à la télé. Mais à ce moment-là, je ne comprenais pas que c'était une simple habitude, et ses reproches me semblaient démesurés. Elle tournait autour de moi en m'évaluant.

« Tes fringues sont à chier. On dirait une bête de foire.

— J'ai… Je peux porter autre chose.

— Si tu avais mieux, tu l'aurais déjà sur le dos, pas vrai ? » Elle a croisé les bras sur sa robe de chambre blanche. « À quoi ressemblaient tes cheveux avant ? » Elle a relevé la tête et tendu le menton vers moi et mon crâne rasé. « Ils étaient sans doute très beaux… » Il y avait un soupçon de mélancolie dans ses mots. Les plis aux commissures de ses lèvres trahissaient son âge. Ce qu'elle sous-entendait : il fallait bien que mes cheveux aient été fort beaux, sinon son mari n'aurait jamais fait l'erreur de coucher avec moi.

Je ne l'ai pas contredite. Je ne lui ai pas dit que mes cheveux avaient toujours été ma bête noire.

« Il va falloir qu'on fasse quelque chose à ce sujet, si je dois te regarder jour après jour, a-t-elle prévenu en agitant devant mon ventre et mon visage sa fourchette, comme une baguette magique avec laquelle elle aurait voulu me métamorphoser.

« — Vous me permettez de rester ? » Je n'avais presque pas dormi de la nuit, obsédée par des cauchemars dans lesquels Grace m'assassinait comme si j'étais Sharon Tate. Il est vrai qu'elle aurait pu tout simplement me pousser dehors dans la neige afin d'obtenir le même résultat.

« Tu vas manger tes œufs ou est-ce que je les range dans le frigo avec le sandwich d'hier ? » m'a-t-elle demandé. Elle a ramassé son assiette et a mangé les siens appuyée au comptoir, comme si elle ne supportait pas d'être assise à la même table que moi. Après le déjeuner, elle a glissé la main dans la poche de sa robe de chambre et en a extirpé mes lunettes, dont l'unique verre valable était maintenant fissuré. « Je suis vraiment désolée. Tu les as sans doute laissées tomber par terre dans la chambre. J'ai marché dessus ce matin. J'ai eu de la chance de ne pas m'ouvrir le pied. »

J'ai déclaré à haute voix que, sans elles, je ne pourrais certainement pas repartir au volant d'une voiture.

« Tu peux emprunter mon salaud de mari, a-t-elle dit en raclant les assiettes, mais je ne te laisserai jamais emprunter ma bagnole. »

Peut-être que c'était sa façon de faire son deuil.

Grace a fait plusieurs autres petites bassesses pour se venger. La première journée de notre cohabitation, elle a trafiqué le pommeau de douche de manière à ce qu'il laisse couler un filet d'eau si mince qu'il aurait été plus facile de me doucher sous le jet d'un pistolet à eau. Je savais qu'elle l'avait trafiqué, parce que, lorsqu'elle-même se douchait, j'entendais couler l'eau comme si elle avait ouvert les valves. Je pense qu'elle voulait voir si je savais comment ajuster la pression d'eau. Je le savais. Karl me l'avait montré. La fois suivante, pour avoir une douche plus agréable, j'ai fait pivoter le pommeau et, avant de sortir, je l'ai repositionné là où elle l'avait mis. Je n'ai pas osé l'ouvrir au complet. Pas au début. Bien que j'aie fini par le faire. Je dois avouer que j'ai joué à des petits jeux, moi aussi. J'ai fait semblant de n'être jamais venue au chalet, alors que nous savions toutes les deux que j'y étais entrée de la manière la plus effrontée possible.

Un autre de ses manèges était de faire disparaître les quelques rares possessions que j'avais traînées avec moi. Parfois, comme mes lunettes, ces objets réapparaissaient complètement ruinés. D'autres fois, je les retrouvais dans mon sac, comme s'ils avaient toujours été là. Mon réveille-matin, qui en réalité ne me servait à rien, avait pris de petites vacances de trois jours. Lorsqu'il a réapparu, les aiguilles ne bougeaient plus. Compte tenu de l'exiguïté du chalet, ces gestes me troublaient. J'étais incapable de savoir quand ou comment Grace commettait ces menus larcins. Il me semblait qu'elle dépensait beaucoup d'énergie pour agir dans le plus grand secret. Je craignais une escalade de ces méfaits ; après tout, l'univers dans lequel j'évoluais était imprévisible et sujet au changement. Cette première nuit où je l'avais trouvée si belle, sa peau avait la blancheur du lait d'amande mais, par la suite, elle a pris une teinte plus dorée de jour en jour. Soit elle se poudrait davantage, soit elle utilisait ce produit autobronzant, Hâlez en paix, pour lequel des publireportages passaient à la télévision, qu'on ne regardait que lorsque Grace daignait écraser le bouton de la télécommande de ses longs ongles.

Au bout de quelques jours, nous avons établi une routine. Nous partagions poliment deux repas par jour. Le reste du temps, Grace regardait l'écran plat, assise sur le canapé ou dans le fauteuil de Karl. Elle passait la matinée à s'épiler et à se pomponner. Elle restait hypnotisée par les infos le reste de la journée. Et même à ces moments-là, elle gardait des pinces à épiler et un petit miroir à portée de main, comme si elle craignait que le VSH saute de l'écran et vienne se fixer sur les rares poils qu'elle aurait oubliés sur son menton ou sa lèvre supérieure. Nous ne nous préoccupions pas l'une de l'autre, sauf s'il fallait faire la lessive, auquel cas je demandais à Grace ce qui avait besoin d'être lavé. Je rassemblais le tout, puis trottinais jusqu'au placard où se trouvait la machine. Ça me permettait de m'occuper tout en étant dans une autre pièce que Grace.

Nous déjeunions un matin lorsque j'ai décidé d'affronter résolument notre situation. J'ai pointé le poivre du doigt en lui demandant pardon d'avoir couché avec Karl. Cela a été la première et unique fois où j'ai prononcé ces mots : j'ai couché avec Karl.

Grace m'a passé le poivre. J'attendais une réponse. Elle m'a demandé si j'allais me servir du putain de poivre ou bien si j'avais tout simplement envie de me moquer d'elle. Elle avait une façon hautaine de prononcer le mot « putain ». Nous ne nous étions pas encore douchées, elle n'avait donc pas encore entrepris son étrange rituel de maquillage, même s'il n'y avait que moi pour l'admirer. Elle a essayé de hausser un sourcil, mais elle n'avait plus de sourcils, même pas une fine ligne dessinée au crayon. Son visage, dont les traits étaient d'ordinaire si définis, avait perdu toute expressivité. Je lui ai dit que je ne voulais pas me moquer d'elle.

« Ça n'a jamais été mon intention. Je ne vous connaissais même pas à l'époque.

— Tu ne me connaissais pas, c'est vrai. Et putain, tu ne me connais pas plus aujourd'hui. »

Elle a repris le poivre et l'a agité au-dessus de ses œufs avant de les poignarder avec sa fourchette.

Je l'ai regardée porter goulûment les œufs à sa bouche. Quatre lignes horizontales découpaient son front. Ce n'est que lorsque son assiette a été vide qu'elle a dit : « Contrairement à ce que tu pourrais croire, je me fous pas mal que tu aies couché avec Karl. Je savais pertinemment qu'il me trompait. Je savais même que c'était avec toi. Je pourrais te dire quels jours et à quelles heures. » Elle a baissé les yeux sur l'assiette en céramique qui arborait, comme tous les éléments décoratifs du chalet, un motif à carreaux délavé. Elle avait un regard de vaincue, expression que je n'avais encore jamais vue sur son visage.

« La raison pour laquelle je t'en veux, c'est ça. » Elle a ramassé son couteau et sa fourchette et a gesticulé de manière menaçante en direction de mon ventre. « Il ne m'a pas parlé de ça. » Elle s'est levée pour mettre la vaisselle dans l'évier.

Elle m'a tout laissé à laver, ce que j'ai fait consciencieusement en frottant les grains de poivre avec une brosse à récurer. J'ai fixé intensément la porte bleue de la salle de bains. Les tuyaux grondaient à mesure qu'elle ajustait la pression de l'eau.

Je me souviens du vrombissement de l'eau à travers les murs de l'hôtel bas de gamme où Moira et moi avons passé la nuit après nous être enfuies de New York. Je me suis étendue sur le lit pendant que Moira se lavait. J'ai retiré mes chaussures et attendu que cesse le bruit de la douche. Avec tout le café que j'avais bu durant la journée, avec toute la pression que tu exerçais contre ma vessie, je me sentais près d'éclater. Comme le bruit de l'eau se prolongeait, je me suis levée. Je me souviens avoir ouvert la porte de la salle de bains. Moira ne s'est pas retournée.

« Désolée », ai-je couiné en entrant.

Je distinguais vaguement les formes de son corps à travers le rideau mince et rose. Chaude et remplie de buée, la pièce sentait l'eau de Javel. Je me suis assise sur la cuvette. Le bruit de mon jet était bruyant. Je me suis excusée de nouveau.

« Ne t'en fais pas », a dit Moira. Je l'ai entendue tourner brusquement le robinet pour fermer l'eau. Sa main est sortie de derrière le rideau pour attraper une serviette, qu'elle a ramenée dans la douche. Elle est sortie enveloppée de sa serviette et a quitté la pièce sans me regarder.

Quand je l'ai rejointe dans la chambre, elle était allongée sur le lit, toujours dans sa serviette, les yeux fermés. L'eau perlait encore sur ses cuisses, mais elle ne semblait pas s'en soucier. Elle m'a sans doute entendue me déplacer dans la chambre, mais n'a ni parlé ni réagi. J'ai fouillé dans mon sac à la recherche de quelque chose, puis je l'ai laissée seule et suis allée me doucher en prenant tout mon temps. C'était comme si toutes les deux, nous avions besoin de nous débarrasser de cette journée.

Lorsque je suis revenue dans la chambre, elle avait enfilé un jean et un chemisier, mais était de nouveau étendue sur le lit. Elle avait réuni ses cheveux en un chignon, ce qui lui donnait l'air d'être fatiguée. Nous nous sommes allongées côte à côte un moment, séparées par un pan de couvre-lit hideux.

« J'ai envie de chinois », a déclaré Moira en se relevant.

Elle a commandé de la bouffe, puis a appelé deux fois une personne qui, ai-je déduit, était son copain. Elle était assise tout près de moi et je n'avais nulle part où aller pour leur laisser un peu d'intimité. Je zappais en mode sourdine. Je n'ai même pas fait semblant de ne pas écouter leur conversation. J'ai regardé les visages solennels du président des États-Unis et du Premier ministre du Canada à des conférences de presse séparées, mais la télécommande était si vieille que je n'ai pas réussi à mettre les sous-titres pour malentendants.

Entre-temps, Moira a conclu ses deux conversations téléphoniques. Ça m'a pris une demi-heure avant de comprendre qu'elle avait sans doute parlé à deux hommes différents. Plus tard, je lui ai demandé si tel était le cas, mais elle a tout simplement haussé les épaules. Elle n'entretenait de relation intime avec ni l'un ni l'autre ; ils n'étaient que des amis. « On passe beaucoup de temps ensemble, c'est tout. »

Je me suis demandé comment ce serait d'avoir un *ami* et des heures et des jours à partager sans qu'une menace constante plane au-dessus de ma tête. On aurait dit quelque chose d'idyllique. Quelque chose que j'aurais dû déjà connaître, à mon âge. Chacun des copains de Moira était-il au courant de l'existence de l'autre, et l'un ou l'autre pensait-il vivre une relation amoureuse avec elle ?

Elle semblait savoir que la question me trottait dans la tête, parce qu'elle a ajouté : « Vraiment, ce n'est pas ce que tu crois. On traîne dans les cafés l'après-midi, on va voir des spectacles, on fait des trucs. » Puis elle a pointé la télé du doigt et a dit : « Tu peux changer de chaîne ? Trouve-nous quelque chose d'idiot. Je ne sais pas pour toi, mais moi, je ne peux pas regarder les infos pour l'instant. Il faut que je décompresse. »

La bouffe est arrivée et, même s'il y avait une table, nous avons mangé assises en tailleur en tenant les boîtes en carton sous nos mentons, comme si ce lit nous offrait une protection.

Plus tard, au milieu de la nuit, je me suis réveillée en pleurs. Moira ne dormait pas. Je lui ai demandé : « Pourquoi il lui a tiré dessus ? » Malgré tout ce dont j'avais été témoin, je ne cessais de penser à ce policier qui dominait la femme de toute sa hauteur, carabine à la main.

Le lendemain, je n'ai même pas eu le temps de me sentir gênée pour m'être réveillée en sanglots en pleine nuit. Moira s'est tout de suite mise à faire des redressements assis, ce qui a établi une distance entre ce jour-là et la veille. Il ne me serait jamais venu à l'esprit de faire ça, et je l'ai observée avec une certaine admiration. Je suis descendue d'un pas lourd jusqu'au hall d'entrée et nous ai rapporté des boissons chaudes. Nous nous sommes battues avec nos cheveux un moment. J'ai mis du fond de teint pour couvrir mes taches de rousseur et éviter un incident à la frontière. Puis nous avons fourré nos affaires dans le gros sac de Moira et dans ma valise, et nous sommes parties. Nous n'étions pas loin de Buffalo, à environ trois heures et demie de route. Moira le savait sans doute, mais ne s'était pas opposée à ce qu'on s'arrête. Peut-être qu'elle avait autant eu besoin que moi de cette pause.

« J'ai l'impression que je devrais t'accompagner jusqu'à Toronto », a dit Moira une fois qu'on a repris la route. Elle sirotait son thé et fixait intensément le couvercle en plastique entre ses doigts. La journée était grise et le paysage tout autant.

« Ne t'inquiète pas pour moi », ai-je répondu.

Selon elle, à deux nous serions plus intelligentes et réagirions plus rapidement. Elle a ajouté que nous devrions passer par le poste-frontière de Lewiston. C'était un peu après Buffalo, mais il était plus petit et peut-être qu'on nous y emmerderait un peu moins.

« Si tu viens avec moi, tu seras encore coincée », ai-je protesté.

Mais elle avait des amis musiciens à Toronto et avait toujours rêvé de jouer là-bas. Elle verrait s'il serait possible d'organiser un spectacle. « En guise de compensation pour le spectacle avorté de l'autre soir. » Elle a esquissé un faible sourire. Peu importe, a-t-elle ajouté, je lui rendais encore service.

Je me suis demandé si elle n'avait pas un troisième *ami* à Toronto mais, peu après, je me suis sentie coupable d'avoir eu cette pensée. Je savais pertinemment que j'étais jalouse parce qu'elle n'avait pas mes problèmes.

J'ai appelé Larissa avec mon portable et lui ai demandé de prévoir une personne de plus pour le repas. « Elle travaille avec des artistes. Tu vas l'aimer, mon amie Larissa », ai-je dit à Moira après avoir raccroché.

Elle a voulu savoir comment j'avais connu Larissa, et après que je lui ai raconté l'histoire, elle a ajouté :

« Alors, tu l'as juste rencontrée comme ça, et après, t'as demandé un transfert à son école ?

— Plus ou moins. »

J'ai mentionné qu'il m'avait fallu mentir au sujet de mon adresse afin d'y être admise ; il fallait aussi que je traverse la ville en autobus.

« Il devait y avoir un sacré lien entre vous.

— Il faut croire, ai-je répondu en jetant un coup d'œil dans le rétroviseur, qui m'a renvoyé l'image de mon front plissé.

— Ça me surprend, c'est tout, a conclu Moira en réorganisant ses affaires dans le sac à ses pieds. On dirait que tu as pris ta vie à deux mains et que tu l'as réinventée pour plaire à une personne que tu connaissais à peine. Est-ce que tu fais ça souvent ? Je veux dire, comme avec ce gars… » Elle faisait allusion à Karl.

Je lui ai coupé la parole. « C'était… c'était une bonne école. Larissa habitait un meilleur quartier que le mien. L'école avait une vocation artistique.

— Ah, je vois », a dit Moira. Elle comprenait ce raisonnement.

Elle a allumé la radio et parcouru les stations jusqu'à ce qu'elle tombe sur du disco.

« Non, ai-je dit, c'est la musique de ma mère. »

Elle a ri. « C'est vrai ? » Moira avait grandi en écoutant du jazz et de la musique classique et avait étudié le jazz et la musique classique.

Elle a joué avec les boutons de la radio. Un animateur a déclaré : « Avec plus de cent mille nouvelles infections, sans oublier les déclarations que le Premier ministre du Canada a faites hier soir au sujet du VSH, il est clair que la tension va encore monter. Comment pouvons-nous nous préparer psychologiquement ? »

J'ai tendu la main pour empêcher Moira de changer de station, mais elle s'était déjà écrasée dans son siège.

« C'est une grosse augmentation, a-t-elle dit en fronçant les sourcils. Cent mille, c'est vraiment beaucoup.

— Eh bien, Dane, a dit une spécialiste invitée à l'animateur radio, il est normal d'avoir peur de ce qu'on ne comprend pas. On ne peut détecter immédiatement le virus. Voilà la menace. Je veux dire, il peut s'emparer d'une femme à tout moment et le seul indice dont nous disposons, c'est le comportement. L'air "négligé", "mal en point" ou de "ne pas être tout à fait soi-même", mais qu'est-ce que ça veut dire au juste ? Alors, une paranoïa s'installe aussitôt. La menace devient abstraite et la peur tout aussi intense que l'épidémie elle-même. »

Dane, l'animateur, a expliqué qu'il y avait eu une montée en flèche de cas impliquant des femmes avec des mèches, des femmes qui n'étaient même pas des blondes naturelles, ce qui allait sans doute intensifier l'état de panique.

La spécialiste – j'en ai déduit qu'elle était psychologue – a répondu que oui, très certainement, il y avait eu *quelques* cas parmi les femmes aux cheveux décolorés, mais qu'il était largement possible de prévenir la transmission du virus du VSH. « Si vous êtes blonde ou que vous avez les cheveux clairs, et que vous vous sentez enrhumée ou grippée, il faut tout de suite avertir un proche ou même un collègue de travail, n'importe qui, que vous vous sentez épuisée. Il ne faut *surtout pas* vous rendre au travail. N'allez pas chercher vos enfants à la garderie. N'allez pas à votre cours de yoga. Organisez-vous au cas où vous seriez atteinte du VSH. Tout le monde devrait se laver et se désinfecter les mains régulièrement, et réduire ses activités sociales. Évitez les courses inutiles et les sorties afin de limiter les risques d'infection. Nous ne pouvons rien faire une fois que vous avez attrapé le virus, mais nous pouvons prévenir sa propagation…

— Oui, l'a interrompue Dane, mais il y a un deuxième point que j'aimerais soulever. Pourquoi les femmes qui ont l'habitude de se décolorer les cheveux ne se protègent-elles pas en allant vers une teinte plus foncée ? Avez-vous une explication, docteure ? Est-ce parce qu'elles ont peur de s'enlaidir ?

— En partie, mais aussi parce que nous ne voulons pas admettre que nous sommes vulnérables. Il y a également des femmes à faibles revenus qui sont naturellement blondes, mais qui n'ont tout simplement pas les moyens de se teindre les cheveux. On ne parle pas ici d'un traitement unique, mais d'un entretien régulier. D'autre part, pour les femmes qui se décolorent les cheveux, on parle de rompre avec un comportement qui est enraciné dans leurs habitudes, ce qui n'est jamais simple.

— Sauf qu'à long terme on ne peut pas se permettre de ne rien faire.

— Tout à fait. »

Dane a interrompu la conversation pour expliquer aux auditeurs qu'il avait le plaisir de discuter avec le docteur Janet Rosselli et qu'il serait de retour dans un instant avec d'autres conseils pour reteindre ses cheveux en prévision de la prochaine vague de VSH. « Également après la pause : *Comment les Américains seront touchés par l'intransigeance de nos amis du Nord envers le VSH.* »

Moira a changé de station. Les bruits de l'auto-route commençaient à me peser. Le ciel dessinait des hiéroglyphes sur le pare-brise, que les essuie-glaces effaçaient aussitôt.

« Alors, vas-tu le lui dire ? m'a demandé Moira encore une fois en faisant allusion à Karl. Je pense qu'il devrait prendre ses responsabilités.

— Ses responsabilités. Qu'est-ce que ça veut dire au juste ? »

Mais maintenant que Moira m'avait délié la langue, je devais avouer que Karl n'était pas un être très responsable. À titre d'exemple, ce livre qu'il devait renvoyer à l'une de ses anciennes étudiantes. Je m'étais alors demandé s'il avait eu une relation avec elle aussi, si ce n'était pas l'une de ces filles auxquelles Wanda Kovacs avait fait allusion. Il l'avait retiré d'une étagère le jour où je m'étais inscrite à son séminaire, mais le bouquin était resté sur son bureau pendant des semaines. Il ne le lui a jamais envoyé comme il l'avait promis. Plus tard, je l'ai trouvé sur une étagère au-dessus de son bureau, alors que nous avions déjà entamé notre liaison. Et quand je lui en ai parlé, il m'a répondu qu'il l'avait posté, et puis je l'ai ressorti et il a dit : « Oh ! Non, je l'ai acheté d'occasion pour remplacer l'autre. » Mais je suis certaine qu'il s'agissait du même livre.

Quand j'ai relaté cette histoire à Moira, elle a fait la moue, comme elle le faisait si souvent, et a posé ses Keds vert citron sur la boîte à gants. J'ai remarqué qu'elle portait des chaussures plus confortables ce jour-là, comme si elle pensait qu'il valait mieux être préparée à toute éventualité, après ce que nous avions vécu la veille. Je ne l'avais jamais vue en chaussures de sport.

« Je pense que t'es beaucoup trop intelligente pour ce gars. » Je me souviens qu'elle l'appelait constamment « gars », ce qui me paraissait comique. « J'ai l'impression que tu cherches à te punir. »

J'ai ri. « Dis donc, tu t'appelles Oprah, toi, maintenant ? »

Elle a poussé un petit grognement : « Peut-être pour avoir couché avec lui la première fois.

— C'est *moi* qui l'ai séduit », ai-je dit, mais elle n'avait pas l'air convaincue. Je voyais le doute se dessiner sur son large visage sévère.

J'ai augmenté la vitesse des essuie-glaces et appuyé sur l'accélérateur, comme s'il était possible d'abandonner cette conversation entre deux bretelles d'accès. Très en retrait de l'autoroute, assombris par la pluie, les arbres s'embrouillaient dans ma vision périphérique. Parmi ceux qui retenaient encore leur feuillage, il y avait un spécimen cuivré, qui commençait tout juste à perdre ses feuilles. Le vent s'est levé et a secoué ses branches, et j'ai vu l'arbre passer dans mon rétroviseur, où tout semblait flotter, aussi fragile et doré que de la dentelle ancienne.

Même à un poste-frontière aussi petit que Lewiston, la queue était interminable, et lorsque nous sommes enfin arrivées à portée de vue du poste de garde, une heure plus tard, Moira et moi avons compris quelle était la raison de cette attente. En plus des gardes frontaliers habituels, une patrouille armée de fusils était aux aguets. Nous nous sommes regardées, inquiètes.

« Je ne suis pas musicienne, d'accord ? Ils arrêtent toujours les musiciens, alors surtout ne leur dis rien. » Elle s'est retournée et a dissimulé sous son imperméable l'étui de son glockenspiel, sur la banquette arrière.

« Je n'ai pas l'impression qu'ils traquent les musiciennes, aujourd'hui. »

Elle a souri faiblement.

Je lui ai demandé si elle pensait que mes cheveux bruns avaient l'air naturels. Pour moi, c'était bien le cas, mais j'avais l'habitude. Moira m'a dit qu'elle voyait mes taches de rousseur à travers mon fond de teint, mais qu'elle ne croyait pas qu'ils entreprendraient le genre de tests dont m'avait parlé Larissa. Au même moment, elle m'a tendu son rouge à lèvres couleur café, que j'ai appliqué sur ma bouche afin d'avoir l'air moins rousse.

Quand il n'y a plus eu qu'une voiture devant la nôtre, un patrouilleur s'est avancé, armé d'un fusil. J'ai inspiré profondément avant de baisser la vitre. Il s'est penché et a regardé à l'intérieur. C'est à peine s'il a jeté un coup d'œil à Moira, mais moi, il m'a examinée de la tête aux pieds.

« Votre véhicule a été sélectionné au hasard pour une vérification approfondie », a-t-il déclaré d'une voix neutre. Est-ce que je comprenais ?

Je lui ai répondu que oui, car je ne pensais pas pouvoir refuser cette vérification. Il m'a demandé mon passeport. Une fois que celui-ci a été entre ses mains, il s'est éloigné de la voiture et nous a priées de nous garer entre deux postes de garde.

« Il ne t'a pas demandé le tien », ai-je dit à Moira, qui tenait encore son passeport sur ses genoux. J'ai avancé le véhicule.

Puis, une agente est venue à la vitre. Nous nous étions arrêtées à un endroit pas tout à fait à l'abri de la pluie. Elle portait un grand imperméable noir sur ses épaules, par-dessus un uniforme bleu très ajusté, et même s'il était midi, elle brillait sous les lumières du poste.

« Nous allons simplement vous poser quelques questions supplémentaires, si ça ne vous gêne pas. » On aurait dit une Barbie dont on aurait tondu les cheveux. J'ai coupé le moteur. « D'où venez-vous ? » a-t-elle demandé. Lorsque je lui ai répondu « New York », elle nous a priées de patienter un instant, s'il vous plaît, mesdames, car elle reviendrait tout de suite. Malgré la cordialité de cet échange, j'ai vu que le patrouilleur restait aux aguets. La femme a disparu dans l'un des postes de garde et en est ressortie, une carte de New York à la main et un parapluie noir déployé, pour ne pas mouiller la carte, ai-je compris au moment où elle a déplié cette dernière. « Maintenant, vous est-il possible de m'indiquer où vous avez dormi ? »

Les baleines du parapluie ont couiné en se frottant au toit de la voiture quand l'agente s'est rapprochée pour me permettre de lire la carte.

J'ai indiqué le quartier dans lequel est situé le Dunn Inn. « Mon amie a dormi là, elle aussi, ai-je précisé.

— Oh, ce ne sera pas nécessaire, madame. Nous n'avons besoin d'aucune information de votre part aujourd'hui, a dit l'agente en faisant signe à Moira. Mais il va falloir vérifier votre passeport à l'intérieur, m'a-t-elle dit. Ça ne prendra qu'une minute et après, je suis certaine que vous pourrez poursuivre votre route. » Elle m'a demandé depuis quand j'avais quitté le Canada. Je le lui ai dit, et elle m'a présenté de nouveau la carte. « À cause des événements récents, nous devons être minutieux, vous comprenez. J'aimerais simplement que vous m'indiquiez les autres quartiers de la ville que vous avez visités. »

La carte était découpée en sections distinctes de couleurs différentes, comme une carte qui désigne les zones climatiques ou les terres arables. Elle n'était pas si différente de la carte du *National Geographic* que j'avais consultée et qui indiquait les foyers de contagion de l'épidémie, mais celle-ci avait été retouchée à la main, avec un marqueur, et non pas redessinée par un professionnel. Les veines de Manhattan irradiaient de tous côtés à grands traits orange, bruns et verts. Il était difficile de distinguer une rue d'une autre. Il fallait que je regarde attentivement.

« Personne n'attend derrière vous, madame. Prenez votre temps », a-t-elle dit, toute guillerette, même si je savais qu'une longue file de voitures se déployait sur le pont derrière nous, moteur en marche. Il était déjà assez inquiétant de voir des Canadiens armés, mais des Canadiennes armées qui vous servaient des « s'il vous plaît » et des « merci, madame », ça n'avait rien de rassurant.

Je n'ai indiqué que les deux quartiers voisins de l'hôtel. L'un était en vert et l'autre, en kaki. On aurait dit des zones sûres.

« C'est très bien », a conclu l'agente.

J'ai jeté un rapide coup d'œil à Moira. Elle avait l'air abattue. Puis son regard s'est porté au loin, à travers la vitre de mon côté. J'ai tourné la tête pour voir de quoi il s'agissait. Un autre agent sortait du poste de garde, mon passeport à la main. J'ai souri en essuyant la sueur de mes paumes sur mon jean.

Le nouvel agent a mis mon passeport dans la main de notre agente et lui a chuchoté quelque chose.

Elle a plié la carte et s'est penchée de nouveau à la portière. Elle m'a dévisagée, comme si j'avais tenté de la rouler dans la farine. « JFK », a-t-elle déclaré. Son ton avait changé brusquement. « Vous aviez un billet et avez passé le contrôle de sûreté là-bas, le 18 septembre. »

Ce n'était pas une question, mais elle restait là, immobile, à attendre ma réponse. « Oui », ai-je avoué.

Son ton s'est radouci. « Dans ce cas, madame, il va falloir entrer au poste et remplir un formulaire. Nous avons seulement besoin de vous poser quelques questions sur les autres endroits où vous vous êtes rendue récemment et, si vous n'y voyez pas d'objection, nous procéderons à un petit examen. »

La pluie martelait le toit de la voiture. Je me suis tournée vers Moira. On voyait les taches de rousseur foncées sur son nez et ses joues.

« Je vous demande de sortir du véhicule et de me suivre, mademoiselle. »

J'ai détaché ma ceinture et posé la main sur la poignée. Moira avait l'air inquiète, mais elle m'a fait signe de suivre la consigne. N'ayant d'autre choix que d'obtempérer, je suis sortie de la voiture sous la pluie.

L'agent qui avait apporté mon passeport l'a repris en même temps que le parapluie de sa collègue. Il m'a touché le bras et m'a guidée vers le poste.

« Je dois vous demander de sortir du véhicule, vous aussi », ai-je entendu l'agente dire à Moira derrière moi.

Quand je me suis retournée, Moira se dépliait péniblement en sortant du côté passager tandis que le vent fouettait ses cheveux vers l'arrière.

Puis nous sommes arrivés au poste et mon escorte m'a dit : « Par ici, s'il vous plaît. »

La porte a heurté mon épaule lorsque je suis entrée parce que je regardais derrière moi, en direction de Moira, qui était debout sur le trottoir au moment où sont apparus deux nouveaux agents. Les mains gantées, ils ont enveloppé la voiture d'un filet protecteur en plastique et l'ont accrochée à une remorqueuse, apparue comme par magie.

L'esprit embrumé, je suis entrée dans le bureau. Nos affaires étaient encore dans la voiture. Comment retrouverais-je Moira quand je sortirais enfin d'ici ? J'ai balayé la pièce du regard : un simple bureau, un ordinateur, une série de cartes, un calendrier au mur, une boîte de gants en latex et un paravent dans un coin. Mon gouvernement m'avait trompée avec toutes ces politesses. Moira serait renvoyée aux États-Unis, et on traiterait mon cas séparément. C'était un au revoir. Je sentais encore ma main sur la poignée de la portière et la pluie sur mes épaules, là où le parapluie ne m'avait pas protégée, et je n'avais pas songé à toucher Moira ni à lui glisser quelques mots avant de la quitter. Combien de temps durait une quarantaine, de nos jours ? Trois, quatre jours ? Une semaine ? On n'obligerait pas Moira à retourner à pied aux États-Unis en traversant ce long pont ni à défiler devant toutes ces voitures dont le moteur tournait au ralenti, n'est-ce pas ? Je ne pouvais pas le croire.

Elle m'attendrait, me suis-je dit, dans l'un des autres postes. J'ai enlevé ma veste en velours côtelé et l'ai suspendue à une chaise. Ma sacoche d'ordinateur était encore dans la voiture, tout comme mon portable et l'ensemble de mes papiers d'identité, hormis mon passeport.

« Je vais maintenant procéder à un petit examen privé ou, si vous préférez, vous pouvez exiger que

Mme Howe, qui vous a interrogée un peu plus tôt, le fasse », a dit l'agent. J'ai remarqué que même pendant qu'il accrochait le parapluie, sa main était restée sur sa hanche, non loin de l'étui de son revolver. La pluie dégouttait du parapluie et tombait sur le tapis en caoutchouc : *plouc, plouc, plouc.* Il m'a souri aimablement et m'a indiqué le paravent dans le coin d'un geste de la main. « C'est une pure formalité. Il n'y a rien à craindre, mademoiselle Hayes. C'est une procédure normale, qui ne porte pas du tout atteinte à la vie privée. Venez de ce côté, on s'occupera de la paperasse après. Vous n'avez pas à enlever vos vêtements. Il suffit de baisser votre pantalon et vos sous-vêtements jusqu'aux genoux. Je ferai le tour du paravent quand vous serez prête. Ça ne prendra qu'une seconde. »

Mais je savais que cette seconde entraînerait ma perte. Ma toison ardente ne passerait pas l'inspection et mes chances de revoir Moira dans l'immédiat étaient plus minces encore que celles d'arriver à temps pour mes rendez-vous à Toronto.

TROISIÈME PARTIE

ONZE

Grace ne reviendra pas ce soir non plus. C'est assez évident. Même si elle était parfois insupportable, je préférerais de loin composer avec son manège, ses petites piques et ses excès d'alcool plutôt que d'être habitée par cet oppressant sentiment d'isolement. Cinq jours et cinq nuits ont passé depuis que je me suis réveillée et qu'elle n'était plus là. Il fait encore nuit. Les arbustes ne sont que de petites flammes grises sur fond de neige et les arbres forment un mur impénétrable. Je vais dormir dans son lit. Voilà ce que je vais faire. Je vais dormir dans son lit et je me fiche bien qu'elle revienne et me trouve couchée là. Je *veux* qu'elle revienne et me trouve couchée là.

J'ai décidé que, si elle ne revient plus jamais, je vais partir moi aussi. Je ne veux pas que tu naisses dans ce coin perdu, toute seule, parce que s'il m'arrivait quelque chose, qu'adviendrait-il de toi ?

Il y a un calendrier ici, sur lequel je compte les jours. Quand j'arriverai à huit mois tapants, je partirai. Si je sors, je réussirai sans doute à trouver l'étoile Polaire, comme on me l'a montré. Mais où est-ce que j'irai à pied ? Jusqu'au village et, à partir de là, notre destin dépendra des gens que je croiserai et qui voudront bien me prêter assistance. Il nous reste encore deux semaines avant ça, mais nous pourrions partir plus tôt selon ce qu'il nous restera à manger. Quand Grace est arrivée ici, elle a rempli le garde-manger comme si c'était un abri nucléaire. Rien de très raffiné. Des boîtes de ragoût de bœuf et de soupe de poulet, des poires et des clémentines, des haricots et du maïs, des sacs de riz, des céréales, du lait condensé, des pommes de terre, des pâtes alimentaires, du sel, de l'huile d'olive. Mais elle ne comptait pas avoir deux bouches à nourrir ni devoir concocter des repas susceptibles de favoriser la naissance d'un bébé en bonne santé.

Peut-être qu'il n'y avait même pas assez de provisions pour qu'elle passe l'hiver seule. J'imagine bien Grace sous les néons d'une grande surface en train d'attraper tous les articles à portée de main et de les balancer dans son caddie aux roues grinçantes sans se soucier ni de leur coût ni de leur valeur nutritive. Je n'ai pas l'impression qu'elle ait fait un inventaire minutieux.

C'était tout le contraire quand je suis venue ici avec Karl cette seule et unique fois. Nous avions apporté toutes sortes de petits mets délicats. Je crois qu'il s'était vraiment lancé dans une opération de séduction. Pas du camping, comme maintenant. Le chalet était un refuge. Même si Karl a arpenté nerveusement la pièce pour faire disparaître des objets trop personnels, qui rappelaient trop Grace. Même s'il a évité de saluer les voisins et voulait rester à l'intérieur. Nous sommes bien allés près de l'eau, mais seulement la nuit. Il faisait froid et il régnait un grand calme. Nous avons contemplé la surface gelée de verre poli et le drap noir du ciel pendant deux minutes, après nous nous sommes embrassés et sommes rentrés.

Pas étonnant que j'aie cru être la première. Quand j'y pense aujourd'hui… c'est comme si… Oh, mon Dieu ! Je n'étais pas sa première maîtresse, non, tout simplement la première qu'il amenait ici. Dans un endroit à eux. Oh !

Quand j'ai fait cette petite escapade avec Karl, il faut que tu comprennes que c'était au début de notre relation. Il y avait eu notre petite aventure dans son bureau, mais après nous avons plus ou moins fait comme si de rien n'était pendant environ deux mois. J'avais travaillé sur ma thèse, je sentais que les choses avançaient. J'avais trouvé un titre, monté une bibliographie et rédigé cinq ou six pages. Je lui avais envoyé le tout par mail. Il m'avait répondu de venir le voir pour qu'on en parle. Comme notre rendez-vous était fixé pour treize heures trente, j'ai compris le message. Strictement professionnel. Ses cheveux avaient poussé, ce qui lui donnait cet air de professeur un peu fou que les autres étudiants avaient évoqué. Ses lunettes étaient luisantes et graisseuses et son front était couronné d'une houppe brun argenté. Il était debout derrière son bureau, le menton posé sur la main, qui lui couvrait la bouche. J'attendais ses commentaires. J'étais incapable de deviner sa pensée à ce moment-là. Peut-être que ce premier épisode dans son bureau avait fait voler en éclats ma capacité à lire en lui.

« Je crois… a-t-il dit. Hum. Eh bien. J'aimerais que vous essayiez… » Il a fait le tour du bureau, a posé les fesses contre le rebord, comme il l'avait fait la première fois où nous avions batifolé. Il a ri nerveusement. « Essayez… » Il a levé le poing et fait un mouvement de traction vers le bas. On aurait dit la figure d'une chorégraphie d'une époque révolue.

« Vous voulez que j'aille plus loin ?

— C'est ça, Hayes, a-t-il continué en posant ses mains sur ses cuisses et en clignant des yeux derrière ses lunettes. Tentez le coup. Essayez d'aller plus loin. »

La semaine suivante, je suis tombée sur lui dans le couloir. C'est-à-dire que je suis littéralement entrée en collision avec lui. Comme s'il avait planifié la chose. Je sortais du secrétariat du département, tenant des travaux d'étudiants que je corrigeais pour un professeur dont j'étais l'assistante, tandis qu'il tournait à l'angle à toute vitesse pour s'y rendre. J'ai pilé et il m'a attrapée par les coudes, puis nous nous sommes retrouvés poitrine contre poitrine, mais comme il était plus grand que moi, nous étions en réalité ventre contre poitrine.

« Oups ! » s'est-il exclamé, ce qui était comique, mais son regard suggérait tout autre chose. Derrière ses lunettes rectangulaires, ses yeux brillaient de désespoir. « Pourriez-vous… ? m'a-t-il demandé. Juste un instant, le temps que je dépose cette paperasse. » Il s'est glissé dans le secrétariat.

Je l'ai attendu en oscillant d'un pied sur l'autre. Mais quand il est revenu, je n'étais pas du tout préparée à ce qu'il m'a dit. Il m'a accompagnée jusqu'au bout du couloir. Nous étions seuls, rien que pour une minute, en plein milieu de l'après-midi. Il m'a attrapé la main et a posé son regard sur moi puis, craignant que quelqu'un nous aperçoive, l'a laissée tomber. Un contact furtif. Nous ne sommes pas allés dans son bureau. « J'ai un peu de temps libre la semaine prochaine. » Son ton était neutre, mais ses yeux dansaient. « Ma femme, Grace, part trois jours à New York pour la tournée promotionnelle de sa série télé. Oui… ce sera merveilleux pour elle, une occasion en or », a-t-il ajouté, sa voix soudain très animée alors qu'un couple d'étudiants a tourné le coin et nous a dépassés. Il m'a dit qu'il caressait l'idée de partir dans le Nord pour quelques jours. Une petite escapade. « Qui peut réfléchir au milieu de la cohue de la ville ? »

Les étudiants sont partis vers une autre aile. Une porte s'est ouverte, puis refermée dans le couloir que nous venions de quitter.

« C'est… c'est bien que vous puissiez partir de la sorte », ai-je bégayé. Je ne comprenais pas pourquoi il m'avait interpellée pour me dire un truc aussi banal.

« Vous pourriez vous enfuir aussi, non ? » a-t-il ajouté en me jetant un coup d'œil. Je me souviens que j'ai regardé ses lèvres formuler les mots. « Tout ce qu'il vous faut, c'est un endroit où aller. »

Peut-être que Moira a mis dans le mille à mon sujet. Je n'ai pas envoyé Karl promener. Je n'ai pas tourné les talons. J'aurais pu.

Il a fait un pas en arrière et a passé la main dans ses cheveux. Il s'est frotté le menton. « Au fait, comment va la thèse ? » m'a-t-il demandé au moment où un autre professeur, Webber, s'est glissé entre nous et a poursuivi son chemin.

Il y avait quelque chose d'avilissant à franchir toutes les limites. J'avais été seule presque toute ma vie ; on pourrait croire que le secret serait la dernière chose que je rechercherais. L'existence même d'une personne seule est un secret, pas vrai ? Peu importe, c'est ainsi que nous avons fait semblant d'être des amants profondément épris l'un de l'autre et avons emprunté la route du Nord en décembre, avec un sac d'épicerie rempli de fromages raffinés, de tomates séchées, de saucisses enveloppées dans du papier de boucherie et de bouteilles de vin avec des étiquettes classe.

Si je me souviens bien, j'avais essayé d'oublier ce qu'il m'avait raconté ce jour-là dans le couloir. Mais une fois chez moi sous la douche, j'ai fermé les yeux et j'ai vu de nouveau ses lèvres formuler les mots, et tout de suite après je me suis rappelé l'instant où je l'avais embrassé à l'automne. J'ai eu envie d'être désirée, quitte à m'humilier.

Puis, sans trop que je sache comment, nous nous sommes retrouvés sur l'autoroute. Six mois avant ta conception. Les rayons de soleil suivaient une trajectoire oblique et de petites bourrasques de neige captaient la lumière. C'était avant les fêtes et Karl avait terminé ses corrections. Pour quelqu'un d'aussi maladroit, il était exceptionnellement doué pour le mensonge. Hormis une légère pression de main dans le couloir, il n'y avait pas eu le moindre effleurement entre nous depuis cette nuit dans son bureau, lorsque je m'étais retrouvée couchée sur ses genoux et qu'il avait glissé la main sous ma robe. Me retrouver sur le siège passager de son véhicule m'étourdissait. Mon ventre était un âtre, roussi et vide, qui avait déjà connu les flammes d'un brasier et espérait les connaître de nouveau.

Nous venions de dépasser un magasin d'usine Levi's à une heure de la ville quand Karl s'est tourné vers moi et m'a dit : « Hayes, c'est chouette de vous voir dans ma voiture », comme si je venais d'y être téléportée à la manière d'un personnage de *Star Trek*. Hayes... il s'adressait encore à moi en se servant de mon nom de famille ! « Je suis content de savoir qu'il y a autant de choses à découvrir chez vous. »

Je ne sais pas s'il y avait vraiment autant de choses à découvrir chez moi. Au contraire, j'ai l'impression que cette dernière année, il y en avait de moins en moins. J'en avais été réduite à laisser derrière moi tout ce que je connaissais. Je m'étais enfuie à New York, où le prétexte de mes études était aussi oiseux que celui de Wanda Kovacs lorsqu'elle avait affirmé au plus fort de l'épidémie qu'elle partait faire des recherches en Inde.

Je veux être quelqu'un de bien. Je veux croire que je vais te donner un meilleur exemple que tout ce que suggère mon passé. Peut-être que c'est la raison pour laquelle je suis assise là, que j'essaie de mettre de l'ordre dans tout ça à voix haute. Pour que je n'aie pas à te le raconter quand tu seras née, ma petite amibe. Pour que je n'aie pas à te raconter quoi que ce soit de toute cette histoire.

À la frontière, les agents m'ont informée que le gouvernement du Canada avait déclaré l'état d'urgence et que les voyageuses à risque étaient assujetties à huit semaines de quarantaine. Quand je leur ai demandé si j'aurais droit à des soins médicaux, ils m'ont poliment invitée à monter dans un autobus. Quand je leur ai expliqué que je n'avais pas besoin d'entrer au Canada – est-ce que je ne pourrais pas demeurer aux États-Unis avec mon visa d'étudiante, s'il vous plaît ? –, ils m'ont dit qu'ils m'emmenaient dans un centre de quarantaine près de Hamilton, en Ontario, où j'aurais droit à un lit propre et à des repas aux frais de l'État. Est-ce que vous comprenez, *ma'am* ? Je leur ai dit que j'aimerais avoir mon portable, mon ordinateur et mes affaires, s'il vous plaît. Qu'ils n'avaient pas le droit de saisir la voiture que j'avais louée, qu'il fallait que je la retourne à l'agence de location au plus vite sinon j'aurais des problèmes juridiques de l'ordre de 30 000 dollars ou allez savoir ce que valait le véhicule, et que c'était la dernière chose qu'il me fallait en ce moment, vu l'énormité de mes prêts étudiants, vu que je flottais dans les limbes, vu que… Ils m'ont dit calmez-vous, mademoiselle Hayes, il va falloir que vous vous calmiez.

Ils m'ont installée dans une pièce où il n'y avait que des bancs fixés au sol. À la fin, nous étions quelques-unes, occupées à nous lancer des regards furieux. Les agents nous ont fait monter dans un autobus et c'était parti. *Merde*, ai-je pensé. *Hamilton !* J'ai appuyé ma tête contre la vitre en essayant de me souvenir de la musique de Moira. Elle en avait passé la veille sur son iPod, qu'on avait branché sur l'autoradio. Quelques accords s'étaient logés dans ma cervelle, et je me les repassais en boucle, le carillon de ses maillets devenu une bande sonore, alors que je regardais défiler la verdure des forêts ontariennes. À quoi ça m'avait servi de revenir au pays ? Je pourrais te fredonner quelques notes : hum-hum, hum-hum, da da da. Hum-hum, hum-hum, da da da. Et c'est tout ce qui reste de Moira.

Le centre de quarantaine était en réalité une école primaire toute neuve, construite de plain-pied et munie d'un toit plat dont seul dépassait le gymnase. Elle était à un jet de pierre de la route. Derrière l'école se trouvait un nouveau lotissement où personne n'avait encore emménagé. Hamilton est vite devenue une ville-satellite de Toronto, mais j'imagine qu'elle s'était étendue trop vite, et cette partie était encore déserte, non vendue. Toutes les maisons se ressemblaient, hautes et étroites comme des top-modèles, dans des tons de sable et de gris, avec des garages qui jaillissaient du côté droit des façades. Les allées n'avaient pas encore été asphaltées. Recouvertes de gravier et bordées d'un coffrage de bois enfoncé dans la tourbe, elles montaient en lacet jusqu'aux maisons, comme des bouches auxquelles il manquerait des dents. La nuit, je voyais briller par-delà les champs les lumières de deux ou trois maisons, à bonne distance, à travers l'enchevêtrement de culs-de-sac, alors que les faîtes des autres habitations se découpaient sur le ciel nocturne. Mais lorsque les gardiens nous ont fait descendre, je n'avais aucune idée de la raison pour laquelle on avait choisi cet endroit.

L'autobus a franchi un grillage à mailles losangées et nous a déposées sur le parking. Des ouvriers déchargeaient des lits de camp d'un camion et leur faisaient franchir les doubles portes du gymnase.

« Que c'est mignon ! » a dit une femme d'un certain âge qui portait un chemisier bleu à motifs de torsades jaunes au moment où on nous a fait entrer dans l'école et assigné une salle de classe : la 8. On avait disposé les lits de camp le long des murs, libérant le centre de la pièce qui formait une aire ouverte avec un tapis et des chaises dont la taille convenait sans doute mieux à des toutous qu'à des adultes. À l'extérieur de la salle 8, des pupitres étaient empilés le long du couloir, à l'endroit et à l'envers, rutilants, sans la moindre trace d'usure ni de graffitis, emboîtés les uns dans les autres comme des dentiers. Les tableaux blancs étaient encore couverts d'une pellicule plastique. Il n'y avait aucun manuel scolaire. Je me suis approchée des étagères qui les auraient accueillis en temps normal, j'ai retiré mon manteau et l'ai jeté sur un lit, utilisant le dernier bien que je possédais pour réserver mon espace personnel sous la fenêtre. On nous a dit que, pour notre protection et afin de prévenir la propagation du VSH, nous n'avions pas le droit de quitter la salle 8 et que des hommes postés dans le couloir nous empêcheraient de sortir si nous essayions. Ils établiraient un horaire de pauses pipi et nous irions par petits groupes.

De temps en temps, au cours de la journée, des autobus ont amené d'autres femmes. Nous étions toutes des femmes, bien entendu, et j'ai remarqué que tous les soldats étaient des hommes. En fait, c'était logique. Ils ne risquaient pas de contracter une forme active du VSH. À présent, les femmes de la salle 8 éprouvaient un sentiment de solidarité. Nous nous étions lancé de petits regards haineux aux douanes et dans l'autobus, mais maintenant que d'autres femmes arrivaient, nous avons commencé à nous parler, à tisser des liens d'amitié et à délimiter notre territoire. Nous avions un statut particulier du fait d'avoir été la première livraison dans ce centre de quarantaine. Un petit groupe s'est fait escorter aux toilettes sous le regard sévère de deux militaires. À leur retour, les femmes piaillaient en se plaignant de la petite taille des cuvettes et des cloisons qui ne leur arrivaient pas aux yeux. J'étais du deuxième lot. Perdue dans un brouillard, j'ai avancé dans les couloirs aux côtés de mes codétenues, car c'est ainsi que je nous qualifiais. Nous sommes passées devant la bibliothèque de l'école, qu'une colonne vertébrale d'étagères vides séparait en son milieu. On n'avait pas encore installé les tubes fluorescents. Il n'y avait que des lampes portables laissées çà et là par des ouvriers. Puis nous nous sommes retrouvées dans les toilettes et les hommes ont hurlé : « Allez, allez, dépêchez-vous ! »

Il y avait une autre rousse dans la salle 6. Au contraire des miens, ses cheveux étaient restés d'un orange vif. Les autres femmes étaient soit blondes, soit grisonnantes. Apparemment, plus on était âgée et plus on était vulnérable au VSH. Nous étions toutes blanches, sauf une qui avait des pommettes saillantes et une forme d'yeux qui laissaient penser qu'elle était issue des Premières Nations, ou du moins le fruit d'un métissage. Ses cheveux avaient été teints d'un noir de jais, mais on voyait une repousse blonde à la raie. Ça n'avait aucune importance car, à la fin de la journée, tous nos cheveux auraient disparu.

Tard dans l'après-midi, les gardiens avaient transformé la bibliothèque en laboratoire de fortune. Sous la froideur des néons nouvellement installés, un soldat maigre comme une brindille, avec une cicatrice à la lèvre, nous a accueillies silencieusement, la main tendue. Il nous a rasé le crâne et a pris des échantillons, qu'il a identifiés et classés. Ses doigts recouverts de latex m'ont tiraillé la tête en tous sens. La tondeuse a mordu et pincé, mais je n'ai pas pleuré comme certaines autres.

« Ça va merder, a dit par-dessus son épaule le coiffeur improvisé au soldat qui m'avait accompagnée. Cet endroit. Attends de voir.

— Qu'est-ce qu'il y a ? T'as un problème avec les gonzesses ? a répliqué l'autre soldat, le sourire jusqu'aux oreilles.

— C'est pas ça… C'est juste que ce VSH, il va se jeter sur toutes ces femmes comme la misère sur le pauvre monde. »

Deux soldates en combinaison spatiale sont entrées pour nous superviser pendant que nous rasions nos pubis. Nous ne verrions aucune autre femme, sauf exception, pendant notre séjour au centre.

Cette nuit-là, les femmes de la salle 8 se sont réunies dans le cercle formé par les chaises miniatures, certaines assises par terre, d'autres au bout de leur lit. Il était plus difficile de se souvenir des noms et de se rappeler qui était qui après la tonte. Nous ressemblions toutes à des clones, les unes plus minces, les autres plus grosses, avec des nez plus longs ou de plus grandes dents. Cela va sans dire, je n'ai pas assisté à cette assemblée impromptue, même si j'entendais tout depuis mon lit. On nous avait étiquetées comme étant à haut risque et je supposais que plusieurs d'entre elles représentaient un danger encore plus grand que moi.

À la frontière, lorsque j'ai expliqué aux douaniers qu'on avait déjà déterminé que je n'étais pas infectée par le virus après l'incident à JFK, ils m'ont répondu qu'ils examineraient les documents ayant trait à mon passage à la clinique en compagnie des autres femmes enceintes. « À Jamaica, dans le Queens, ai-je ajouté, tout près de l'aéroport. » J'espérais qu'ils me donneraient rapidement mon congé et je ne voulais pas gâcher mes chances de sortir en côtoyant cette bande de trop près. Au bout du compte, bien sûr, ma requête s'est perdue, comme tout le reste. Mais durant la première semaine, j'avais encore de l'espoir.

Le premier point à l'ordre du jour était les repas. Comme à l'aéroport, on nous avait apporté des menus de restauration rapide, ce qui ne plaisait pas du tout aux femmes plus âgées, dont certaines avaient des restrictions alimentaires. On aurait dit qu'elles étaient pratiquement toutes plus vieilles que moi, de l'âge de Karl, mais plus éloignées encore sur le plan sociologique. Prévoyantes, elles n'avaient pas envie de manger des hamburgers pendant les huit semaines que durerait notre confinement.

« T'as pas vu *Fast Food Nation*, ma chérie ? » a demandé la dame au chemisier à motifs, dont la tête était aussi ronde qu'une boule de billard, à une adolescente un peu farouche et apparemment seule qui était en train de s'arracher les petites peaux de ses ongles. Plus tard, j'apprendrais que la petite naviguait entre des parents divorcés. Elle avait dix ans de moins que moi, mais je me sentais plus proche d'elle que des autres femmes.

Le deuxième point touchait la manière dont nous ferions notre toilette, une délicate opération, vu que les lavabos étaient de la taille d'un saladier. Et le troisième point, c'était la communication avec nos proches.

Là-dessus, on a fait de nombreuses suggestions, mais personne ne savait à quoi nous devions nous attendre pendant notre incarcération et on a fini par dire : « N'oublions pas de poser la question plus tard. »

Nous pouvions compter sur une surveillance constante ainsi que sur l'aide de deux infirmiers. Une des femmes de notre salle sortait sans cesse dans le couloir pour essayer de communiquer avec les hommes qui y étaient postés. Bourrus, ils nous traitaient comme si nous étions la maladie en personne. Âgée d'environ trente-cinq ans, la femme aux mille questions était arrivée au centre de détention avec les cheveux coupés en brosse. Lorsqu'elle est revenue, elle a dit qu'elle avait réussi à obtenir quelques réponses, car le commandant l'aimait bien. Nous avions entendu lesdites réponses à travers la porte et elles ressemblaient plus à des grognements pour lui signifier de retourner au plus vite dans la salle mais, à sa décharge, elle nous a relayé quelques renseignements utiles.

Elle nous a dit qu'il y avait d'autres centres de quarantaine, que nous avions de la chance d'avoir toute une école à notre disposition et de n'être qu'une quinzaine par salle. On en avait transporté d'autres par autobus depuis la frontière canado-américaine jusqu'à un nouveau centre commercial encore inoccupé. Le gouvernement l'avait loué en même temps que l'école. Ces nouveaux établissements avaient pour nom Centres locaux d'isolement temporaire, ou CLIT. Le CLIT du centre commercial n'offrait pas le confort dont nous jouissions ici, a déclaré cette femme avec une pointe de joie. Je ne comprenais pas qu'elle puisse entrevoir quoi que ce soit comme une victoire à ce moment-là. Elle était de ces gens qui voient toujours le verre à moitié plein et j'aurais sans doute été tout à fait capable de l'étrangler à la fin de nos huit semaines de détention si quelqu'un d'autre ne s'y était pas essayé avant moi. Mais je vais trop vite.

Cette femme s'appelait Michelle Morell. Je connaissais les noms de toutes les autres lorsque j'étais au centre, mais consciemment ou non, j'en ai rayé la plupart de ma mémoire depuis.

Je me suis endormie ce soir-là au son des hurlements du vent et des reniflements et quintes de toux d'inconnues qui se retournaient dans leur lit. Il n'y avait pas de rideaux aux fenêtres, mais pas de lune non plus, alors j'ai scruté un ciel opaque et me suis demandé comment Larissa avait réagi à mon absence. Je lui avais refait le coup : lui dire que je venais, puis disparaître.

Le premier cas s'est déclaré deux ou trois jours plus tard. Ils ont sorti une femme de la salle 3 sur une civière, attachée avec des sangles. J'étais alors dehors, dans l'aire de jeux. Les autres m'ont dit qu'elle avait de l'écume aux lèvres et que les soldats avaient récupéré les échantillons de ses cheveux et les avaient expédiés avec elle. Ils l'avaient transportée ailleurs comme une vulgaire marchandise afin de la mettre sous observation, lui faire subir des tests ou encore, comme le voulait la rumeur, l'éliminer. La salle 8 bourdonnait de théories du complot et d'hypothèses aussi plausibles les unes que les autres.

Par la suite, j'ai décidé que le terrain de jeux serait un bon refuge pour moi, d'autant plus que les soldats nous accordaient tous les jours quelques heures de temps libre à l'extérieur. Les autres femmes dédaignaient ce privilège et avaient tendance à rester à l'intérieur ou à se regrouper près des murs. Peu importe le temps, je profitais de mes heures de sortie. Après quelques jours, un des soldats a sorti un ballon de basket-ball. L'avait-il trouvé dans le gymnase ou l'avait-il apporté de chez lui ? Il ne me l'a jamais dit. Avant de regagner sagement son poste, il m'a montré comment faire un lancer franc et tirer de l'extérieur du périmètre sans toucher le panneau. C'est un des rares gestes de gentillesse dont j'ai été témoin au centre.

Le seul autre moment où j'ai vu les soldats agir comme des adolescents normaux, dont certains avaient l'âge, c'est lorsqu'ils tapaient frénétiquement sur leurs iPhone. Ils n'étaient pas censés s'en servir lorsqu'ils étaient en service mais, une fois, nous avons entendu un des soldats rire tout doucement en expliquant à son collègue qu'il venait de texter à leur commandant : « Tout baigne, mon capitaine ? »

Michelle Morell a maintes fois essayé de convaincre ce garçon de lui prêter son téléphone pour envoyer un texto ou glaner des nouvelles sur Internet, mais quelle que soit l'hilarité qui s'était emparée de lui avant qu'elle arrive dans le couloir, elle s'est vite estompée. Il n'a fait que grogner avant de glisser son téléphone dans sa poche. « Il est bête et méchant, celui-là, a dit Michelle quand elle est revenue. Mais je sais qu'il finira par entendre raison. » Cependant, aucun des soldats n'a jamais fini par entendre raison.

Je n'ai jamais été très douée pour le sport, mais j'ai acquis une certaine habileté au basket, tant que je ne me ridiculisais pas en m'essayant au double-pas. Le soldat qui m'avait donné le ballon s'appelait Augustus, mais il m'a demandé de l'appeler August. J'ai laissé les doubles-pas à August, bien qu'il lui arrivât rarement d'en faire plus d'un ou deux avant d'être obligé de retourner à son poste. Il fallait vraiment que je lui plaise pour qu'il fasse une telle entorse au protocole, et ça faisait mon affaire parce que ainsi il y avait au moins une personne avec qui je pouvais parler et qui n'était pas à risque. Je ne savais pas pourquoi je lui plaisais, quoique, maintenant que j'y pense, il fût vrai que ma poitrine avait gonflé de deux tailles au cours des trois semaines qui s'étaient écoulées depuis mon test de grossesse. J'avais acheté deux nouveaux soutiens-gorge plus grands quand j'avais perdu mes bagages à l'aéroport, mais déjà mes seins débordaient de mon corsage.

Bientôt, il y a eu une nouvelle éruption de l'épidémie dans la salle 3 : une femme ne s'est pas levée un matin, et tout le monde a dit qu'elle souffrait de crampes menstruelles. Puis, vers quatorze heures, elle s'est levée d'un bond et s'est traînée en titubant jusqu'au couloir, où elle a attrapé Michelle Morell par la gorge, l'a plaquée contre le mur, l'a soulevée de terre et l'a secouée comme une branche. Les militaires l'ont immobilisée en moins de deux et l'ont vite expédiée ailleurs. Je me souviens du bruit des pas du soldat qui est retourné à la bibliothèque chercher les sachets d'échantillons de la nouvelle victime avant de partir en courant derrière la civière. Michelle Morell a reçu des traitements sur place, surtout pour des ecchymoses, mais aussi du soutien psychologique. On lui a fait des tests sanguins et des prélèvements au coton-tige. Les soldats l'ont installée dans un placard au cas où il y aurait eu échange de fluides lors de l'attaque. Par la suite, chaque fois que je la croisais dans le couloir, elle se vantait d'avoir une « chambre privée ».

J'ai parlé de ma grossesse à August quand il a sorti le ballon la première fois, mais il m'a dit qu'il n'avait pas de conseils à me donner. Il m'a demandé si j'avais consulté l'un des deux infirmiers, et je lui ai répondu qu'ils avaient promis de faire leur possible.

« Eh bien… » a-t-il conclu. Puis, il a décrit un arc avec son bras et a lancé le ballon par-dessus sa tête directement dans le panier. Il n'y avait pas de filet, rien qu'un cerceau en métal. J'étais allée à l'infirmerie deux jours plus tôt au sujet de ma grossesse, mais sans trouver de réponses à mes questions.

« Peux-tu m'aider ? » ai-je demandé de nouveau.

August s'est amusé à dribler avec le ballon, le dos tourné, comme si je devais essayer de le lui soutirer. Il a sauté, pivoté en plein vol et marqué un nouveau panier. « Je suis contre l'avortement », a-t-il déclaré. Mais quand il a vu mon visage, il a ajouté : « Mais je comprends. »

Je suis retournée à l'infirmerie, même si j'avais peur. Il me semblait que le risque d'y attraper le VSH était encore plus grand qu'ailleurs. Personne ne savait si j'y étais vulnérable ou non. Le roux était une teinte entre deux couleurs. Il n'y avait eu qu'un cas hautement médiatisé de rousse ayant contracté la maladie, mais ce n'était peut-être pas le seul. L'infirmerie était dans le bureau du directeur. Il y avait une antichambre où se serait trouvé son adjoint, s'il y en avait eu un. Mais comme l'école n'était pas encore pourvue du téléphone ou d'Internet, l'antichambre servait d'entrepôt. Le bureau était couvert de piles de gaze, de bouteilles d'eau oxygénée et de boîtes de gants en latex.

Les soldats se servaient de la salle des professeurs comme lieu de détente. Pendant que j'attendais de rencontrer un infirmier, je les entendais discuter. D'habitude, ils étaient impassibles, irascibles et avaient l'air de s'ennuyer à mourir. Mais loin de nos regards, ils blaguaient en disant qu'ils imaginaient que se retrouver dans un lieu isolé avec une bande de femmes soudain célibataires serait plus amusant. C'est sans doute le truc le plus gentil qu'ils ont dit. Le ton a durci par la suite, partagé entre la répulsion et la vulgarité.

Il y avait deux infirmiers dans le bureau du directeur. Celui que je venais voir s'appelait Ben. Il m'a priée d'entrer dans le bureau et m'a dit sans autre formalité : « Asseyez-vous, Hazel. »

Personne ne s'était adressé à moi en utilisant mon prénom depuis une semaine, même si Augustus me l'avait demandé. L'infirmier s'est montré très aimable, ce qui m'a désarmée. « Voici ce que j'ai à vous dire, a-t-il annoncé en sortant mon dossier. Si je comprends bien, vous êtes enceinte et vous pensez être dans votre onzième ou douzième semaine ?

— Je ne pensais pas en arriver là.

— Vous savez que nous ne sommes pas dans un hôpital. Il nous faut de l'équipement et on devra faire venir un technicien en échographie afin de déterminer de façon précise l'avancement de votre grossesse. » L'infirmier a dit que c'était la première étape, mais qu'il était hélas dans l'incapacité de me dire quand aurait lieu l'échographie. Il a inscrit quelques notes à mon dossier avant de le ranger, alors je me suis levée. Mais Ben m'a demandé poliment de me rasseoir. Il a dit qu'il allait m'annoncer quelque chose qui ne me ferait pas plaisir.

Je n'aime pas quand les gens vous préparent à entendre une mauvaise nouvelle. Ça ne fait qu'empirer la situation, car vous éprouvez une affreuse appréhension alors qu'ils s'apprêtent à lâcher le morceau. Je sentais presque monter ma tension. À mon âge ! Je me souviens que j'ai regardé attentivement l'étagère au-dessus de l'infirmier. Vu la taille de cet homme, elle semblait placée à une hauteur idéale pour qu'il se cogne la tête chaque fois qu'il se levait ou s'asseyait. Elle débordait de paniers en plastique remplis de compresses de gaze en sachet et de pansements. Ben a sifflé pour capter mon attention et je me suis rendu compte qu'il avait mon âge, pas plus. Son visage est devenu écarlate, comme ça m'arrive tout le temps, et je savais que les mots qu'il s'apprêtait à prononcer le mettaient mal à l'aise. Je l'ai regardé dans les yeux, croyant que ça le rassurerait, mais dès que mon regard a croisé le sien, c'est moi qui me suis sentie plus détendue que je ne l'aurais cru, et je l'ai écouté calmement.

« Vous devriez vous préparer à mener cette grossesse à terme. Mentalement. Il est possible qu'on puisse l'interrompre, mais le pays a déclaré l'état d'urgence. Personne nulle part ne s'attendait à cette épidémie. C'est encore possible, et on fera tout ce qui est en notre pouvoir, mais il faut que je vous dise que c'est peu probable. »

Un silence gêné a suivi. Je me suis penchée vers l'avant, puis vers l'arrière. Ben a fait glisser une boîte de mouchoirs vers moi, même si je n'avais aucune envie de pleurer. Quand il a compris que je ne verserais pas de larmes, il m'a dit : « Je sais que ce n'est pas ce que vous souhaitez entendre, et si vous voulez m'engueuler, je ne vous en tiendrai pas rigueur. »

Je suis restée muette. Je regardais par la fenêtre. L'infirmier s'est tortillé dans son fauteuil. Je voyais un café Tim Hortons au bout du terrain, de l'autre côté de l'autoroute, dans un petit centre commercial qui n'était pas encore en activité. Je le voyais aussi du terrain de jeux, mais pas de ma fenêtre, car elle donnait sur la cour arrière. La grande enseigne rouge de la chaîne brillait au soleil même si elle n'était pas allumée, rien de plus qu'une suite de lettres cursives sur la façade du bâtiment en brique brune. Les vitrines sous l'enseigne étaient toujours plongées dans l'obscurité. Comme tout le reste, le Tim Hortons avait été construit trop vite.

Ben a suivi mon regard. « Ça, c'est la vue que j'ai de mon bureau. Ça fait vraiment chier de contempler cette scène tous les jours.

— Ouais, ai-je acquiescé.

— J'ai juste envie de traverser ce terrain et de me retrouver avec un grand café fumant entre les mains. »

L'infirmier a poursuivi en m'expliquant que nous n'étions certainement pas les seules Canadiennes coincées en quarantaine et que des groupes de défense des droits et libertés faisaient pression pour qu'on nous offre de meilleures conditions de vie. Il avait lu qu'on finirait possiblement par avoir droit à un service de traiteur. Quelque chose de meilleur pour la santé.

Je savais que quelqu'un quelque part se souciait de nous, parce que même sans communication avec le monde extérieur, nous avions reçu des dons de l'Armée du salut. Des sacs-poubelle remplis de vêtements avaient été déposés dans le gymnase. Les petites culottes dans leur emballage d'origine étaient les articles les plus prisés et étaient distribuées de manière judicieuse. Il n'y avait pas beaucoup de chemises de nuit ou de pyjamas, alors nous dormions dans nos vêtements ou, pour les plus téméraires d'entre nous, dans de simples T-shirts. Nous nous douchions selon un horaire très strict dans le placard à balais du concierge. Le VSH se transmet par voie sanguine, ce qui voulait dire que le sang menstruel et tous les produits hygiéniques qui s'y rattachaient devaient être traités comme des déchets dangereux.

Deux autres femmes sont tombées malades. Elles étaient logées dans la salle 3, la même que la première victime écumante. Un débat a éclaté dans la salle 8, et nous avons fini par conclure qu'il était plus probable que ces femmes aient contracté la maladie ici qu'elles ne soient arrivées malades.

Après ça, tout le monde était sur les nerfs. Nous avons commencé à restreindre nos activités sociales.

Une des femmes avait un jeu de cartes, et jusqu'à ce moment-là, il y avait eu des parties sans fin. Après, plus personne ne voulait jouer.

Je m'en fichais. Je n'ai jamais été très bonne aux cartes de toute façon, n'ayant eu que ma mère avec qui jouer pendant mon enfance, alors je continuais à me limiter au basket. La plupart du temps, Augustus ne se joignait plus à moi, mais se contentait de me regarder à partir de son poste.

La 3 a été la première et unique salle à écoper. Quatre femmes ont été évacuées puis, un après-midi, les gardiens ont compris que la maladie allait s'étendre à l'ensemble de ses occupantes. J'ai entendu un des soldats dans le couloir dire : « Ça se passe mal, là-bas. Elles sont laides à faire peur », et un autre a ajouté : « Pas un mot devant les blondes » en parlant de nous toutes, les femmes.

L'école était en forme de L et la salle 3 était située au milieu de l'autre aile. Je ne sais pas ce que les soldats ont fait. Nous n'avons rien vu et j'en suis reconnaissante, mais nous avons tout entendu. Beaucoup de cris et de martèlements. Puis nous avons vu deux soldats entrer par les portes principales en trimballant de l'équipement de soudure. Ils sont passés par le hall d'entrée converti en infirmerie avant de longer le couloir. Je suppose que les fenêtres extérieures avaient déjà été scellées. Je ne te dirai pas ce qui s'est passé, mais on entendait un terrible vacarme qui ne semblait jamais vouloir s'arrêter. J'espère que tu n'entendras jamais rien de semblable au cours de ta vie.

Enfin, on nous a apporté des bouchons d'oreilles orange de type industriel. Quand les soldats ont nettoyé les dégâts, ils nous ont enfermées et nous avons craint qu'ils veuillent nous emmurer nous aussi. L'une des femmes les plus âgées de notre salle, dont la peau pendait comme de la chair de poulet sur ses os, a dit qu'elle allait fracasser la fenêtre et partir en courant. Elle se serait sans doute cassé la hanche si elle avait essayé. Mais elle n'a jamais rien fait de tel, bien sûr.

Deux jours plus tard, par cette même fenêtre, nous avons vu arriver des hommes vêtus de grosses combinaisons jaunes, et nous les avons entraperçus qui entraient dans l'école et en ressortaient en transportant dans des chariots un nombre quasi infini de sacs.

À la fin de la semaine, un camion de traiteur est arrivé avec des menus plus raffinés, comme si nous avions encore de l'appétit après ce qui s'était passé dans la salle 3. Malgré tout, nous avons *réellement* mangé. En fait, nous avons ingurgité une étonnante quantité de nourriture, comme pour nous rappeler qu'il fallait rester en bonne santé et continuer à vivre. Cédant à la pression populaire, le gouvernement nous a apporté des mets de la plus haute qualité, préparés par une entreprise du nom de Take One Foods, dont le camion arborait une bobine de film. Nous avons entendu les soldats se plaindre que nos repas étaient meilleurs que les leurs.

Alors que je mangeais une focaccia aux œufs et buvais dans une tasse en carton recyclé du café tiré d'une Thermos à pompe, auquel j'avais ajouté du sucre roux, je me suis demandé s'il serait possible de feindre une crise cardiaque, ce qui m'aurait valu une balade en ambulance et un aller simple hors de cet endroit. Les soldats y auraient peut-être cru après toute la malbouffe qu'on nous avait servie. J'ai même réfléchi sérieusement à la possibilité de faire croire à un épisode psychotique où je ferais semblant d'être atteinte du VSH, mais je craignais de me retrouver dans une salle où le risque de contracter le virus serait encore plus grand, comme si c'était possible.

Après une deuxième tasse de café Bridgehead, le sang pulsant dans mes veines, j'ai décidé de patienter encore une journée pour l'échographie. Si elle n'avait pas lieu le mardi matin, ce soir-là, je sauterais la clôture et m'enfuirais. Je veux que tu saches : ce n'était pas par détermination à me débarrasser de toi, mais je voulais juste avoir le droit de choisir, et je sentais que, jour après jour, heure après heure, on me le refusait.

Les gardes étaient intimidants, mais je savais que leur comportement était dicté par les événements épouvantables qui s'étaient déroulés dans la salle 3. Je ne crois pas qu'ils s'attendaient qu'une femme en parfaite santé essaie de s'évader. Que feraient-ils ? Me tirer dessus ? Peut-être qu'ils l'auraient fait, bien sûr, mais je n'avais pas les idées très claires à ce moment-là. Il n'y avait jamais plus de la moitié d'une patrouille (de six à huit soldats) de garde la nuit. Je pensais qu'au pire ils me poursuivraient, me rattraperaient et me ramèneraient de force. Dans le meilleur des cas, je me faufilerais, ils ne s'en rendraient pas compte, et je marcherais ou ferais du stop jusqu'à un hôpital en ville.

DOUZE

Il fait froid dehors ce matin, mais il a cessé de neiger. Deux jours de suite sans rafale. Tu m'as réveillée et, même s'il est tôt, il n'y a rien d'autre à faire que de me lever et de manger un morceau. Tu bouges sans arrêt, nageant la brasse le long de mes côtes. Mon petit poisson-pilote. Je te sens te tortiller quand je n'ai pas mangé, comme si tu tirais sur mes flancs en criant : « Allez, la vieille, j'ai besoin de ma vitamine D et de ma dose de sucre ! » Pendant quelques mois, quand j'ai commencé à te sentir, tu me donnais des coups bien distincts, mais maintenant tes mouvements sont différents. Tu me bouscules plus que tu ne me frappes. Tu t'allonges et je sens tes tremblements. Tu es de plus en plus à l'étroit, et je sens quand tu te retournes et que tu agites ton bras dans un sens ou dans l'autre. Bien sûr, je ne sais pas si c'est ce que tu fais réellement. Je peux simplement te dire ce que je ressens. On dirait que tu nages en petit chien ou que tu fais un saut périlleux dans l'eau. Parfois, quand j'effleure mon ventre de haut en bas avec les doigts, j'ai l'impression que tu viens à la rencontre de la pression que j'exerce et que tu pousses contre mon nombril afin de sentir cette caresse à travers ma peau.

Je me rappelle un repas chez Jay et Larissa, alors enceinte de Devang. À cette époque, elle ressentait sans doute de petits coups de pied et de poing. Jay m'a expliqué que la mère ressentait les premiers mouvements utérins comme le battement des ailes d'un papillon ou de minuscules bulles qui éclatent. Jaichand lisait tout le temps de gros essais qu'il empruntait à la bibliothèque : des volumes pour parfaire ses connaissances sur des sujets d'actualité, des biographies, tout ce qui venait de paraître et qui lui semblait important, le genre de livres qui faisaient l'objet d'une critique dans les journaux du dimanche. Jay disait que, dans l'Antiquité, on ne considérait le fœtus comme un être vivant que lorsque la mère l'avait senti bouger.

J'ai lu dans des fascicules trouvés au CLIT que je devais faire de l'exercice, comme de la marche rapide, mais qu'il valait mieux éviter les activités trop ardues qui exigeaient de l'équilibre et de l'agilité, comme le vélo. Ici au chalet, il n'y a pas de vélo auquel je doive renoncer, mais couper du bois appartient sans doute à la même catégorie. Et j'ai coupé pas mal de bois ces derniers temps.

Quand j'ai compris que Karl avait avoué notre liaison à Grace, j'ai été remplie de honte et mon visage s'est tellement empourpré que j'ai enfilé mes bottes et suis sortie. Quand j'y pense aujourd'hui, mes joues s'enflamment de nouveau et j'ai des étourdissements. Près du bois cordé, j'ai fendu furieusement des bûches, même si je savais que vu mon sens de l'équilibre, manier un instrument aussi lourd au-dessus de ma tête n'était pas sans risque. J'ai abattu la hache sur la bûche et tu t'es mise à te tortiller quand celle-ci s'est fendue, comme si tu étais nerveuse. J'ai manié encore et encore la hache jusqu'à ce que je me retrouve en nage et que la douleur traverse tous mes muscles. J'avais pensé jusque-là que Grace s'était rendu compte de notre liaison de manière intuitive ou en lisant nos mails, ou même grâce à Dieu sait quels indices que les gens mariés laissent traîner quand ils veulent que l'autre découvre le pot aux roses. Je n'avais jamais songé à la possibilité que Karl le lui ait tout bêtement dit.

Une fois rentrée, j'ai rempli la réserve tout près du poêle, mais j'en avais apporté trop et le bois a roulé sur le plancher. Je me souviens que je me suis penchée pour le ramasser mais, parce que j'étais ronde et essoufflée, ça m'a pris un temps fou, et Grace a soupiré impatiemment depuis le canapé et monté le volume de la télé, où l'on voyait deux commentateurs qui discutaient de la difficulté de créer un vaccin contre le VSH. Nous recevions encore le signal satellite à ce moment-là.

« Même s'il est possible de produire un vaccin, a déclaré un des spécialistes, appuyé sur un bureau lumineux clinquant qui aurait mieux convenu à un commentateur sportif, ce qu'on nous dit, c'est qu'il pourrait entraîner des réactions allergiques ou même une version légère du virus. »

« J'aimerais bien savoir à quoi ressemblerait une version légère de cette maladie… » a soupiré Grace, exaspérée.

Cette petite expulsion d'air a fait jaillir dans ma tête une série d'images. J'imaginais Grace en train d'émettre de semblables bruits d'impatience quand Karl lui avait tout avoué des mois et des mois avant que je ne frappe à sa porte en prononçant le nom de son mari. Ça m'agaçait qu'il lui ait raconté nos plus grands secrets, jusqu'aux mots, jusqu'aux bruits, jusqu'aux… aux moindres détails qu'il y a à raconter dans ces cas-là.

« Je vais faire une promenade, ai-je dit à Grace, j'ai besoin d'exercice. Je vais au bord du lac. » Je n'y étais pas encore allée depuis mon arrivée, mais je savais qu'on y accédait facilement à pied.

Sidérée, Grace a levé les yeux de la télécommande. « Tu n'iras nulle part. » Elle a tendu le bras comme Moïse quand il a écarté les eaux de la mer Rouge. « À moins que tu aies l'intention de te rendre jusqu'au milieu du lac et de disparaître sous la glace. Pourquoi penses-tu que nous sommes terrées ici ? Parce qu'on est à l'abri. Si tu sors, tu risques de ramener le VSH avec toi. »

J'ai attendu, affalée sur le canapé, jusqu'à ce que Grace éteigne sa lampe de chevet. Bien qu'elle m'ait refilé la vieille brosse à dents de Karl, il était hors de question qu'elle me laisse dormir de son côté du lit. À mon avis, même le canapé n'était pas assez loin d'elle. Grace décidait du moment où on éteignait les lumières et de celui où on les rallumait le matin, de l'heure de la douche et de celle des repas. Le seul truc sur lequel elle n'avait aucune emprise, c'était le moment où tu me donnais des coups de pied dans les reins.

« Grace… »

Il y a eu un silence.

« Il ne savait rien. Au sujet du bébé. Je ne le lui ai jamais dit. »

Je n'entendais plus sa respiration. La pièce semblait soudain étouffante et exiguë. Puis Grace a lâché : « Pauvre conne ! »

Une heure durant, plongée dans le noir, j'ai essayé d'interpréter ce commentaire. Mais avant que je ne tire mes conclusions, je me suis rendu compte que le rythme de sa respiration avait changé. J'ai entendu le sifflement qu'elle émettait parfois quand elle s'assoupissait. Elle s'était endormie.

Je me souviens que la fenêtre des toilettes des filles, au CLIT, était plus petite que je ne m'y attendais. Elle était aussi plus haute que ma tête, ce qui complique toujours les choses, enceinte ou pas. J'avais volé un couteau à beurre en plastique plus tôt dans la journée et, avec ce tournevis de fortune, j'ai fait sauter les attaches de la moustiquaire. L'idée de passer par la fenêtre au-dessus de mon lit m'avait traversé l'esprit, mais elle ne s'ouvrait pas assez grand et, même dans le cas contraire, cette option présentait un trop grand risque en raison de la présence de quatorze femmes endormies et d'un homme posté dans le couloir. Alors je m'étais rabattue sur les toilettes comme issue de secours. J'ai dû y faire deux visites avant de me retrouver seule, ce qui m'a également obligée à raconter à l'homme dans le couloir que je souffrais d'indigestion. Bien sûr qu'il m'a crue. Vu ma grossesse, j'allais aux toilettes toutes les cinq minutes même quand tout allait bien.

À trois heures du matin, j'attendais encore que tombe la nuit. Je trouvais insupportable de rester couchée dans l'obscurité, l'estomac noué par la nervosité, à écouter tousser les autres femmes. Une fois dans les toilettes, il était clair que je devais limiter le bruit au minimum pour ne pas me faire pincer. Quand la moustiquaire s'est décrochée, je l'ai attrapée instinctivement avant qu'elle ne tombe avec fracas sur le sol dehors. Je l'ai coincée contre le mur de brique avec ma paume et l'ai fait pivoter afin d'avoir une meilleure prise, puis je l'ai tirée à l'intérieur et l'ai glissée sans faire de bruit derrière une cuvette. Les questions auxquelles j'étais confrontée étaient les suivantes : Pourrais-je passer par la fenêtre ? Et, plus important encore, pourrais-je passer sans faire un boucan d'enfer ? Et combien de temps pouvais-je rester aux toilettes avant qu'un des hommes ne vienne voir ce qui se passe ?

J'ai enlevé mes lunettes, les ai repliées et les ai glissées en lieu sûr dans la poche de ma chemise. Puis j'ai empoigné le cadre de la fenêtre, me suis arc-boutée contre le lavabo et propulsée vers le haut. J'étais plus ou moins suspendue dans les airs, coincée, le rebord de la fenêtre enfoncé dans le ventre. Ma tête était sortie, mais pas mes épaules. Je voyais un champ, assez flou, et l'autoroute juste derrière la clôture du terrain de jeux. Pur et doux, l'air me rappelait un mélange de trèfle et de whisky. C'est à ce moment-là que j'ai compris que je réussirais à passer par la fenêtre, au diable ma taille. J'ai entendu un bruit au loin : la circulation. Je ne distinguais pas de phares, mais c'était clairement le moteur d'une voiture. J'ai compris qu'il faudrait que je sois hyper silencieuse. Plus silencieuse encore que l'idée que je me faisais du silence, étant donné qu'on entendait la voiture d'ici. Je me suis contorsionnée afin de franchir la fenêtre. La première épaule est passée sans problème. La seconde est restée coincée et j'ai senti les premières pointes de douleur de ce qui deviendrait une longue écorchure rouge.

Mes mains cherchaient à tâtons une prise et j'ai compris qu'il suffisait de m'étirer pour atteindre le toit. En sortant à reculons de la fenêtre, j'ai promené mes mains le long du mur et me suis tortillée jusqu'à ce que mes hanches viennent se poser sur le rebord. D'une main, puis de l'autre, j'ai agrippé le toit, qui s'avançait en saillie. Ma hanche s'est heurtée au cadre de la fenêtre en provoquant un énorme bruit. Je me suis figée. J'ai respiré. Je me suis dit : « Ne respire pas. »

En agrippant le rebord du toit, j'ai cherché le bon angle pour faire passer le reste de mon corps. La vue en plongée m'a rappelé mon cours de géométrie de seconde, dans lequel j'ai appris qu'il est possible de faire entrer des objets variés dans un volume quelconque si on les dispose de la bonne manière, et cela même si leurs dimensions totales sont égales à celui-ci. Je savais que mon ventre souple suivrait et ne poserait pas de problème. Non, le hic, c'était mon cul. Qui n'était pas petit. Il y avait également un gros point d'interrogation qui rayonnait dans mon cerveau au sujet des suites de l'opération si une autre femme entrait dans les toilettes. J'ai rentré mon ventre et me suis tordue dans un sens puis dans l'autre. À un certain moment, j'ai presque perdu ma prise sur les rugueux bardeaux d'asphalte du toit et, au moment précis où je craignais le plus de tomber, mon corps s'est libéré du cadre de la fenêtre.

Mes jambes sont sorties et je suis restée suspendue, le cul en l'air et les chaussures appuyées contre le rebord de la fenêtre. Il fallait que je descende. Il était temps. Une de mes mules est tombée sur la surface asphaltée. Elle a fait un bruit sourd. Il m'est venu à l'esprit que mon corps ferait beaucoup plus de bruit en y atterrissant. D'un geste, je me suis débarrassée de l'autre mule. Puis, en chaussettes, j'ai atterri au sol et une douleur indescriptible m'a traversé les genoux. Je me souviens que j'ai failli tout gâcher en lâchant un cri. Le genou auquel on avait fait des points de suture a plié sous mon poids et je suis tombée par terre, les paumes contre la surface dure. À l'extérieur, le sol était environ un mètre plus bas que le plancher des toilettes par rapport à la fenêtre.

Je ne m'attendais pas qu'il fasse aussi froid. Je n'étais jamais sortie la nuit, et le mois d'octobre était largement entamé. Mais j'étais libre, libre comme l'air, et ce n'était pas le moment de craindre de faire sauter un foutu point de suture. Je suis partie en courant avec mes mules dans les mains. Je ne me suis pas retournée pour voir si quelqu'un montait la garde ; je me suis concentrée sur la clôture. Sans mes lunettes, je la voyais à peine, un treillis gris d'environ deux mètres de hauteur, trente mètres devant moi, et j'ai tracé une ligne droite pour l'atteindre, sprintant et boitant à la fois dans mes chaussettes sur le béton et les cailloux. Mon cœur battait dans ma poitrine ; courir enceinte, même de quelques semaines, était complètement différent de la course normale, même si je n'avais jamais été une coureuse hors pair. J'ai lancé une mule par-dessus la clôture, puis l'autre. Elles ont atterri lourdement de l'autre côté. J'ai senti le métal entre les doigts. Il était froid et résonnait au contact de ma bague, mais la clôture était neuve et ne courbait pas sous mon poids. Des enfants survoltés ne l'avaient pas encore malmenée. Sans chaussures, je souffrais en insérant mes pieds dans les losanges. Mes orteils se sont agrippés au grillage. Je n'avais pas fait ce genre de chose depuis au moins dix ans, mais j'ai gravi sans difficulté la clôture. Au sommet, j'ai passé une jambe, puis l'autre ; ensuite, j'ai sauté sans attendre de trouver une prise pour mes orteils et je suis tombée, de plus haut que je ne l'aurais cru. J'ai atterri sur une de mes mules et ma cheville a cédé, suivie de mon genou, et je me suis de nouveau écrasée au sol. Puis j'ai vu une silhouette près de l'école et j'ai attrapé mes mules. Je ne les ai même pas enfilées. Je me suis relevée d'un bond et me suis propulsée en avant, soulevant de l'herbe et des brindilles.

J'ai entendu trembler la clôture. Le soldat l'avait sans doute percutée avec plus de force que moi. Il a crié : « Arrête ! » C'était la voix d'August. Oh mon Dieu. Mais je n'avais pas le loisir de réfléchir ; j'ai poursuivi ma course malgré la douleur. Ce qu'il faut comprendre, c'est que je ne suis pas très en forme. Je ne l'ai d'ailleurs jamais été ni ne le serai jamais.

« Hazel ! a hurlé August. Hazel ! »

Je me suis arrêtée et j'ai regardé derrière moi. Il était encore de l'autre côté de la clôture, qu'il avait attrapée d'une main. Je me suis penchée en avant pour reprendre mon souffle. Me laissait-il une longueur d'avance ? Je savais que de toute façon je n'avais aucune chance de le semer. J'ai regardé la route, un ruban bleu indistinct à bonne distance de là. Plus loin que je ne l'aurais cru. En dehors de la lumière qui émanait de la cour d'école, tout n'était qu'un camaïeu de gris.

« Ne m'oblige pas à te descendre ! » Il était convaincant, comme le sont certains hommes quand ils sont soûls ou en colère. Je n'étais pas trop certaine du sens que je devais accorder à ses paroles. Il avait un pistolet. Avait-il vraiment l'intention de s'en servir ?

J'ai repris mon souffle puis, sans réfléchir, je me suis mise à courir. C'était la seule chose à faire.

J'ai entendu August sauter par-dessus la clôture sans aucune difficulté. *Boum*, il a atterri. Mais j'ai couru de toutes mes forces sans me retourner.

Il ne cessait de m'appeler, comme s'il croyait que je m'arrêterais de nouveau parce que nous étions amis. Mais chaque fois qu'il prononçait mon nom, je pouvais juger de la distance qui nous séparait. Il ne tarderait pas à me rattraper, alors je me suis mise à zigzaguer. Je me souvenais de l'efficacité de cette stratégie lorsqu'on jouait à chat dans la cour d'école ou qu'il fallait semer les gros costauds. On se déplace moins rapidement, mais on est plus difficile à attraper. J'entendais le bruit de ses bottes sur le sol accidenté. J'ai perdu une de mes mules, mais ne me suis pas arrêtée pour autant. Je me suis enfoncée dans la boue, j'ai marché sur des orties, lancé un cri de douleur, poursuivi ma route. J'ai filé tout droit pour essayer de prendre de la vitesse et gagner du terrain. C'est à ce moment-là qu'il m'a interceptée en me plaquant à la hauteur des genoux et que son corps s'est abattu sur le mien. La friction de l'herbe m'a brûlée sur le côté, un objet pointu s'est enfoncé dans mes côtes et j'ai eu la bouche pleine de mauvaises herbes. Une de mes dents a percuté un objet dur.

Je ne savais toujours pas ce qu'il comptait faire de moi. Il m'a fusillée du regard et mon poing est parti avec toute la force dont j'étais capable. Je l'ai atteint au visage, droit dans l'œil. Je lui ai donné un coup dans la poitrine. J'ai presque réussi à m'extirper de là, mais il s'est vite ressaisi. Puis il m'a de nouveau attrapée et il a plaqué mes bras au sol. Il était plus lourd que je ne l'aurais cru, et tout ce poids exerçait une terrible pression sur moi, m'oppressait. Je ne pouvais guère respirer et certainement pas crier, mais j'ai réussi à lui dire : « Fils de pute ! Putain de fils de pute ! » J'ai puisé dans mes dernières réserves d'énergie pour lui cracher au visage. J'ai essayé d'atteindre son entrejambe mais il s'est retrouvé à califourchon sur moi, ses genoux maintenant mes bras de chaque côté de ma tête. J'ai essayé de le faire tomber en arquant mon dos, mais je n'arrivais pas à m'en défaire. Il n'a pas dit un mot. Il respirait fort au-dessus de moi.

J'ai pensé que je ferais peut-être une fausse couche après un tel plaquage, mais je n'ai ressenti aucune douleur qui m'aurait laissé croire à ce dénouement ; en fait, je ne ressentais rien du tout.

Après quelques secondes, je me suis rendu compte que j'avais l'entrecuisse d'August contre mon visage, que ma bouche était remplie de sang et que j'étais immobilisée. Je savais pertinemment que je ne réussirais pas à le déloger et j'ai cessé de me débattre. J'ai songé un instant à reprendre la fuite dès qu'il m'aurait relâchée, mais soudain quelqu'un d'autre a crié derrière la clôture : « Avez-vous besoin d'aide, mon capitaine ?

— Non ! a beuglé August comme si sa fierté était en jeu. Tu savais très bien que je te rattraperais. Pourquoi tu ne t'es pas arrêtée ? » m'a-t-il demandé entre des respirations saccadées, comme s'il était réellement perplexe. Mes lunettes se trouvaient dans ma poche, mais il était si près de moi que je voyais son visage sans aucune difficulté. Il a bougé un genou, ce qui m'a fait mal et m'a complètement immobilisée. Je craignais de m'être démis l'épaule. Je me suis mise à pleurer. Son œil, celui que j'avais frappé, était tout rouge, et je voyais, même dans l'obscurité, qu'il allait enfler.

« Laisse-moi partir », ai-je supplié. Mais il était trop tard et nous le savions tous les deux. L'autre soldat avait enjambé la clôture malgré les ordres d'August. À son approche, nous entendions ses bottes marteler le sol. « Tu aurais pu... ai-je dit. Tu aurais pu me laisser partir. »

Les soldats qui avaient procédé à mon arrestation m'ont raccompagnée à l'école et ont réveillé les infirmiers, ou « infirmes », comme ils les appelaient. Malgré les protestations d'August, l'un d'eux a insisté pour qu'il passe un test d'acuité visuelle, qu'il a réussi haut la main. L'infirmier lui a donné un sachet réfrigérant en disant que son œil était parfaitement apprêté au beurre noir, une blague, j'imagine, mais qui n'a fait rire personne. Il est ensuite retourné se coucher.

L'infirmier a nettoyé ma lèvre fendue et a constaté qu'aucune dent n'était brisée. Mon épaule était intacte, elle aussi. En attrapant mes lunettes dans la poche de ma chemise, j'ai découvert que l'un des verres avait été écrasé et réduit en éclats. C'est ce qui s'était enfoncé dans mes côtes. Plus tard, j'enverrais les restes du verre dans une poubelle, mais conserverais la monture afin de voir d'au moins un œil. L'infirmier a nettoyé la plante de mon pied avec un tampon, là où j'avais marché sur une ortie, et y a appliqué de l'onguent. Il m'a tendu un sachet réfrigérant pour ma cheville. Puis il a relevé le bas de mon pantalon jusqu'au genou et a émis un sifflement.

« Depuis quand votre genou est-il comme ça ?

— Quelques semaines. » Je lui ai parlé des deux points de suture qu'on avait négligé de me faire et de celui que j'avais fait sauter lorsque j'avais fui l'attaque de la fontaine au Washington Square.

« Vous avez complété le boulot ce soir. Il y aura une cicatrice. Mais je peux recoudre la plaie. » Il a appliqué un tampon. J'ai senti une vive douleur et j'ai grimacé. « Vous avez de la chance que ça ne se soit pas infecté. Vous ne vous êtes pas servie d'un antiseptique. Pourquoi n'êtes-vous pas venue me montrer ça ? »

Je sentais rougir mon visage, et je me suis mise à hoqueter plus que je ne pleurais. « Je pensais à… tout autre… chose.

— Oui, a-t-il dit en poussant l'aiguille. C'est clair. Ne bougez pas, et ne pleurez pas avant que j'aie terminé. »

On a ordonné à Michelle Morell de se lever et de se coucher dans mon lit pour la nuit, et on m'a mise dans le placard. Allongée sur son lit, j'étais contente qu'on lui ait fait subir des tests supplémentaires, parce que personne ne m'avait offert des draps propres.

« Que va-t-il m'arriver ? ai-je prononcé à voix haute, parce que j'étais seule dans le cagibi et que personne ne pouvait m'entendre – mais je me serais foutue du contraire. Que va-t-il m'arriver ? »

Le lendemain, après quelques heures de sommeil à peine, August avait l'air de quelqu'un qui s'est vraiment fait arranger le portrait. Il avait un trait noir sous l'œil comme un joueur de football et sa joue était aussi enflée qu'une pomme. Ce n'était pas un maigrichon et je ne savais pas que j'avais une telle force. J'avais dû perdre les pédales. Il s'est mordu la lèvre quand je l'ai croisé, comme s'il se retenait de m'apostropher. Je ne me suis pas excusée.

Un des autres soldats m'a fusillée du regard quand je me suis dirigée en claudiquant vers la bibliothèque pour ma tonte réglementaire. « Il aurait dû te mettre une balle dans la tête, connasse », a-t-il fulminé sur mon passage. Le ton de sa voix m'a fait comprendre ce qu'on doit ressentir lorsqu'on est criblé de balles.

Le soldat qui rasait les cheveux avait l'habitude de tirailler ma tête en tous sens, mais ce matin-là il s'en est donné à cœur joie. La tondeuse avait des crocs et une douleur lancinante traversait mes épaules à l'endroit où August m'avait plaquée au sol. J'avais mal partout, à des endroits où je n'aurais jamais imaginé avoir mal, comme les coudes, les muscles sous les aisselles qui s'étendaient jusqu'aux seins, les hanches et même la gorge. Je regardais la poussière rouge de mes cheveux à l'intérieur d'un sac de plastique, comme de l'herbe fraîchement coupée, mais de la mauvaise couleur. Je ne portais pas mes lunettes brisées, et tout était flou.

Après la tonte, le commandant en chef, avec qui je n'avais jamais parlé, a comblé l'embrasure de mon cagibi avec sa carrure. Il m'a regardée de haut en bas, hurlant de toutes ses forces, il me semble, mais chaque fois que je pensais qu'il avait atteint la limite de son registre, sa voix s'élevait d'un cran. La porte en bois avait été laissée entrouverte afin que tout le monde entende. Il m'a informée que non seulement j'avais contrevenu à toutes les règles du Centre local d'isolement temporaire auquel j'avais été affectée, mais j'avais aussi enfreint les lois de mon pays, ce qui constituait un acte séditieux. En essayant d'échapper à la quarantaine, j'avais consciemment mis la vie de mes concitoyens en péril. Il y aurait de sérieuses conséquences. Je serais punie et perdrais mes droits. Le gouvernement du Canada avait invoqué une loi d'urgence ; nous faisions face à un désastre naturel, comment pouvais-je croire que quiconque était au-dessus de la loi ? L'invocation d'une telle loi par le Conseil des ministres et le Parlement avait fait l'objet de mûres réflexions. Est-ce que j'en savais plus que les honorables hommes et femmes qui en faisaient partie ? Croyais-je réellement que mes droits individuels avaient plus de poids que la sécurité de mes concitoyens et de la nation tout entière ? Était-ce le cas ? *Non, monsieur.* Est-ce que je croyais que j'avais le droit d'agresser un serviteur de la nation, qui ne faisait que suivre les ordres et qui faisait tout en son pouvoir pour servir et protéger son pays ?

Je n'ai pas répondu « Non, monsieur » cette fois-ci. Le commandant a fermé la porte pour produire une vive impression et nous confiner dans cet espace restreint. Assise sur le lit de camp, je me sentais toute petite. Cet homme avait des yeux d'un noir d'ardoise. Il a baissé la voix, ce qui le rendait encore plus effrayant. Il m'a demandé ce que j'aurais fait si j'avais réussi à m'enfuir et m'a rappelé que je n'avais même pas de carte d'assurance maladie. Il m'a dit qu'il comprenait ma façon de penser, et j'avais l'impression qu'il disait vrai.

« Vous vous trompez si vous pensez que le capitaine vous empêchait de recevoir des soins médicaux. Il vous empêchait de contaminer les autres. Cet homme a reçu un entraînement et il est payé pour vous contraindre à demeurer à l'intérieur de ces murs coûte que coûte. Il ne faisait que son devoir. »

J'ai sans doute répondu « Oui, monsieur » parce qu'il ne serait jamais parti sans que je marque mon assentiment, mais si j'ai acquiescé, je ne m'en souviens pas du tout. Je n'avais plus qu'un filet de voix à ce moment-là de toute façon. Et je tremblais à la seule idée qu'il puisse m'inculper pour mes délits. Il m'était interdit de sortir. À partir de ce moment-là, le seul endroit où l'on me permettrait de me dégourdir les jambes, ce serait le gymnase. Je serais enfermée dans le placard la nuit. La fenêtre des toilettes serait condamnée et, comme si cette mesure de sécurité ne suffisait pas, dorénavant, chaque fois que j'aurais envie de chier ou de pisser, il y aurait quelqu'un à l'écoute derrière la porte.

Peut-être s'agit-il d'une étonnante coïncidence, mais l'appareil pour l'échographie est arrivé promptement ce jour-là à dix heures.

L'échographiste était une femme, mais contrairement à nous toutes, elle avait des cheveux. Ils étaient noirs, fournis et ramenés en chignon sous un bonnet en papier. Les boucles par-dessus ses oreilles menaçaient à tout moment de s'échapper. Elle a appliqué sur mon ventre un gel froid qui s'apparentait à un lubrifiant et a déplacé l'embout d'un instrument autour de mon nombril. Il produisait la sensation d'un sex-toy en caoutchouc et ressemblait à un lecteur de code-barres. Ben, l'infirmier, m'avait dit de boire un demi-litre d'eau avant de passer l'échographie, mais je n'avais aucune idée de ce que cela représentait. J'avais sans doute bu deux fois cette quantité à la fontaine et avais besoin de faire pipi. La technicienne me parlait doucement et ne donnait aucun signe d'être au courant de ma fuite désespérée. En fait, elle ne semblait faire aucun cas de l'environnement dans lequel nous évoluions.

Nous nous trouvions dans le local qui abriterait la maternelle, et il était pourvu de toilettes. La technicienne a essuyé le gel sur mon ventre avec des mouchoirs de papier, a pointé les toilettes du doigt et a dit : « Videz un peu votre vessie. »

J'ai obtempéré, puis je suis revenue près du coin des vestiaires, là où nous nous étions installées pour faire l'échographie. J'ai grimpé de nouveau sur la table à roulettes qu'elle avait poussée dans la pièce en arrivant. Elle a remis du gel et a recommencé à me frotter avec son instrument, traçant des cercles sur mon ventre bombé. J'avais pris du poids au CLIT. Ton poids.

Je ne voyais pas l'écran. Il était tourné vers elle. Elle m'a demandé si j'avais envie de voir l'image, mais je n'ai rien dit, alors elle n'a pas insisté. Nous étions tout près l'une de l'autre. Elle sentait le jasmin et le miel. Je me souviens de ce parfum parce que, hormis le nettoyant qui servait à récurer les couloirs et les salles de classe, tout, et même tout le monde au centre de quarantaine sentait la sueur et l'amertume. À côté de moi, et juste derrière la technicienne, il y avait deux rangées de petits portemanteaux en bois, l'une à la hauteur des genoux et l'autre, parce que j'étais couchée, à la hauteur de mes yeux, à environ un mètre vingt du sol. Les crochets avaient été peints en rouge brique bien que toute la pièce soit d'un vert hôpital.

« Que se passe-t-il à l'extérieur, ailleurs dans le monde ? ai-je demandé.

— Rien de plus intéressant qu'ici. Tout le monde se croit malade. Mais tout le monde ne l'est pas, bien sûr. Les hôpitaux sont bondés, à moitié remplis de gens qui devraient y être et à moitié de gens qui n'ont rien à y faire. Halloween sera toute une histoire, cette année. Il y a un magazine à Toronto qui organise un bal en blond, une peroxyde party ou un truc dans le genre. J'ai lu un article très critique là-dessus dans le *Spectator*. Il faut porter une perruque pour y participer. Apparemment, ça va être super chic… je n'en sais rien. Il semble que ça vient de New York et que Toronto veut faire pareil.

— Mais… qu'en est-il du reste du monde ? Je sais qu'ici, c'est l'état d'urgence, mais comment réagissent les autres pays ? »

Muette, elle a agité l'appareil çà et là sur mon ventre et j'ai compris qu'elle ne dirait plus rien. Ou peut-être qu'elle était tout simplement concentrée. J'entendais un cliquetis qui émanait de l'ordinateur.

« Tout a l'air très bien », a-t-elle déclaré, comme si quelqu'un lui avait laissé entendre que ce serait le contraire. Elle a froncé les sourcils. « Ah, voilà ! » a-t-elle lancé enfin, satisfaite. Elle a appuyé très fort sur mon ventre avec le lecteur de code-barres. « Ne bougez pas, c'est parfait », a-t-elle ajouté, comme si elle croquait une photo de classe.

Après l'échographie, Ben m'a appelée dans son bureau pour une consultation. Il avait l'air sérieux. Toute trace de ses manières charmantes avait disparu ; il était assis maladroitement, comme s'il ne savait pas quoi faire de ses mains. Longues et blanches, elles étaient posées sur le bureau. Il les regardait comme s'il s'apprêtait à écailler des poissons, mais ne savait pas par où commencer, la tête ou la queue. Je lui aurais fait confiance pour m'amputer un membre ou me retirer une balle. Mais ma situation l'éloignait de sa zone de confort.

« Vous vous trouvez malheureusement à la quatorzième semaine de votre grossesse.

— J'en étais à la douzième, même pas, quand je suis arrivée ici. L'épidémie crée des circonstances exceptionnelles, non ?

— Vous savez bien que je suis d'accord avec vous, a-t-il rétorqué, les yeux posés sur le dossier devant lui, mais sans chercher à l'ouvrir.

— Dans des circonstances exceptionnelles, on peut…

— Oui. »

Mais ce n'était pas un *oui, je peux vous aider.* C'était un *oui, c'est vrai, en principe.*

« Avez-vous suivi l'évolution de la législation dans ce domaine depuis trois ou quatre ans ? » Les choses avaient beaucoup changé sous les conservateurs, a-t-il dit. Et avec la pression supplémentaire qu'exerçait l'épidémie, nos hôpitaux étaient bondés, surchargés. Le personnel médical et pratiquement toutes les ressources du système de santé étaient affectés à des tâches plus importantes. En d'autres termes, je pouvais déjà m'estimer heureuse d'avoir eu droit à une échographie. C'est alors qu'il a dit quelque chose de surprenant : « Je peux faire la demande, car il est encore possible de mettre un terme à votre grossesse. Mais il faut que vous sachiez que ce ne sera pas tout de suite, surtout avec ce gouvernement, et surtout avec la crise actuelle. Je peux faire la demande, mais pas vous garantir des résultats cette semaine. Peut-être la semaine prochaine ou plus tard encore. Je veux que vous réfléchissiez à votre décision et que vous reveniez me voir demain. Si vous voulez toujours mettre fin à cette grossesse, je ferai la demande. Après, il faudra attendre encore un peu pour voir ce qu'il en est. »

Derrière lui, par la fenêtre, je voyais la sphère orange du ballon de basket-ball qui traînait par terre près des lignes peintes du terrain asphalté. L'image s'est brouillée, ce qui n'avait rien à voir avec le fait qu'il me manquait un verre. Le ballon a perdu puis repris sa forme. L'image est devenue floue, puis s'est précisée avec le passage des minutes. Je savais que j'aurais dû le prier de faire la demande, mais je savais aussi que j'en étais incapable. J'avais déjà trop attendu et la faute me revenait entièrement.

Lorsque j'étais petite, puis plus tard, à l'adolescence, je me demandais ce que ma mère voulait de moi, ce qu'elle voulait *pour* moi et pourquoi elle m'avait fait venir dans ce monde. Je me souviens avoir claqué la porte à l'âge de douze ans en hurlant : « Pourquoi as-tu même décidé d'avoir un enfant ? » Maintenant, je sais qu'elle n'avait pas de grand rêve. Elle avait juste envie de me voir grandir.

Couchée sur mon lit de camp dans le placard à balais ce soir-là, j'ai pensé à ma mère et à tout ce qu'elle avait enduré lorsqu'elle avait accouché de moi, seule ou presque. J'ai pensé à la fatigue qui m'habitait chaque minute de chaque jour et à la manière dont cette fatigue s'était emparée de moi dès l'instant où j'avais appris ton existence. J'ai pensé à ma mère, qui avait ressenti cette même fatigue, cette même nausée, chaque seconde de chaque jour pendant des mois. Je ne l'avais jamais su et ne lui avais jamais témoigné la moindre reconnaissance, et aujourd'hui, j'aurais voulu que ce soit le contraire. J'aurais voulu reprendre mes phrases assassines, effacer chaque occasion où j'avais levé les yeux au ciel ou fait semblant de ne rien entendre. Ses mains tremblaient lorsqu'elle comptait son argent à la caisse des magasins, comme si elle craignait de ne pas avoir la somme complète. Je me suis souvenue qu'elle me caressait la tête quand j'étais petite. Avec la paume, elle lissait mes cheveux derrière mes oreilles. Elle était tout le temps en train de m'astiquer, comme si j'étais un fichu chapelet et, à l'époque, je croyais qu'elle cherchait à me transformer ou à améliorer mon apparence. Les factures s'accumulaient et parfois les enveloppes demeuraient scellées parce qu'elle ne supportait pas de les regarder. Je la vois encore les flanquer sur la table de la cuisine, puis les pousser à l'écart à l'heure des repas ; je me souviens que son haleine empestait l'alcool quand elle me bordait la nuit. Les hommes qu'elle fréquentait avaient toujours une voiture ; nous n'en avons jamais eu. J'ai appris à conduire dans les voitures aléatoires de ces hommes qui ne faisaient que passer. À l'époque, je croyais qu'il y avait des tas de raisons pour expliquer l'alcool et les hommes mais, couchée dans ce centre de détention, sans fenêtres, sans aucune vue sur le monde extérieur, j'ai compris la vérité : c'est tout simplement très difficile d'élever un enfant, surtout sans pouvoir compter sur l'aide de quelqu'un. Je ne peux qu'imaginer la souffrance de ma mère qui n'avait personne à qui se confier. Plus que Karl, plus que Grace, voilà ce que j'avais tant redouté. C'était cette profonde vérité qui me foutait une peur bleue.

Le lendemain, Ben, l'infirmier, a ouvert mon dossier et m'a tendu des fascicules verts qui traitaient des différents stades de la grossesse. Toutes les femmes sur les photos étaient belles. Toutes étaient dans la jeune trentaine. Toutes étaient d'une parfaite minceur que seule brisait la rondeur de leur ventre. Aucune n'avait les cheveux violets, le crâne rasé ou un mohawk sur la tête ; aucune n'était tatouée ou ne portait un anneau au nez ou de l'eye-liner noir à la manière d'Avril Lavigne ; aucune ne portait de robe vintage laide, de sandales Birkenstock, de jean super stretch de pute ou de Converse. Elles portaient toutes d'impeccables tenues de bureau, des T-shirts de couleur pastel ou de gracieuses robes blanches. Elles se trouvaient toutes dans les bras d'un homme rasé de près qui avait l'air tout droit sorti d'une pub de voitures, plus âgé qu'elles, d'accord, mais pas de manière significative. Tout le monde souriait. Sur l'une des photos, les mains de l'homme formaient un cœur au-dessus du proéminent ventre nu de son épouse. Je ne connaissais personne qui ressemblait à ces femmes-là et je ne me sentais pas du tout comme elles. La maternité, ai-je pensé, gagnerait à avoir une meilleure campagne de publicité, plus inclusive.

Larissa m'avait dit peu après la naissance de son fils qu'elle n'avait jamais été aussi heureuse que lorsqu'elle était enceinte. Assise devant Ben, j'attendais de me sentir pastel, impeccable, immaculée et heureuse. Le sentiment n'est jamais venu.

Il m'a tendu une feuille de papier lignée sur laquelle il avait inscrit à la main les grandes lignes du régime auquel il me soumettait ainsi que les vitamines qu'il voulait me prescrire. Je me suis concentrée sur le mot *légumineuses*, dont les lettres étaient parfaitement liées les unes aux autres, penchées, comme si Ben était un gaucher qui faisait tout son possible pour écrire de manière lisible. On m'interdirait désormais les viandes froides du traiteur par crainte de la listériose. Mais on me permettait mon café matinal, ce qui était déjà un petit miracle en soi.

Il m'a demandé si j'arrivais à déchiffrer ce qu'il avait écrit sans lunettes, et je lui ai dit que oui, que mon problème, c'était la myopie.

« Voulez-vous voir les photos ? »

J'ai acquiescé bêtement de la tête et il m'a passé les photos de l'échographie. Il y avait deux images, non pas des photos, mais des images imprimées sur du papier ordinaire comme si on les avait fait sortir d'une imprimante laser. Au début, parce que je n'avais pas daigné regarder l'écran, j'ai eu de la difficulté à te retrouver. Je ne pouvais distinguer ce qui était moi de ce qui était toi. Tu n'étais qu'une image floue en noir et blanc, une chose incolore, pixélisée.

« Ici, vous voyez la tête. Cette tache claire au centre de l'image, c'est le cœur. » L'infirmier a indiqué une marque blanche avec le doigt.

Puis il a retourné le dossier et m'a montré que ton rythme cardiaque avait aussi été consigné. Il a pointé du doigt une série de mensurations et m'a expliqué qu'elles correspondaient à la taille de ton cerveau. Il m'a dit que ton rythme cardiaque était de 146 battements par minute.

« Qu'est-ce que ce sera ? ai-je demandé sans quitter la tache informe des yeux.

— C'est encore tôt, mais dans ce cas-ci, la technicienne a noté qu'il y a peu de doute sur le sexe de l'enfant. Voyez-vous ces trois lignes parallèles ? » J'ai plissé les yeux. « Ça veut dire que c'est une fille. »

Je me souviens du jour où Grace a déclaré que nous avions consommé la presque totalité des aliments périssables. Elle m'a qualifiée de grosse truie et m'a dit que je m'en mettais plein la gueule depuis que j'étais plus à l'aise. Elle m'a demandé si je portais un baleineau et m'a dit qu'elle avait vu à la télé un reportage animalier où on expliquait que le petit du béluga fait près de deux mètres à la naissance et pèse autant qu'un homme adulte.

Elle a sorti du congélateur un emballage de pommes de terre rissolées. « Là, on est condamnées à faire du putain de camping, a-t-elle statué. On n'a plus que ça et cette conserve de soupe pour tenir. » Il restait bien d'autres choses, évidemment, mais Grace était vieille, fortunée et habituée à la haute gastronomie.

Nous n'avons jamais reparlé de ce que je lui avais dit : Karl ne savait pas que j'étais enceinte. Mais j'avais l'impression que son attitude envers moi avait changé. Elle a grimpé sur une chaise et a tiré l'échelle du grenier. Je ne l'avais jamais remarquée avant ce moment-là. Elle a gravi les barreaux et a fini par me demander si je pouvais lui prêter main-forte. Son visage est apparu au haut de l'échelle. Elle a jeté un regard vers le bas.

« En fait, non, a-t-elle dit. Si je te la passe et que tu la laisses tomber, le bébé se fera écraser. » Elle a marqué une pause comme si elle pesait le pour et le contre, puis elle a dit : « D'accord, oublie ça. Je vais me débrouiller toute seule, putain de merde ! » Elle est descendue de l'échelle en traînant une malle. Elle geignait sous l'effort, les muscles de ses épaules saillaient sous son chandail. Je l'observais bêtement. Arrivée avec peine au dernier barreau, elle a lourdement déposé la malle au sol. Il se trouve qu'elle contenait une vieille machine à coudre.

« Karl a acheté ça pour moi, il aimait bien ce genre de vieux trucs. Une merde d'antiquité. Je me demande si cette putain de vieillerie fonctionne encore. Comment on fait pour ouvrir cette saloperie… ? »

En déposant la machine à coudre sur la table, Grace a égratigné la surface de Formica bleu lagon. Je suis prête à parier que Karl avait payé une fortune pour cette table-là, parce qu'elle était comme neuve, mais Grace s'en foutait pas mal ou ne s'est même pas rendu compte de sa maladresse. Elle a tordu et tortillé ses doigts, puis elle a enfin réussi à embobiner le fil. Elle m'a ordonné d'enlever mon pantalon. Elle a entouré mon buste d'un mètre à ruban, qu'elle a tenu en place entre le pouce et l'index juste au-dessus de mes mamelons. Elle l'a ensuite enroulé autour de mes hanches et a noté les mensurations. Puis, tout l'après-midi, elle a fait de la couture et lâché des jurons et, vers le début de la soirée, elle avait réussi à agrandir la moitié de mes vêtements.

À un certain moment, elle est remontée dans le grenier et a balancé en bas une boîte remplie de tissus qui sentaient le moisi et dont la plupart étaient des imprimés ornés de motifs de cow-boy que Karl avait mis de côté : des silhouettes de chevaux, des motifs de bottes de cow-boy et de fusils, des pois rouges sur fond blanc, des dessins de poneys. Grace m'a dit qu'ils devaient servir à un vieux projet abandonné. Je me suis demandé ce qu'il avait bien voulu en faire. Elle a aussi dégoté pour moi un carton de vieux T-shirts et sweat-shirts qui avaient appartenu à Karl. C'est surprenant à quel point la taille large pour homme nous convient, à moi et à la bosse, c'est-à-dire toi. Le plus curieux dans tout ça, c'est que, tout le temps que j'ai connu Karl, je ne l'ai jamais vu en T-shirt ou en sweat-shirt.

J'ai pensé que, malgré sa propension à lâcher des obscénités, Grace semblait remarquablement habile en tout. Quand je l'ai remerciée et lui ai demandé si elle avait déjà confectionné des vêtements de grossesse auparavant, elle m'a dit, deux épingles coincées entre les dents : « Il y a des choses qu'une femme sait d'instinct ; le reste, c'est de l'improvisation. »

Je n'ai jamais appris à coudre. Jeune, lorsque je déchirais mon jean, ma mère plaquait par-dessus l'accroc une pièce de tissu qu'elle fixait au moyen d'un fer à repasser. Quand elle cousait un bouton, les fils dépassaient de partout. Il y avait beaucoup de boutons échevelés et de pièces de tissu qui se défaisaient de nouveau, comme des couleuvres qui muent, mais elle n'a jamais amélioré sa technique. À l'époque, le problème selon moi, c'était sa consommation de bière. Mais il est possible que de telles aptitudes ne coulent tout simplement pas dans nos veines. Que ma mère réussisse à couper si bien les cheveux relève du miracle. Il est vrai que ses clients au salon Head Start étaient surtout des femmes d'un certain âge et des étudiantes. Des coupes au rabais pour des gens qui regardaient à la dépense. Elle n'apprenait qu'une ou deux nouvelles coiffures par année.

Grace m'a dit de laver les vêtements avant de les porter. Quand je me suis regardée dans le miroir en pied de la salle de bains, j'ai vu quelqu'un qui était à la fois la vieille moi, vêtue de ma garde-robe de l'année dernière, à la fois Karl, mais aussi en grande partie toi. Je me sentais comme une Madame Patate qu'aurait assemblée un enfant de trois ans sans le moindre discernement. Je pense que j'avais pris deux kilos rien que dans les seins, et ils étaient généreux dès le départ. Je ne reconnaissais pas cet étrange amalgame. Je ne ressemblais certainement pas aux femmes des fascicules prénataux que m'avait donnés Ben, l'infirmier.

Après ma tentative d'évasion, j'ai passé encore six semaines au CLIT et, durant ce temps, tu as fait une véritable poussée de croissance. Deux semaines à peine après mon échographie, mon ventre ressortait au point de prendre sinon l'apparence du ballon de basket d'August, au moins vaguement celle d'un ballon de volley. Je savais que ma grossesse n'était un secret pour personne parce que des femmes que je ne connaissais pas, logées dans les autres salles, s'excusaient et me laissaient passer devant elles aux toilettes. D'après les fascicules, tes bras avaient atteint à peu près la longueur qu'ils auraient au moment de ta naissance, tu avais développé des os et, à seize semaines, tes yeux bougeaient dans mon ventre. Tu prenais du gras, mais j'espérais que tu hériterais de celui de Karl et non du mien. Tu commençais à entendre circuler mon sang, à percevoir le rythme de ma digestion. Toutes ces transformations et d'autres encore s'étaient produites mais, malgré tout, rien n'avait vraiment changé. Je me sentais toujours épuisée, laide et indécise.

Une ou deux fois, j'ai bel et bien eu un sentiment de bonheur couleur pastel, de ceux dont parlent les femmes comme Larissa. Mais quand cette sensation se pointait, elle s'approchait furtivement comme si elle se préparait à un assaut. C'était sans doute les hormones. Je me retrouvais assise, confuse et euphorique. Mais je n'avais nulle raison d'être heureuse et aucune façon de canaliser mon bonheur. On aurait dit que j'éprouvais non pas une émotion, mais une transformation de mon état physique. Comme si j'avais fumé de l'herbe, bu de l'alcool ou ressenti un terrible coup de barre. Le bonheur déferlait de temps en temps sur moi comme une vague. Et comme la nausée du début, il se retirait aussitôt.

J'ai rempli des formulaires pour indiquer au gouvernement canadien où rediriger mes affaires une fois la quarantaine terminée. J'ai inscrit l'adresse de Larissa parce que je pouvais compter sur elle. Avant de partir pour New York, j'avais sous-loué mon appartement de Toronto à une étudiante, ne sachant à quel point elle était responsable, ni même si elle paierait le loyer si je ne me manifestais plus ou si elle y serait encore quand je reviendrais. J'ai rempli des formulaires, suivi mon régime, pris mes cachets d'acide folique, de calcium et de vitamine B_6 et passé beaucoup de temps à dormir.

Je n'arrivais pas à décider si, pour des raisons éthiques, il était justifié ou non de détester August pour m'avoir empêchée de m'enfuir. Comme me l'avait expliqué son commandant en chef, il ne faisait que son boulot. Mais, à tort ou à raison, durant ces dernières semaines, je ne me suis pas décidée à lui adresser la parole. J'ai remarqué à un certain moment que le ballon de basket avait disparu du terrain de jeux. Un après-midi, j'ai entendu les hommes dans le gymnase s'amuser à dribler de long en large avec le ballon pendant leur pause et à faire des glissades sur le nouveau revêtement. Je me suis demandé si des enfants d'âge scolaire fréquenteraient un jour cet endroit, joueraient dans le gymnase, apprendraient à lire dans la salle 3. Je me suis demandé s'ils se raconteraient des histoires d'épouvante au sujet des événements qui avaient eu lieu dans l'école des années auparavant ou s'il y aurait une nouvelle génération, plus innocente que la mienne, protégée en quelque sorte. Si elle serait... Si tu seras...

C'est alors qu'on a appris la mort de Shelbee Brown. Nous l'avons su presque aussitôt. C'est même l'une des seules nouvelles qui soient arrivées jusqu'à nous. Nous l'avons su à cause de la réaction des gardes. Nous avons entendu une exclamation dans le couloir, répercutée par l'écho : « Bordel de merde, c'est pas vrai ! »

Des femmes ont passé la tête par la porte, mais les hommes qui en temps normal les auraient renvoyées à leur salle de classe d'un signe de la main étaient réunis autour d'un gars qui marmonnait, son iPhone à la main : « Bon sang ! Pas elle, pas elle ! »

Deux autres soldats regardaient par-dessus son épaule tandis que certains ont sorti leurs portables et fait défiler les nouvelles. Même le garde de la bibliothèque est apparu et a dit, impassible : « C'est quoi ? »

August était là lui aussi et a relevé la tête : « Shelbee Brown est morte. »

D'ordinaire si fermé, le soldat tondeur s'est avancé tout doucement dans le couloir.

« Elle a contracté le virus, a expliqué l'un des hommes. Sa famille et ses gérants n'ont rien dit aux médias, mais elle est restée alitée pendant des jours avant de mourir. C'est pourquoi on avait annulé ses derniers spectacles, sous prétexte qu'elle était épuisée.

— Que s'est-il passé ? Une attaque ?

— Ses cheveux, a dit l'un des hommes. Elle a toujours dit qu'ils faisaient partie du spectacle. Elle les a gardés pour ses fans.

— Putain d'artiste.

— Je l'ai vue en juillet. C'est la seule musique sur laquelle ma copine et moi nous entendons.

— Le monde vient de perdre un cul de classe mondiale.

— Ta gueule. J'ai l'impression qu'on m'a arraché le cœur et toi, tu parles de son cul.

— C'était une vraie femme. J'arrive pas à y croire. »

Les hommes ont été déprimés toute la semaine. Nous les entendions fredonner sans cesse le même refrain lorsqu'ils étaient de garde : *Nobody feeds you like your mama / You may think they're gonna / You may think they wanna / But no one will, no one will / Yeah, yeah, yeah.* Des paroles qui paraissaient plus profondes, plus sexy et plus sincères dans la bouche d'une femme à la bouffante chevelure blonde et au maigre torse paré du strict minimum et bariolé de tatouages. Je ne la pleurais pas, mais je savais que sa mort était une affaire sérieuse : la maladie avait désormais un porte-étendard.

Quelques jours plus tard, un des hommes s'est ramené avec une image de Shelbee tatouée sur le biceps. Il a roulé la manche de sa chemise pour montrer le tatouage aux autres : « Maintenant, c'est permanent. »

August a été transféré avant que je sois libérée. Je pense que c'était lors de ma septième semaine au CLIT et à la dix-neuvième semaine de ton existence. Un jour il était là et le lendemain il avait disparu. Quand j'ai posé la question à l'un des autres soldats, que je croyais être de ses amis, il m'a fusillée du regard et m'a expliqué qu'August avait été affecté à un autre CLIT et qu'ils attendaient l'arrivée d'un groupe de réservistes, mais qu'est-ce que ça pouvait me foutre ?

Si les hommes me détestaient, les femmes se montraient plus aimables. Je ne savais pas si c'était à cause des circonstances particulières ; auraient-elles été aussi aimables s'il s'était agi d'une grossesse normale ? La maladie se faisait plus rare. Et notre salle ne comptait aucun cas d'infection. Ça n'a certainement pas nui.

Je ne crois pas qu'il existe de liens entre toutes les femmes. Je ne crois pas à la force de la solidarité féminine. En fait, je crois le contraire. Les circonstances étaient tout simplement favorables. Rien n'empêchait ces femmes d'être gentilles. Nous étions coincées là et, au point où nous en étions, nous souffrions plus d'ennui que de terreur. Chaque jour nous étions de plus en plus certaines de quitter ce centre, mais l'impression que nous étions perdues au bout du monde ne nous lâchait jamais tout à fait. Chaque jour, nous contemplions ce même foutu terrain. Chaque jour, un petit groupe jouait au bridge. D'autres femmes ramassaient les serviettes et la literie, même si elles n'avaient pas à le faire, et chargeaient le tout dans un camion de l'armée pour la lessive. Une des femmes a dit que le point le plus positif de son séjour au centre, c'était qu'elle avait réussi à arrêter de fumer après quarante ans. Avaient-elles réellement autre chose à faire que de me masser le dos et les pieds et m'offrir des conseils ?

L'adolescente dans mon ancienne salle, la 8, avait de petites jumelles que l'un des hommes lui avait prêtées parce qu'elle n'était qu'une enfant, je suppose, et parce qu'elle s'intéressait aux étoiles. Par la fenêtre, elle m'a montré Polaris, l'étoile Polaire, et comment on la repérait par rapport à la Grande Casserole, dont on aurait dit qu'elle voulait la cueillir. Je les voyais, mais seulement avec un œil, à travers la moitié de mes lunettes qui avait encore un verre. J'ai couvert l'autre avec ma main. Elle m'a dit que si je considérais la Grande Casserole comme un filet à poissons rouges qui cherchait à attraper l'étoile Polaire, je la trouverais toujours sans difficulté. Et elle m'a montré la Grande Ourse, qui était facile à repérer, m'a-t-elle dit, parce que la Casserole formait son épaule. Elle m'a aussi indiqué Cassiopée, du moins, c'est ce qu'elle croyait, mais n'en était pas sûre, de même que Persée et Andromède, la Femme enchaînée. La constellation de la Baleine, quant à elle, était cachée derrière le rebord du toit et nous ne la voyions pas. Cassiopée était la mère d'Andromède. Elle s'est vantée de la beauté de sa fille au point de provoquer la colère de Poséidon. Afin de préserver son royaume, le père d'Andromède, Céphée, a enchaîné celle-ci à un rocher et l'a abandonnée à la voracité d'un monstre marin. Mais Persée, qui passait par là, l'a délivrée, a tué le monstre et a pris Andromède pour épouse. L'adolescente a dit qu'elle aurait aimé s'appeler Andromède ; pourrais-je l'appeler ainsi ?

« D'accord », lui ai-je répondu. Je n'arrivais pas à repérer les constellations ; pour moi, tout ça n'était qu'une flopée d'étoiles. Je n'arrivais pas à les relier dans mon esprit comme elle le faisait. Il fallait que nous nous asseyions tout près de la fenêtre pour bien voir, les genoux pressés contre la vitre, le cou tendu. Je savais que j'avais grossi parce que cette position m'était devenue très inconfortable. Ben contrôlait régulièrement ma tension et mon poids ; j'avais gagné dix kilos, mais privée du camion de traiteur du CLIT, je n'en ai guère pris depuis. Ça m'inquiète, en fait. Pour quelqu'un qui a toujours eu des problèmes de poids, c'est étrange de se dire qu'il me manque aujourd'hui quelques kilos pour que tu grandisses en parfaite santé.

« C'est la faute de ma mère si je suis là, a déclaré la fille au moment où je lui ai redonné les jumelles. C'est elle qui m'a *obligée* à rendre visite à mon père. Je n'en avais pas du tout envie. »

Elle avait l'air de peser autant qu'un piquet de clôture. J'étais fascinée par la quantité de haine emmagasinée dans ce corps frêle. Elle était là, loin de ses parents, de ses amis, coincée dans un endroit terrible, mais au lieu de ressentir l'absence de ses proches, elle passait le plus clair de son temps à les couvrir d'injures. Elle m'a expliqué que les étoiles de la Grande Nébuleuse d'Andromède – à la hauteur du genou de la constellation, et que j'avais un mal fou à trouver – étaient à 2,7 millions d'années-lumière de nous et qu'il s'agissait des objets les plus lointains que l'être humain puisse détecter à l'œil nu. Pour une raison que j'ignore, je me suis rappelé la façon dont ma mère posait ses mains sur ma tête lorsqu'elle me coupait les cheveux, la douceur de son toucher et la manière dont elle soulevait les mèches sur ma nuque. L'odeur de la fumée de ses Virginia Slims qui montait derrière moi et pénétrait dans mon col. Pour une fois, je n'ai pas pensé à tous les hommes qu'elle a fréquentés au fil des ans ni à l'alcool. Tout ça me semblait aussi lointain que l'étoile que cette fille, Andromède, essayait de me montrer. Elle m'a dit que son vrai nom était… un truc nul, de son propre aveu, Sandy, je crois.

Le lendemain après-midi, Sandy m'a dit qu'elle avait un iPod Shuffle, mais qu'il ne fonctionnait plus parce qu'elle avait épuisé la batterie après sa première semaine au centre. Nous pouvions faire semblant, a-t-elle suggéré. Nous avons chacune mis un écouteur et nous sommes couchées sur son lit de camp, très près l'une de l'autre parce que le lit était étroit. Pour ne pas tomber, il fallait que je pose un pied sur le plancher. Elle a chanté un tas de chansons pop que je ne connaissais pas et dont les paroles étaient horriblement remplies de clichés. J'ai hoché la tête et me suis sentie vieille pour la première fois de ma vie. Les seules chansons que je connaissais étaient *Hot N Cold* de Katy Perry et la chanson de Shelbee Brown que les soldats fredonnaient sans cesse. Je l'ai accompagnée pour chanter ces deux-là.

Sandy m'a demandé si je ne détestais pas qu'on me rase les cheveux. Elle était contente que personne d'important ne la voie. J'ai répondu que je n'avais jamais beaucoup aimé mes cheveux de toute façon, et comme ils pouvaient me tuer à présent, ils ne me manquaient pas.

« T'es tellement trop courageuse. »

Elle a sorti un flacon de vernis qu'elle avait caché et s'en est servie pour peindre mes ongles de pied en noir.

Mon ventre avait tellement grossi que mes orteils semblaient être de l'autre côté d'un mur, assez loin pour que j'éprouve de la difficulté juste à me pencher dans la douche pour me laver les pieds. Quelques femmes de mon ancienne salle ont pris l'habitude de passer me voir dans le placard où je dormais pour toucher mon ventre et me suggérer des prénoms. La technicienne en échographie est revenue. Cette fois, j'ai regardé l'image à l'écran quand elle a offert de me la montrer. Tu ressemblais à cette marque de miel dont la bouteille est en forme d'ourson : transparente mais pourvue d'une silhouette éminemment reconnaissable. Quand elle m'a montré ton visage, j'ai voulu voir si tu ressemblais à moi ou à Karl, mais c'était trop tôt. Ton visage était plein d'expression, certes, mais tu ressemblais tout simplement à un bébé. Et pourtant non. On aurait dit un bébé fantôme. Un bébé translucide. Tu tournais beaucoup sur toi-même, les mains dans les airs, comme si tu étais dans une discothèque, ce qui m'a stupéfiée parce que je ne sentais rien. Tu ne pesais que 323 grammes. La technicienne a confirmé que cette tache à l'écran, avec ses trois traits parallèles, indiquait que tu étais une fille. Il s'agissait des grandes lèvres. Les femmes ont plongé à cœur joie dans les listes de prénoms après ça. Les plus jeunes, dans la trentaine, comme Michelle Morell, ont suggéré des prénoms à la mode qui rappelaient des marques de parfum. Des prénoms comme Destiny, Serenity et London. Les plus vieilles ont suggéré des prénoms d'une autre époque, qui évoquaient des boucles en argent et des rosettes de ruban. Des prénoms comme

Susan, Claire et Christina. J'écoutais comme si j'étais plongée dans la brume.

Rien n'a changé jusqu'à la dernière semaine au CLIT, puis… je t'ai sentie bouger. J'étais couchée la première fois : tu étais comme un chaton endormi qui aurait frotté ses oreilles contre mon ventre. La sensation était si évanescente que j'ai cru l'avoir imaginée. Puis, le lendemain, au moment où je remplissais ma tasse de café près de la cantine, tu as donné deux coups de pied, tout en bas, contre mon bassin, une sorte de cognement, assez fort pour que je crie : « Oh ! » Si fort qu'on aurait juré que tu cherchais à t'évader.

Le jour de notre libération, les soldats ne nous avaient pas prévenues. Nous avons pris notre petit déjeuner et notre douche, du moins celles qui y avaient droit ce jour-là. Mais on ne nous a pas envoyées nous faire raser ; c'était le seul indice. Puis les soldats ont fait leur ronde en aboyant qu'il était temps de partir. Incrédules, nous nous sommes regardées. *Vraiment ?* Nous ne les croyions pas. Deux ou trois femmes tenaient un journal dans lequel elles notaient tout : les cycles menstruels de chacune, la durée de notre confinement, les tests auxquels on nous avait soumises ainsi que le nom des femmes qui les avaient subis. Mais elles aussi ont été prises de court. Elles croyaient que nous serions libérées la semaine suivante. Soit elles s'étaient trompées de quelques jours, soit le gouvernement ne voulait tout simplement plus payer la note.

Il n'y avait qu'une navette, dont l'unique destination était Hamilton. Plusieurs des femmes venaient de régions beaucoup plus éloignées de l'Ontario :

Owen Sound, Kingston, Ottawa. Deux femmes qui voyageaient ensemble se rendaient même jusqu'à Winnipeg, dans le Manitoba, mais Hamilton était la seule possibilité. Cette distance représentait la limite de ce que le gouvernement acceptait de débourser pour que nous retrouvions la civilisation. Les soldats nous ont donné des documents attestant que nous avions reçu notre congé définitif de l'Agence des services frontaliers du Canada. Sandy, l'adolescente, a roulé les siens et y a soufflé des bruits de trompette.

« Fais-y attention, ma belle, tu en auras besoin », lui a dit l'une des femmes âgées, même si ces documents me semblaient inutiles depuis que nous étions libres de quitter le centre.

On nous a permis de nous servir du téléphone à la caserne de Hamilton, là où on nous a déposées. À tour de rôle, nous avons passé un coup de fil. Petit à petit, des gens sont venus nous chercher. Quand j'ai composé le numéro de Larissa, je suis tombée sur un message qui disait qu'il n'était plus en service. La même chose est arrivée quand j'ai appelé ma mère et Richard. J'ai essayé de me rappeler les numéros de mes autres amis, comme Addy et Jude de mon département à l'université, mais je ne les avais pas appelées souvent et, lorsque je l'avais fait, c'était en me servant de mon téléphone et je n'avais qu'à appuyer sur l'icône verte d'appel. Désespérée, j'ai appelé sur le portable de Karl, puis ai composé son numéro à la maison. Un message disait que Grace et lui étaient au chalet. Je n'étais pas certaine s'il s'agissait du même message que celui que j'avais entendu deux mois et demi plus tôt ou bien d'un nouveau. Cette fois, j'ai laissé un message.

« J'étais dans un Centre local d'isolement temporaire, ai-je expliqué en employant le nom complet du centre au cas où le sigle ne serait pas connu. On m'a libérée. Mais je n'arrive pas à joindre qui que ce soit et j'ai désespérément besoin que quelqu'un passe me prendre. *Je suis vraiment désespérée* », ai-je insisté avant de dire où je me trouvais. Je ne me suis pas excusée et je n'ai pas non plus donné de prétexte oiseux pour mon appel.

Vers la fin de l'après-midi, le ciel se couvrait et toutes les autres femmes étaient parties, sauf une. Certaines habitaient trop loin pour qu'un ami ou un proche vienne les chercher, mais quelqu'un avait appelé quelqu'un qui avait appelé une troisième personne qui… et elles avaient toutes fini par être emmenées ailleurs. Personne n'a dit au revoir à personne, ai-je constaté. Les femmes sont tout simplement montées dans des véhicules et sont parties à toute vitesse en sachant, en espérant presque, qu'elles ne reverraient plus jamais les autres. Même Sandy est partie sans se retourner. La seule autre femme qui restait pressait ses documents contre sa poitrine sous son manteau de peur de les froisser et de les voir s'envoler. Puisque personne ne venait nous chercher, je lui ai dit que j'allais marcher jusqu'à la gare routière Greyhound. Je lui ai demandé deux fois si elle voulait me suivre, mais elle est restée là à pleurer comme si elle ne m'avait pas entendue. Je ne la connaissais pas, car elle venait de la salle 1, alors tu auras beau me trouver insensible, mais je l'ai abandonnée là. Je ne voulais pas être coincée le soir venu dans une ville inconnue.

J'ai demandé mon chemin et fini par trouver la gare routière. Là, j'ai fait la seule chose qu'il me restait à faire : j'ai mendié. C'est surprenant à quel point c'était facile. Même moi, une spécialiste des magasins d'occasion, je trouvais que mes vêtements reçus d'une œuvre de charité étaient mal assortis et trop légers pour la saison. De surcroît, j'avais le crâne rasé, j'étais enceinte et j'avais la démarche dandinante d'un pingouin. Je n'avais aucune pièce d'identité, pas d'argent et pas la moindre possession. « Pardon, pouvez-vous m'aider ? J'ai été en quarantaine pendant huit semaines et je viens d'en sortir… » Je brandissais mes documents, comme s'il s'agissait d'un diplôme. « Il ne me reste plus rien et je dois rentrer à Toronto.

— Foutez-moi la paix ! » a répondu une femme. Elle était blonde, et je me souviens avoir été surprise qu'il reste des blondes dans ce monde.

Les autres passants étaient d'un commerce plus agréable. J'ai mis mes lunettes à un verre afin d'établir le contact visuel à distance. J'ai découvert qu'en me tenant d'une certaine façon j'avais l'air beaucoup plus enceinte que je ne l'étais en réalité. Les femmes du CLIT avaient bien vu que j'étais enceinte, mais elles n'avaient rien de mieux à faire que de m'observer. Les inconnus dans la rue étaient au contraire distraits par un tas de choses. J'ai ouvert les pans de ma veste trop mince et fait ressortir mon ventre, sur lequel j'ai posé la main. Enfin, ils s'en sont rendu compte. Sous ma peau, tu donnais des coups de poing comme si tu avais envie de contribuer à l'effort collectif. Les gens sont beaucoup plus gentils envers les enfants à naître qu'envers les femmes elles-mêmes. J'ai rapidement eu mon billet.

QUATORZE

Laisse-moi te dire, mon bébé, que lorsque l'autobus m'a laissée à Toronto, à l'angle des rues Bay et Dundas, l'idée de me mettre à genoux et d'embrasser le trottoir m'est passée par l'esprit.

Nous étions en décembre et il y avait partout des lumières de Noël et des publicités : nouveaux gadgets pour lui, spa ou salon de bronzage pour elle. Les bancs solaires et les cabines UV semblaient être les cadeaux de choix pour la femme cette année. SHOPPING, GASTRONOMIE, VIE NOCTURNE, CÉLÉBRATION ! annonçait un panneau publicitaire. Il a fallu que je sorte mes lunettes pour le voir, mais je me foutais de ce dont j'avais l'air avec ma monture à un seul verre. Sur un autre panneau, on pouvait lire : OFFREZ-LUI LE CADEAU DONT ELLE A RÉELLEMENT BESOIN − UN CADEAU POUR TOUTE LA FAMILLE − LE RASOIR DANCO. Les cafés diffusaient des cantiques de Noël. Des petites lumières scintillaient au-dessus d'étagères chargées de cafetières à expresso en inox. J'ai regardé un gros bébé avec un chapeau enfourner un brownie entier et se maculer le visage de chocolat. Debout près des portes de la gare routière, un homme fumait, le regard perdu au loin, dans l'attente de quelqu'un. Je n'en revenais pas à quel point tout était normal et sacrément beau.

Je me suis servie d'une précieuse pièce de vingt-cinq cents pour appeler Larissa de nouveau. J'ai enfin réussi à joindre son portable et lui ai laissé un message disant que j'étais enfin à Toronto et que j'arrivais. Au milieu d'une ville glacée, sombre et brillante, prise d'assaut par des foules en bonnets, turbans, écharpes et mitaines, je me suis dirigée vers l'appartement de Larissa et Jay.

En approchant de Dundas Square par l'ouest, j'ai continué à admirer le spectacle qu'offraient les lumières. Il y avait de la publicité partout. Avais-je réellement été hors du pays si longtemps pour que la pâle copie torontoise de Times Square, guère plus qu'une seule intersection, me semble si énorme ? Des gens avaient protesté contre ces pubs, parce qu'ils les trouvaient clinquantes et envahissantes et souhaitaient que la ville investisse plutôt dans l'art, mais à cet instant-là, je n'avais jamais rien vu d'aussi éblouissant. Néons, pulsations de vie.

Sur un écran géant haut de deux étages, une femme nue aux cheveux de jais tenait une fragile source de lumière qui scintillait dans sa paume. Un sourire mélancolique s'est dessiné sur ses lèvres lorsqu'elle a soulevé la source au-dessus de sa tête et l'a laissée s'envoler, aussi brillante qu'une guirlande de Noël. MÉMOIRE BLONDE, pouvait-on lire à l'écran dans des lettres de feu qu'un flacon fantomatique délimitait. EMPRISONNEZ-LA. PORTEZ-LA. CRAIGNEZ-LA.

Hypermasculines, d'autres pubs s'avançaient sur un territoire qu'occupait la publicité destinée aux femmes depuis des années, où l'on voyait si souvent des couples de jeunes femmes candides, vaguement amoureuses, mais curieusement asexuées : de belles choses qui s'extasiaient devant de belles choses que l'on pouvait acheter et vendre. Un homme qui respirait le style glam rock des années 1970 était allongé sur un canapé. Baraqué, il avait de longs cheveux noirs qui partaient en bouclettes, les lèvres exagérément rouges, un collier très féminin serré autour du cou et un gilet noir sans manches sur son torse nu. Derrière lui était assis son pote, un blond platine qui reluisait sans sa chemise, vêtu d'une simple écharpe écrue et d'un jean. N'EN FAIS QU'À TA TÊTE, disait l'accroche en haut de la pub et, au pied des mannequins : MAINTENANT PLUS QUE JAMAIS, suivi d'un logo. Je pense que c'était une pub pour des jeans ou des vêtements quelconques – il est vrai que l'écharpe ressortait. Pourtant, l'idée sous-jacente, c'était qu'il valait mieux coucher avec un homme qu'avec une femme ces jours-ci.

Je passais devant le Centre Eaton, où des clients chargés de sacs entraient et ressortaient par les portes à tambour opalescentes, lorsque je me suis arrêtée pour voir un artiste de rue qui espérait gagner quelques sous. Les mots Or & Argent étaient peints sur un panneau-réclame. L'artiste s'était divisé en deux comme les hermaphrodites de fêtes foraines ou de promenades de front de mer, mais dans ce cas-ci les deux moitiés étaient censées être féminines. Il était argenté et tête rasée d'un côté, et doré et étincelant de l'autre, avec une demi-perruque blonde. Sa robe scintillait, figée sous la peinture de la bombe aérosol. Du côté blond, il faisait du mime et prenait la pose en ébouriffant sa perruque. Puis il se retournait et démarrait son numéro, qui comprenait une pluie de larmes formée d'un serpentin de couleur métallique qu'il relâchait de manière théâtrale. Une boîte à rythmes accompagnait sa performance. J'étais captivée. Deux adolescentes dont la tête rasée était coiffée d'un chapeau noir style années 1920, orné de plumes, se sont approchées en rigolant et ont déposé une poignée de pièces de dix et de vingt-cinq cents dans l'assiette à ses pieds. L'artiste leur a servi un clin d'œil, a pivoté et s'est remis à danser.

Les filles ont rejoint leur bande. Une de leurs amies avait retiré son bonnet en tricot, révélant une histoire alluviale : les strates des couleurs qu'elle avait appliquées au fil des derniers mois. Du noir, ses cheveux passaient au brun puis enfin à une repousse blonde. Elle a glissé les doigts dans sa tignasse. « Je m'en fous si je l'attrape, s'est-elle vantée à un garçon vêtu d'un paletot de marin, qui serait sans doute bel homme quand il serait en âge de se raser. J'espère que je vais l'attraper… Ça mettrait du *piquant*. » Elle a fouetté ses minces collants avec son bonnet.

J'étais sans doute distraite et ne regardais pas où j'allais, parce que l'instant d'après mon corps a basculé vers l'avant et j'ai piqué du nez à une vitesse folle. Ce n'était qu'une plaque de glace, mais mon ventre avait fait déplacer mon centre de gravité et j'ai aussitôt compris que la chute sur le trottoir était inévitable. Une petite voix m'a dit : *Protège ta tête, Hazel !* Au même moment, une autre voix m'a crié : *Protège l'enfant, Hazel !* Mes mains ont heurté le béton glacé, sans pour autant briser mon élan. J'ai réussi à obtempérer aux commandes des deux voix et j'ai roulé sur mon épaule droite, qui a encaissé le plus fort du choc. Alors que je peinais à me relever, des sanglots ont fait gonfler ma poitrine, des sanglots de gêne plus que de douleur. Personne ne m'a tendu la main pour m'aider à me relever.

L'homme en or et argent avait remballé son panneau et son assiette. Il a traversé la rue afin de poursuivre son numéro dans Dundas Square. Les filles coiffées de chapeaux à plumes avaient détalé en direction du Centre Eaton. Même l'ado nonchalante au bonnet en tricot et aux cheveux en strates me suivait des yeux. D'autres gens s'étaient éloignés et m'observaient d'un air soupçonneux.

Ravalant mon embarras, je me suis relevée. J'ai décidé que je n'étais pas blessée et j'ai poursuivi ma route d'un pas vif, les yeux rivés sur le trottoir afin d'éviter un nouveau vol plané, mais la joie qui m'habitait s'était envolée. Lorsque je suis passée devant l'hôpital St. Michael's, j'ai vu que le hall d'entrée était bondé de gens qui attendaient des soins. J'ai tiré un hebdomadaire gratuit d'un distributeur. *Noël, mon beau rêve blond*, proclamait la une. Je me suis arrêtée dans le parc près de l'église Metropolitan sur la rue Queen et me suis reposée en feuilletant l'hebdo. Les premières pages m'ont fourni des statistiques. On avait déclaré l'état de pandémie quelques semaines plus tôt. En dépit d'une campagne dynamique de la part du gouvernement canadien, pouvait-on lire dans l'éditorial, les mesures de prévention ne donnaient aucun résultat.

« Les gens sont abattus, déclarait un professeur de l'université de Toronto dans le même article. Il est difficile de se protéger quand on est plongé dans une profonde dépression. Sur le campus, nous avons placardé des affiches pour sensibiliser les étudiantes et nous distribuons gratuitement des kits de rasage et de coloration, mais ce n'est pas suffisant. » L'article mentionnait qu'une personne sur cinq déplorait la perte d'un proche des suites d'une infection au VSH, d'une attaque ou encore d'un acte associé au virus. Cent mille nouveaux cas se déclaraient chaque jour dans le monde. On avait également remarqué une fulgurante augmentation du nombre de personnes souffrant du syndrome de stress post-traumatique. La quantité de femmes qui consommaient des anxiolytiques avait augmenté de soixante pour cent. Il suffisait d'une crise de panique, avançait le journaliste, pour qu'une femme soit frappée d'ostracisme, car son comportement – pleurs, émotivité, paranoïa, tremblements, perte de connaissance – pouvait laisser croire à son entourage qu'elle était atteinte du VSH. On citait le cas d'une femme de Halifax que des policiers avaient immobilisée avec des fléchettes tranquillisantes alors qu'elle était en proie à une crise de panique en public, mais qui n'était pas atteinte du virus. Sa famille avait entamé des poursuites contre la municipalité pour l'avoir hospitalisée dans un endroit où elle avait pu être exposée au virus.

De l'autre côté du parc, sous la lumière des réverbères, j'ai entendu un bruissement. Même si la nuit tombait rapidement – et la température encore plus –, un groupe d'hommes était assis à des tables sur lesquelles étaient peints des échiquiers. Je me souvenais d'en avoir observé qui jouaient là l'été, toujours de loin. Certains étaient dépenaillés. Certains étaient vieux. Certains affectionnaient le jeu rapide et traînaient une minuterie, qu'ils enfonçaient de la main comme les pros que j'avais vus à New York. Et apparemment certains restaient là, parmi les ornières formées par la neige fondante, alors que la nuit bleutée avançait subrepticement dans leur dos. Réunis en conseil autour d'une table, les uns et les autres observaient le déroulement d'une partie d'échecs par-dessus l'épaule de leur voisin. Les doigts ankylosés, j'ai roulé l'hebdomadaire et l'ai glissé sous mon bras en poursuivant ma route.

Arrivée à la hauteur des joueurs, j'ai compris que l'objet de leur attention n'était pas une partie d'échecs. Ils étaient figés autour de leur table, les tours et les rois toujours en jeu, mais ils tournaient la tête vers une table d'échecs adjacente. Assise là, une femme qui avait l'air d'avoir échoué dans le parc de l'église à la recherche d'une soupe populaire ou d'un toit pour la nuit dodelinait de la tête. Il a fallu que je me retourne moi-même pour la voir clairement à cause de mon verre manquant. Le mot *Juicy* était écrit en travers de son pantalon de jogging rose, qu'elle portait très bas sur ses hanches. Elle avait le dos courbé. Une demi-lune de peau était exposée. Ses cheveux étaient à moitié blonds et à moitié bruns. Sa coloration devait dater. Elle marmonnait des phrases inintelligibles, et chassait d'une main des trucs qui lui tournoyaient autour de la tête, tandis qu'une cigarette se consumait dans l'autre. Il était impossible de savoir si c'était une sans-abri qui souffrait d'une maladie mentale, comme il y en a tant à Toronto, ou bien si c'était une Blonde.

Les joueurs d'échecs l'ont regardée attentivement, puis l'un des hommes assis a tendu le bras et a avancé son fou. Son adversaire a suivi son exemple avant d'appuyer de nouveau sur l'horloge.

J'avais cru que revenir à Toronto serait comme rentrer au bercail, que je me retrouverais en terrain connu, que je serais soulagée après tant de mois d'absence. Je ne m'attendais pas que la peur de la

Furie blonde surgisse au fond de moi à quelques rues à peine de la gare routière. J'ai zigzagué dans la circulation sans attendre le feu vert, tellement j'étais pressée de m'enfuir de cet endroit.

Quelques rues plus loin, j'ai ralenti. Un véhicule utilitaire attendait à l'intersection. La femme au volant, qui était seule, portait un masque chirurgical. Elle semblait minuscule à l'intérieur de l'énorme véhicule. Je me souviens que sous le réverbère le masque semblait émettre une lumière bleutée. Le reste du camion était un immense bloc sombre et informe. La femme avait l'air songeuse, tandis qu'elle attendait au feu. J'ai eu un frisson, puis j'ai emprunté la rue Jarvis vers le sud et je suis passée devant le Holiday Inn, la cathédrale St. James et le marché St. Lawrence en direction de chez Larissa et Jay, juste un peu plus loin, sous l'autoroute noire qui serpente autour du lac.

Quand je suis arrivée au boulevard Lakeshore, où se trouvait leur appartement, le ciel tergiversait entre pénombre et nuit noire, et tout me semblait étranger. Je me suis demandé si je n'étais pas tout simplement partie depuis trop longtemps pour retrouver mes repères. J'ai fait deux allers-retours sur ce bout de rue. Sur l'autoroute Gardiner au-dessus de ma tête, la circulation grondait. La glace craquait sous mes pieds, qui étaient congelés, même si je portais des bottes en caoutchouc de la bonne pointure que j'avais dénichées parmi les dons au CLIT. Des bottes de pluie, il est vrai, dont les minces semelles n'étaient pas isolées. Pendant que je déchiffrais les numéros sur les immeubles, les pneus crissaient à côté de moi sur la chaussée humide et recrachaient des saletés le long des trottoirs. J'arrivais à voir les chiffres à travers mon verre intact, mais ça ne rimait à rien. Alors j'ai traversé les parkings pour me rendre jusqu'au pied des bâtiments. Toutes ces copropriétés se ressemblaient, mais je me rendais compte que celle de Larissa manquait à l'appel. Comme de raison, les numéros faisaient un bond d'un édifice à l'autre. Je suis retournée d'un pas décidé le long de la chaussée et suis restée plantée là à fixer l'endroit où je croyais que l'immeuble devait être. Là où il se trouvait normalement, il n'y avait plus qu'un terrain vague, un espace bleu d'où surgissait le lac Ontario sous un ciel bleu-noir. Le jardin paysager et le parking n'étaient plus qu'une étendue de gravier.

On ne démolit pas des copropriétés neuves, me suis-je dit. Il arrive que les gens protestent contre leur construction, contre l'embourgeoisement, la transformation d'un quartier, la défiguration du paysage par leur insipide *uniformité*, mais on ne les démolit pas une fois qu'elles ont été érigées. Même invendues, elles restent vides, en attente.

Et pourtant, l'immeuble n'était plus là.

J'avais demandé au gouvernement d'envoyer mes effets à cette adresse. Je la connaissais par cœur. Mais le numéro avait disparu et le grand immeuble blanc sur lequel il était fixé n'était plus là lui non plus. Une rafale glaciale est arrivée du lac. J'ai cligné des yeux pour chasser mes larmes.

Je suis retournée à l'un des immeubles afin d'accéder au hall, mais le portier ne voulait pas me laisser entrer. Il n'a même pas daigné répondre quand j'ai appuyé sur l'interphone. Je voulais simplement lui demander ce qui s'était passé avec l'immeuble voisin. Il m'a toisée à travers deux parois vitrées, l'œil terne et le regard plein de méfiance. J'avais une très longue marche à faire jusqu'à mon ancien appartement, à l'ouest de la ville.

La clef ne rentrait plus dans la serrure. J'entendais quelqu'un à l'intérieur, alors j'ai frappé quatre fois, mais personne n'a répondu. Finalement, je suis descendue au restaurant thaï au rez-de-chaussée, qui était quasi vide. J'y étais connue. Quand je suis entrée, une des serveuses a ouvert des yeux ronds et s'est assise brusquement, renversant une partie du contenu d'un bol de soupe qu'elle s'apprêtait à servir à son unique client.

« On… on vous croyait morte. C'est du moins ce que la fille en haut a dit. »

Apparemment, ma sous-locataire m'avait envoyé de nombreux mails et avait appelé sur mon portable, mais toujours sans succès. Elle avait tiré la conclusion la plus logique. Les Canadiens manquent d'optimisme. Quand j'ai dit à la serveuse que j'avais été retenue à la frontière, elle a encore plus écarquillé les yeux. Elle avait sans doute déjà entendu parler des CLIT. Elle a poussé vers moi ce qui restait de la soupe au lait de coco et citron vert et a insisté pour que je la prenne. Puis elle est retournée dans la cuisine chercher un nouveau bol pour son client, tandis que je me jetais sur la soupe. Je me suis dit que j'avais habité à l'étage et mangé dans ce resto pendant près de deux ans. La serveuse et moi nous disions bonjour et échangions des banalités, mais nous ne connaissions même pas nos prénoms.

Quand elle est revenue, elle m'a dit qu'il y avait de nouveaux locataires dans mon appartement. « Ils sont un peu… » Le cou tendu, elle a fait un geste circulaire de l'index près de la tempe. J'ai cru comprendre qu'ils étaient fous, mais un peu plus tard, j'apprendrais qu'elle voulait dire « paranos ». Elle m'a raconté qu'après le départ de ma sous-locataire le propriétaire avait pris peur et fait changer les serrures. Quand je lui ai demandé pourquoi, elle m'a dit : « Vous savez, le VSH. »

Puis elle est partie accueillir de nouveaux clients.

J'ai ouvert le journal que je traînais avec moi et j'ai feuilleté les premières pages tout en mangeant. Il y avait des pubs pour des produits dont je n'avais jamais entendu parler, des remèdes comme Blonde-Away et Blonde-Off, des onguents, des vaporisateurs, des autobronzants. Je n'arrivais pas à comprendre si ces produits servaient à éloigner les blondes ou à augmenter votre niveau de mélanine afin de vous protéger contre le virus, mais tous garantissaient des « résultats miracles ». Le chroniqueur santé parlait d'huiles essentielles et de leurs vertus curatives. Quelques gouttes à peine dans l'eau du bain ou çà et là dans la maison suffisaient à vous renforcer et à vous purifier. Il recommandait aussi l'usage d'aimants, lesquels, cousus dans les vêtements, vous permettaient de retrouver l'équilibre et de repousser les ions qui étaient censés activer le VSH.

La chronique sexe d'un grand journal avait inventé une nouvelle expression, le *blonde-backing*, considéré comme une pratique à haut risque. Apparemment, il y avait des hommes prêts à débourser des sommes astronomiques pour coucher avec des blondes. Parfois, ils leur demandaient de faire comme si elles étaient folles, parfois ils voulaient qu'elles fassent la morte, parfois qu'elles expriment tout simplement leur beauté et leur blondeur naturelles. Il suffisait de quelques passes pour payer les droits de scolarité d'un trimestre dans une prestigieuse université de l'Ivy League.

Une autre rubrique portait sur les cadeaux de Noël et le don de soi. Au lieu d'offrir des « babioles insignifiantes », les lecteurs étaient encouragés à adopter des animaux ou à verser un don à des groupes de défense des animaux au nom de celui ou celle à qui ils souhaitaient offrir un cadeau. Depuis la déclaration de la pandémie, des familles avaient commencé à abandonner leurs animaux de compagnie chéris, de crainte qu'ils transportent dans la maison des puces porteuses du virus. Des scientifiques britanniques avaient officiellement déclaré que les puces n'étaient pas des vecteurs, mais malgré cela, partout en Amérique du Nord, les refuges pour animaux tournaient à plein rendement et les taux d'euthanasie avaient grimpé en flèche. Un diagramme circulaire montrait de quelle façon les animaux étaient devenus les boucs émissaires, en dépit de la disponibilité des traitements antipuces. J'ai pensé à la Peste noire et à la conviction des Londoniens d'alors que les chiens et les chats propageaient la maladie. Ces animaux avaient été tués en masse et les rats avaient rapidement dépassé la population déclinante d'êtres humains.

J'ai remercié la serveuse encore une fois et je suis allée cueillir mon courrier dans la boîte aux lettres au pied de l'escalier. Les locataires avaient clairement ramassé le leur, mais le mien avait été fourré dans une boîte aux lettres vide. J'ai trouvé quelques lettres de l'université, des tas de prospectus et une enveloppe à l'aspect officiel envoyée par la Ville de Windsor.

À ce moment-là, une odeur de cannabis m'est parvenue de l'étage, alors j'ai trotté jusqu'en haut de l'escalier afin de voir si les occupants de mon ancien appartement s'étaient radoucis et si je réussirais à les amadouer. J'ai frappé de nouveau à la porte, mais encore une fois personne n'a répondu.

« J'habitais ici avant ! ai-je hurlé. Pouvez-vous tout simplement m'ouvrir pour qu'on se parle ? »

Cette fois, la porte s'est entrouverte, la chaîne de sécurité bien en place. Un gars d'une vingtaine d'années au regard de bête traquée me zyeutait derrière une barbe touffue et une épaisse tignasse. Ses pupilles étaient dilatées. Il m'a dit lentement, ses paroles à mi-chemin entre constat et question : « T'es pas blonde ? »

Je lui ai dit que non, je n'étais pas blonde. Que j'étais la locataire originale, celle d'avant la fille qui avait habité là avant eux.

« Avant la fille qui... » Il a semblé considérer ce détail pendant très longtemps. Puis il s'est exclamé : « Ouais ! Hé, Travis ! » Il a soufflé quelque chose à quelqu'un que je ne voyais pas, puis un autre gars est apparu.

« Je veux juste entrer pour voir si quelques-uns de mes vieux trucs sont là. Regardez, je suis enceinte. » J'ai fait ressortir mes hanches et ai posé la main sur mon ventre pour appuyer mes propos. « Je ne suis pas une menace pour vous. Pouvez-vous me donner un coup de main ?

— Ouais, mon vieux, regarde ça. Elle est énorme », a dit le barbu à Travis, qui rôdait juste en dehors de mon champ de vision.

Ça leur a pris un moment pour comprendre qu'il fallait fermer la porte avant de retirer la chaîne. Quand ils ont de nouveau ouvert, j'ai vu que Travis tenait une batte de baseball. Je me suis risquée à entrer. Les choses n'étaient pas telles que je les avais laissées, mais beaucoup de mes affaires étaient encore là. Mes rideaux roses. Ma table de cuisine IKEA. Les chaises dépareillées de chez ma mère. Le canapé à quatre places aux pattes galbées que j'avais dégoté chez un brocanteur. Je m'y suis écrasée sans me faire prier. Travis a jeté un regard à son copain, qui m'a dit qu'il s'appelait Nicolas.

« Vous êtes complètement défoncés, les gars, non ? » ai-je dit. Travis a rangé sa batte de baseball sous ma table basse. Il a appelé une fille du nom de Carrie pour qu'elle sorte de ma chambre et vienne nous rejoindre. Elle est arrivée d'un pas traînant, les yeux fuyants et empestant l'herbe. Mince, les cheveux teints en noir, elle s'est assise et n'a pas bougé tout le temps que je suis restée là. C'était des fumeurs de dope tout ce qu'il y a de plus ordinaire. Je leur ai demandé en quelle année d'université ils étaient et ils m'ont répondu : « En deuxième. » Je leur ai dit quel était mon département et leur ai demandé s'ils connaissaient Karl. Ils ont réfléchi longtemps avant de me répondre par la négative. L'un d'eux m'a dit que le proprio avait repeint l'appart avant qu'ils emménagent, ce que j'avais remarqué, mais que tout le mobilier avait été empilé dans la cour arrière. Le proprio ne portait pas la fille d'avant dans son cœur, et même s'il avait fumigé l'appart pour les puces, il avait tout de même sorti les meubles.

« C'était une fille à haut risque, a dit Nicolas de celle qui avait sous-loué mon logement, passant la main dans ses cheveux en guise d'explication et tortillant le bout de ses mèches. Et le proprio voulait tout simplement se débarrasser de tout le bataclan. »

Je n'avais pas besoin qu'on m'explique ce qu'il voulait dire par « haut risque ».

Ensemble, ces trois-là avaient traîné la plus grande partie du mobilier à l'intérieur en passant par l'escalier de secours, parce qu'il pouvait encore servir. La salle à manger avait été transformée en chambre à coucher improvisée, avec des draps suspendus au plafond en guise de cloisons, et le salon servait à la fois de séjour et de coin-repas. Je n'arrivais pas à comprendre comment ils pouvaient vivre à trois dans un logement qui était prévu pour une seule personne.

J'ai emprunté le couloir jusqu'à ma chambre. Plusieurs de mes vêtements étaient encore dans la penderie. J'ai trouvé de meilleures chaussures ainsi que mon manteau d'hiver, qui valait la peine que je l'emporte, même si je n'arrivais plus tout à fait à le fermer. Mon lit avait disparu, remplacé par celui de quelqu'un d'autre, mais c'était mon réveil sur le rebord de la fenêtre. Je n'ai pas demandé la permission, je l'ai tout simplement fourré dans la poche intérieure de mon manteau. Il y avait de la litière sur le tapis, bien que je n'aie pas vu de chat. L'un des gars a demandé, à partir de l'autre pièce, si j'allais prendre des trucs dont ils avaient besoin. L'autre m'a demandé si j'avais envie de fumer un pétard avec eux. J'ai répondu non aux deux questions.

Dans la cuisine, j'ai passé la main sur le comptoir. C'est ici que Karl était entré le soir où je préparais des macaronis. Je me sentais si étrange et si nostalgique de me retrouver en ce lieu qui était à la fois à moi et pas à moi.

Je suis ensuite sortie en empruntant l'escalier de secours. J'ai trouvé des cartons et d'autres affaires à moi, dont un grand sac en cuir pour transporter le tout, ainsi que des vêtements, des babioles et des livres qui étaient beaucoup trop imbibés d'eau et rongés par la moisissure pour que je les emporte. Il y avait une photo de ma mère et moi au salon Head Start. Je l'ai attrapée parce que, même abîmée par les intempéries et défigurée par une ride verdâtre dans la partie supérieure, la photo reposait encore parfaitement sous la vitre du cadre.

Je suis retournée à l'intérieur, où j'ai fait des ravages dans la penderie. J'ai attrapé d'autres vêtements, maintenant que j'avais un sac dans lequel les ranger. La fille portait deux à trois tailles en dessous de la mienne, mais avait néanmoins l'œil pour le vintage de qualité. Je lui étais reconnaissante d'avoir plongé dans la benne à ordures et d'avoir mis certaines de mes affaires à l'abri. Mais maintenant je les emportais avec moi. J'ai trouvé une serviette vaguement familière, que j'ai roulée et fourrée dans mon sac. À la fin, je ne pouvais même plus le fermer.

Avant de retourner au salon, j'ai laissé le sac dans le couloir afin qu'ils ne voient pas tout ce que j'emportais. Les deux gars étaient collés à la fille. Assise au même endroit, elle se tenait aussi droite qu'un vampire allemand dans un film muet. La tête de Nicolas reposait sur ses cuisses et Travis s'était glissé derrière son dos et l'entourait de son bras. Ils étaient hypnotisés par la télé, qui jouait en sourdine. C'était ma télé, mais elle était vieille. J'ai alors compris que je n'avais pas pris les bonnes affaires ; j'aurais dû prendre des trucs que j'aurais pu revendre. Je m'étais emparée des vêtements parce que j'avais froid.

Assise sur l'accoudoir du canapé, je me suis rendu compte que je n'avais jamais eu d'objets de grande valeur. Seul mon ordi avait une valeur de revente mais, bien sûr, il avait disparu. Il y avait bien un vieux tourne-disque et des enceintes, mais qui écoute des vinyles de nos jours ? Il valait peut-être cinquante dollars, mais comment le transporterais-je ?

« Est-ce que vous vous en servez ? ai-je demandé en indiquant l'appareil d'un geste.

— Ça, c'est le cœur de l'appart ! »

Nicolas s'est soudain animé et a ouvert le placard dans lequel je gardais mes vinyles. Il a parcouru lentement la collection, dont il a extrait des bijoux qu'il me montrait comme s'il s'agissait de ses trouvailles et non des miennes. « C'est cool, ça, non ? » Il a mis *White Light/White Heat* du Velvet Underground. Il venait à peine de le découvrir.

En écoutant mes disques dans mon vieil appart, je me suis mise à pleurer. Je leur ai parlé de ma sortie du CLIT, de mes vaines recherches pour trouver l'appartement de Larissa et de la disparition de son immeuble. Ça les a fait flipper. Leurs yeux se sont agrandis et ils se sont mis à parler tous en même temps.

« Il faut qu'on l'aide à retrouver sa copine ! a déclaré Travis à Nicolas, comme s'il s'agissait d'une opération de sauvetage.

— Allons voir sur Internet. » Nicolas a fait un geste en direction des draps suspendus.

Ils avaient un ordinateur caché derrière les draps. J'ai réussi à trouver Larissa sur l'annuaire. Elle était inscrite sous son nom, et non sous celui de Jaichand. Elle vivait entre les rues Jarvis et Parliament, près d'où j'arrivais. En marchant jusqu'à son appartement, j'étais passée à quelques rues de l'endroit où elle se trouvait à présent.

Je l'ai appelée au numéro de téléphone fixe que donnait le site.

« Qui est à l'appareil ? a dit Larissa.

— Lara, c'est moi, Hazel. »

J'ai entendu un bruit, comme si le téléphone avait glissé entre ses doigts.

« C'est moi, Hazel ! ai-je répété au cas où elle ne m'aurait pas entendue.

— C'est... c'est une blague ? » a-t-elle demandé, hésitante.

Je lui ai expliqué que j'avais été en quarantaine pendant huit semaines, sans pouvoir communiquer avec le monde extérieur. Je lui ai dit à quel point j'étais heureuse d'entendre sa voix.

« Continue à parler pour que je sache que c'est vraiment toi.

— Pourquoi ce serait une blague ? ai-je demandé, mais le fait que, en toile de fond, la bande de drogués essayait d'accompagner Lou Reed sur *Stephanie Says* ne m'aidait en rien.

— Les gens me jouent souvent des tours ces jours-ci, a précisé Larissa, sa voix se durcissant jusqu'à devenir tranchante.

— Larissa, c'est moi. »

Je lui ai dit de venir me chercher à mon vieil appart.

« Tu verras à ce moment-là. Tu as envie de me voir, pas vrai ?

— Je ne sais pas si je peux conduire, a-t-elle répondu avant de changer d'idée. Je suppose que je peux venir. J'y serai dans dix minutes. » Et elle a raccroché. Elle n'avait exprimé aucun soulagement d'avoir enfin de mes nouvelles. Sa réaction m'a semblé un peu bizarre. Puis il m'est venu à l'esprit que peut-être, comme les gens du resto thaï, elle pensait que j'étais tout simplement partie, morte. Peut-être qu'elle était en état de choc.

J'ai attrapé mon sac et suis retournée au salon pour remercier les occupants de mon appartement. C'est alors que la fille a vu tout ce que j'emportais. Pour la première fois, j'ai eu l'impression que son regard vitreux fixait un seul objet. Elle a plissé les yeux.

« As-tu vraiment besoin de tout ça ? Et de la noire aussi, a-t-elle dit en soulevant lentement le bras, jusqu'à pointer une robe du doigt de manière théâtrale. Celle-là. » Elle a agité l'index en direction d'une manche qui pendait à l'extérieur du sac. « Ça te va même plus. »

J'ai regardé mon gros ventre. J'ai tiré la robe du sac, l'ai soulevée, puis l'ai tenue contre moi pour voir si elle m'irait encore. La fille avait raison. Je la lui ai lancée. La robe est tombée sur l'accoudoir du sofa. En chaussettes, Travis l'a ramassée du bout du pied et a tendu la jambe par-dessus la tête pour la lui donner. C'était la robe que je portais quand Karl et moi avions batifolé dans son bureau la première fois.

« Que fais-tu des vinyles ? » a demandé Nicolas. Je lui ai dit d'en prendre bien soin.

La Larissa avec laquelle j'avais parlé au téléphone n'était pas celle qui m'a accueillie. Sa voiture a pratiquement fait une embardée avant de s'arrêter sur le bord du trottoir. Elle est sortie de son siège en deux temps trois mouvements, a gagné le trottoir et m'a enveloppée de ses bras.

« Oh mon Dieu, Hazel. » Elle a considéré mon gros ventre. « Oh mon Dieu ! Regarde-toi. »

Les larmes coulaient sur ses joues. Elle a fouillé dans son sac à main à la recherche de mouchoirs en papier, tandis que je soulevais mon sac par-dessus le siège de bébé vide de Devang et le déposais à l'arrière. Puis, Larissa s'est de nouveau emparée de moi et m'a serrée très fort. Debout, en plein milieu du trottoir, elle me caressait le dos. Elle portait une étincelante perruque blanche très bouffante, très Marie-Antoinette.

« C'est quoi ce truc ? » ai-je demandé en glissant la main vers la perruque pour la toucher. C'était un solide ouvrage auquel étaient fixées des babioles dorées, suspendues comme des pendants d'oreilles.

« C'est le cadeau d'une artiste, m'a expliqué Larissa. Elle l'a confectionnée pour moi. Elle a dit que s'il fallait porter une perruque, il valait mieux le faire en grand. »

Bien sûr, ai-je convenu. Nous sommes montées dans la voiture et elle a démarré. Aux feux, Larissa ne cessait de tendre le bras pour me caresser la main ou l'épaule ou bien tirer sur le col de mon manteau. Ne quitte pas la route des yeux, lui ai-je recommandé. J'étais passée à travers trop de trucs pour que tout se termine par un accident de voiture, même un petit accrochage. Bon sang que j'étais contente de la voir.

« J'ai presque perdu la boule quand je n'arrivais pas à te joindre, et puis je suis allée chez toi et il n'y avait plus rien… »

Son visage s'est assombri. « C'est fou, non ? Il y a eu une explosion.

— Quoi ?

— Au milieu de la nuit. Une femme au quatrième avait le VSH. Je n'ai aucune idée de ce qu'elle a fait, mais toutes les fenêtres de son appartement ont sauté. L'immeuble risquait de s'effondrer. Nous nous sommes tous réveillés. Jaichand, Devang et moi nous sommes retrouvés dans la rue au milieu de la nuit dans nos pyjamas.

— Wow, c'est incroyable. » Je lui ai demandé si elle avait eu le message que j'avais laissé sur son portable. Je lui ai dit que j'avais appelé pour que quelqu'un passe me prendre.

« Oh, mon portable, il est… » Sous la masse de faux cheveux, un nuage est passé sur son visage. « Il est… Enfin, je l'ai laissé au travail », a-t-elle fini par conclure avec fermeté. Puis elle a souri d'une manière qui laissait transparaître un certain accablement, et qui manquait de naturel.

Je me suis demandé si elle prenait des médicaments, mais j'ai vite balayé l'idée en me disant que je n'étais soupçonneuse que parce que je venais de passer un moment auprès de trois personnes vraiment défoncées.

Nous nous sommes arrêtées devant l'appartement de Larissa, qui ne lui ressemblait pas du tout. Elle a sans doute remarqué mon désarroi, parce qu'elle a dit : « Ouais, beaucoup de choses ont changé. Il a fallu se trouver quelque chose très vite après l'explosion. Mais il y a d'autres logements en voie de construction et on devrait être réinstallés bientôt. »

C'était un de ces vieux immeubles où les gens vivent entassés les uns sur les autres. J'ai expliqué que j'étais tout simplement surprise, car je m'étais habituée à la voir à son ancien appart. Dans ma tête, chez elle, c'était là.

« Eh bien, pour moi aussi, a-t-elle dit durement en me menant dans une cage d'escalier malpropre et, de là, le long d'un couloir en béton. Quand j'ai visité l'appart, il y avait une jolie moquette ici… »

Larissa a pointé le sol du doigt. En y regardant de plus près, j'ai vu que les traînées noires sur le béton étaient constituées de caoutchouc et de colle, là où on avait arraché la moquette. « Les puces… a expliqué Larissa avec un sourire amer. Il n'y en avait pas, mais aucun propriétaire ne veut courir le risque d'une telle accusation. Mon appart a été fumigé avant que j'emménage. C'est écrit dans le bail. »

L'endroit sentait les saucisses et le savon. Nous avons pris l'ascenseur. Larissa a mis mon sac sur son épaule. Elle a ri et a semblé revenir à elle : « Regarde-toi ! Combien de mois ? » Elle m'a caressée de nouveau. « C'est génial ! » Son ton laissait croire que cette grossesse était le fruit d'une longue planification.

« Je commence à m'y habituer.

— Écoute, a dit Larissa en ouvrant la porte, comme si elle me préparait mentalement à un choc psychologique. Ce n'est pas grand-chose. Mais c'est tout ce que je peux me payer en ce moment. »

Je lui ai dit que si elle avait connu les endroits par lesquels j'étais passée, elle trouverait que son appart était un palace.

Nous sommes entrées et Larissa a allumé dans le couloir. J'ai retiré mes vieilles nouvelles bottes et les ai laissées près des siennes. Toutes les chaussures étaient à elles, mais je ne m'y suis pas attardée sur le coup. Elle est entrée dans la cuisine, a allumé et m'a demandé si j'avais faim. Je lui ai dit que non et m'apprêtais à lui faire le récit de mes aventures en commençant par le repas qu'on m'avait servi au restaurant thaï et la bonté de tous ces gens, mais elle m'a arrêtée : « C'est bien, parce que, à vrai dire, je n'ai pas grand-chose. Je voulais faire des courses. Demain. J'irai demain. »

Elle m'a dit qu'elle nous préparerait du thé pendant que j'irais déposer mon sac sur le lit. J'ai longé le couloir jusqu'à sa chambre. C'était l'unique chambre à coucher et elle ne contenait qu'un grand lit que recouvrait la très jolie couette de Larissa et Jay, mais le reste faisait un peu nu. Il y avait deux pots de peinture Benjamin Moore non ouverts sur le plancher ainsi qu'un rouleau neuf. Sur les couvercles, il y avait un coup de pinceau bleu paon, comme si Larissa avait l'intention de faire un peu de déco, mais n'avait rien entrepris encore. Sur la table de chevet était posée une photo de Devang, mais il n'y avait pas grand-chose d'autre hormis une chaise sur laquelle on avait empilé du linge propre, tandis que le linge sale se trouvait dans la penderie, à laquelle il manquait une porte. Elle ne contenait ni chemises d'homme ni vestes, et aucun jouet d'enfant ne traînait sur le sol comme je m'y serais attendue. Pas de berceau ni de table à langer.

Quand j'ai longé de nouveau le couloir, j'ai vu que Larissa avait enlevé sa perruque et l'avait placée sur une tête en plastique, comme s'il s'agissait d'un chapeau qu'on retire en rentrant chez soi. Sous le poids de la perruque, ses cheveux s'étaient aplatis par-ci et hérissés par-là. Ils étaient noir comme jais, environ quatre centimètres de long, comme si elle essayait de les faire pousser après les avoir rasés. La bouilloire était sur le feu, et Larissa sortait des tasses. Grosses et résistantes, elles étaient couleur de terre cuite. J'étais avec elle le jour où elle les avait achetées et je me souvenais du prix qu'elle les avait payées ; j'avais été étonnée qu'elle paye autant pour un ensemble de tasses, comme si elle était une femme au foyer, quelque part dans une banlieue, alors qu'elle était encore dans la vingtaine. Je la regardais se déplacer dans la cuisine avec sa grâce naturelle, comme si ses membres flottaient. Elle avait perdu du poids. C'était ce détail, et non pas la grosse perruque en boule de neige, qui changeait si radicalement son apparence. Elle ressemblait à la Larissa du lycée.

Elle a sorti du placard une boîte de crackers déjà ouverte et en a disposé savamment sur une assiette à côté d'un couteau. Puis elle a sorti un bout de fromage du frigo, l'a reniflé et l'a déposé sur l'assiette. Elle a fouillé dans le frigo et a sorti un autre fromage, qui a également pris le chemin de l'assiette. Je me suis appuyée dans l'encadrement de la porte. Il a craqué et elle a sursauté. Le couteau est tombé au sol avec fracas.

« Tu m'as fait peur, a-t-elle dit, l'air penaud.

— Où pensais-tu que j'étais ?

— Dans la salle de bains, je suppose. Je suis nerveuse ici. »

Elle s'est penchée pour ramasser le couteau. Elle l'a rincé dans l'évier, puis nous avons porté les trucs dans un petit salon qui était en retrait, où nous nous sommes assises sur une partie du canapé modulaire qu'elle avait déjà dans son appartement. L'autre moitié semblait avoir disparu.

Après avoir tout déposé sur la table basse en verre, elle a souri. Nous étions installées côte à côte. Un des fromages était du cheddar fumé à la pomme. L'autre était du bleu cendré. Elle m'a priée de le goûter.

Au-dessus de nos têtes, des bruits de pas se sont fait entendre : en haut, des enfants traversaient la pièce en courant.

« Je n'arrive pas à m'habituer à te voir la tête rasée », a-t-elle déclaré, et j'ai ri en lui disant que j'aurais pu lui faire la même remarque.

Je me souvenais qu'à notre adolescence Larissa était venue une ou deux fois au salon de coiffure de ma mère. Tout le monde voulait une coloration rousse au henné cette année-là. Larissa pensait que j'étais folle de me teindre les cheveux quand j'avais naturellement ce que tout le monde désirait si vivement. Ma mère lui avait fait des mèches gratuitement, de longues stries allant du doré à l'auburn, et plus tard cette année-là elle lui avait fait une décoloration complète. Mais Larissa ne voulait pas qu'elle lui fasse de coupe. Elle était très tatillonne là-dessus. Quand je le lui ai rappelé, elle a ri et a passé la main dans ses cheveux courts.

Je me souviens qu'à l'époque je craignais que ma mère soit offusquée par le comportement de Larissa, mais elle n'en avait fait aucun cas. De mon côté, je me promenais avec les coupes expérimentales de ma mère, de nouvelles tendances qu'elle me persuadait d'essayer. Il va sans dire qu'à l'école j'étais toujours entre deux coupes, jusqu'à ce que, moi aussi, je mette le holà et interdise à ma mère de toucher à mes cheveux. Il y a deux choses auxquelles les femmes se raccrochent quand elles sentent que tout leur échappe : leur poids et leurs cheveux. Je me foutais du poids, pour moi, seuls les cheveux comptaient. Mais Larissa ? Tout lui réussissait. Avec elle, ma mère ne faisait que fumer et sourire, sourire et fumer, sans sortir ses ciseaux du tiroir de son comptoir de travail. Toutes deux aimaient les Virginia Slims. Ma mère permettait à Larissa de les lui piquer si elle jurait de ne rien dire à personne. Je la revoyais déambulant dans le salon de coiffure au plancher en linoléum craquelé, au papier peint blanc à motifs de losanges vert menthe et rose, passant devant les meubles-lavabos en similibois, avec une cigarette qui se consumait entre ses doigts de pro...

Larissa a ri de nouveau, d'un rire forcé. Nous avons grignoté quelques crackers, qui avaient pris l'humidité. Elle ne m'a posé aucune question à propos de la journée où j'étais censée arriver en compagnie de Moira, ni au sujet de mon séjour au CLIT, ni même sur Karl et le bébé. Si elle l'avait fait, j'imagine que je lui aurais parlé de tout ça avec plaisir en faisant mine d'ignorer l'absence de son fils et de jouets dans l'appartement. Mais elle n'a rien dit, alors je ne pouvais faire semblant de n'avoir rien remarqué.

« Que s'est-il passé, Larissa ? »

Elle a pris sa tasse de thé entre ses mains, sans se servir de l'anse démesurée qui l'avait pourtant séduite au départ (« parce que la main de Jay pourrait l'épouser parfaitement », m'avait-elle dit en claquant sa carte de crédit sur le comptoir).

Elle a reposé la tasse et suggéré : « Il va peut-être nous falloir un peu de vin pour cette histoire », avant de se diriger vers la cuisine. Je lui ai rappelé que je ne buvais pas et elle a dit : « Ah, merde ! » Est-ce que ça me gênerait si elle en prenait ? Je lui ai dit de ne pas s'en priver, et elle a ouvert le frigo. Elle a rapporté une demi-bouteille de rouge dans le salon ainsi qu'un verre. Larissa avait été une de ces personnes qui lisent religieusement la chronique des vins dans le journal. La femme que je connaissais il y a quelques mois à peine n'aurait jamais mis du rouge au frigo. Ça aurait été criminel.

« Jaichand et Devang sont en Inde. » Elle s'est versé un verre, puis s'est installée avec moi sur la moitié du canapé modulaire en cuir blanc. « On a pensé que ce serait plus sûr. On a tous pensé que ce serait beaucoup mieux comme ça. Ses parents voulaient qu'ils aillent vivre auprès d'eux. » Elle a penché la tête en arrière en s'enfonçant dans les coussins. L'atmosphère que créait la lumière fluorescente de la cuisine ne convenait pas vraiment à un tête-à-tête, alors j'ai tendu le bras pour allumer la lampe de table à abat-jour en papier. Il était jaune, et tout de suite Larissa a eu meilleure mine et moi, je me suis sentie mieux.

« Ah, quelle bonne idée, a-t-elle dit. J'oubliais que tu n'as pas joui d'un gros confort dernièrement. Quand je suis seule, je n'y pense même pas. »

Mais je n'étais pas dupe : Larissa pensait toujours au confort. C'était dans sa nature.

« Tu vas les rejoindre ?

— J'irais si je le pouvais, mais c'est impossible. Les frontières sont toujours bouclées », a-t-elle répondu du bout des lèvres.

J'ai remarqué à ce moment-là qu'elle portait une camisole turquoise voyante, sans soutien-gorge. J'imagine qu'elle ne portait que cela sous son manteau d'hiver, mais je ne l'avais pas remarqué. C'était le genre de vêtement qu'elle aurait normalement porté sous un chemisier ou un blazer. Je me suis demandé si mon appel ne l'avait pas tirée du lit. Il est vrai que dans un premier temps elle avait dit qu'elle ne pouvait pas venir. Il était environ onze heures du soir, un jeudi. Savait-elle quand Jay et Devang allaient revenir ? Elle n'en avait aucune idée.

Elle s'est encore versé du vin pendant que je lui racontais mon séjour au CLIT. Mon récit l'a horrifiée, si bien que j'ai décidé de passer sous silence les détails les plus sordides pour ne parler que de trucs tels que l'absence chronique d'eau chaude.

Quand j'ai mentionné Moira, elle m'a dit : « Ah, oui, tu devais venir avec une amie », comme si ce détail lui était complètement sorti de la tête. Bien sûr, j'ai songé que des choses beaucoup plus importantes étaient arrivées entre ce moment-là et aujourd'hui, dont le départ de son mari et de son fils, ainsi que son déménagement.

Je lui en ai parlé, mais Larissa a balayé mes paroles du revers de la main, comme s'il s'agissait d'une mauvaise odeur, rien de plus. « Cette explosion. Je n'étais même pas là au moment de la détonation. Je suis rentrée à la maison et la façade était carbonisée, mais je ne comprends pas en quoi ça a pu affecter la structure au point qu'il faille tout démolir. Mon Dieu, heureusement que Jay et Devang étaient déjà partis, hein ? Les miracles, ça existe.

— Je croyais que vous étiez tous ensemble. »

Elle a vidé son verre et m'a regardée comme si je plaisantais. « Tu dois être crevée, ma chérie. »

J'ai acquiescé.

« Ça fait tellement plaisir de te voir, a-t-elle répété.

— Ça fait plaisir de te voir aussi. »

J'avais l'impression qu'on se quittait alors qu'on ne faisait que se coucher dans le même minuscule appart. Plus petit, en fait, que celui que je venais de laisser aux drogués. Larissa a dit qu'elle rechercherait des couvertures et me préparerait un lit sur le canapé, mais en fin de compte, nous nous sommes tout simplement affalées sur son lit, glissées sous les couvertures et avons vite sombré dans le sommeil. La couette de Larissa était la chose la plus douce que j'aie jamais sentie.

J'ai collé mes pieds gelés contre ses tibias. Elle a ri.

« Moi aussi, ma circulation était mauvaise quand j'avais Devang dans le ventre. Ça veut dire que tu portes un garçon.

— C'est une légende de bonne femme, ça. Il n'y a qu'une fille de Windsor pour dire une chose pareille. »

Je me suis endormie aussitôt que mes pieds se sont réchauffés.

QUINZE

Hier, je suis montée fourrager dans le grenier du chalet. J'ai trouvé une boîte de vieilleries. J'ai été hyper prudente. Je veux que tu saches que je redouble de prudence, pour ton bien. Il n'a pas été facile de descendre les marches sans glisser, mais j'y suis parvenue en y allant doucement. Il a fallu que je me mette debout sur une chaise, même si je doutais de mon équilibre, mais je devais bien faire quelque chose. Sans Grace, les journées sont plus longues que jamais. C'est poussiéreux là-haut et il y a de l'isolant rose le long de tous les murs extérieurs, mousseux comme du glaçage sur un gâteau.

La boîte était remplie de photos de Karl quand il était enfant en Alberta. Elles montraient souvent la ferme Diclicker, dont la maison était proprette mais sans fioritures. La famille était d'origine suisse. Il y avait sa sœur et sa mère coiffées à la manière des années 1960, assises sur le capot de la voiture familiale à une halte routière, aurait-on dit. Son père avait des lunettes à monture noire et une chemise de cow-boy. On voyait aussi un Karl miniature, âgé d'environ huit ans, tenant un View-Master juste en dessous de son visage, comme si on venait de lui dire de le baisser pour les besoins de la photo, comme s'il était beaucoup plus intéressé par ce qu'il voyait dans l'appareil. Au début, j'ai cru que c'était les photos d'une autre famille, des cousins peut-être. Enfant, Karl était blond, mais on voit d'une photo à l'autre que ses cheveux sont progressivement devenus plus foncés.

J'en viens à me demander quelle est la probabilité que tu sois blonde. Ma mère l'était et Karl aussi, semble-t-il, du moins pendant un certain temps.

J'ai eu l'impression que je n'aurais pas dû aller là-haut ouvrir des boîtes et fouiner partout. Comme si j'outrepassais mes droits. Mais, mon petit kangourou, tu es là, ou du moins tu seras bientôt là, et c'était ton père après tout.

Il y avait un vieux texte de Karl là-haut. Sans doute écrit pour son master. Tapé à la machine à écrire, mais relié en cuir. *Le Grotesque dans les premiers temps du cinéma.* J'ai lu dix pages avant de me rendre compte qu'il parlait de clowns. J'étais sidérée de découvrir qu'il n'écrivait pas mieux que moi. Mais, mon Dieu, que le grenier était froid et que les lames du parquet étaient dures sous mes pieds. J'ai commencé à avoir des crampes au point que je ne pouvais rester là plus longtemps. J'ai cru entendre une voiture au loin et me suis figée pour écouter. Mais ce n'était rien.

Dans une boîte fermée avec un tas d'autres babioles, j'ai trouvé le certificat de mariage de Grace et Karl ; c'est ainsi que je les appelle maintenant, même si autrefois dans ma tête, c'était « Karl et Grace ». Il était plié en deux, même pas encadré.

Elle avait conservé son nom de jeune fille après le mariage, c'est ce que Karl m'avait raconté l'unique fois où nous nous étions retrouvés ici ensemble. Elle l'avait gardé parce qu'elle ne voulait pas prendre un nom qui n'était à l'origine même pas à lui, un nom qu'il s'était donné. Elle aurait eu l'impression de faire semblant, de jouer un personnage fictif tiré de l'une de ses séries télé. Elle se serait appelée Pargetter-Mann si elle avait opté pour un nom composé. Mais à l'époque sa carrière était déjà entamée et elle ne voulait pas de cela non plus, ce qui fait qu'elle est restée tout simplement Grace Pargetter. Je me souviens que lorsque j'ai demandé à Karl si ça le dérangeait, il m'a dit : « Non, non, pas ça », comme s'il y avait autre chose qui le dérangeait. Mais après il s'est retourné et a ramassé le boîtier d'un DVD qu'il voulait qu'on regarde ensemble. C'était *Ekstase*, un film muet mettant en vedette Hedy Lamarr.

« C'est qui encore, cette pétasse ? » ai-je demandé en agitant mon pouce devant les tonnes de cheveux foncés qui entouraient le visage de la fille sur le boîtier.

Apparemment, dans *Ekstase*, elle avait tourné des scènes de nu dans lesquelles elle feignait l'orgasme, comme si le jeune militaire qui lui servait d'amant la faisait jouir avec sa bouche.

« Intéressant, ai-je remarqué.

— Quand Lamarr s'est mariée plus tard, son mari, un fabricant de munitions, a essayé d'acheter toutes les copies du film afin de les détruire, tellement il était possessif. Mais Benito Mussolini a conservé sa copie, refusant de s'en départir, peu importe le prix.

— C'est qui encore, ce Mussolini ? »

Karl m'a tapé sur le nez et m'a dit : « Ne sois pas ridicule. »

Il m'a tourné le dos et je me souviens de ses petites fesses poilues. Et de sa raie sombre.

« "La dernière fois que j'ai pénétré une femme, c'est en visitant la statue de la Liberté…" Woody Allen », a déclaré Karl.

Je me suis caché le visage en grommelant : « Pas ça ! » Il était vieux, tellement vieux.

« La seule différence entre toi et moi, a-t-il dit en ramassant ses vêtements sur le dossier du canapé à carreaux, c'est que je me croyais exceptionnel à dix-huit ans parce que j'avais vu les films de Woody Allen au cinéma à leur sortie, et toi, tu te croyais exceptionnelle à dix-huit ans lorsque tu les as trouvés au vidéoclub et les as loués en DVD. C'est le même film. La même expérience. »

Je ne lui ai pas dit que j'avais téléchargé toute l'œuvre de Woody Allen. C'était précisément pour de telles observations que j'admirais Karl. Je l'admirais plus que je ne l'aimais. Mais quand je pense à la manière dont Grace parle de lui, ou plutôt parlait de lui, je comprends qu'il s'agissait d'une forme d'amour.

Je me souviens que le soir où Grace a fabriqué des vêtements de maternité pour moi, elle a éclusé la moitié d'une bouteille de rouge qu'elle avait prise dans le garde-manger. « Tu as encore l'air d'un guignol, a-t-elle dit en me scrutant du regard. Mais au moins tu es à peu près présentable. »

J'avais l'air d'un clown, certes, mais je dois avouer que je n'avais pas été aussi à l'aise dans mes vêtements depuis des mois. « Il faut que tu comprennes, ai-je dit à Grace, depuis que tu as écrabouillé mes lunettes, je ne peux plus me voir.

— Eh bien, si je pouvais te convaincre de te raser la tête plus souvent… ou peut-être ces sourcils-là… »

J'ai remarqué qu'elle avait passé sous silence mon accusation au sujet des lunettes.

Jusque-là, je n'avais jamais vu Grace soûle. Son corps semblait plus malléable. Ses bras retombaient le long de son corps de bonne femme allumette. J'ai saisi l'occasion.

« Je ne sais pas combien de fois il va falloir que je te demande pardon. »

Elle a levé la main comme pour signaler que ce n'était pas grave. Sa main est restée suspendue au bout de son avant-bras, qui était appuyé sur l'accoudoir en bois de la chaise. Son visage grimé reposait sur le coussin. Elle a fermé les yeux. Couverts de mascara, ses cils ressortaient d'autant plus qu'il ne restait aucun poil sur son visage, ou peut-être que cette impression ne tenait qu'à l'absence de mes lunettes.

« Il avait des bourses comme un beignet fourré à la confiture, pas vrai ? » a-t-elle dit entre ses lèvres peintes en rouge.

Je n'ai rien répondu.

« Mais il a fini par gagner. Il a vraiment gagné la guerre. »

Grace a fait tomber la revue western de la table basse avec son pied recouvert d'une chaussette de laine. Elle avait coupé le son de la télé. Nous attendions la diffusion d'une série que je détestais. Grace jugeait qu'il s'agissait d'« une mise en scène impeccable, enrichie de brillants dialogues ». Je crois qu'elle sous-entendait *pour une production canadienne*, mais ce n'est pas ce qu'elle a dit. L'émission s'intitulait *La Quatorzième Colonie* et l'action se déroulait sur une autre planète où des gens avaient été envoyés à la suite d'une épidémie qui avait décimé presque toute la population de la Terre. Ils construisaient des abris rudimentaires, mais avec une technologie de pointe. On avait déjà regardé un épisode, et j'avais trouvé le tout sans imagination, avec un jeu d'acteurs bien trop lisse. Néanmoins, Grace a insisté pour qu'on se la tape de nouveau. Mais juste avant la diffusion de l'émission, il y avait des pubs, puis un bulletin d'informations.

Il y avait eu une émeute à Toronto, au Centre Eaton. Les caméras de surveillance montraient un troupeau humain informe qui s'agitait. Il se ruait vers la sortie en passant devant la fontaine au premier sous-sol, où des sacs d'emplettes jonchaient le sol. Une autre caméra avait capté la scène qui se déroulait un étage plus haut. Un arbre de Noël gigantesque, haut d'une dizaine de mètres, avait été renversé ; il tenait en équilibre précaire sur la rambarde et menaçait de tomber. Des décorations s'étaient déjà détachées et éclataient comme de petites bombes étincelantes sur le carrelage à l'étage inférieur. LENDEMAIN DE NOËL SANGLANT : SIX MORTS ET QUARANTE-DEUX BLESSÉS, déclaraient les sous-titres pour malentendants en lettres majuscules. Je ne déchiffrais ce qu'il y avait à l'écran que parce que j'étais assise à l'extrémité du canapé la plus proche du poste.

Malgré le calendrier de la cuisine, Grace et moi avions oublié Noël.

Dans la séquence suivante, avec la fontaine en contrebas, une journaliste se tenait devant la rambarde contre laquelle l'arbre de Noël s'était affalé. Une équipe s'affairait à nettoyer la fontaine. L'eau sans rides du bassin était rouge sang. Les gardes et la journaliste ont été pris de court lorsque l'eau de la fontaine est montée en flèche à la manière d'un geyser. La femme a vite retrouvé son aplomb. Elle a expliqué qu'une petite fille avait fait une chute mortelle à la suite de la toute dernière attaque de VSH et que les cinq victimes piétinées par la foule avaient succombé à leurs blessures. D'autres recevaient des soins à l'hôpital. On avait placé en isolement un chœur a cappella que formaient quatre sœurs blondes. Je regardais les lèvres de la journaliste bouger sans bruit et les mots défiler au bas de l'écran. Penchée vers l'avant, j'ai plissé les yeux pour mieux voir.

« Ça faisait huit ans que je ne couchais plus avec lui », a déclaré Grace.

Elle avait trop bu et ne prêtait aucune attention à la télé. J'ai arrêté de respirer.

« Je me suis tout simplement rendu compte un jour que je n'en avais plus besoin et que malgré tout, j'étais parfaitement comblée par lui. »

Elle s'est confiée spontanément, mais je suis restée hypnotisée par l'image à l'écran, incertaine quant à la nature de l'objet que l'équipe d'entretien repêchait de la fontaine à l'aide d'un filet : était-ce un bonnet de père Noël ou un vêtement ensanglanté ? Peu importe, j'avais mal au cœur. J'étais contente de ne pas avoir mes lunettes.

Grace parlait sans cesse, perdue dans son univers. « Il y a eu d'autres filles avant toi, tu sais, plein. Mais je pense qu'il m'a aimée davantage après qu'on a arrêté de baiser. C'est ainsi. Il m'aimait davantage. »

Grace s'est redressée quand est apparue à l'écran une photo de la jeune victime. Elle avait environ quatre ans, des fossettes prononcées et des yeux bruns. Elle s'appelait Kami. Au fil des quarante-huit heures suivantes, la télé diffuserait cette photo une centaine de fois, comme si cette petite fille était le visage de toutes les victimes du virus. On n'a pas vu de photo des quatre chanteuses blondes.

Grace s'est versé un autre verre de vin. On ne voyait d'elle que la peau et les os. En comparaison, j'avais la forme d'un ballon. Je l'ai regardée se déplacer. Elle s'est levée, a fait rouler la bouteille vide sur le comptoir de la cuisine, puis est revenue, a repris son verre et s'est affalée dans le fauteuil sans renverser une seule goutte.

« Regardons la télé, a-t-elle suggéré, même si j'étais déjà plantée devant l'écran.

— Comme tu veux. » Je me suis dirigée vers la salle de bains. Elle a monté le volume pour regarder la fin des informations.

Il faut que je te dise, ma petite araignée d'eau, il y a beaucoup de choses que j'aimerais changer. J'aurais aimé, par exemple, me réveiller avant Larissa un certain matin à Toronto. Et avoir dressé une liste de tout ce que j'avais à faire, comme faire réparer mes lunettes, prendre rendez-vous avec un médecin, aller à ma banque pour voir s'il était possible d'accéder à mon compte, même sans ma carte, ou encore trouver quelqu'un qui m'aiderait à récupérer mes effets auprès de l'Agence des services frontaliers du Canada, parce qu'il y avait toutes les chances que mes effets reposent dans un entrepôt quelque part. Il y avait tant de choses que j'aurais dû faire quand j'étais en ville. Mais je croyais sincèrement que j'y serais plus longtemps.

C'est Larissa qui a attiré mon attention sur la lettre de la Ville de Windsor. Le matin, quand je me suis levée, j'ai trouvé mes affaires étalées sur la table basse du salon. Je suppose que j'avais tout simplement balancé mes trucs par terre dans son entrée la veille, comme si j'étais chez moi, alors que je n'y avais jamais posé les pieds auparavant. On trouve rapidement ses aises avec les vieilles amitiés.

« Il ne me restait plus de café, alors je suis sortie en acheter, a-t-elle dit. J'irai faire des courses plus tard. »

Le café venait de chez Tim Hortons, la même chaîne que l'établissement vide qui se trouvait de l'autre côté du champ quand j'étais en quarantaine. J'ai embrassé Larissa sur la joue et lui ai raconté comment il m'arrivait de regarder avec envie ce lointain bâtiment quand j'étais captive au Centre local d'isolement temporaire. J'ai recueilli la chaleur de la tasse avec mes doigts et humé l'odeur de café.

« Tu devrais ouvrir tout ça, a-t-elle dit brusquement au sujet du courrier que j'avais ramassé à mon ancien appart. Celle-là m'inquiète un peu. » Elle a indiqué l'enveloppe d'aspect plutôt officiel. Elle m'a raconté que, à titre de capitale canadienne des clubs de strip-tease, Windsor était devenue une zone de guerre, que la décoloration y avait atteint des niveaux records et que la ville était incapable de composer avec la catastrophe rampante que constituait le virus. « Mon père est maintenant à la retraite, mais il me raconte ce qui se passe à la municipalité et la complexité de la gestion des affaires. La ville est au bord de la faillite… » Sa voix s'est estompée. Puis elle a dit gaiement : « Je vais prendre une douche » et m'a laissée seule avec l'enveloppe.

La langue de l'endettement, celle des factures et des lettres de recouvrement, est plus cruelle encore que le plus glacial des hivers. Si j'ai bien compris, la facture de la ville couvrait les dépenses des funérailles de ma mère. Je devais 5 243 dollars, une somme qui représentait le « service de base ». Je suis restée là longtemps, les doigts serrés sur les bords de la lettre.

Je sentais mon cœur se débattre dans ma poitrine, comme si quelqu'un me rouait de coups à l'intérieur, ou peut-être que c'était toi. La douche s'est enfin arrêtée, et j'ai entendu la chasse d'eau et le bruit d'un sèche-cheveux. Il rugissait comme le sang qui courait à l'intérieur de mon crâne.

Quand Larissa est sortie, elle s'est excusée : « Je suis désolée, chérie, sans que j'aie à lui expliquer la teneur de la lettre.

— Il est où, Richard ? » ai-je demandé, tout hébétée, mais je ne posais pas la question à Larissa. Je savais que c'était l'exécuteur testamentaire de ma mère. Le fardeau de l'enterrement aurait dû tomber sur ses épaules. Je ne l'avais jamais porté dans mon cœur, car ma mère buvait autant en sa compagnie qu'avant de le connaître, mais il n'était ni fauché ni d'un tempérament particulièrement sanguin. Du moins, c'est ce que je croyais. Puis je me suis rappelé ma mère au début de l'épidémie qui racontait que le salon roulait à fond la caisse. Et pourtant, c'est à Richard qu'elle avait demandé de déposer de l'argent sur mon compte. Il est possible que, tout comme mon propriétaire, il ait conclu que j'étais morte ; peut-être avait-il pris le peu d'argent qui restait à ma mère et s'était-il enfui vers un lieu plus sûr.

J'ai fermé les yeux et essayé de ne pas penser aux risques auxquels ma mère s'était exposée au salon Head Start. Sans effort, le papier peint et le lambris de bois de ce commerce vieillot sont apparus sous mes paupières. Il me semblait sentir les mains de ma mère sur mon cuir chevelu, lorsqu'elle me lavait parfois les cheveux dans le grand évier noir, malgré mes protestations. « Qu'as-tu fait de tes cheveux, Hazel ? me narguait-elle. Tu as dix doigts. Sers-t'en », et du bout de ses doigts elle creusait et frottait en décrivant des cercles. Elle massait jusqu'à mes oreilles et mon cou comme si elle voulait m'exorciser d'un démon. Parfois, c'était une forme de torture, parfois une forme d'affection. Le savon moussait entre ses mains comme une grosse boule de ouate.

Quand j'ai rouvert les yeux, Larissa me tournait le dos. Elle préparait des toasts. Il ne restait que deux tranches et l'une était l'entame. Elle m'a donné les deux, tartinées de miel qu'elle a extrait d'un pot dont le couvercle était recouvert d'un bout de tissu enrubanné. Les toasts ont refroidi. Le café aussi. J'aurais aimé vomir, mais ce stade de ma grossesse était apparemment derrière moi. Je suis entrée dans la minuscule salle de bains de Larissa. Sa pharmacie était remplie de flacons de cachets dont les noms faisaient croire qu'il s'agissait d'anxiolytiques, leurs syllabes dénuées de sens agglutinées autour du son Z : zzzzzz.

En fin de compte, je n'ai pris aucun comprimé. Je n'étais pas sûre de l'effet que ça produirait sur toi, et lorsque j'ai posé la main sur mon ventre, tu as donné un coup. Soudain, tu étais ce qu'il y avait de plus important dans tout l'univers. Jusque-là, je t'imaginais comme une graine d'arbre portée par le vent. Qui s'envolerait au loin et finirait par trouver sa place. Maintenant chaque souffle semblait avoir une incidence sur ta trajectoire. Tu étais tout ce que j'avais et tu n'étais qu'une étoile frémissante sous ma main. J'ai pris ma douche, sans me savonner, debout sans bouger alors que les gouttes d'eau tambourinaient sur ma tête rasée et mon ventre.

« Qu'as-tu envie de faire aujourd'hui ? » a demandé Larissa quand je suis sortie de la douche, comme si elle était soulagée que nous en ayons fini avec cette épineuse question. Près de la fenêtre du salon, baignée par les rayons du soleil, elle grignotait les toasts que je n'avais pas touchées.

Ce devait être un médicament, me suis-je dit, qui la poussait à agir de la sorte. Je l'ai examinée attentivement. Son jean griffé était délavé, mais on devinait à la coupe qu'elle l'avait payé très cher. Les enfants à l'étage martelaient encore le sol au-dessus de nos têtes même si la journée d'école était déjà commencée. J'ai demandé à Larissa si elle allait au travail, mais elle a souri : « Pas aujourd'hui », et m'a tourné le dos pour regarder par la fenêtre : « Je leur ai dit de se débrouiller sans moi. »

Larissa a laissé sa perruque géante à la maison, et nous sommes sorties les cheveux ras. Elle avait mis de longs pendants d'oreilles pour compenser. Elle m'a amenée bruncher dans un resto dont le nom était français, comme si cette sortie me ferait oublier le choc d'être soudain devenue orpheline. Elle a dit qu'il fallait que je me nourrisse convenablement pour mon petit poupon, que Jay l'avait pratiquement forcée à manger lorsqu'elle portait Devang, et maintenant elle me forcerait à son tour.

Je l'ai suivie sans protester. Je ne savais pas quoi faire d'autre. Elle s'est glissée sur une banquette d'un vert vif près de la fenêtre à l'avant et a commandé un *croque*, et lorsque je suis restée muette en regardant le menu, elle a dit : « Deux, s'il vous plaît », et a montré deux doigts.

Elle avait presque l'air d'une adolescente, excitée que l'on se retrouve ensemble, prêtes à faire une virée en ville. Elle a attrapé ma main de l'autre côté de la table et a murmuré : « Je ne voulais pas t'en parler hier soir, parce que tout était si *sérieux*, mais j'ai rencontré quelqu'un. Il habite mon immeuble. Il est incroyablement beau. » J'ai plissé les yeux et me suis demandé en quoi notre matinée avait été moins sérieuse que nos retrouvailles de la veille. Elle a souri et s'est mise à tortiller ses cheveux, comme si elle était décontenancée par le fait qu'ils ne soient pas plus longs. Elle regardait les gens défiler sur le trottoir, les femmes qui portaient encore des escarpins en décembre et qui marchaient à petits pas par crainte de glisser. Il y avait du soleil, mais la glace ne fondait pas. Tout miroitait et étincelait. J'ai demandé : « Et Jay dans tout ça ?

— Oh ! Hazel, nous sommes tous des adultes. Je sais que tu l'aimais bien. Mais il est parti. La fidélité ne s'étend pas au-delà de notre indicatif régional. »

Elle a remis son manteau et s'est excusée. Elle a dit qu'elle ne voulait pas fumer en ma présence compte tenu de ma grossesse. Par la fenêtre, je l'ai regardée taxer une cigarette et du feu sur le trottoir. Très glamour, elle tenait la cigarette dans le V formé par l'index et le majeur ; elle rejetait la tête en arrière en exhalant la fumée. La lumière a frappé son visage et j'ai remarqué à quel point elle avait l'œil terne. La serveuse a apporté nos boissons. J'ai pris une gorgée, les yeux rivés sur les allées et venues de la cigarette de Larissa. Sur ses mains papillonnantes. C'est à ce moment que j'ai compris : ses longs doigts étaient nus, sans alliance.

Durant tout le repas, Larissa a papoté au sujet du bon vieux temps et je grognais en signe d'assentiment. En temps normal, j'aurais pleuré, mais je n'y arrivais pas, même si elle parlait de l'époque où je vivais encore avec ma mère. Je me souviens que maman avait l'habitude de dire qu'il me faudrait du temps pour éclore, que j'étais une fleur d'automne. Chaque fois qu'elle sortait ça, je me fâchais et claquais la porte. Dans ma tête, je voyais des chrysanthèmes orange vif en pots à l'entrée d'une épicerie, leurs feuilles vertes empoussiérées par les voitures qui passaient dans la rue. Une chose qui attendait qu'on l'emporte et qu'on la mette en terre. Je me suis excusée pour me rendre aux toilettes, où j'ai serré l'arête de mon nez aux coins de mes yeux pour faire baisser la pression.

Quand je suis revenue à la table, Larissa m'a dit : « Je viens de me rappeler que j'ai des courses à faire. Il faut qu'on parte tout de suite.

— D'accord. » J'ai cherché la serveuse des yeux, mais elle était en cuisine. Je ne sais même pas pourquoi je la cherchais, ce n'était pas comme si j'avais de quoi payer.

« C'est déjà réglé. » Notre banquette était si près de la sortie que Larissa avait déjà franchi la porte.

Après qu'on a passé l'angle de la rue et longé tout un pâté de maisons, elle a extrait deux clefs de son trousseau et me les a tendues afin que j'entre dans son appartement et en sorte à ma guise, au cas où nous ne rentrions pas en même temps. Nous nous sommes quittées, et je me suis dirigée vers le bureau de Karl à l'université. Maintenant que je pouvais compter sur l'aide de Larissa, je pensais prendre les transports en commun et épargner ainsi mes pieds, mais quand j'ai fouillé dans mes poches, la monnaie que j'avais mendiée la veille n'y était plus. J'avais changé de manteau, bien sûr, mais j'étais certaine d'avoir transféré l'argent d'une poche à l'autre. Il ne s'agissait que de quelques dollars, mais je n'avais pas voulu m'en servir pour prendre le tramway tant que je n'avais pas un endroit où habiter. Maudissant ma mauvaise fortune, j'ai marché péniblement jusqu'à l'université. Sur mon chemin, je suis passée devant une palissade sur laquelle étaient agrafées des photos d'êtres chers et des affiches faites maison. Le mur des disparus. Les affiches flottaient dans le vent, révélant encore d'autres visages souriants en dessous. Le mot *disparu* était répété cent fois.

Le bureau de Karl était comme un mausolée. Froid et bleu et fermé à clef. Du moins, c'est ainsi que je m'en souviens aujourd'hui. J'ai cogné en vain avant de partir à la recherche de quelqu'un qui pourrait m'aider. Les bâtiments étaient accessibles, mais déserts. C'était la période des examens, me suis-je rappelé.

Je suis tombée sur une prof que je connaissais. Elle avait deux stylos plantés dans les cheveux, qu'elle avait tordus en chignon. Tout le gris avait disparu de sa chevelure, qui brillait maintenant d'un beau brun uniforme. Ça lui allait bien. Elle avançait tête baissée, le nez plongé dans un travail d'étudiant.

« Par… pardonnez-moi, professeure Jacques, ai-je dit à son approche. J'ai assisté à votre séminaire, "Genre humain et genre littéraire", il y a deux ans.

— Ah, oui, c'est vous qui faites une thèse en esthétologie… »

J'ai acquiescé.

« Hilda ? s'est-elle aventurée.

— Hazel. »

Elle avait survolé mon projet de thèse au début, mais avait refusé de la diriger quand je l'ai approchée, plusieurs mois avant que je commence à travailler avec Karl. Elle trouvait le sujet « intrigant », mais jugeait qu'il ne cadrait pas avec son domaine d'expertise. Elle trouvait aussi que mon sujet était trop vaste et que mes idées manquaient peut-être de précision. Je l'aimais bien, et il me semblait qu'elle m'aimait bien aussi, en classe du moins. J'étais piquée au vif – dévastée, en fait – quand elle a suggéré de me tourner plutôt vers le professeur Mann. J'avais hésité au début, incertaine de pouvoir tordre le sujet de ma thèse pour qu'il s'accorde mieux avec le champ d'études de Karl.

La professeure a nonchalamment posé sur sa hanche la main avec laquelle elle tenait les feuilles. Elle a dit qu'elle était ravie de me revoir. Où est-ce que je m'étais cachée ? New York, ai-je répondu, et elle a ajouté pour plaisanter : « J'imagine que ta thèse a pris une tout autre tournure depuis ! »

J'ai murmuré que je n'en savais trop rien, que je pensais tout abandonner. Au point où nous en étions, qu'est-ce que ça changerait ?

« Les universitaires auront toujours leur raison d'être. Les gens finiront par vouloir qu'on interprète cette épidémie. Quand nous repenserons à cette époque, ce sera pour savoir ce que tout cela signifiait. » Puis elle s'est excusée de manquer de retenue et m'a dit que j'étais certainement préoccupée par autre chose en ce moment. « Je me souviens quand j'étais enceinte, a-t-elle grommelé avant que je ne réponde. J'étais tellement malade et mes pieds avaient enflé au point que je portais des chaussures deux pointures au-dessus de la mienne. Je demandais constamment à mon amoureux d'aller acheter de la crème glacée et du sel d'Epsom. Mais vous verrez, à la fin, ça en vaut la peine. »

Je lui ai sans doute lancé un regard dubitatif, parce qu'elle a agité son doigt en signe de reproche.

« Je cherche le professeur Mann », ai-je avoué. Elle n'a pas sourcillé. Elle m'a demandé si j'avais essayé à son bureau mais, avant que je ne réponde, elle a ajouté : « À bien y penser, je ne l'ai pas vu rôder dans les parages depuis plusieurs semaines, mais on est tous terrés quelque part, à corriger des copies. »

Je lui ai demandé si elle croyait qu'il était avec Grace à leur chalet. J'ai appelé Grace par son prénom, sans savoir pourquoi. Peut-être ai-je cru que la professeure serait plus encline à me mettre dans la confidence, bien qu'il soit assez clair qu'elle et Karl n'étaient pas très intimes.

« Peut-être. » Elle a souri et son regard est revenu vers le travail d'étudiant qu'elle portait à la main, ce qui annonçait la fin de notre petit entretien.

Avant de me quitter, elle m'a dit chaleureusement, le regard posé sur mon ventre : « Je ne vous ai même pas félicitée. La période des fêtes nous rend tous abrutis. Félicitations, Heidi.

— Hazel », ai-je corrigé en hochant la tête, le souffle coupé. C'était la première fois que quelqu'un me félicitait pour ma grossesse.

Au sortir de l'immeuble, j'ai trouvé un rebord de fenêtre glacial contre lequel je me suis appuyée en tremblant. Si la professeure Jacques avait accepté de diriger ma thèse, tu n'existerais pas. Je me suis demandé si je ne filerais pas le parfait bonheur dans mon appartement en ce moment si j'avais fait plus attention à ma mère quand l'épidémie s'est déclarée et l'avais mise en garde contre va savoir ce qui lui était arrivé. J'ai caressé de haut en bas la bosse frémissante que tu formais sous ma peau.

Larissa n'était pas à la maison quand je suis rentrée. Il y avait une enveloppe fixée à la porte avec du ruban adhésif. Je me souviens que je l'ai attrapée sans réfléchir avant d'entrer. Je l'ai ouverte et ai parcouru le formulaire des yeux avant de m'asseoir pour retirer plus confortablement mes bottes. J'ai posé la feuille de papier jaune à trois plis sur la table basse en verre, près de la facture que j'avais reçue de la Ville de Windsor.

Quelques instants plus tard, j'ai ouvert de nouveau la lettre d'une chiquenaude. *Nous sommes passés pendant votre absence*, pouvait-on y lire. C'était une lettre des services sociaux. Il y avait le nom complet de Larissa écrit à la main à l'encre bleue, son nom de jeune fille : Larissa Engle. *Comme convenu lors de notre dernière visite, voici un rappel des tâches dont vous devez vous acquitter...* Il y avait une liste de choses à faire, dont la plupart étaient tapées à la machine, mais certaines, inscrites à la main, figuraient dans la catégorie « Autres » : chercher du travail, voir sa thérapeute, remplir les formulaires de Gardin-Lake (l'entrepreneur dont Larissa prétendait qu'il la relogerait), et ne pas rater son rendez-vous à un endroit qui s'appelait l'Institut du deuil. Une travailleuse sociale avait gribouillé à la va-vite les heures et les dates des rendez-vous, sans doute debout dans le couloir. *Je repasserai dans – jours.* Un « 2 » avait été inscrit au stylo.

J'ai replié la note. J'ai pressé mes yeux avec mes doigts. Je suis sortie dans le couloir pour recoller l'enveloppe sur la porte. Lorsque je suis entrée de nouveau dans l'appart, j'ai heurté avec mon gros ventre un objet que j'ai tout juste eu le temps d'attraper avant qu'il ne tombe par terre. C'était la perruque artisanale. La tête en plastique a roulé sur mes pieds en vacillant avant de finir plus loin, sur le plancher de bois laminé.

Je replaçais la perruque quand une étiquette s'en est détachée, tombant sur le nez de la tête. *Malabar Costumes*, pouvait-on y lire, ainsi que le prix. Soit Larissa avait claqué ses derniers sous là-dedans, soit elle l'avait volée, mais il ne s'agissait certainement pas d'un cadeau que lui avait offert une artiste. Elle ne travaillait même plus avec des artistes.

Je suis entrée dans la chambre de Larissa et me suis allongée sur son lit.

Jaichand n'était pas le genre d'homme qui quitterait sa femme alors qu'elle traverse une mauvaise passe. Il s'était passé quelque chose, me suis-je dit, un truc qu'il ne pouvait tolérer ou qu'il n'arrivait pas à résoudre. Les choses avaient-elles dégénéré à ce point ? Avait-il vraiment quitté le continent avec leur enfant ? L'un ou l'autre était-il mort ? Je revoyais l'écriture de la travailleuse sociale dans ma tête : *Votre rendez-vous à l'Institut du deuil*. Sur la photo encadrée près du lit, Devang était âgé de deux ou trois mois au plus. De longues traînées de cheveux humides et foncés striaient son crâne. Ses yeux n'étaient qu'à moitié ouverts et sa bouche tirait d'un côté, comme s'il portait en lui toute l'inquiétude du monde.

J'ai repassé la matinée dans ma tête. Larissa avait tiré de mes poches les trois dollars avec lesquels elle avait payé les cafés de chez Tim Hortons, ai-je conclu. Comment avait-elle réglé le petit déjeuner ?

Soudain, ça m'est venu : elle n'avait tout simplement pas payé. Elle avait orchestré un discret mais élégant départ au moment où la serveuse avait le dos tourné. Quand je lui avais demandé si la veille elle avait eu mon message, elle m'avait dit avoir laissé son portable au travail. Mais si je me fiais au formulaire jaune, elle *cherchait* du boulot en ce moment. Elle n'avait pas de lieu de travail. Je me suis levée d'un bond et j'ai traversé l'appartement en ouvrant çà et là des tiroirs. Son téléphone se trouvait parmi les fourchettes dans le tiroir à couverts. Quand je l'ai allumé, il n'y avait pas d'icône de messagerie. Elle avait eu mon message vocal, puis avait balancé son portable dans un tiroir.

L'horloge en verre bleu suspendue au-dessus de son évier avait déjà orné un mur de son appartement. J'ai regardé avancer les aiguilles. Il m'est soudain venu à l'esprit que Larissa n'avait peut-être pas le droit de conduire. Je l'avais obligée à enfreindre les règles. Ma présence la poussait à faire semblant d'être une personne en parfait contrôle d'elle-même, alors qu'en réalité elle essayait de se reprendre en main. C'est pourquoi elle avait hésité à venir me chercher, même si je n'étais qu'à une vingtaine de rues de chez elle.

Je me suis dirigée vers la fenêtre du salon, d'où je voyais le parking. Toutes les voitures se ressemblaient, des éclats argentés qui brillaient au soleil, la chaussée en dessous comme du papier d'aluminium. J'ai trouvé mes lunettes dans la salle de bains, les ai rapportées dans le salon et me suis mise à scruter les véhicules à travers mon unique verre. J'ai poussé un soupir de soulagement : la voiture de Larissa y était.

J'ai trouvé les clefs dans une assiette en métal sur la table basse du salon, parmi des trombones et un briquet. L'assiette était juste à côté de la facture pour les funérailles de ma mère. Si Larissa avait soupçonné le contenu de cette enveloppe, ai-je raisonné, c'est qu'elle parlait encore avec son père à Windsor. Ça voulait dire que quelqu'un prendrait soin d'elle. J'ai attrapé mes affaires et les ai foutues dans mon sac. J'ai laissé une note à Larissa lui annonçant qu'il fallait que je parte. Puis j'ai verrouillé la porte de son appart, chargé mes effets et ma personne dans sa Honda et, deux rues plus loin, me suis engagée sur la voie rapide.

Karl, Karl, Karl, semblaient murmurer les roues sur l'asphalte mouillé. Le chalet était un petit cube marron avec un toit en pente et une porte d'entrée rouge cerise. Au détour du chemin, il était niché derrière une colline et partiellement dissimulé par des érables et des sapins. Sur le coup, mon souvenir se limitait à ça. Mais cette description correspondait à combien de chalets, au juste ? Dans ma tête, j'entendais Moira dire que Karl devrait assumer ses responsabilités. Soudain, j'ai compris le sens de sa remarque : de la nourriture, un toit, des vêtements, des soins médicaux, de l'*argent*. C'était une journée fraîche et ensoleillée, semblable à celle où j'avais entrepris ce trajet la première fois avec Karl. J'étais déjà aux confins de la ville, non loin de Barrie, quand j'ai songé à vérifier le niveau du réservoir. Quand j'ai de nouveau levé les yeux, un camion qui arborait l'image d'une souriante femme blonde aux cheveux ras m'a dépassée. Gantée de caoutchouc noir, elle tenait l'embout d'un aspirateur. Le logo de l'entreprise était inscrit en lettres rouges sous l'image.

KLEANTECH :
SPÉCIALISTE EN NETTOYAGE DE DÉCHETS
BIOLOGIQUES DANGEREUX.
GRAND MÉNAGE APRÈS ATTAQUES, NETTOYAGE
DE SCÈNES DE CRIME, RESTES HUMAINS
ET DOMMAGES COLLATÉRAUX.
PEU IMPORTE VOTRE SINISTRE, KLEANTECH
VOUS OFFRE TOUT SON SAVOIR-FAIRE !

Pourquoi était-elle blonde ? Pourquoi souriait-elle ? J'ai accéléré afin de la dépasser.

J'ai filé à vive allure, à peine capable de voir la route devant moi parce que mes lunettes n'avaient qu'un seul verre, mais désespérément accrochée à l'espoir de retrouver Karl. Je pensais qu'il y avait tout juste assez d'essence pour me rendre au chalet, si seulement je me souvenais où il se cachait.

Et, comme tu sais, j'ai fini par le dénicher, mais que penses-tu que j'ai découvert aussi ? Que j'étais capable de voler une voiture et d'abandonner ma meilleure amie. Puis j'ai trouvé Grace, et un silence dont je ne comprends toujours pas la nature.

SEIZE

Après la perte du signal satellite, Grace a pris l'habitude de s'asseoir dans le fauteuil, un verre à la main, hypnotisée par le poêle à bois ou la neige qu'elle voyait par la fenêtre. Lorsqu'elle reposait sa tête enturbannée d'une mince écharpe blanche sur le dossier, elle me faisait parfois penser à une victime du cancer, surtout lorsque j'entendais son râle sibilant. Elle avait cessé d'appliquer de l'autobronzant, comme si elle s'était rendu compte que je n'avais pas traîné avec moi la menace du virus. Au moins, elle me faisait un peu confiance.

Puis, un soir, sans crier gare, elle s'est redressée dans son fauteuil et a dit : « Il prétendait qu'il ne t'avait jamais emmenée ici, mais je sais que c'est faux. Je sais que vous l'avez fait, ici, partout sur nos meubles. » Le vin et le rouge à lèvres avaient laissé des taches noires aux commissures de ses lèvres. « Il a dit que vous vous retrouviez toujours chez toi, mais je sais que ce n'est pas vrai. Il m'a aussi raconté que tu jouissais comme une jument, que tu étais insatiable. Il s'en est vraiment vanté. »

J'ai enfilé mes bottes et suis sortie. Elle a sans doute pensé que j'irais au hangar à bois, que je laisserais baisser la pression, puis que je reviendrais. Mais j'ai longé la route jusqu'à ce que je voie les lumières du chalet des voisins. Il faisait à peu près moins dix. Les bottes plongées dans la neige de l'entrée, j'ai avancé jusqu'à leur porte. J'ai cogné, les doigts rougis par le froid, mais si les voisins étaient là, ils n'ont ni jeté un coup d'œil par la fenêtre ni répondu. Je suis restée là à tendre l'oreille à la respiration qui sifflait dans ma poitrine. C'est vrai, au fond, pourquoi m'auraient-ils accueillie ? Les cheveux d'une teinte entre deux couleurs, mal rasés, j'étais planquée au milieu d'une épidémie de rage blonde. Tout le monde dans ce coin de pays était probablement comme Grace : paranoïaque et embusqué.

J'ai songé un moment à retourner au chalet et à dire à Grace que Karl et moi n'avions baisé qu'une seule fois dans cet endroit et que ça avait été tout sauf spectaculaire. Puis, j'ai songé qu'il était possible que Grace soit envieuse. Peut-être que je revêtais un certain pouvoir à ses yeux et qu'il serait à mon avantage de ne pas éclairer sa lanterne. Je me suis demandé si Karl s'était réellement vanté de moi ou s'il ne s'agissait que de l'interprétation de Grace. Il est possible qu'il ait employé ces mots, peut-être que ce genre de joute l'amusait, mais j'essaie de ne pas y penser. Je n'ai aucun problème à l'imaginer comme un être triste ou égoïste ou même habité par le dégoût de soi. Mais je ne veux pas croire qu'il ait été intentionnellement cruel. Je te conçois maintenant comme une entité à part entière, séparée de lui, mais je me sens mieux quand je pense du bien de lui.

Je suis retournée péniblement au chalet. Une fois arrivée, je suis passée par-derrière et me suis arrêtée dans le hangar à bois. Pour reprendre mon souffle. Des fois, j'ai l'impression que tu es suspendue comme une chauve-souris à mes poumons, tête en bas. J'ai serré la main autour de la hache. Je me souviens du manche en bois, lisse et froid entre mes doigts. Je l'ai soulevée, puis l'ai laissée tomber contre la bûche.

Quand je suis rentrée, Grace était furieuse. Elle s'était enfermée dans la salle de bains et refusait de sortir. Je m'étais calmée, mais je lui ai quand même dit à travers la porte bleue que c'était elle qui devrait s'excuser auprès de moi. Elle ne l'a jamais fait, pas une seule fois. Elle a simplement crié que ma petite promenade l'exposait inutilement à un risque.

« Comment je peux savoir que tu ne l'as pas attrapé, ce putain de virus ? a-t-elle hurlé de derrière la porte.

— Je ne suis pas blonde ! Je forme des phrases complètes et cohérentes ! ai-je crié en essayant de contrôler ma respiration.

— Je t'ai ramassée à la petite cuillère et c'est de cette façon que tu me remercies ? Espèce de grognasse boursouflée ! Grosse conne !

— C'est pas étonnant qu'il couchait à droite et à gauche. »

J'ai cru un moment qu'elle ne m'avait pas entendue, mais ce n'était manifestement pas le cas, parce que la porte s'est ouverte brusquement et Grace m'a giflée.

Je ne sais pas si je ne l'ai pas vue venir parce que je ne portais pas mes lunettes ou parce qu'elle était simplement très agile. Elle était grande et, avec ses longs bras, n'a eu aucun mal à me coller la baffe depuis l'intérieur de la salle de bains. J'ai trébuché et percuté le frigo. Je suis restée là, le visage en feu. Le coup était si fort qu'il a laissé une marque. Elle a de nouveau claqué la porte.

Quelques minutes plus tard, je l'ai entendue vomir dans la cuvette.

J'étais déjà allongée sur le canapé, lumières éteintes, lorsqu'elle est enfin sortie de la salle de bains et s'est dirigée à tâtons vers son lit.

Le chalet n'était pas assez grand pour que nous puissions éviter de nous croiser. Il fallait accepter la rancœur que nous avions l'une contre l'autre si nous voulions survivre.

Le lendemain matin, Grace prenait un bain et j'avais une terrible envie de faire pipi. J'avais l'impression que tu piétinais ma vessie.

« S'il le faut, a grommelé Grace, et j'ai entendu les éclaboussements de l'eau dans le bain et le glissement du verrou, suivi du froissement du rideau de douche sur la tringle. Vas-y, entre. »

Je suis entrée en trombe, ai soulevé le couvercle et me suis débattue avec mes vêtements.

« Merde, a dit Grace de l'autre côté du rideau, où j'essayais de ne pas l'imaginer nue. Il va falloir que tu tires la chasse. »

Dans la cuvette flottaient les poils fraîchement coupés de son pubis. À la surface de l'eau, des brindilles blond-brun. J'ai appuyé sur le levier et ils ont disparu.

Pendant que je pissais, elle m'a demandé : « Peux-tu me dire s'il jouait déjà avec le feu à cette époque ou si tu es tout simplement si jeune et si hyperfertile que c'est arrivé comme ça, en moins d'une seconde, à cause d'un putain de préservatif percé ? »

J'étais assise sur la cuvette. La pièce était embuée et sa voix, faible et atténuée.

« Juste jeune et fertile, je suppose.

— C'est certain, à ton âge... Putain, tu pisses comme une génisse ! C'est pas bientôt fini ? » Sa main a entrouvert le rideau et elle m'a dévisagée. Sans maquillage, elle avait de profonds cernes, comme des ornières sous les yeux. Ses lèvres étaient gercées, couleur cèdre naturel. J'ai brièvement entrevu la rondeur de sa poitrine blanche.

Elle m'a détaillée de haut en bas. Le pantalon en coton ouaté dans lequel j'avais dormi était descendu sur mes chevilles enflées, laissant entrevoir la belle cicatrice à mon genou.

« C'est une sacrée tumeur que tu as là, a-t-elle dit avant de refermer le rideau. Comment qualifierait-on ma relation avec cette chose ? Je suis sa belle-mère ? Mère par alliance ? Amie de la famille ? Tante ? » Elle avait un trémolo dans la voix et je m'avancerais même à dire qu'elle pleurait, mais comme elle avait ouvert le robinet, je n'en suis pas sûre.

Je me suis essuyée, j'ai tiré la chasse et je l'ai laissée seule.

Jusqu'à la fin du mois de janvier, Grace et moi écoutions souffler le vent dehors et sommes retombées dans une routine qui consistait à prendre le petit déjeuner, laver la vaisselle, faire notre toilette, épiler nos jambes à la cire et nous raser la tête. Après, Grace s'asseyait au salon. Elle avait réduit sa consommation de vin rouge. Elle m'a montré comment m'épiler les « gigots », terme qu'elle utilisait pour désigner mes jambes. Cela me faisait grimacer et pleurer, mais semblait calmer ses craintes d'une infection au VSH, alors je me laissais faire. Je ne lui ai pas dit que je m'étais trouvée au bout d'un couloir donnant sur une salle peuplée de femmes qui avaient été emportées et que si j'avais été prédisposée à l'infection, j'aurais déjà attrapé le virus. Le fait d'avoir travaillé sur une série télé policière ne l'avait aucunement préparée à faire face à la mort.

L'épilation nous distrayait aussi de notre ennui. Ça prend un temps fou à la maison. Il faut réchauffer le petit pot de cire au micro-ondes en prenant bien soin de ne pas trop le chauffer, puis attendre qu'il refroidisse juste assez. Grace m'a donné mon propre pot, pour éviter que nos poils se mélangent dans la cire aussi collante que de la mélasse. Elle savait exactement comment l'étaler, à quelle vitesse retirer les bandes de papier et dans quel sens il fallait tirer. Quand je le faisais moi-même, je finissais toujours par faire un vrai gâchis. La douleur était encore plus vive et les poils se dressaient comme de la mauvaise herbe, mais ne lâchaient pas prise. Ma mère avait essayé de me montrer quand j'étais en troisième ou en seconde – il lui arrivait de s'occuper des lèvres ou des sourcils de ses clientes au salon de coiffure –, mais à cet âge-là, je ne voulais pas qu'elle me montre quoi que ce soit…

« Quand j'avais six ou sept ans, ai-je raconté à Grace, je voyais des femmes entrer dans le salon de ma mère. Ça me sidérait de voir ces inconnues se parler. Qu'est-ce qu'elles avaient tant à se dire ? Elles parlaient, parlaient et parlaient. Ma mère, debout, donnait des coups de ciseaux dans leur tignasse, faisait pencher leur tête d'un côté et de l'autre, et leur soutirait des tas de confidences. »

Je me souviens de l'échange d'argent. Ma mère faisait disparaître leurs cheveux, les secouait du tablier en vinyle qui recouvrait leur poitrine, poussait tous ces poils avec un balai noir ou les soufflait jusqu'à l'autre bout du salon avec un sèche-cheveux réglé à la puissance maximale. Elle déposait les peignes avec lesquels elle les avait coiffées dans de l'eau bleue, et ses clientes lui remettaient des billets de banque, qu'elles déposaient minutieusement dans sa paume parce que aucun comptoir ne les séparait.

« Le don de la parole, a remarqué Grace en tirant sur une bande de papier avant que je sois prête.

— Je ne l'ai jamais eu, ai-je glapi. Je ne l'ai jamais appris. J'évoluais dans un environnement entièrement féminin et je ne l'ai jamais assimilé. »

Au bout d'un certain temps, Grace a sorti son tapis de yoga et m'a montré quelques exercices. Elle m'a demandé comment allait mon ligament rond. Je lui ai répondu que je ne savais pas ce que c'était, mais que toute ma personne était assez ronde en ce moment.

Elle se pliait en deux devant moi, les mains au sol et le derrière en l'air. Comme Grace était une femme très vaniteuse, il était jouissif de la voir dans un vieux pantalon stretch noir, une fesse sortie à la manière des primates, une main dans les airs et l'autre touchant ses orteils au sol. Vu ma grossesse, je n'étais pas très bonne au yoga. Grace déclinait la séquence des postures comme un sergent-major. Je la regardais en essayant de me contorsionner pour adopter une pose semblable à la sienne, mais sans jamais y arriver tout à fait avant qu'elle ne passe à la suivante. « Le guerrier », puis « Le guerrier inversé », lançait-elle. L'unique posture que j'ai maîtrisée est celle de l'enfant. On s'assoit sur ses talons et on rassemble son corps à la manière d'un œuf, les bras étirés comme si on priait en direction de La Mecque. C'est plus difficile maintenant, en fait, ce qui signifie sans doute que tu as grandi durant la semaine qui a suivi son départ.

Grace m'a affirmé que plusieurs de ses amies enceintes pratiquaient le yoga et que cette discipline allait détendre mes muscles et améliorer mon sens de l'équilibre. Elle m'a montré la posture du pigeon : elle s'est redressée avant de porter une jambe en arrière, les orteils au sol. Tout son corps était fait de surfaces planes.

Je ne sais pas si j'ai fait une grimace, mais elle a dit : « Quoi ? Plusieurs de mes amies sont tombées enceintes ces derniers temps. Moi aussi, je pourrais tomber enceinte et devenir maman. Enfin, j'aurais pu... avec Karl. Quel âge penses-tu que j'ai ? »

Contorsionnée en ce qui avait toute l'apparence d'une figure de ballet, Grace m'a demandé si j'avais des trucs pour le bébé. Je suppose qu'elle signifiait par là des vêtements, des couvertures, des bonnets, des bottines, enfin, le matériel de base. « J'imagine que les gens vont lui acheter des trucs, à ce petit-là », a-t-elle dit en laissant glisser son orteil le long de sa jambe pour qu'il vienne se poser de nouveau sur le tapis. Elle a fait un signe du menton en direction de mon ventre. « Les gens font toujours ça. »

Elle avait une note de gaieté dans la voix. Peut-être se figurait-elle que j'allais retourner à Toronto, que la vie reprendrait son cours normal, que par magie une fête serait organisée pour la naissance de mon enfant ; mais par qui ?

Je n'ai pas assisté à la fête que Larissa avait organisée pour la naissance de Devang. Elle m'avait assurée que je n'avais pas besoin d'y être, comme si elle craignait que ce soit une corvée pour moi. Plusieurs de ses amies du travail y seraient, des artistes, des commissaires d'exposition, avait-elle dit, des femmes qu'elle avait rencontrées à Toronto bien avant mon arrivée. Je ne savais pas si elle cherchait à me dissuader de venir ou si elle ne voulait pas que je dépense de l'argent quand j'en avais si peu. Pendant des semaines, elle avait fait des recherches en ligne pour trouver une poussette, un siège auto, un porte-bébé, un lit d'enfant ainsi que pour déterminer quelle serait la meilleure solution pour les couches. Elle avait créé une liste de cadeaux dans une grande chaîne et dans une boutique écoresponsable qui proposait des produits bios. « Pour offrir le choix aux invitées », avait-elle dit.

En fin de compte, je suis allée chez elle après la fête. J'ai repéré une assiette dans laquelle il y avait encore quelques raisins accrochés aux tiges et j'ai picoré les derniers fruits. J'ai remarqué que les papiers cadeaux avaient été soigneusement pliés pour être réutilisés. Larissa avait déposé des grenouillères et des pulls sur la table de la salle à manger. Il y avait des pyjamas une-pièce pour nouveau-né dont les pieds en laine polaire étaient en forme de têtes d'animaux. Il y avait des gigoteuses blanches sur lesquelles étaient imprimés des camions, des bateaux, des chiens et des dinosaures, pour une touche masculine. Il y avait des ensembles veste-pantalon munis de boutons pression sur le devant. Tailles petite, très petite et minuscule. Et comme si l'enfant qui les porterait avait déjà des opinions, les habits arboraient des messages : *Beau comme un cœur*, *Fort comme papa*, *Fils à maman*, *J'adore les bisous*.

J'avais acheté à Larissa des chaussures pour bébé de marque Robeez, qui dépassaient nettement mes moyens. Elles étaient en cuir brun, avec des motifs de petits gâteaux roses cousus sur les orteils, même si nous savions toutes les deux qu'elle attendait un garçon. Je pensais qu'elle aimerait ce geste subversif. Les larmes aux yeux, elle m'a embrassée en me disant à quel point elle les adorait. Mais après la naissance de Devang, je ne les ai jamais vues à ses pieds.

Ce dont je me souviens le plus, à vrai dire, c'est la tendresse avec laquelle Larissa regardait chaque vêtement : on aurait cru que son fils le portait déjà.

Avec quoi vais-je t'habiller, ma nouvelle colocataire ? Dans quoi vais-je t'emmitoufler pour te garder au chaud durant cet hiver long et creux ?

Quand Grace n'est pas là, je sens encore plus la présence de ton père, dans ses affaires, dans les draps du lit, même si elle y a dormi plus récemment que lui. Avec du recul, tous les jurons de cette femme m'ont fait oublier une partie de ma peine. Tant qu'elle était là, je n'ai pas regardé les objets qui appartenaient à Karl, je veux dire que je ne les ai pas *vraiment* regardés. C'est drôle, mais j'ai l'impression que je connais beaucoup mieux Grace que je n'ai jamais connu Karl… J'ai couché avec lui, mais j'ai habité avec elle.

Non, ce n'est pas vrai. C'est un mensonge. Ces deux formes d'intimité ne se comparent pas. Je l'ai très bien connu, Karl, mais par petites touches.

En plus, Grace me surprend aussi parfois. Il y a des facettes de sa personnalité que je n'avais même pas soupçonnées. Comme cette histoire de chien. Je pense que c'était au début du mois de février, il y a maintenant trois semaines, qu'il s'est pointé. Grace était dehors et moi à l'intérieur. Elle rapportait du bois pour le poêle en prenant tout son temps. Je me suis levée du canapé pour voir s'il lui était arrivé quelque chose et l'ai vue qui se tenait penchée en avant. Je ne savais pas pourquoi. J'ai pensé qu'elle souffrait d'un malaise. Le bois était éparpillé tout autour d'elle.

Elle portait son gros manteau noir, les fesses pointées vers le ciel. Puis j'ai vu la boule de fourrure et j'ai craint qu'elle se fasse attaquer. Je ne percevais qu'une forme indistincte et du mouvement. J'ai ouvert la porte d'un coup sec et l'ai appelée.

Elle s'est retournée, toujours penchée en avant, la main tendue :

« Regarde-moi ce petit voyou ! »

C'est à ce moment-là que je l'ai vu, le poil jaune et sale, qui fourrait son nez contre les cuisses de Grace. Encore et encore, le chien reculait puis revenait à la charge, fonçait sur elle, tête baissée, et la heurtait. Pourquoi ? Je ne comprenais rien.

Son bras a entouré la tête, le cou de l'animal. Elle s'est penchée et a enfoui son nez derrière l'oreille du chien. Elle a retiré son gant, qui a pris le chemin de sa poche. J'ai regardé Grace caresser le dos du chien, qui a bondi sur elle, gémi, poussé de petits cris plaintifs, désireux de se coller à elle le plus possible, avide de son toucher. Grace riait et le caressait partout.

Il y avait une tache de couleur autour du cou de l'animal, un collier, mais rien n'indiquait que le chien avait été nourri ou cajolé récemment. Il était si maigre qu'il ressemblait à peine à un chien. C'est sans doute pourquoi j'ai d'abord pensé qu'il s'agissait d'un coyote. D'un coup de tête, il a renversé Grace sur son derrière avant de grimper sur elle, agitant les pattes dans tous les sens et frétillant de la queue.

Puis, au bout d'une minute, elle a repoussé l'animal. Elle n'a ni tapoté sa tête ni ramassé le bois qu'elle était allée chercher. En quelques enjambées, elle a atteint l'entrée où j'attendais debout, m'a contournée et a fermé la porte en lâchant des jurons : « Putain de merde, saloperie de fils de pute. »

J'entendais le chien réclamer d'autres câlins à la porte.

« Qu'est-ce qu'il y a ? ai-je demandé.

— Les puces ! » Elle a retiré son manteau et ses vêtements, qui étaient mouillés et couverts de boue à cause du chien. Se baladant en bottes, elle répandait de la neige fondante partout, même sur le tapis. « Fous-moi tout ça au lavage. Et tout de suite.

— Mais c'est un manteau de laine, ai-je objecté, sceptique sur les résultats du passage de ce vêtement dans la machine.

— Tout de suite, putain de merde ! Je ne sais pas à quoi je pensais… J'ai tout simplement tendu le bras. Foutu chien. Si je meurs à cause d'un foutu chien… »

Elle exagérait, mais j'ai tout de même pris son manteau, sa chemise et son pull et j'ai couru jusqu'à la machine dans le placard. Elle a entrepris de retirer son jean sans même enlever ses bottes.

« Merde. » Elle était en soutien-gorge beige, son jean formant un petit tas autour de son pied botté. Elle a cessé de tirailler sa botte afin de se gratter partout, ce qui laissait de profondes stries rouges sur sa peau blanche et sèche.

Le chien gémissait encore à la porte.

« Doucement », ai-je dit. Je me suis avancée jusqu'à Grace pour l'aider à se dépêtrer, mais elle a continué à se gratter. « Calme-toi, Grace. »

Elle a marmonné des choses inintelligibles entre les dents.

« Qu'est-ce que tu fais ?

— Rien. Je ne sais pas à quoi je pensais.

— Pourquoi tu ne prendrais pas une douche ? » ai-je proposé en espérant qu'elle cesserait de se gratter.

Elle était visiblement ébranlée. Et le chien s'était mis à aboyer.

« Il a faim, a-t-elle dit en se dirigeant vers la salle de bains.

— Est-ce que je devrais le nourrir ?

— Non ! Absolument pas ! » a-t-elle hurlé. Elle était si bouleversée qu'elle n'avait pas fermé la porte de la salle de bains. J'ai entendu l'eau couler au maximum puis se réduire à un mince filet.

« La lessive, ai-je remarqué, en courant jusqu'à la machine pour arrêter le cycle et permettre à la douche de couler de nouveau.

— Quoi que tu fasses, ne le nourris pas, a averti Grace de derrière le rideau de douche. Il va revenir sans arrêt. Ah, mon Dieu ! Quelle connerie, quelle connerie. Je suis désolée. »

Vingt minutes plus tard, il n'y avait certainement plus d'eau chaude, mais Grace était encore sous la douche et grommelait toujours. Je regardais le chien, qui n'avait pas abandonné la partie et reniflait autour de la véranda, me jetant parfois un regard par la fenêtre et lâchant de petits cris plaintifs.

Je ne connaissais rien aux chiens. Je ne savais pas s'ils avaient des puces en hiver ou pas. À en juger par le comportement de Grace, j'ai cru qu'elle s'était fait piquer. Je suis allée jusqu'au tiroir à couverts et l'ai ouvert d'un coup sec. Il contenait un couteau aussi long qu'une règle. Je suis restée là à le regarder. C'était mon meilleur moyen de défense. Je l'ai saisi, puis me suis dirigée vers mon canapé et l'ai caché à plat sous un des coussins, au cas où. Puis je suis retournée voir Grace.

Debout dans le cadre de la porte de la salle de bains, j'ai suggéré : « Si l'eau est froide, il faut que tu sortes. »

Elle a fermé l'eau, mais n'est pas sortie. Personne n'attrape le VSH aussi rapidement, me suis-je dit, va la chercher. Vas-y et sors-la de là. J'ai attrapé la serviette sur le support et j'ai tiré le rideau.

Les yeux fermés, Grace serrait les poings, les bras repliés contre sa poitrine. Elle était debout, figée, comme lorsque quelqu'un vous verse un seau d'eau glacée sur la tête. Elle tremblait. Ses mamelons étaient dressés et elle avait la chair de poule. Et parce qu'elle s'épilait religieusement, elle était plus nue que nue. Je voyais même ce que tu penses. Je lui ai mis la serviette sur les épaules, mais elle ne l'a pas retenue. Je me suis empressée de la sécher. « Sors de là », lui ai-je ordonné. Elle a ouvert un œil et est sortie de la baignoire. Elle s'est appuyée si lourdement sur mon épaule que j'ai craint de perdre l'équilibre, mais elle semblait avoir un peu repris ses esprits.

« Putain d'animal, putain d'animal. » Elle a attrapé les bords de la serviette et s'y est enroulée.

« As-tu senti la piqûre d'une puce ? » lui ai-je demandé en reculant.

Elle claquait des dents.

« Va t'asseoir près du poêle à bois. » J'ai couru jusqu'à la chambre et j'ai attrapé son peignoir. J'ai jeté un regard par la fenêtre. Le chien était couché sur les marches comme s'il habitait ici. Quand il m'a vue, il s'est relevé et a aboyé. Je me suis rendu compte que tout le bois pour le poêle était dehors dans la neige et qu'il serait mouillé. Je me suis dit qu'il y en avait assez pour tenir encore un moment. Nous avions aussi un petit radiateur électrique encastré dans le mur, qui ne dégageait cependant pas beaucoup de chaleur et ne couvrait pas un très large rayon. Quand Karl m'avait emmenée ici, il avait dit avec une pointe de fierté qu'il s'agissait d'une vieille bicoque, comme s'il ne tenait pas au confort moderne qu'il avait à Toronto, même s'il y tenait vraiment.

Au lieu de s'installer dans le fauteuil comme d'habitude, Grace a choisi ma place sur le canapé. Elle s'est assise sur le coussin sous lequel je venais tout juste de dissimuler le couteau.

Je lui ai préparé un bol de soupe au poulet, mais elle a dit : « Je n'ai pas faim. Je ne me sens pas bien. »

Je l'ai regardée, le cœur battant la chamade. Le manque d'appétit n'était-il pas un signe avant-coureur de l'infection ?

Puis elle a ajouté : « Cette saleté d'animal, le pauvre. Quelqu'un l'a sûrement abandonné à cause de la pandémie. Il y a des limites à ce que mon cœur peut endurer. Je sais que je n'aurais pas dû le toucher, mais il va mourir de faim. Je voudrais bien le nourrir, mais c'est impossible, il va revenir sans arrêt, et il traîne à l'extérieur, alors il doit avoir des puces, et on ne peut pas, on ne peut pas… »

Je lui ai tendu le bol de soupe. Elle s'est essuyé le nez sur le revers de la manche de son peignoir, puis a pris le bol dans ses mains tremblotantes. « Ça fait chier, merde ! » a-t-elle dit avant d'avaler sa soupe, un air triste sur le visage comme je ne lui en avais jamais connu. Quand elle a eu terminé, elle m'a demandé : « Tu n'as jamais eu de chien, pas vrai ? » J'ai secoué la tête. « Vous étiez trop pauvres, hein ? Vous ne pouviez vous permettre de dépense supplémentaire. »

J'étais plutôt surprise qu'elle déduise tout cela à partir d'un seul détail de ma vie. J'ai soupiré.

« Karl t'aimait parce que tu n'étais pas riche. Il a dit que tu n'étais vraiment pas douée pour les études, en fait, mais que tu lui faisais penser à lui. Un petit être sorti de nulle part. »

Je l'ai remerciée de ses chouettes compliments.

« Le chien est-il encore là ? a-t-elle demandé.

— En bas, il se dirige vers la route. Je peux voir sa queue. Il s'en va. Là, il a disparu. »

Je lui ai demandé de quelle race il était et elle m'a répondu : « Labrador. » Elle semblait avoir retrouvé son esprit corrosif, mais j'ai décidé que je l'observerais attentivement pendant quelques jours.

Au bout d'un certain temps, elle m'a avoué qu'elle ne savait pas si elle avait réellement été piquée par une puce ou si elle n'avait fait que l'imaginer en comprenant que ça *aurait pu* arriver. Je n'étais pas convaincue qu'elle me disait toute la vérité. Je savais que si *moi*, je me faisais piquer, je serais tout à fait capable de lui cacher la vérité. Je me suis rappelé que des chercheurs britanniques avaient déclaré que la puce n'était pas le vecteur de l'infection. Mais j'ai tout de même laissé le couteau sous le coussin.

Quelques nuits plus tard, je me suis réveillée pour trouver Grace penchée au-dessus de moi, une lourde lampe de poche à la main qui éclairait le plafond, de sorte qu'on aurait cru qu'elle s'apprêtait à m'assommer avec l'objet. Je me suis calée au fond du canapé le plus possible, étant donné mon état.

« Qu'est-ce que tu fais ? Pousse-toi de là ! » Je n'ai pas eu à me répéter. Elle a sursauté. Elle me scrutait, mais dans l'obscurité et sans mes lunettes, je n'arrivais pas à déchiffrer son expression. De plus, le faisceau de lumière de la lampe de poche se promenait partout dans la pièce.

« Est-ce que ça va ? » m'a-t-elle demandé, la voix dure et menaçante.

Je me suis débattue pour me relever.

« Tu faisais des bruits. » Grace a agrippé plus fortement la lampe de poche, qui était de la taille d'une matraque, comme si elle n'était pas convaincue que tout était normal.

« Quelle sorte de bruits ?

— Des gémissements.

— Non, tu te trompes, je… »

Puis, j'ai compris de quoi elle parlait, parce que soudain des spasmes de douleur m'ont traversé le corps et j'ai gémi. « Oh… » On aurait dit de vilaines crampes d'estomac. J'ai serré mon ventre avec mes mains et j'ai levé un doigt pour lui signaler d'attendre un instant. La douleur ne me lâchait pas.

« Qu'est-ce que c'est ? a-t-elle dit. Que se passe-t-il ?

— Je… je ne suis pas certaine, ai-je répondu en cherchant péniblement à trouver une position plus confortable. Peut-être que tu n'aurais pas dû m'effrayer.

— Calme-toi. Ne t'emballe pas. C'est bien trop tôt. »

Elle avait raison. Je n'étais enceinte que de trente-deux semaines. Mais tes petits coups de pied et de poing avaient augmenté en intensité, comme si tu voulais sortir à tout prix, et parfois je te voyais vaciller sous ma peau, faisant déferler des vagues sur la surface de mon ventre.

Grace a éteint la lampe de poche et nous avons attendu dans le noir. Nous n'avons pas allumé. Elle s'est assise dans le fauteuil de Karl et m'a posé des questions : « Que se passe-t-il ? Tu as mal ? Tu penses que c'est une contraction ? »

Et je lui ai offert quelques réponses : « Je ne sais pas. Plus ou moins. Non, je ne crois pas. Un instant… Erggggh ! »

Grace est allée me chercher un sac de petits pois surgelés dans le congélateur et j'ai pressé l'emballage glacé contre mon flanc.

Les crampes ont fini par s'atténuer et je me suis de nouveau endormie. Au réveil, j'ai constaté que Grace avait apparemment retrouvé le chemin de son lit. La lumière du jour traversait la fenêtre comme une fumée blafarde. J'ai flatté mon ventre et tu as répondu par un mouvement timide. J'avais l'impression que tu étais encore bien installée tout en haut de mon ventre, comme si tu ne t'étais pas retournée dans la nuit ni n'étais descendue, mais comment aurais-je pu le savoir ? La dernière personne qui m'avait expliqué ce qui m'attendait lors de ma grossesse, c'était Ben, l'infirmier du CLIT, et ses fascicules ne couvraient pas les huitième et neuvième mois.

J'ai profité de l'occasion pour retirer le couteau de dessous le coussin du canapé et le replacer dans le tiroir. Il n'était pas nécessaire que Grace soit au courant.

Nous avons revu notre chien quelques semaines plus tard. Il était près de la route, mais n'est pas venu jusqu'au chalet.

« Tiens, voilà Alf », a dit Grace. C'est ainsi qu'elle s'était mise à l'appeler dans son dos.

« C'est encore lui ?

— Je crois. Il a l'air mieux. » Je ne voyais pas la différence, mais elle insistait pour dire qu'il était plus gros et plus propre, comme si on lui avait donné un bain. Elle était certaine que quelqu'un s'en occupait,

Dieu merci, sinon nous l'aurions vu beaucoup plus souvent ; il n'aurait pas abandonné la partie aussi facilement.

« J'ai toujours voulu un chien, mais Karl disait qu'il serait injuste d'en garder un en ville, dans un appartement, et de ne l'amener ici que pendant quelques jours tous les deux ou trois mois. » Grace a croisé ses longs bras, le regard perdu au loin. « Il y avait beaucoup de chiens à la ferme près de Lethbridge où Karl a grandi. Je suppose qu'on les traitait comme tout animal de ferme. Ils mangeaient ce qu'on leur trouvait, dormaient dehors, se promenaient sur l'autoroute, n'étaient pas vaccinés. Ils ne vivaient pas longtemps. Le petit Karl Diclicker a certainement connu son lot de chagrin. »

Je ne peux même pas imaginer ce « petit Karl », même si je l'ai vu sur des photos.

« Tu pourras t'acheter un chien quand l'épidémie sera passée, quand on sera hors de danger », ai-je suggéré.

La queue d'Alf flottait comme une graine de pissenlit tandis qu'il sautait par-dessus un banc de neige, puis disparaissait dans l'autre direction en pénétrant dans de longues allées formées d'arbres sombres.

« Nous pourrions faire ça », a dit Grace. Au début, je croyais qu'elle parlait de nous deux. Puis, à en juger par ses yeux vitreux, j'ai compris qu'elle parlait d'elle et de Karl. Il lui arrivait parfois de glisser vers les mots « nous » et « notre » sans réfléchir.

Une fois, Grace m'a dit que Karl avait l'habitude de dormir ramassé en boule, les chevilles collées, les pieds appuyés contre ses mollets à elle, en lui tournant le dos. Je n'avais aucun mal à l'imaginer dans cette position ; il est même possible qu'il ait dormi ainsi les deux soirs que nous avons passés ici, et ça me faisait tout drôle de penser qu'il se pelotonnait contre elle. Comme un petit garçon, a conclu Grace avec un soupçon de nostalgie.

Il y a une photo de Karl et Grace avant leur mariage. Je l'ai trouvée dans le grenier. Ils assistent à un événement quelconque, debout devant un comptoir rutilant. Elle porte un jean noir moulant et des bottes pointues à talons aiguilles. Une coupe au carré déstructurée et ébouriffée cerne son visage. Elle prend la pose en faisant la moue. Sur cette photo, elle n'est guère plus vieille que moi. Karl, en revanche, est vêtu de brun terne, à l'exception de sa chemise qui jette une tache de couleur sous sa veste. Même s'il regarde l'objectif, il a l'air de s'ennuyer comme un rat mort. Il est plus jeune, plus svelte que le Karl que j'ai connu. Plus épais et beaucoup plus fournis, ses cheveux se dressent sur son front comme une bête sauvage. Mais, juste en dessous, il est pâle, l'air d'être en proie à une idée fixe, hébété même. Je suppose qu'il est possible de prendre n'importe quelle photo de n'importe quel couple et de s'en servir comme d'un indicateur de la nature de leur relation, mais… Eh bien, il n'existe aucune photo de Karl et moi, pas une seule, alors qu'est-ce qu'il faut en déduire ?

Je ne crois pas qu'ils faisaient ressortir les pires défauts l'un de l'autre ; je crois tout simplement qu'ils se sont perdus de vue.

Je me souviens de la bouche de Kovacs quand elle m'a dit, dans une rue bondée de New York, que Grace était une « belle salope » ; on avait l'impression que ces mots suintaient de ses lèvres. Et c'est vrai que Grace peut parfois être une belle salope. Mais il y a plus, plus que Grace. S'il est une activité dans laquelle Karl était passé maître, c'est faire la girouette. Il consacrait toute son énergie aux choses, aux idées, aux objets, à ses obsessions, mais pas aux gens. Il a épousé Grace, mais il n'a jamais été en mesure de s'engager pleinement.

Quand il m'a emmenée ici cette première fois, je me souviens que le chalet sentait le feu de bois, le café et le renfermé typique d'un endroit resté inoccupé durant une longue période. On aurait dit un lieu qui n'attendait que nous. Je me souviens des longues enjambées qu'il a faites pour ouvrir la fenêtre et aérer, puis pour allumer le radiateur. Il était nerveux et ne tenait plus en place. Je suis restée debout sur le paillasson. Je l'entendais balancer des cadres et d'autres trucs dans les tiroirs. L'endroit lui ressemblait beaucoup, mais il ressemblait à Grace aussi, et ses touches à elle ressortaient encore plus à cette époque, avant que je la connaisse. Un tapis dans la cuisine sur lequel figurait un motif de tasses à café. Une estampe qui avait pour titre *Les Oiseaux du nord de l'Ontario*. Des assiettes décoratives accrochées au mur au-dessus de la fenêtre de la cuisine. Ces choses ne cadraient pas avec Karl.

Je n'y arrive pas... Oh mon Dieu ! Il est si difficile pour moi de te le raconter, surtout alors que je regarde tout autour de moi et que je me souviens qu'il a arpenté ce lieu il y a un an. Il y a très, très longtemps. Avant que je me pointe ici et ne trouve que Grace. Ton père, je vais te le dire maintenant, parce que Grace n'est pas encore de retour... Eh bien, ton père, il a fait quelque chose que j'ai fini par interpréter comme un geste suicidaire.

Le soir où Grace m'a raconté comment Karl est mort, elle était passée du vin rouge au whisky. Nous étions assises devant l'écran noir et inutile de la télé et elle traçait nonchalamment des lignes de haut en bas sur l'accoudoir du fauteuil avec son ongle.

« Je n'aurais jamais dû voler Karl à Wanda, de la même façon que tu n'aurais jamais dû me le prendre. »

Tu bougeais plus que d'habitude et je n'ai tout d'abord prêté aucune attention à Grace. Ça m'a pris une seconde avant de me rendre compte que Wanda, c'était la professeure Kovacs.

Elle a sans doute interprété ma surprise comme un démenti, parce qu'elle a déposé son verre et a dit : « Tu l'as quitté. Les choses auraient pu tourner autrement s'il s'était lassé de toi. Mais maintenant, tu seras toujours la dernière. Il était dévasté, tu sais. »

Je n'avais pas compris qu'il m'appréciait tant que ça. Il y a eu cette fois dans sa voiture – celle de Grace, en fait –, quand il avait pleuré, mais j'avais cru que c'était pour elle et non pour moi. Parce qu'il se sentait coupable de lui causer de la peine. Nous nous promenions en voiture et parlions de ma décision de partir pour New York. Il ne semblait pas s'en soucier. Il m'avait dit avec aplomb, et je m'en souviens distinctement : « Tu es jeune. Ce sera une belle expérience. Tu devrais y aller. »

J'ai gardé un souvenir vivace de ses mains qui agrippaient le volant et du scintillement du duvet sur ses doigts. De la manière dont il conduisait avec sa paume. Je me souviens qu'il se plaignait de Grace, mais c'était une autre Grace à ce moment-là, une femme que je ne connaissais pas, et je ne me souviens pas du sujet de la discorde. C'était comme la conversation téléphonique avec son assistante de recherche quand j'étais entrée dans son bureau la première fois ; à l'époque, ça ne me semblait pas important, mais maintenant, bien sûr, j'en reconnais l'enjeu. Je souhaiterais tellement me rappeler la conversation. Je ne me souviens que de cette remarque : « Tu ne sais pas ce que c'est de vieillir, Hazel. »

Il a garé la Mini dans une rue transversale. Il n'y avait personne autour et les immeubles en verre brillaient dans la lumière du soleil couchant. Il a dit que nous n'étions pas loin de chez lui, et j'ai pensé que, peut-être, il m'y emmènerait. Je pensais même qu'on roulait avec cette idée en tête. Puis il m'a suppliée de me caresser pour son plaisir. Nous étions dans la lumière incertaine du crépuscule d'été, mais nous étions parfaitement visibles dans une rue de la ville. Ce n'était pas comme le genre de rencontres que Larissa m'avait décrites quand nous étions adolescentes. On trouve une aire de repos sur le bord d'une autoroute ou sur une route de campagne ou bien on se dirige vers un chemin de fer abandonné ou près de la rivière de Detroit. Nous étions à Toronto, une ville de huit millions d'habitants, à neuf heures et demie du soir.

« Mais puisque tu vas partir », a-t-il insisté.

Sur le coup, j'ai eu l'impression que c'était un abus d'autorité. Maintenant, je le vois comme un geste désespéré. En fin de compte, je l'ai amené à l'orgasme. C'était rapide et maladroit, et j'ai eu une crampe dans le poignet, et j'ai eu mal au cœur, et des gens sont sortis de l'immeuble voisin quand c'était presque fini, mais je ne me suis pas arrêtée pour autant parce que les vitres de la Mini étaient teintées et il était clair que Karl n'en avait plus pour longtemps et j'avais juste envie que ça finisse au plus vite.

Tout de suite après, Karl a ouvert les yeux, a regardé fixement par le pare-brise et a dit : « C'est ma femme. »

Je ne l'ai pas vue. J'ai aperçu le haut de la tête d'une femme derrière une porte qui s'est ouverte, puis refermée. Nous étions garés devant l'entrée de leur immeuble, mais je ne le savais pas. Il m'avait dit qu'il habitait dans le coin, mais j'avais tenu pour acquis que nous étions à plusieurs rues de chez lui. J'ai à peine vu une mèche des cheveux de Grace, puis elle a disparu. C'est à ce moment-là que Karl s'est mis à pleurer. Les pans de sa chemise étaient repliés et il y avait une mare de sperme sur son ventre et une tache qui séchait sur son pantalon.

Je ne sais toujours pas pourquoi il s'était garé là. Avait-il souhaité qu'on entre et que Grace nous attrape en flagrant délit, mais n'en avait pas eu le courage ? Avait-il voulu que Grace passe devant la voiture et jette un coup d'œil à l'intérieur ? Ou était-ce tout simplement une erreur de jugement de sa part ? Peut-être voulait-il qu'on entre, mais s'était dégonflé. Peut-être ne savait-il pas que Grace se trouvait dans les parages.

Karl et moi avons couché ensemble une seule autre fois. Nous nous sommes retrouvés dans un hôtel de charme. Ce n'était pas aussi glamour qu'on pourrait le penser. La chambre était assez bien, mais c'était l'après-midi et nous n'avions pas bu. Je ne sais pas quoi penser du sexe à jeun. Ça ne m'a jamais réussi. C'était étrange d'être là, de nous promener autour de ce grand lit frais en regardant par la fenêtre la poussière de la ville. Le sexe a été anonyme, consciencieux, précipité, mécanique et baigné de la lumière du jour. Je me souviens que j'étais flattée qu'il dépense autant pour la chambre. Je pense que cette rencontre n'a eu lieu que parce que ni l'un ni l'autre ne voulait que je parte pour New York sur une mauvaise note.

Il m'a demandé s'il allait me manquer, je lui ai demandé si c'était ce qu'il voulait. « Bien sûr », a-t-il répondu sans conviction.

« Il a perdu la boule quand il a pensé que tu avais été happée par l'épidémie… » Les traits de Grace se sont allongés et sa voix s'est estompée. « Comme il n'avait pas de nouvelles, il a essayé de joindre Wanda pour avoir plus de détails, mais elle était partie elle aussi. Il… s'est senti responsable. Il pensait qu'il était pour quelque chose dans ton départ et dans le fait que tu sois entrée en contact avec cette saloperie. Il est tombé dans une phase maniaque, comme s'il ne passait pas déjà assez par des hauts et des bas. C'était du chagrin, mais pas un chagrin normal… » Pendant qu'elle parlait, Grace scrutait l'écran noir par-dessus mon épaule. « Plus compulsif que d'habitude. Obsessionnel.

» Il est allé vers *elles*. Il est mort dans une chambre d'hôtel entouré de femmes blondes. J'étais au courant de ses pratiques, mais je n'avais aucun pouvoir sur lui. Il ne me l'a dit qu'une fois, mais je sais qu'il l'a fait souvent. Et avec tout un tas de blondes. Il a commencé à vendre les objets qu'il avait accumulés au fil des années, des livres rares, des estampes, des films, ses fichus objets de collection. Il en avait tellement. Il préparait ses colis dans son bureau à l'université pour ne pas que je le voie à l'œuvre. Je ne le savais pas. Je n'ai compris ce qui s'était passé que plus tard, quand je suis allée à son bureau et qu'il n'y avait plus rien. Il emballait ses objets de papier

kraft et de film plastique et les expédiait par trans-
porteur. Et avec l'argent il s'achetait des blondes. »

Grace a dit qu'il avait avoué s'en être tapé cinq
à la fois. Elle a dit qu'elle lui avait demandé de ne
plus jamais recommencer, « mais… », et sa voix s'est
éteinte. Elle a ajouté qu'il était comme un toxicomane,
puis elle a tendu le bras et repris son verre. Je me
souviens que l'obscurité s'était installée dans le chalet
et que Grace a allumé le lustre au-dessus de sa tête.

« Il est tombé sur une bande de chattes enragées. »
Elle a ri, mais son rire ressemblait plus à un hoquet,
qui a fait trembler le liquide ambré dans son verre.
« C'était obligé qu'une ou deux de ces blondes aient
la foutue maladie. Il n'ignorait pas le risque qu'il
courait, mais la pulsion était trop forte… »

À quoi ça rime, a-t-elle demandé, d'être aussi
obnubilé par le désir ? Elle m'a raconté qu'avant son
mariage elle avait dressé la liste des qualités qu'elle
recherchait chez un homme. La beauté y figurait, bien
sûr, mais Karl avait des qualités qu'elle valorisait
encore plus. Comme l'intelligence, la stabilité finan-
cière, un métier, du style et le sens de l'humour. Elle
m'a demandé pourquoi j'avais choisi Karl et non pas
quelque beau garçon de mon âge, mais elle ne m'a
pas laissée répondre. Elle n'était pas certaine d'avoir
déjà ressenti du désir.

Elle a passé la main sur son crâne lisse. « Je
n'aurais jamais dû céder à la peur. Je n'aurais jamais
dû me raser la tête, a-t-elle ajouté en déposant son
verre. Je lui aurais peut-être suffi. Ou je serais morte
en même temps que lui, ou peut-être même avant. »

Je ne pensais plus avoir de larmes à verser pour
ton père, pour Karl, mais les voilà qui arrivent. J'ai
gravé dans mon esprit une photographie de lui, celle

que j'ai prise. J'ai l'impression que c'était il y a des siècles, à une époque révolue, la photo sur laquelle il fixe la lumière au-dessus de la bibliothèque. Je me souviens que dans son bureau il m'avait dit : « Je vais les laisser ici pour l'instant, puis j'oublierai de les déplacer de nouveau. Un jour, elles me tomberont sur la tête. » Ce n'était pas tellement envers les *choses* que Karl était négligent, mais bien plus envers...

J'ai dit à Grace qu'elle ne devait pas s'en vouloir. Les mots sont sortis tout seuls. Je peinais sous ton poids.

Mes paroles, peu importe leur faiblesse, ont semblé lui apporter du réconfort. « La mère de Karl », a-t-elle poursuivi. Puis elle est restée silencieuse pendant plus d'une minute. « Il a fallu que je lui dise comment c'était arrivé. Il a fallu que je dise à une vieille femme comment son fils était mort. »

Grace a terminé son verre, à peine une goutte. Elle m'a raconté que les parents de Karl, qui étaient âgés, étaient venus en avion de Lethbridge pour de modestes obsèques. La sœur aînée de Karl a refusé de venir. Les parents sont restés environ cinq minutes, puis ils se sont levés et sont partis, lui abandonnant le soin de s'occuper de la salle. Il y avait un cercueil, mais à vrai dire, elle ne savait pas ce qu'il y avait à l'intérieur, et ne voulait pas le savoir. Les employés des pompes funèbres lui avaient dit qu'il fallait qu'il reste fermé, et elle ne s'y était pas opposée.

Elle voulait une ordonnance pour du Xanax, mais n'avait pas osé prendre rendez-vous avec un médecin au plus fort de la pandémie. Elle s'était terrée dans leur appartement pendant quelques jours. J'ai remarqué qu'elle parlait de leur appart comme si Karl était encore vivant. Elle s'y était terrée jusqu'à ce qu'une femme qui vivait à un étage supérieur attrape le virus et se jette de son balcon. Grace n'avait pas vu sa chute, mais l'avait entendue. Quand elle a sorti la tête à l'extérieur, elle a eu l'impression de se voir elle-même, en bas, sur le trottoir. « L'auvent était déchiré et flottait dans le vent, là où la femme l'avait heurté avant de rouler, puis de tomber dans la cour intérieure… Ça aurait pu être n'importe qui, et je me suis dit : la prochaine, *c'est moi*. C'est à ce moment que j'ai pensé qu'il valait mieux foutre le camp de là et m'en aller quelque part, n'importe où. » Elle a déposé son verre de whisky sur l'accoudoir en bois du fauteuil en faisant un bruit sec. Elle n'était au chalet que depuis quatre jours quand je m'étais ramenée.

En fin de compte, je n'avais réussi à retourner à Toronto que pour rater Karl d'une semaine. Je suis restée là sans bouger, à ressasser cette information pendant que toi, tu t'en donnais à cœur joie.

« Je pense que je suis en état de choc, a déclaré Grace en portant la main à ses cils. Est-il possible d'être en état de choc pendant deux mois ? Et c'est quoi au juste, un choc, bordel ? »

Puis elle est partie à la salle de bains. Quand elle est revenue, j'ai remarqué qu'elle avait retouché son maquillage. Parce qu'elle était un peu soûle, elle ne l'avait pas appliqué avec sa précision habituelle, et même sans mes lunettes, j'avais l'impression que ses yeux flottaient en dehors de leurs orbites.

« S'il te plaît, ne donne pas son prénom à l'enfant, a-t-elle dit en baissant les yeux pour te regarder, ma petite aubergine.

— Ce n'est pas un garçon. C'est une fille. Enfin, c'est ce qu'on m'a dit. » J'étais surprise de ne pas l'en avoir informée avant. Je ne m'étais pas rendu compte que je gardais précieusement cette information pour moi toute seule.

« Elle sera en danger, alors. Comme nous toutes », a ajouté Grace, avant d'éclater d'un rire ironique. Puis elle est redevenue sérieuse. « Cette première nuit, quand t'es arrivée ici, tu m'as dit que tu venais de perdre un de tes proches. De qui parlais-tu ? »

J'ai sursauté. Je ne pensais pas avoir raconté à Grace quoi que ce soit à mon sujet, mais il est vrai qu'elle avait une troublante facilité à lire entre les lignes. « Ma... ma mère.

— Comment s'appelait-elle ?

— Mary. »

J'avais un nœud dans la gorge. Je ne sais pas qui en était la cause... Karl, ma mère, Grace, moi... toi.

« Mary Hayes. C'est un joli nom, très solide. Donne-lui ce nom-là. »

Cette nuit-là, j'ai rêvé que des hommes vêtus de grosses combinaisons jaunes transportaient une quantité phénoménale de housses mortuaires dans les couloirs du Centre local d'isolement temporaire. Ils transportaient aussi les mêmes sacs de vinyle noir dans les marches vertes et étroites du Dunn Inn, à New York. Je me suis réveillée en sueur, recroquevillée autour de toi d'une drôle de façon, ma grosse boule, et je savais qu'il s'agissait d'un tout autre corridor dans un tout autre hôtel, et que c'était Karl dans ces sacs.

Je me suis dressée sur le canapé. Un grand calme régnait dans le chalet. J'étais seule, comme si Grace avait elle aussi été emportée par mon rêve.

DIX-HUIT

Je me suis réveillée cette nuit à quatre heures du matin. C'est peut-être toi qui m'as réveillée, ou une crampe soudaine, ou les fourmillements que je ressens parfois aux extrémités, une sorte d'engourdissement des membres, qui picote et me fait souffrir. Ou peut-être qu'il ne s'agit que du cumul de la tristesse, comme si ce sentiment avait une solidité telle qu'il pouvait me tirer d'un rêve.

J'entendais la pluie tambouriner sur le toit, et j'ai pensé : *Ma mère est morte.* L'idée m'a traversé de nouveau l'esprit, comme si je voulais sentir les mots sur le bout de ma langue, mais je ne les ai pas prononcés à haute voix : *Ma mère est morte.* Bien sûr, j'ai souvent pensé à elle, mais comme j'ai appris la mort de Karl et de ma mère le même jour, celle de Karl a éclipsé la sienne. Après tout, Grace me rappelait à chaque instant la vérité inéluctable de la mort de Karl. La disparition de ma mère me semble encore impossible. Couchée sur le côté dans le noir, j'ai imaginé son visage à une grande distance, à travers la vitrine de son salon de coiffure, entouré de la lumière blanche des tubes fluorescents au plafond. Je me suis enfoui le visage dans les oreillers de Grace et j'ai sangloté, mais quand je me suis ressaisie, on aurait dit que le murmure liquide se poursuivait et j'ai compris une fois de plus qu'il pleuvait. J'écoutais tomber ces petites flèches et j'imaginais qu'elles perçaient la neige en y laissant de petits trous.

Je me suis souvenue que Richard, le copain de ma mère, avait une sœur, Kristi, à Winnipeg. Et il m'est venu à l'esprit qu'il était possible qu'il soit parti là-bas. La carte du *National Geographic* laissait entendre que les Prairies étaient un des endroits les plus sûrs. Je me suis décidée à communiquer avec elle dès que possible, afin de savoir si Richard était là, et si lui ou sa sœur pouvaient me dire ce qu'il était advenu de ma mère au salon de coiffure Head Start. Le nom de famille de Kristi après son mariage m'est revenu à l'esprit, Kostelanetz, et dès cet instant j'ai pu me rendormir.

Mon plus grand regret, c'est de n'avoir pas dit à ma mère qu'elle serait grand-mère. Mais la dernière fois que je lui ai parlé, je ne pensais pas te porter à terme. Je regrette aussi la manière dont j'ai traité Larissa, la laissant dans un état d'esprit aussi fragile, de la même façon que Grace m'a abandonnée. La différence, c'est que Larissa est ma meilleure amie, et pour Grace, je ne suis qu'une... Eh bien, qu'est-ce que je représente pour elle ?

Puis, ce matin, j'ai regardé par la fenêtre et j'ai découvert des taches de vert aux abords de la cour. Même sans mes lunettes, j'ai vu des tas de choses par cette fenêtre. Depuis une semaine, j'ai aperçu cinq faucons, flous, il est vrai, mais je sais reconnaître leur vol, puis trois lièvres, deux ratons laveurs et, juste ce matin, un petit renard roux. Je n'ai même pas osé parler quand il s'est pointé, de peur de l'effrayer. Au début, il était trop loin pour que je sache quel animal j'avais sous les yeux mais, arrivé à l'orée du bois, il a traversé l'étendue de neige comme une boule de feu. Il s'est approché furtivement du chalet, a étiré les pattes et s'est avancé discrètement à travers les dernières plaques de glace, chaque pas comme un pacte inviolable. Cette créature, à la fois canine et féline, rasait le sol et flairait les odeurs, ses oreilles pointues noir et roux remuant sans cesse. Il s'est tapi dans la neige près de la véranda, ses longues pattes prêtes à bondir. Je l'ai vu ouvrir la gueule et creuser sous le treillis avec son museau noir et sa langue dans l'espoir d'atteindre un nid d'oiseau et de chaparder son petit déjeuner. Il est ressorti avec un œuf entre les dents, intact.

Le renard a détalé sans qu'il y ait l'ombre d'une menace. Sa longue queue touffue a fait tomber la neige d'une branche et envoyé valser les bourgeons qui, à peine gonflés, étaient aussi verts que ce premier jour du mois de mars. Dans la lumière blafarde du matin, il n'y avait pas un souffle de vent. Puis le renard est parti sans demander son reste, tenant tendrement son trésor dans la gueule. Il s'est élancé vers les arbres et a disparu.

J'ai survécu à cinq événements catastrophiques et j'en suis sortie indemne. Je les compte sur mes doigts et j'ai l'impression d'énumérer les caprices de la fortune qui m'ont permis d'éviter le danger : l'attaque contre Eugenia Gilongos dans le métro, JFK, la petite fille près de la fontaine dans Washington Square, la femme au bord de l'autoroute et la salle 3, qui n'était qu'à vingt-cinq mètres au bout du couloir du centre de quarantaine. C'est ainsi que je comptais autrefois les baisers, les crédits qu'il me manquait pour décrocher mon diplôme, le nombre de pages de mes travaux étudiants, la quantité de concerts ou de films que j'avais vus en un mois.

D'une part, on m'a ravi tellement de choses que je n'ai même pas encore saisi la véritable portée de ce qui m'arrive. Et d'autre part, je suis reconnaissante du seul fait d'être en vie, d'être arrivée jusqu'ici en un seul morceau. Je me sens coupable de dire ces choses, coupable de jouir de tant de commodités. D'une douche et de l'électricité, d'un lit douillet et de quoi réchauffer le contenu de mes boîtes de conserve. Même s'il n'y a presque plus de savon, même si les réserves dans les armoires de la cuisine diminuent à vue d'œil, et même si je me demande quand l'électricité sera coupée en l'absence de Grace, quoique j'imagine que le paiement est prélevé automatiquement sur son compte ou sur celui de Karl. Je sais que je devrais songer à l'avenir, à ce qui m'arrivera, à ce qu'il adviendra de toi, mais chaque minute semble durer une éternité. Derrière le tic-tac de l'horloge de la cuisine, on dirait que les minutes vacillent.

Quand le renard est parti, je suis restée immobile à la table de la cuisine pendant un long moment ; je regardais bouger la branche dénudée qu'il avait frôlée, en espérant qu'il reviendrait.

Les souvenirs remontent par bribes et morceaux, comme de vagues impressions. C'est comme si j'étais de nouveau au CLIT, mais sans la compagnie d'autres femmes. Comme si j'étais enfermée. Parfois j'ai le sentiment que tu existes vraiment et que lorsque je te parle, c'est comme si je m'adressais à un chien ou à un chat qui se trouverait dans la pièce. À d'autres moments, j'ai le sentiment que lorsque je te parle, c'est comme si je parlais à mon cul ou à mon coude ou même à cette boîte de sardines dans l'armoire.

Ma mère insistait pour dire qu'il n'y avait que trois choses qui importaient aux femmes : les hommes, l'argent et encore plus d'hommes et d'argent. Trois choses. Et après elle se bidonnait comme si c'était la blague du siècle. Chaque année, lorsqu'elle coiffait des lycéennes pour les bals de fin d'année, elle disait que c'était la saison « brushing et brésilienne ». Ces filles-là, ajoutait-elle, perdraient leur virginité en échange d'une balade en limousine. Elle ne les regardait pas de haut, elle se contentait de crêper leurs mèches. Elle disait qu'elle ne valait pas mieux ; le monde était ainsi fait. Voilà sa façon de penser, et il y avait certainement un fond de vérité dans ses paroles, mais je ne voulais pas de cette vérité-là. Je voulais croire à un plus joli scénario. Et en même temps, chaque fois qu'un tel scénario se présentait à moi, je finissais par le rejeter.

Le dernier mail que j'ai reçu de Karl était signé **Affectueusement, Karl.** Il avait dit que sa vie était si démentielle ces derniers temps qu'il n'osait même pas m'en parler, que je lui manquais terriblement et que peut-être il avait eu tort de m'envoyer au loin.

Mais en vérité, il ne m'avait pas envoyée au loin.

J'avais téléchargé les formulaires pour ma bourse plusieurs mois avant mon départ. Et c'est moi qui étais partie. Dans la plus grosse ville qui soit, avec l'espoir qu'elle m'emmènerait très loin de ce que j'avais fait, qu'elle m'accepterait, qu'elle m'engouffrerait dans son ventre.

J'aimerais avoir encore mon ordinateur. J'aimerais me rappeler chaque mot que Karl m'a écrit. Je me souviens que j'ai lu son dernier message dans un café de Manhattan après les attaques à JFK. Je me souviens que le temps était gris mais chaud et que la brise a soulevé une fine poussière et me l'a soufflée au visage. Qu'une fille se faisait raser la tête sur le trottoir. Qu'il y avait des grains de sucre et que j'éprouvais une curieuse sensation en les faisant glisser à la surface de la table avec mon pouce pour les réunir. Que le patron du café semblait impatient, comme si j'étais restée trop longtemps ou n'avais pas assez dépensé. Je me souviens de la mousse au fond de la tasse blanche. Mais les mots... ils se sont évaporés.

Écoute mon bébé, il y a une voiture qui arrive, qui traverse la nuit noire. Je l'entends, mais je ne vois pas ses phares. Je sais que ce n'est pas juste le fruit de mon imagination. Suis-je devenue folle à force de parler ? J'ai déjà été seule. J'ai été seule toute ma vie. Sauf que maintenant, tu es avec moi, ma petite sangsue. Tu m'entends, n'est-ce pas, à travers la peau ? Peux-tu entendre cette voiture qui pétarade au loin ? Bien sûr que oui. Voilà... les phares. J'aimerais tant pouvoir voir... Les lunettes de Karl ! Mieux que rien.

Ah ! la voiture se rapproche, elle se rapproche. Les phares sont circulaires, je crois. Oui, c'est bien ça. La voiture s'est engagée dans l'entrée ! C'est la Mini.

Grace croit que je suis folle de te parler, mais elle ne peut pas entendre mes mots par-dessus le bruit du moteur et du vent. Elle doit se concentrer sur la route. Il y a un hôpital à Collingwood où toi, ma petite puce, et moi recevrons notre vaccin. Grace a eu le sien la semaine dernière. Il n'y a pas de garantie absolue, mais les premiers résultats sont encourageants. Grace ne voulait pas rentrer avant d'être sûre. Elle n'a pas voulu laisser de note au cas où elle ne reviendrait pas, parce qu'elle craignait que cela affecte mon jugement et que je reste bien au-delà du délai raisonnable. Elle s'est pris une chambre d'hôtel et a attendu de voir si elle ressentirait des effets secondaires. Elle a dit qu'elle avait essayé d'appeler sur la ligne fixe du chalet, mais que les lignes de téléphone étaient en panne. Grace la sublime, Grace la magnifique, Grace comme je ne l'ai jamais vue auparavant, avec un centimètre de duvet qui lui repousse partout sur le crâne. Grace qui est revenue nous chercher quand rien ne l'y obligeait. Il faut s'attendre à avoir la nausée, dit-elle, ainsi qu'à être fatiguée et congestionnée.

Quand j'ai voulu savoir pourquoi elle faisait tout ça, elle m'a dit qu'elle n'avait rien d'autre à foutre, qu'elle n'avait pas voulu se réveiller un matin et tomber sur le sacré bordel que laisserait la progéniture de feu son mari « en entrant dans ce monde comme une chiasse sur son canapé ». Ça, c'est Grace, c'est tout simplement sa manière de parler.

Je lui ai dit que ce serait un bon prétexte pour revoir la déco, mais elle n'a pas ri de ma blague.

Tu es bien au chaud sous ma main. Il est même encore possible que tu naisses comme il faut, dans un hôpital, ou au moins dans un endroit où il y aura quelqu'un pour t'attraper, quelqu'un pour couper le cordon ombilical qui, une fois cicatrisé, deviendra ton nombril.

Quand tu naîtras, je ne vais pas te raconter cette histoire. J'embrasserai ton front et tes sourcils, qui ne seront que de nuageuses volutes. Je chatouillerai tes orteils, qui seront roses et minuscules, comme les miens, mais incroyablement petits. Tu attraperas l'un de mes doigts dans les tiens, qui seront au nombre de cinq, et tu le serreras très fort, Hazel Junior, comme si tu te raccrochais à la terre par un fil d'acier. Tu seras comme un bébé dans une pub de papier-toilette. Je te donnerai un nom. Tu fermeras les yeux et rêveras de va savoir ce dont rêvent les bébés.

Je vais te dire que je ne sais pas d'où tu viens, toi, petite chose étrange. Je vais te raconter tous ces beaux mensonges : qu'une cigogne t'a amenée, et non pas que tu as échoué dans ce monde portée par un torrent de liquide amniotique et de sang.

Quoi ? Oh, Grace ajoute : Ne raconte pas trop de mensonges. Ne raconte pas trop de mensonges ou elle finira par devenir un monstre. Il faut mentir juste assez, ma petite.

REMERCIEMENTS

Je suis très reconnaissante envers mes éditeurs, Kristin Cochrane et Lynn Henry, laquelle a également révisé ce livre, le designer C. S. Richardson, l'attachée de presse Sharon Klein, l'adjointe de division Zoë Maslow ainsi que tout le monde chez Doubleday. Lynn et son équipe m'ont mise au défi de travailler d'arrache-pied, mais pas plus qu'elles étaient elles-mêmes prêtes à le faire. Merci à mon agent Shaun Bradley, qui sait reconnaître les bonnes idées et me pousse à les exploiter. Merci à mes collègues d'ECW, à tout le monde chez *Joyland*, ainsi qu'à ma famille, surtout à ma mère et à mon père (toujours) pour leur patience et leur appui, et à Vicky et Mike. Merci à mon mari, Brian Joseph Davis.

Certains des articles, films et œuvres d'art dont il est question dans ce livre existent réellement ; ils participent du monde imaginaire que j'ai créé. Merci au soldat qui m'a offert des conseils tactiques et m'a aidée avec le jargon militaire lors d'une conversation qui a duré le temps d'un vol de quatre heures.

À mes amies et lectrices blondes, j'offre cette citation d'Aragon : « Blond partout : je m'abandonne à ce pitchpin des sens, à ce concept de la blondeur qui n'est pas la couleur même, mais une sorte d'esprit de couleur, tout marié aux accents de l'amour. »

REMERCIEMENTS
POUR L'ÉDITION FRANÇAISE

Mes sincères remerciements vont à Antoine Tanguay, le dynamique directeur littéraire des Éditions Alto, à Québec, et à sa complice Tania Massault, qui se sont passionnés pour mon livre et qui ont fait de sa publication en langue française un réel bonheur.

J'adresse un merci tout particulier au traducteur Éric Fontaine pour son travail méticuleux et sensible. Il n'a ménagé aucun effort pour mener ce projet à bien.

Je tiens également à souligner l'apport de Claire Duvivier et d'Estelle Durand d'Asphalte. Je suis ravie que mon livre soit défendu en France par ces deux femmes passionnées.

10/18, une marque d'Univers Poche,
est un éditeur qui s'engage pour
la préservation de son environnement
et qui utilise du papier fabriqué à partir
de bois provenant de forêts gérées
de manière responsable.

Imprimé en France par CPI

N° d'impression : 3017874
Dépôt légal : octobre 2016
X06610/01